萤火

德馨 著

花山文艺出版社
河北·石家庄

图书在版编目（CIP）数据

萤火 / 德馨著. -- 石家庄：花山文艺出版社，
2025.4. -- ISBN 978-7-5511-7767-2
　　Ⅰ. I247.5
中国国家版本馆CIP数据核字第2025EB9167号

书　　名：	萤火
	Ying Huo
著　　者：	德　馨
责任编辑：	王　磊
装帧设计：	翰翔图文
美术编辑：	王爱芹
出版发行：	花山文艺出版社（邮政编码：050061）
	（河北省石家庄市友谊北大街330号）
销售热线：	0311-88643299/96/17
印　　刷：	定州启航印刷有限公司
经　　销：	新华书店
开　　本：	710 mm×1000 mm　1/16
印　　张：	23.75
字　　数：	310千字
版　　次：	2025年4月第1版
印　　次：	2025年4月第1次印刷
书　　号：	ISBN 978-7-5511-7767-2
定　　价：	98.00元

（版权所有　翻印必究·印装有误　负责调换）

一次命中注定的返程

杨立元

伴随着《萤火》书稿一页页翻扣在桌几之上，我不禁心潮涌动、感慨良多，阅读过程中禁不住几次给作者打电话交流阅读体会。作者以自己为原型撰写了主人公赵永生的求学经历、命运遭际和奋争历程，这也可以看作是作者人生中一段铭心刻骨、难以忘怀的求学记。

用小说的形式叙写自己的生命历程并不鲜见，以留给自己、留给历史，成为作者的一段生命记录。如我刚刚出版和即将出版的两部短篇小说集《小镇传奇》《小镇轶事》，就是我的生命史和生活史。我是用小说的形式记录我生命的过往，以作为永久的记忆。这也正如第十一届茅盾文学奖获得者、《宝水》的作者乔叶所说的那样：以往的生活不管过去多久，"它依然在，而且还能把你拉回来，它是无形的，就像精神血脉或者精神根系一样，可以延伸得特别长。总有一天，会宿命般地呈现在你的写作谱系中。这时候你就会明白，必须写。这种感情和意识是不证自明的"，因为这"是一次命中注定的返程"。这段话恐怕与作者的心情是吻合的。《萤火》既是作者坚韧不拔、艰苦拼争的求学历程，也是他用文学形式所表现的"一次命中注

定的返程"。

读完这部小说,我难以置信的是:一个从来没有写过长篇小说的人竟把小说写得这么好,仿佛是一个老练圆熟的成手;一个在大山里生活的孩子,竟然考上了中国政法大学,令人刮目相看。我也有过类似的求学历程,也是在小镇中学读完高中,后来凭借自己的努力拼争而考上大学。中国政法大学是我考大学时心仪已久的学校,但我却未能如愿。作者在村里度过了童年和青少年时光,也备尝了生活的艰辛,经历了心灵的磨难和精神的淬炼,求学经历成为他人生中最珍贵、最值得怀念且不能忘却的记忆。

这部长篇小说是作者的求学记。作者用生动形象的文学笔法真切地勾画出了自己完整的求学历程。我与作者是唐山老乡,深知过去在大山中生活的困难,那时有句顺口溜:"沙窝里栽红薯,石窠里点高粱;白薯面当细粮,鸡屁股当银行。"他们那里山多地少,土地贫瘠,也没什么赚钱的门路。作者作为一个山里娃,从小就在一个弱势无助的家庭中生活,在村里和大家庭中饱受欺凌,父亲隐忍、母亲无知、奶奶蛮横、叔伯无理、村霸狠毒,其求学的艰难是我们今天难以想象的,以至于他在序言中这样写道:

> 书中所写,很多是自己的亲身经历和感悟;回想自己走过的路,经历的贫苦、困顿和挣扎,以及绝望中的煎熬,已经化作了藏在内心深处的自卑,甚至常常出现在噩梦里,挥之不去。或许我可以说,经历是财富,也是我的全部。但我深知,在那痛苦挣扎之中,有的人消沉了,一辈子走不出那阴影;有的人选择铤而走险,以命相搏。总觉得自己算是侥幸,终是战胜了自己,走出

了过去。

  每一次提笔，都会陷入痛苦的回忆，常常为父母所经历的辛酸苦难在深夜里伏案痛哭。写这本书，也正是想要与自己和解，与过去道别。

过去的困难生活难以忘却，不时地激发起作者对这段经历的沉重回忆，于是作者便产生了"把自己的经历变成文字，与更多的人分享，特别是那些虽经历着生活的困苦，却仍然挣扎着、坚持着的人，希望那个时代永远成为历史，希望孩子们都能阳光明快地成长，不用背负着任何的负担"的创作动机。

作者的童年与大多数那个年代山里的孩子一样，物质匮乏、生活清贫，或许也和故事的主人公一样遭受摧残、压抑，生活极端抑郁、沉重。作者把"经历的贫苦、困顿和挣扎，以及绝望中的煎熬，已经化作了藏在内心深处的自卑，甚至常常出现在噩梦里，挥之不去"化作创作的内驱力，因而促使他"写这本书"来"与过去道别"。昔日艰难的家庭生活让他见惯了人情冷暖，过早地懂得了世态炎凉，也培养了他对社会的理解和对人生的敏锐洞察力，这也成为他创作这部长篇小说的生活基础。

作者的求学心路历程也许和主人公赵永生一样："家里早已没有了丝毫的温暖，那不仅仅是家徒四壁的冷清，而是被一种绝望的气氛笼罩和吞噬着。父母无休止地争吵，互相埋怨，连他也不时成为他们的出气筒。他由害怕到厌恶，甚至憎恨这个家，现在哪怕是一分钟也不愿意在家里多待，恨不得早早逃离那个地方。"赵永生的学习环境则更为糟糕："今天他出来忘了带钱，中午在外面转了一圈，又空着肚子回来了。下午的几节课更加难熬，他只是耷拉着脑袋佝偻着腰

在那里苦挨。好不容易熬到了放学,他觉得自己已经饿得干瘪瘪轻飘飘的了,想想还有五六里路要走,腿就有些发软。"正是作者经历过中午忍饥挨饿、晚上还要走山路回家的困境,怀揣过家庭对自己"能考上高中也行,哪儿也考不上就再复读一年;哪怕将来考个师范,也是商品粮,能脱离这个环境。……只要你肯上,哪怕是砸锅卖铁也供着你"的希望,体会过暑期在县城边上的工地当小工取灰、取砖,累得浑身酸软的不易,才历经波折,凭借自己的努力考上了中国政法大学。这部小说显然是艰难与坚强并存、励志与奋斗同在、上进与图强共融,使我们受益匪浅。

这部长篇小说是山乡的风景画。这是一部纪实小说,表现了作者在农村生活的真实经历和真切体验,渗透出中国乡村厚重的生命底蕴和生活色泽,宛如一幅风景画,弥漫着一种多姿多彩的大山风韵,把乡事、乡景、乡俗表现得鲜活生动,散发着一种沁人心脾的泥土芬芳,流溢着一种真挚热烈的恋乡情绪,有着诗学的质量、美学的分量、史学的容量,给人以多种多样的审美感受。尤其在作者的笔下,童年的山村是一个生动美好、诗意盎然的客观世界,多姿多彩的山水风景给了他无比的快乐。

山脚下是一个小水库,远看像一颗碧绿的大水珠,微风一吹,飘过一阵阵新鲜的水的气息。水库的岸边长满了毛柳,一片新绿青翠欲滴。往年这个时候,他正在水库边摸河蚌,拿着罐头瓶钓鱼虾呢。远处的村庄笼罩在一抹淡淡的绿色之中,隐隐能听见村里小学校传来的读书声。山坡上整田的、送粪的、给果树剪枝的,忙着为开春的耕种做准备。

他更喜欢夏天。夏天的南峪水库是一个绝好的去处，水面开阔，微波粼粼，山形树影倒映水中，秀美怡人。水库中央有一个小岛，岛上绿树参天，浓荫蔽日，飞鸟成群，仿佛世外桃源。上初中以后，那浅浅的怀清河对他已经没有什么吸引力了，他常常流连在南峪水库，划船、游泳、钓鱼、摸虾，乐而忘返。

除了还原和复制具象化的环境、场景外，小说中也融入了作者的情感体验和审美理想。这种典型环境的营造，绝不是一种应景摆设，而是为表现各个时期的人物性格起了重要的铺垫作用，得到一种身临其境的审美愉悦。如：

残月西沉，已是黎明。夜空分外萧条，只依稀能辨出三两颗星星的样子。小时候，夏日的夜空是那么繁华，银河像一条长着银色鳞片的巨龙横跨在天空，星星宛如散落在湖面的钻石。一家人坐在院子里乘凉，他躺在妈妈的怀里，听妈妈讲故事。妈妈教他认天上的星星，那时候他能认得很多星星。天河边上那颗明亮的大星是牛郎星，左右各有一颗小星星，是他的儿女；不远处还有九颗星均匀地围成一个圆圈，但其中有一个缺口，那是天井，是牛郎饮牛的地方，那缺了的一颗是被牛踩掉的一个豁口；与它们隔河相望的是织女星，在银河的对岸孤独地守候着。

这正是一家人其乐融融，享受夜晚景色的场景，令人心旷神怡。

另外，小说语言通俗平易，明白如话，清新简约，优美流畅，

加之俚语、俗语和歇后语的运用，显得幽默风趣，让人读起来轻松愉悦。浓郁的冀东山区风情，熟悉的山里人的语言，形成了小说独特的地域风采，使人感到亲切自然，如临其境。

这部作品是对作者求学过程的记录，也是他对人生的真切体验和深刻认知。这正如作者在书中最后所写的那样："萤火虫游弋在城市的边缘……那点儿光虽然微弱，却很顽强，也是生命，是希望。""赵永生觉得自己就像那只萤火虫，孤单，彷徨，在努力蜕变，孕育着自己的新生。""他于天地之间虽然渺小，却也有顽强的生命力；他虽然耽于那些对别人来说也许是微不足道的小事，却并不是毫无意义；他虽然愚钝，步履维艰，却也用心体会，一点点地进步；他加倍付出努力，并没有浪费青春，可以问心无愧。他所经历的痛苦挣扎也是值得的，他会为此骄傲的。"这是作者过往生活或曰生命的写照，也是作者的人生归结。因此可以说，这是作者"一次命中注定的返程"。

（杨立元，唐山师范学院文学院二级教授，中国作家协会会员，中国文艺评论家协会会员、中国红色文化研究会理事，唐山市作家协会副主席。）

《萤火》自序

谨以此书致我的父母。

这本书数易其稿,十年前就已完成。当时孩子刚出生,初为人父,面对新鲜生命,有诸多感慨。书中所写,很多是自己的亲身经历和感悟;回想自己走过的路,经历的贫苦、困顿和挣扎,以及绝望中的煎熬,已经化作了藏在内心深处的自卑,甚至常常出现在噩梦里,挥之不去。或许我可以说,经历是财富,也是我的全部。但我深知,在那痛苦挣扎之中,有的人消沉了,一辈子走不出那阴影;有的人选择铤而走险,以命相搏。总觉得自己算是侥幸,终是战胜了自己,走出了过去。

每一次提笔,都会陷入痛苦的回忆,常常为父母所经历的辛酸苦难在深夜里伏案痛哭。写这本书,也正是想要与自己和解,与过去道别。我也想把自己的经历变成文字,与更多的人分享,特别是那些虽经历着生活的困苦,却仍然挣扎着、坚持着的人,希望那个时代永远成为历史;希望孩子们都能阳光明快地成长,不用背负着任何的负担。

2025年2月

一

才凌晨四点多钟，四处还是黑漆漆的一片。没有鸡鸣狗叫，只有风摇动冻硬的树枝，发出清脆的响声。老鼠在秸秆垛里钻来钻去，发出窸窸窣窣的声音。整个村庄都在沉睡中，走在马路上，能听见临街人家传出的呼噜声。春困秋乏夏打盹，睡不醒的冬三月，这冬闲时节，再勤快的庄稼把式也都躺在热炕头，直到日上三竿才起来。

一切都显得那么宁静祥和，但赵永生却是另一番心情。他已经在村子里的这段马路上来回走了好几圈了。天干巴巴地冷，虽然没有风，冷气还是直往脖子、袖口和裤腿里灌，身上仅有的一点儿热气顷刻之间就蒸发了，人就像赤裸在空气中。但他早已感觉不到冷，只是本能地缩着脖子，双手抄进袖口里，机械地走着。他心里恨恨的，恨那些睡在热炕头上的人们。这时候他也应该躺在暖暖的被窝里做着香甜的梦，而不是在这冰天雪地里漫无目的地游荡。

路边堆着的一垛垛的秸秆，他真想一把火把它们都点着了。这些秸秆连成一片，一把火烧起来，火光冲天，不定有多壮观。他觉得那火仿佛真的烧起来了，身上也似乎暖和了些。

正是黎明前最黑暗的时候，黑色裹住了一切。赵永生像是裹在黑

萤火

暗里的影子，无所依靠。没有风，也没有雾，不知道那黑色和冰冷附着在什么上面，无根无据。他被黑色和冰冷裹挟着，机械地挪动着脚步。他的胆子小，开始还很警觉，仔细地辨认黑暗中那些模糊可疑的形状，生怕犄角旮旯里会突然蹿出一个什么东西来。但现在他早已麻木了，只觉得身体在臃肿的棉衣里越缩越小，心也越收越紧，已经快被冻透了。

天空渐渐有了些灰白色，周围的一切有了些轮廓。那冷冷的泛着青光的马路，裹着一层冰霜的树木，让这冰冷看得见了。赵永生缩头缩脑，麻木的脸上毫无表情，蓬着头，眉毛头发上结了一层冰花，鼻子下还挂着两溜鼻涕；一身肥大的棉衣，罩上紧巴巴的外套，显得有些滑稽。

村子里也渐渐有了些声息，鸡鸣狗叫声、孩子的哭声和大人的呵斥声，或远或近，渐渐密集。这像是不速之客，刺痛了他麻木的神经，让他烦躁不安。他已经适应了这黑暗，没有光亮，也没有人声，虽然有些害怕，却给了他隐身之所，可以独自在这长长的马路上一直走下去。但现在，他却像是白天里爬出洞穴的老鼠，丑陋都暴露在了光天化日之下。他害怕被村里人撞见，又不想回家，看看天色放亮，下了大路，拐向了通往南边的小路。

走不多远，就是怀清河。宽阔的河道上只剩下浅浅的一道流水，但早已被冰雪封住，只在水急处才有些水声。怀清河的源头只不过是几眼细小的泉水，沿途汇入了众多溪流，逐渐壮大，有了些波澜。虽然平时不起眼，但到了夏天雨水充沛的时节，河面涨宽至里许，也颇有些气势；赶上发大水，也是浊浪翻滚，涤荡生威，把沿河两岸的庄稼和房屋冲得七零八落。

关于怀清河，当地还有许多传说。由于地势的原因，这一带的河流都是自西向东，只有怀清河逆势而行，由东向西，绵延数十里，汇入沱河。更让人称奇的是，汇入沱河的怀清河仍然保持着一股清流，久久不散，不肯融入那浑浊的沱河水。这是一条桀骜不驯的河，传说怀清河龙因此而获罪，被拦腰斩为三段，现在的河道上还有三截干河滩；但怀清河并没有断流，河水从地下流过河滩，在不远处又重新流回地面上来。

但眼前的却是一条再普通不过的河，波澜不惊，默默地流淌。这几年连年干旱，春天常常断流，几百米宽的河道长满了丛生的毛柳，那涤荡一切的洪水也难得一遇。只有沿岸那些被冲得犬牙交错的田地，还能显出它曾经有过的气势。一到夏天，孩子们在这河里游水嬉戏，而如今，再也没人到这深不及腰、满是淤泥的水里玩耍了。

但是在赵永生的想象中，却有一条大河，奔腾向前，穿过炊烟袅袅的村庄，穿过大片金黄的麦田，穿过高山大桥、峡谷深涧，绵延百里，流向遥远的天际。那该是怎样一幅壮观的景象。可惜的是，这一切他只能在想象中去领略。他没有见过真正的大江大河，他所到过的最远的地方不过是三十里外的县城，而且几年也难得去一次。

河上有一座小木桥，说是座桥，不过是十几根木头并排架在河面上，上面铺上一层秸秆，用土压实，勉强能走人和手推车，马车、拖拉机则只能涉水而过。那桥就算夏天不被大水冲毁，也禁不住河水侵蚀，两三年就得重修一次。这桥已经几年没有修过了，桥上的木头已经有些朽了，有的地方已经塌下去了。站在桥上向南望去，岸边的麦田和远处的山坡在冰雪的覆盖下连成一片灰白色，毫无生机；北面的村庄还笼罩在清冷的夜色之中，几户人家的窗户透出了灯光，淡淡的黄色透着温暖。

站在这空旷的野地里，风没了遮拦，呼啸着像刀子一样割在脸

萤火

上，让赵永生抬不起头来。他闭上眼睛，深吸了口气，大吼了一声："啊……"

在这空荡荡的野地里，声音都没有气势，干巴巴的，撕扯着传开去。他觉得胸中的那口闷气舒缓了许多。可正当他吸足了气，张大了嘴，想再痛快地大喊几声，身后却突然传来了一阵咳嗽声，吓了他一跳。回头一看，不远处正是拾粪的狗丢儿，背着粪筐，佝偻着腰，正头也不抬地在地面上搜寻着。

狗丢儿是个老光棍儿，没成过家，没儿没女，一直跟着弟弟一家搭伙过日子。他脑子不怎么灵便，庄稼地里却是一把好手。年轻的时候，一家七八口人的地他一个人收拾得利利落落，还顺带着养猪放牛，担水砍柴，把一家人侍候得舒舒服服的；现在老了，却仍然闲不住，每天早出晚归，背着粪筐到处拾粪。他常年天不亮就起来，天黑了才回去，村里村外的大街小巷犄角旮旯都转遍了，就连那些做贼的都得躲着他。

赵永生硬生生地咽回了那已冲到嘴边的喊声，觉得心里更加憋闷。他下了桥，顺着田间的小路向南飞奔。但是他那双麻木的双腿早已不听使唤，没跑几步，就一个趔趄趴在了地上，多亏那身厚实的棉衣，才没有受伤。但他却全然不顾，顺势爬了起来，继续向前猛跑，直到精疲力竭，再也跑不动了，才蹲在地上，大口喘着气。

他感觉头晕目眩，但一个情形却越来越清晰。那昏暗的屋子，压得人喘不过气来；妈妈那固执坚忍、刻满仇恨的脸，没完没了的唠叨；爸爸闷声不响，蹲在墙角抽烟的样子，都像是印在了脑子里，挥之不去，让他发狂。他把双手插进乱糟糟的头发里，使劲揪着，他想喊，想哭，想骂，仰起头咧开嘴，声音却卡在了喉咙里；他想趴在地上，让脸贴着冰冻的泥土，让那冰冷浸入骨髓，驱走心底的狂躁。但他只是把头深埋在两腿中间，感觉血慢慢涌上了头顶，头皮开始发胀，两腿渐渐发麻，直到觉得快要栽下去了，才站起身来，长长地出了口气，又用拳头狠狠地砸了几下头，头脑中一片钝钝的麻木，才感觉好了些。

残月西沉，已是黎明。夜空分外萧条，只依稀能辨出三两颗星星的样子。小时候，夏日的夜空是那么繁华，银河像一条长着银色鳞片的巨龙横跨在天空，星星宛如散落在湖面的钻石。一家人坐在院子里乘凉，他躺在妈妈的怀里，听妈妈讲故事。妈妈教他认天上的星星，那时候他能认得很多星星。天河边上那颗明亮的大星是牛郎星，左右各有一颗小星星，是他的儿女；不远处还有九颗星均匀地围成一个圆圈，但其中有一个缺口，那是天井，是牛郎饮牛的地方，那缺了的一颗是被牛踩掉的一个豁口；与它们隔河相望的是织女星，在银河的对岸孤独地守候着。

小时候他能轻易地找出这些星星，现在却怎么也找不到了。小时候，妈妈还会讲很多故事，那些鬼神精怪的故事，被她讲得绘声绘色，就像是她亲身经历过的一样，让赵永生既害怕，又着迷。妈妈还会唱许多好听的歌，他总是在妈妈轻柔的歌声中睡着。那时候，他无忧无虑，有父母宠着，家里其乐融融，他觉得自己是天底下最幸福的孩子。

但是现在，家里早已没有了丝毫的温暖，那不仅仅是家徒四壁的冷清，而是被一种绝望的气氛笼罩和吞噬着。父母无休止地争吵，互相埋怨，连他也不时成为他们的出气筒。他由害怕到厌恶，甚至憎恨这个家，现在哪怕是一分钟也不愿意在家里多待，恨不得早早逃离那个地方。

他一路跑到了南峪水库大坝的脚下。大坝的护坡上用石头砌出

了"南峪水库"四个大字，足有几人高，因为离得太近，反而难以辨认。放水闸门的绞索架高高地矗立在大坝顶上，长长的绞索牵着闸口那巨大沉重的水泥盖板，紧绷的钢缆在严寒中看起来异常脆弱，仿佛随时都会绷断。深不见底的涵洞阴森森的，看着瘆人，仿佛随时都会有水汹涌而出。

他爬上了大坝，刚一露头，一阵强风扑面刮来，吹得他险些站立不住，刚刚跑得有些发热的身体，一下子又被风打透了。眼前是连绵起伏的群山和冰封雪盖的湖面，一片灰白色，仿佛是一幅水墨画。

七山二水一分田，这里山多，每到雨季，山水汇成洪流，泛滥成灾，因此大大小小的水库遍地都是，不但防洪，还能蓄养大片的水浇地。南峪水库是"文革"时修建的，是这附近最大的水库，有近千亩水面。水库四面群山环抱，层峦叠嶂，山口处筑起一道大坝，把滔滔洪水变成千顷碧波，很有些人定胜天的气势。现在水面早已封冻，四面群山也朦朦胧胧，赵永生挺身站在风口，颇有些横刀立马的豪气。

他更喜欢夏天。夏天的南峪水库是一个绝好的去处，水面开阔，微波粼粼，山形树影倒映水中，秀美怡人。水库中央有一个小岛，岛上绿树参天，浓荫蔽日，飞鸟成群，仿佛世外桃源。上初中以后，那浅浅的怀清河对他已经没有什么吸引力了，他常常流连在南峪水库，划船、游泳、钓鱼、摸虾，乐而忘返。

他回想着那一幕幕快乐的情形。在那片水深不及膝的浅滩上，多的是鱼，一帮孩子在那里猛跑一阵，鱼儿惊得上蹿下跳，直往怀里钻，顺着泥里的脚印摸下去，每个泥窝里都趴着一条鱼。赶上一场大雨，山上的洪水顺着沟沟汊汊流到水库里，水库里水深不透气，成群的鱼儿逆水而上，那些筷子长的鲤鱼在浅浅的河沟里露着黑色的脊背，只需弯腰去拣就行了。还有虾，泥坑里、石缝中、被水没过的草根下，满是手指长的河虾，拿上网兜顺着水库转一圈，烧一壶开水的工夫，一顿美味就有了。

赵永生不觉笑了。他长嘘了一口气，只觉得这口气在胸中憋得太久了。面对着空旷的山谷，他终于可以尽情地发泄了。

"啊……"他声嘶力竭地大吼了几声，感觉周身的血液又流动起来了，他伸了伸胳膊，踢了踢腿，关节发出清脆的响声，就像那冰层上传来的咔咔的声音。

他顺着陡峭的大坝跑下去，一直冲到了冰面上。冰上粘着一层厚厚的雪，但已经变得像冰一样坚硬，踩在上面发出咔咔的响声。他小心翼翼地向水库的中央走去，脚下不时传来冰层断裂的声音，冰上一道道长长的裂纹，白森森的，深不见底。越往里走，崩裂的声音就越大越频繁；要是掉进冰窟窿里，恐怕再也爬不出来了。

他想象着自己在厚厚的冰层下面挣扎，惊慌失措地游啊游啊，却怎么也找不到出口，渐渐绝望，最后被冻在冰层里。他感到心里一阵阵收紧，不由得屏住了呼吸，踮起了脚尖，脚步也放慢了下来。人被冻在冰层里会是什么样子？那似乎并不难看，晶莹剔透，像是一枚琥珀。他仿佛看见自己躺在晶莹的琥珀中，人们手忙脚乱地刨开冰面，把他扒出来。

当双脚终于踏上湖中央岛上的土地，他长出了口气，抹了一把额头上渗出的汗珠儿，像是经历了一场虚惊，回头看时，冰面上留下两行歪歪扭扭深浅不一的脚印。小岛上的积雪很厚，没有人迹，树木枝丫横生，地上遍是枯枝。山里不缺柴火，这要是在山外，不要说树枝，恐怕连树也早被人砍光了。

岛上夏日里成群的鸟儿都不见踪迹，只有树顶上几个硕大的喜鹊窝，大得可以托住一个孩子。天已大亮，两边山坡上的树木清晰可

见。那些绿色的松柏中间夹杂着一些杏树，淡粉色的树枝像一抹淡淡的烟云。这些野生的杏树来年又能结出满树又酸又苦的山杏。每年四五月份，没等到杏儿长熟，赵永生他们就跑到这里找野杏吃。赵永生他们一棵树一棵树地找，一路尝下来，嘴都麻了；找到一棵稍有甜味、能吃下几口的，就高兴得不得了。

水库的另一边，山的深处，隐隐能看见几户人家。村里鸡犬之声相闻，周围的一切也一下子有了生机。他们傍水而居，推开窗子，就是碧蓝的湖水，有客人来时，生起火再去湖里捕鱼也来得及下锅。那是多么惬意的生活啊！

赵永生忽然觉得自己是如此渺小。世界如此之大，对他来说却不过是巴掌大的一片地方。山谷中的南峪村虽然近在咫尺，却仿佛另一个世界，透着几分神秘，更不要说山的那边，他想象不出是什么样子。站在这群山环绕的谷底，他觉得自己就是那只井底的青蛙，眼巴巴地看着那片可怜的天空。

他多想到外面去闯一闯啊。要不是家里非逼着他念完初中，他早就迫不及待了。其实在学校里也不过是混日子，考学对他来说是毫无希望。不但是他，恐怕整个乡中能考上大学的也不一定有那么一个半个，绝大多数人都是在混日子。但他却并不想这样混下去，他并不在乎那张毕业证，这年头文凭早就不值钱了，何况还是个初中文凭。只有妈妈还是那副老脑筋，总说什么初中毕业能顶半个秀才，还指望他能考上大学。好在再有半年就毕业了，到时候他就可以出去闯荡了。

他对着山谷大喊了两声，听四面回音响起，又一口气跑上了大坝，不顾脚下传来吓人的响声。大坝上的风小了。太阳正在升起，东边的天空布满了朝霞，西边的山顶已经沐浴在金色的阳光中，仿佛一幅灰白的山水画正在涂抹着颜色。站在这里，可以看见新庄那高低错落的房屋、层层的梯田和那条从村前穿过的公路。炊烟和着朝雾，形成一团乳白色的浮云，飘浮在村子上空，暖暖的，仿佛能闻见弥漫其中的香气。

　　他听见自己的肚子咕咕叫了几声。折腾了一早上，跑出来七八里路远，现在才觉得又冷又饿。他下了大坝，顺着来时的路快步往回走。山脚下是大片的麦田，长长的麦畦一直延伸到怀清河岸，一眼望不到边。在这沿河两岸，繁衍生息着多少终年辛勤劳作的人们，世世代代，自强不息；又有多少悲欢离合、荣辱升迁的故事，自生自灭，随着岁月的流逝不留下一点儿痕迹；而身处其中的人，却是刻骨铭心，用自己的一生去求索。

二

  一路上赵永生听见自己的肚子不停地叫着。他已经饿得前胸贴后背了。他边走边想着家里做的什么饭，会不会是羊汤，恍惚间，仿佛有一碗热乎乎的羊汤已摆在面前，香气扑鼻。说是羊汤，其实不过是漂了一层羊油的清汤而已。爸爸从路上拣来一卷羊板油，不知道是别人丢的还是扔掉不要的，成了他们入冬以来的美味。他们每天早上切上一块，放上点儿白菜，炝上一锅汤，全家人热热乎乎地喝下肚，嘴唇上还沾着厚厚的一层羊油，可以回味好一阵。因为怕有毒，爸妈开始还不敢让赵永生喝，而他也并不喜欢那浓重的羊膻味，但现在也喝得喷香。虽然多年以后他喝过了地道的羊汤，却总是觉得比不上这羊板油的味道纯正。

  他回到家已经早上八点多了，爸爸早已上班走了，妈妈正在路边张望，看见他回来了，总算舒了口气。他并不理会妈妈那歉疚和探询的目光，匆匆喝了两口玉米粥，就去上学了。其实，在回来的路上，他肚子里的气已经消得差不多了，但一回到家，那沉闷和压抑就又扑面而来，他不由得绷起脸，说话也没有好声气。这已经成了习惯，虽然在外面有说有笑，但一回到家就皱起了眉头。

家早已不再是一个挡风遮雨让人留恋的地方，他不愿意进这个家，恨不得躲得远远的。爸爸也总是借口加班，三天两头住在厂子里，而一回到家，说不上两句，爸妈就又吵起来了。

上学已经迟到了，这对他来说早已是家常便饭。可是现在太阳已经老高了，他一个人背着书包孤零零地走在路上，还是显得很碍眼。他匆匆地穿过村子，避开大街上的人们，等出了村，他就不用再理会别人了。

出了村口是一大片空旷的田地，西北风怒号着迎面吹来，虽然路面早已被风刮得干干净净，刮不起一点儿沙尘，却仍然像无数细小的鞭子抽打在脸上。他缩着脖子，两手抄在袖口里，背过身一步一步倒退着往前走。

他想起了出门时妈妈的眼神。他在外面冻了半夜，早上又没吃多少东西，这一整天妈妈心里都得七上八下的。她总是穿着那身早已辨不出颜色的衣服，肩头、胳膊肘和膝盖已经是补丁摞补丁了，袖口和下摆也都毛了边，衣襟上溅满了泔水点子。那件褂子本来就有些瘦小，套在肥大的棉袄上，更显得鼓鼓囊囊的。她只有这两件衣服，一年穿到头，很少离身。

她才不过四十岁，可看上去却有六十多岁。她的脸有些浮肿，满是深深浅浅的皱纹；背有些弯了，或者也许从来就没有挺直过，身材显得更加矮小。她是那么瘦，即使穿着臃肿的棉衣也不肥壮，让人担心她随时都有可能倒下。她浑身是病，哮喘、头晕都是多年的老毛病，头疼脑热更是隔三岔五，可她从没有打过针吃过药，更别说上医院了；只要不撂倒在炕上，她总要挣扎着爬起来。

他的心里有些不安。地里活儿重，吃得又差，妈妈是积劳成疾。他家固然是穷，但仅有的那点儿营养，也都贴在了赵永生身上。他嘴

又馋又刁，玉米面吃不下，更别说那糙得噎人的高粱米和又苦又涩的红薯面了。那时候细粮本来就少，别人家都是贴给了壮劳力，而他家不多的细粮却都进了赵永生的嘴里。赵永生也没有受过什么委屈，别人家的孩子吃不饱，只能啃红薯窝头，他却从没有挨过饿，而且顿顿细粮。

他虽然长得瘦小，却赶上大人的胃口，上了学以后，他的饭都是单独做。爸爸上班走得早，总是对付着吃点儿，却总是想办法给他弄些好吃的，让他能吃饱。妈妈总是在旁边看着他吃完，送他上学走了，自己才喝些剩下的汤，或是吃些冷饭，有时甚至饿上半天。爸爸在厂里还能吃顿饱饭，沾点儿荤腥，而这么多年来，妈妈就是这样有一顿没一顿地过来的，她那瘦小羸弱的身躯，全凭一口气支撑着。

这两年，家里一年不如一年，他也越来越能吃，单给他开小灶是开不起了，但好吃的还是先紧着他。他也从没有干过什么重活儿，没受过庄稼地里的苦。像他这样年纪的，好多都不上学了，能顶半个劳力了；那些还在上学的，也没有吃闲饭的，农忙时自不必说，和大人们一样起早贪黑，抢种抢收，农闲的时候也得半个身子扑在家里的活儿上，锄地上肥，割草拾柴。他从来没正儿八经干过什么农活儿，家里也不把他当依靠，实在忙不过来才让他跑个腿搭把手什么的。他虽然看起来文弱，但那不是因为营养跟不上，也不是干活儿累的，反倒是因为活儿干得少，胃口撑不开，吃饭挑三拣四。妈妈也常常为他发愁，只盼他将来有个好命，不用跟庄稼地打一辈子交道。

赵永生想起了路上碰见的杨三儿，他正赶着一群羊去山坡上。杨三儿和他曾经是同学，现在却形同陌路。他只上到小学三年级就回家放羊了，他爸说能数清数儿就够了，学再上多了也没用。他家几代放羊，常年养着三五十只羊，家里也弄得像是个大羊圈。杨三儿更是浑身上下油黑发亮，辨不出个眉眼来，身上的味道也和羊群一样，老远就能闻到。他每天早上把羊赶到离村七八里远的山上，晚上再赶回来，整天背着个雨衣卷，怀里抱着赶羊的长鞭，拖着脚跟在羊群后面，表情麻木，嘴里不时发出"咧咧"的声音。那些羊也像他一样，呆得老实，个别跑远的，杨三儿咧咧两声就回来了。

杨三儿虽然看着不起眼，但放羊却是个不错的营生。那些羊也是一笔不小的家当，够给杨三儿盖房娶媳妇的了。赵永生想想以前的那些同学，回家种地的种地，做工的做工，都是一身土两脚泥，顾家过日子。他不是借着上学的幌子，免受那风吹日晒之苦，他也有自己的打算。他不想和他们一样，混沌麻木，灰头土脑，守一辈子庄稼地。虽然不知道除了种地和放羊，自己到底还能干些什么，但他知道自己总归是要到外面去闯一闯的。

他听说过不少村里人出外闯荡的经历，一直羡慕不已。村里一个后生，像他这么大的时候，就在邻县一家石灰窑上干活儿，因为老实勤快，被窑主看上，招了上门女婿，而窑主家又只有一个女儿，那万贯家财早晚都要归他。这个后生家在村里是有名的破落户，穷得叮当响，父母脑子还有些不大灵便，他待在村里多半得打一辈子光棍，现在却土鸡变凤凰。不单是他，那些出去闯荡的，回来无不是一脸的风光，村里人也都刮目相看。赵永生相信，只要敢出去，总能闯出一条路来。再看看村里的那些人，一辈子连村子都很少出，祖祖辈辈守着那一亩三分地，就是不傻也会变成傻子的。

他觉得风小了些，回过身发现已经到了邻村李庄的村口，穿过去就到学校了。这里没人认识他，他也不用躲躲闪闪了，但他还是发怵走过村子那条长长的街道。那条街上，正是李庄的人市，在大队部临街的院墙根下，尤其是到了冬天，从早上太阳升起直到太阳落山，总

是或蹲或站地排满了人。而现在，他要在那几十双眼睛的注目下，独自走过去。

人市上都是些闲人。那些老了干不了活儿的，待在家里有些碍手碍脚，收拾庄稼的那一套已经没人爱听了，那一代为人处世的经验也已经过时，只能在人市上唠叨唠叨。还有那些在家里待不住的老娘儿们，到人市上东家长西家短地闲扯，对街上来往的人品头论足一番。也有些游手好闲的，打牌一时凑不够手，到人市上凑个热闹。一天到晚人们来来往往，总也没有清静的时候。

这些人虽然不起眼儿，却不能小看了这人市。在村里，那是一个消息集散的市场。在那里散布着各种各样的消息，大到国内外形势，小到家长里短，都能打听得到。上至北京、省里谁得势了，县里谁要下台了，下到村里哪家挣了大钱、哪家在外面有后台，还有哪儿又出了个半仙儿，哪儿又有些灵异的事，都说得有鼻子有眼。他们不看什么报纸文件，那话听起来虽然上不得台面，甚至不值一笑，可对时势和世道的议论却往往是一针见血。

人市还是个评断是非的地方。东家打架了，西家分家了，张家子女不孝，李家媳妇不守妇道，人们捕风捉影，说长道短，不遗余力。那些是非曲直，经他们讨论定了调，再散播到各家各户，便是板上钉钉了。

人市上也不总是那些孤老闲汉、碎嘴婆娘。村里那些有头有脸的人物，也经常到人市上走一走，有意无意地散布些消息，发表点儿议论。能在人市上高声大气地说话，不但需要勇气，更是一种身份，那得是村里数得着的能人。在村里，大抵是以嗓门的大小看说话人的分量，有身份的人自然敢往人前站，说话也有底气。日子过得不强的，活得也不硬气，想要在人前露个脸，也是压不住阵脚，没几句就得给哄下来。

所以，人市也是个势利场。来了有头有脸的，那一双双浑浊的眼睛都放出光彩，大捧粗腿；若是更有身份的，则像听得入迷，不时赔笑两声。村里那些头面人物，也常常利用人市来散布消息，透露风声，褒贬是非，轻易就左右了舆论，给自己造势。看着那些支棱着耳朵听着的人，说话的人自然感觉风光无限。一边是村里数一数二的拔尖人物，在人市上高谈阔论，一边却是一群最不起眼的听众，这情景看起来有些古怪，却相得益彰。

太阳已经升起老高，李庄的人市很热闹，二三十号人一字排开，站在街边上，盯着过路的行人，这阵势，谁从这儿过心里都发虚。赵永生的出现本来已是不合时宜，再加上那一副吊儿郎当的样儿，那些目光便齐刷刷地转过来，直勾勾地盯住了他，一双双百无聊赖的眼睛也都有了神采。

一个抱小孩儿的女人看见他那磨磨蹭蹭边走边玩的样子，不住地摇头叹气，咂嘴皱眉：

"啧啧，你看看这孩子，爹妈省吃俭用供着他上学，起早贪黑伺候着吃穿，哪知道都这点了，他还在这赶闲集似的晃悠呢。你看看这都快过晌午了。唉，现在这孩子们哪，都是要账的主儿，供他上学有什么用，除了糟蹋钱，也没见哪个知书达理，更别指望有多大出息了。"

这话立刻引来一片响应。一个老头儿马上说起了他那不成器的孙子，拿上学当幌子，家里地里的活儿一点儿都不沾，整天勾三搭四，东游西逛。有人说起了自家刚过门的儿媳妇，饭不做，地里活儿不干，成天聚一帮人打麻将，拿公婆当奴才一样使唤，成天呼来喝去……

他成了那些不成器的小青年的代表，那些愤恨的目光都集中在了他的身上。他感觉那唾沫星子都快飞过来了，他觉得他们不值得理

会，但是在这众目睽睽之下，他的精神胜利法却起不了多大作用；虽然他尽量装得老成，却越发显得吊儿郎当，毕竟还是心虚，脚底下暗暗地加劲，匆匆逃离了人市。

正在上课，校园里很安静。他在大门口探头探脑地张望了一会儿，只得绕到了学校的后面。顺着操场转过去，是个小山坡。学校依山而建，西墙紧靠着山脚，有一段围墙只有半人多高，墙的里边就是他们班的教室。他倚着墙角的一棵树，半蹲半坐了下来，只等下课铃声一响，就翻墙进去，溜进教室，真是神不知鬼不觉。

墙根下很阴冷，那身厚厚的棉衣棉裤也抵挡不住，一会儿就冻得赵永生手脚发麻，坐立不宁。冬天实在是难熬，而他最不情愿的，就是穿上这身臃肿的棉衣。村里的年轻人没有几个还穿棉衣的了，但这是妈妈定的规矩，没有商量的余地。况且除了棉衣，他也没什么可穿的。他没有风雪衣、羽绒服之类的时兴衣服，只有一条绒衣，还是小舅穿剩下的，绒早已磨没了。只是他这身棉衣肥厚笨重，实在难看，像是上了岁数的人穿的缅裆裤，虽然天冷的时候可以挡些风寒，但在平时，却是个累赘，动不动就一身汗，很是狼狈。

要是夏天就好过多了，总有几件衣服可以替换一下，虽然他的衣服大多也是舅舅们穿剩下的；而且夏天他随便找个地方玩上半天，何苦天寒地冻的，在这里傻等着。

下课铃终于响了，学校里一下子热闹了起来。赵永生探头看了看，他们班还没有动静。他忽然想起，今天前两节都是数学课，赶紧缩回了头。

数学老师是他们的班主任，一个伶牙俐齿的老太太。她讲起课来慢慢腾腾东拉西扯，但下课铃一响却来了精神，讲起来没完没了，一副兢兢业业的样子。她尖酸刻薄，犯点儿什么事被她逮住，就是没鼻子没脸一通挖苦讽刺，而且从不就事论事，而是把以前的丑事都抖落一番。可恨的是她虽然是新庄的人，却最看不上本村的孩子，新庄那几个调皮捣蛋的，不但时不时被她揪出来训斥一顿，就连上辈人不光彩的事也常被拿出来在班上数落。

村里一个随娘改嫁过来的孩子，总是被她在班上"带犊儿"长"带犊儿"短、指桑骂槐地骂，气得他家里人来学校跟她理论。赵永生也属坏学生之列，迟到旷课，小打小闹，大错误不犯，小错误不断，没少挨她的训，他家受穷挨欺负那点儿事，在班上也早已是尽人皆知了。

赵永生不敢探头张望，蜷缩在那里，待着待着，就有些犯困，迷迷糊糊的，只是觉得冷。早上那冻得发僵的身体似乎一直就没缓过劲儿来。要是能坐在屋里，趴在桌子上舒舒服服睡上一觉该多好啊。这是他第一次向往能坐在教室里，以前只是觉得枯燥无味，现在才觉得不只是暖和，而且那才是他应该待的地方，在那里才心安理得。

终于他们班上也有了动静，他小心地探出头，瞄着老师转过了墙角，才一跃上了墙头。李铁正懒洋洋地从教室里走出来，抬头正看见他蹲在墙头上，脸上却仍然没有什么表情。他整天是这么一副木呆呆的表情，让人觉得没劲。他轻轻地从墙上跳下来，冲进教室，扔下书包，转身刚想出去，上课的铃声响了，只好垂头丧气地坐在座位上。

这节是物理课，老师是个精瘦刻板的老头儿。他每天穿戴得整齐干净，头发一丝不乱，在这乡中里很少见。他那张如刀刻般的脸也总是板着，很少有笑容；现在快要退休了，反倒有了些缓和，见人有了些笑模样。他讲课也一样一丝不苟，到点就来，来了就讲，讲完就走，绝不拖沓。教了几十年的书，课本几乎能背下来了，闭着眼睛也能讲。他早已历练得宠辱不惊，站在讲台上，犹如面对着一潭死水，

眼皮都不抬一下，讲课的声调也没有平仄，听不出什么感情，就连最调皮的学生在他的课上也打不起精神来。

赵永生倒有点儿喜欢这老头儿，在老头儿的课上他可以放心地睡觉，搞些小动作，不用担心会被拎出来教训一通；只是这样却也没有了捣乱的乐趣，他反倒老实了许多。

赵永生觉得身体渐渐暖和了过来，手脸有些发烫，心里有些烦躁。他想趴在桌上睡一会儿，却又睡不着，想找人拉扯两下，但四下看看，人们都昏昏欲睡。同桌的李铁倒还精神，却仍然毫无表情，大睁着眼睛不知道在想什么。他东张西望了一会儿，把下巴垫在书包上，百无聊赖地看着眼前。

前几排是女生和那些好学生，他们是班里重点培养对象。赵永生个子矮，以前也在前排，到了初三就被赶到了后面。开始他还觉得很自在，不像在老师眼皮底下，缩手缩脚的了。慢慢地，他觉得那滋味并不好受，老师对他们不闻不问，只要不影响别人，连看都不看他们一眼，就像不存在一样。坐在教室最后面的，才是真正的风光，结伙打架，看电影，搞对象，和社会上的小青年称兄道弟，在学校更是无人敢惹，老师也对他们客客气气。他们拿出入校长室当家常便饭，总是一副满不在乎的神情；但在课堂上却很安静，除了睡觉，很少闹出什么动静。

其实，真正招人烦的是赵永生这些人，上课嘀嘀咕咕、拉拉扯扯，小打小闹不断，总得弄出点儿动静来以引人注意，却只能招来别人的白眼儿和老师的训斥。

有时想想，赵永生也觉得挺没意思的。他也想干点儿风光的事儿，出出风头，但他天生胆小，个子也小，见人家拿砖头拍人，就有些腿软，更别说动手打架了。他只不过是贪玩，满脑子想的不过是摘花折柳、捞鱼摸虾的事儿，上课坐不住，搞点儿小动作，下了课追逐打闹一番，玩不出什么花样来。

  他也羡慕那些学习好的，他们是老师眼里的宝，老师看他们的眼神都透着欢喜，比对自己的孩子还亲，不像对他们，横竖都不顺眼。以前他也曾经是个好学生，考初中时还是全校的第一名，差几分就考上了县中学，但上了初中以后，父母顾不上管他了，只要他早上背着书包出门，晚上到点回家，至于上的什么学、考得怎么样，从不过问，偶尔想起来提两句，过后也就忘了。他像是出了笼的鸟，再也没有了约束，从偶尔迟到到整天逃学，很快就从一个好学生变成了一个惹人厌的赖刺头。

三

　　晌午还没到,赵永生已经饿得快挺不住了,上课打不起精神,连觉也睡不踏实,蔫头耷脑地在桌子上趴了一上午。

　　冬天天短,家里只吃两顿饭。学校中午也不让回家,在教室随便吃上两口,下午早早放学。中午下了课,同学们都拥向教室中间的炉子。炉盖上和炉筒边早已摆满了一圈红薯,这就是他们的午饭了。条件好点儿的,带块烙饼或是煮个鸡蛋,也都围着炉子热热乎乎地吃了。那些家境富裕的,则到校门口的小卖部,买上一包点心,店主给倒上一碗白开水,舒舒服服地吃一顿。

　　赵永生从不跟他们挤在一起啃红薯,他觉得没面子,宁可饿着也不去凑这个热闹。家里虽然没钱,却不能让他饿着,每天给他两毛钱,让他买些吃的。两毛钱只能买一块面包,找个背风的墙根啃了,那面包虽然黄灿灿油亮亮的,却不禁吃,他一点一点地撕着吃,还没等到肚里有反应,就已经吃完了。有时候面包吃腻了,他就从家里偷些豆子,到小卖部换些豆腐豆片吃,那比干面包要好吃得多。但那店主看他好糊弄,占了他不少便宜。眼见家里那本来不多的黄豆越来越少,虽然父母没有察觉,但他终究心里不踏实,还是吃那两毛钱的面包省事。

今天他出来忘了带钱，中午在外面转了一圈，又空着肚子回来了。下午的几节课更加难熬，他只是耷拉着脑袋佝偻着腰在那里苦挨。好不容易熬到了放学，他觉得自己已经饿得干瘪瘪轻飘飘的了，想想还有五六里路要走，腿就有些发软。

一放了学，大家还是有了精神，一路上嘻嘻哈哈，倒也热闹。穿过李庄，到了马路上，一辆自行车嗖一下贴着几个人蹿了过去，一个小伙子弯腰弓背，穿着一件古铜色的棉袄，头发梳得整齐油亮，像个大虾米一样卡在自行车上，东倒西歪地蹬着车子。

几个人正嫌无聊，看见这么一个油头粉面的二流子，一下来了劲头，一齐叫嚷着起开了哄。

"哎，你们看这小子的脑袋是不是牛舔过的，要不怎么那么光溜呢？"

"谁家的牛有工夫给他舔毛啊，蘸上点儿水一拢就得，你看那头发上还冻着冰碴儿呢。"

"嘿，脑袋让牛舔了那小子，狂什么狂，站住！"

一阵响亮的哄笑。小伙子慢了下来，回头看了一眼，几个人更来了劲。

"嘿，站住！说你呢，别走哇，有种的回来练练。"

又是一阵哄笑，料那人也只是装没听见，赶紧溜了。谁也不会跟这么一群无事生非的人一般见识，惹一顿没趣。可是那人却拐了个弯，转了回来，停在了他们跟前，挨个盯着他们打量了一圈，下了车，边走边问：

"咋的啦，哥儿几个？兄弟哪儿有什么不对的，得罪几位了？"

他看起来很老练，并不把他们放在眼里。

谁也没有想到他竟然真敢回来。这些人虽然嚷得热闹，却只是仗着人多起起哄，并没有多大的胆量，现在都装得没事人似的，谁也不吭声。

"看你们这架势，都挺不服气是吧？别光嚷嚷啊，谁要是看着爷儿们哪儿不顺眼，站出来指点一下，让我也长长见识。"

没人接他的话茬儿，也没人看他，大家都目不斜视地往前走，好像他根本不存在一样。见这情形，那人的底气也更加足了：

"怎么都不吭声啦？一帮小兔崽子，毛还没长全呢，就敢出来叫板。看你们这帮人也不像什么好东西，不好好念书，臭毛病倒学了不少。都学点儿好，别学二混子，也不看看你们是那块料吗？"

他骑上车走远了，还是那样佝偻着腰，弓着背，车子歪歪斜斜。他们都暗暗长出了口气，尤其是那几个刚才叫得最响的。

赵永生也是其中的一个，他很失望，甚至有些愤怒。他们这么多人，竟然被他一个人给镇住，没有一个人敢站出来。其实他也一直在做思想斗争，如果那人再嚣张一点儿，或者是敢指着鼻子骂到自己头上的话，他肯定会站出来。这可是扬名立万的好机会。只是他从心底并不愿意承认，也许他一辈子也等不到这样一个机会，永远也不可能成为那个挺身而出的英雄。

好在大家都一样，谁也别笑话谁。那个人终于走了，大家都有些庆幸甚至是感激，他没有逼人太甚，让他们颜面扫地。但这毕竟不是什么光彩的事，大家都觉得尴尬，一时无人作声，低着头默默地走着。

赵永生心里却暗暗羡慕那个人，不卑不亢，满不在乎。还有他那件古铜色的棉袄，那么合身，不但不土气，反而很时髦。

回到家里的时候，天已经快黑了。爸爸没有回来，每次吵了架，他都躲在厂里不回来。妈妈正在生火做饭，看见赵永生回来，赶紧迎了上来。

一回到家里,看到妈妈歉疚的目光,他就又想起了早上的事,想起了这一天挨的饿,不由得就皱起了眉头。

"饿了吧,中午吃了点儿什么?"妈妈一边紧跟着他,一边察看他的表情。

"什么也没吃。"他头也没抬,径直进了屋。

"一天就喝那么一碗粥,还不得饿坏了。早上是不是没带钱?怎么不跟别人借钱买点儿吃的呢?快先来吃块豆腐吧,刚换回来的,还热乎着呢。"

妈妈把柜子上用碗盖着的一盘豆腐揭开,催促着他赶紧吃点儿。

赵永生最爱吃豆腐了,尤其是那冒着热气、不加任何作料的豆腐,鲜嫩水滑,香甜可口。他没拿筷子,就着碗狼吞虎咽地吃下了一块,舍不得多吃,又喝了一口汤。妈妈看着他吃完,才觉得心安了些,又忙着做饭去了。

晚上,李铁、王功和张寒露老早来找他。他们出了门,顺着马路漫无目的地溜达。马路上很热闹,人们三五成群,打打闹闹,扯着嗓子唱着不着调的歌。冬天夜长,天寒地冻,没个去处。上了年纪的早早上炕睡觉,年轻的出去喝酒耍钱,那些半大小子们则大半夜地在马路上闲逛,打发着多余的时光和过剩的精力。

前几年冬闲的时候,村里还放几场电影,逢年过节搭台唱几天戏、演几场皮影。虽然电影翻来覆去总是那几部片子,戏也不过是那么几出,但大人、孩子总算有个热闹的去处。这两年闹电荒,十天有九天停电,村里放电影的机子早就卖了,戏班子也早散了。村里也有几家买了电视的,但山沟里信号不好,天线杆竖到几十米外的山头上,也只能勉强收那么三两个台;想要调个台,还要爬到山坡上去转

天线，有几户买了彩电的，也调不出颜色。现在一停电，这些都成了摆设，一年也看不上两次。

他们几个人也算"臭味相投"，在自己家里一天也懒得说几句话，凑到一起却无话不谈。几个人里边，王功最小，却显得最老成。村里人情世故家长里短这些事儿，一般人都挠头，王功却说得头头是道。他能跟那些老娘儿们一待半天，拉些婆婆妈妈的家常话，那些拐弯抹角、话里套话的把戏，也能应对自如，甚至那挤眉弄眼、撇嘴挑眉的架势也不输给她们。他们虽然经常取笑他，却也不得不佩服。

王功也知道打扮，虽然他家没人顾得上拾掇他，他照样把自己收拾得干干净净，打扮得漂漂亮亮。他不穿棉衣，也买不起像样的衣服，只是里里外外套了好几层单衣，虽然冻得哆哆嗦嗦，却显得精神抖擞。再加上他本来生得五官清秀，也算得上一表人才了。而王功也时刻保持着良好的自我感觉和敏感的神经，察言观色，捕风捉影，哪个女同学跟他说上一句话，甚至多看他两眼，都让他飘飘然，美滋滋地回味好几天。王功对此也颇有心得，谁的身段好谁的眉眼俊，谁害羞谁爱笑，谁的嗓门好谁的声音俏，甚至哪个会过日子哪个能生儿子，都说得头头是道。

今天王功的兴致仍然很高。班上的一个女生似乎对他钟情已久，这几乎成了他们每天晚上的话题，他也总是津津乐道，一边回味分析，一边自我陶醉。他们虽然知道那多半是王功自作多情，却还是好奇追问，王功也更加闪烁其词，故作扭捏，吊着他们的胃口。李铁默默地跟在他们后面，低头想着自己的事，有时候漫不经心地踢着脚下的一块石头，耐心地一直踢着它走到很远。

李铁有些古怪，即使他们整天在一起，仍然觉得他难以捉摸。他眼睛总是瞪得大大的，目光却是空的，毫无表情地掠过眼前的一切。

他很少说话，偶尔冒出两句，也是前言不搭后语，不知所云，更是很少参与他们那些无聊的话题。他们不知道李铁都在想什么，有时候也拿他凑凑趣，他也不急不恼。

李铁比他们大了好几岁，是今年秋天才转到乡中学来复读的；在这之前他已经转了好几个学校，复读了好几年。但每次向李铁求证，他不是支支吾吾答非所问，就是干脆闭口不言，拿出装傻充愣的本领来，从不透露半点儿。

李铁虽然有些呆，却也让人觉得有些高深。有时候他冷不丁冒出一两句话来，颇有道理，耐人琢磨。他也沉得住气，不像他们，虽然嚷嚷得热闹，真到了节骨眼儿上却都没了主意。他经常收到信，有时候寄到学校，有时候寄到村里。学校里只有他收到过信，每次都让人羡慕。在村里一年也有不了几封信，村里的大喇叭除了宣传计划生育、催收公粮，就是广播取信了。有一阵子，李铁的名字隔三岔五地在大喇叭里响起，人们都以为是谁家又出了当兵或是考学的。学校附近的几个小混混儿，有几个竟然跟李铁相熟，客气地跟他打招呼，李铁却总是躲着他们，这让赵永生心生敬畏。

李铁脾气古怪，喜怒无常，而且发起脾气来六亲不认。有一次王功偷看了两眼他的信，转眼就招来了他一顿拳头，一反平时的麻木迟钝，让人对他惧怕三分。但不管怎么说，李铁很够朋友，不管是白天逃学还是晚上出来闲逛，总是叫上就走，从不多问。

王功还在那里扭扭捏捏，他们上去把他掀翻在地，捏鼻子拽耳朵，收拾了一番，也没交代出什么来。他也确实没什么可交代的，那些美事多半是他自己臆造出来的，他们也知道王功的底细，不过是每天找点儿乐子打发时间。

前边来了一辆汽车，刺眼的灯光晃得他们睁不开眼。汽车快到跟

前的时候，赵永生举起手来，看起来像是手里拿着块石头，作势向汽车砸去。晚上闲得无聊，他们常在马路上玩这种把戏，惹得那些汽车鸣起一阵长笛。

但这次汽车却在他们面前戛然停了下来，司机打开车门钻了出来，破口大骂：

"他妈的，也不看看这是什么车，你们也敢砸？别说砸坏了，掉块漆扒了你们家房子也赔不起。"

他边骂边围着车转了一圈，看没有被砸着，又叉着腰站在车前，指点着他们：

"一帮小流氓崽子，黑灯瞎火的，不老实在家待着，跑马路上砸车来了。骨头还没长成就敢打砸抢。你们这些东西，早晚都是祸害，就欠扔局子里关几天就老实了。"

骂完了，他钻进车里，狠狠地关上门。

他们被笼罩在刺眼的灯光里，一动不敢动。在车开走的时候，他才恍惚看见那是一辆小轿车，至于司机的模样，一点儿都没看清，只觉得在炫目灯光的映照下，那人高大魁梧、气势非凡。

赵永生暗自庆幸，如果一石头砸下去的话，恐怕要吃不了兜着走了。那些开小车的司机可不是好惹的。村里谁家的牲口被过路的车撞了，都能讹上一笔钱；但如果是被小车撞上了，就只能自认倒霉了，哪怕被撞的是人，也只有忍气吞声。可是等他回过神来一琢磨，又觉得不对劲。他竟然让人家两句话给唬住了，骂了个狗血喷头，说出去实在是有些丢人。他怎么也应该回骂两句，哪怕骂完了撒腿就跑；或者，不管三七二十一，一拥而上，把那司机揍一顿再说。毕竟他们有四个人，又是在自己的村头，这黑灯瞎火的也分不清谁是谁，打了也是白打。

他有些恼火，可转念一想，却又不敢确定。什么时候该出手，什么时候该忍，这里应该有些门道，他还不得要领。他总觉得李铁见过一些排场，应该明白。

他瞄了李铁一眼，李铁仍然是那副表情，就好像刚才什么事也没有发生一样，让人沮丧。也许是还没到出手的时机吧，这样一想，他心中坦然了些。

大家都默不作声，这沉闷对赵永生来说尤其难熬。被一个小车司机骂一顿并不算是什么丢人的事，搁谁多半也只能认了。但祸是他惹的，他盼着有人说点儿什么打个岔，掩饰一下。

传来了一阵欢呼声，村里亮起了灯光。今天来电早了，马路上闲逛的人们陆续散去了，回家看电视的、扎堆打牌的，都招呼着走了。王功和张寒露也回家了，赵永生却不想这么早回去。家里黑沉沉的，冷冷清清，他不愿意在家待着，每次总是挨到很晚才回去。他甚至更愿意停电，没有电的时候家家都黑灯瞎火，有了电反倒显出自己家萧条冷落，没有一点儿人气。

他盼望李铁能多待一会儿，想找些话说，却不知如何开口。

"去河边转转吧，还早着呢，回去也是睡不着。"

他边说边往河边的岔路上拐。

"别去了，回家吧……好不容易今天有电，早点儿回去还能看会儿书呢。"

"看书？看什么书？"

"我借了一本复习书，这两天该还人家了，还有几页没看完。"

"你晚上还要看书，怎么从没听你说过？"

他一时反应不过来。他一直以为看书学习这些事儿和他们是不沾边儿的。

萤火

"今天来电早，回去还能看几个钟头的书，早点儿回去吧。"

李铁径直走了，赵永生不知道该往哪儿去。他心里乱糟糟的，索性一个人去河边转转。路边是一片小树林，很密实，里边伸手不见五指。他状着胆子穿过树林，来到河边。这片河面很开阔，岸边是一片枯草，踩上去很松软。他找了一处厚实的地方坐了下来。没有风，月光很清朗，没有夏天的虫鸣，只有河水哗哗流动的声音，显得很安静，但他却静不下心来。

李铁竟然要看书学习，这家伙是越来越捉摸不透了。无法想象，在那样的环境里，他怎么能塌下心来，看得下去书。

李铁家的房子紧靠着山脚下，阴暗潮湿，他们兄弟四个，挤在一间小屋子里。屋里除了四面光墙，一张土炕，炕上摊着几床早已辨不出颜色的被子，再无他物。潮气加上脚臭汗臭，怪味扑鼻，外人很少进去。

李铁家在村里也是数得着的困难户。半大小子，吃穷老子，何况李铁家是挨肩的几个兄弟。他的父母也是土里刨食，靠收拾点儿庄稼，勉强填饱肚子，喂猪养鸡攒点儿零花钱，打个油盐酱醋，并没有什么来钱的门路。李铁的两个弟弟念完小学就不上了，一个在家收拾庄稼，一个在外当学徒做小工。还有一个弟弟也上初二，学习也好，是他家的希望。李铁排行老大，却没有一点儿长子风范，又馋又懒，父母不待见他，几个兄弟对他也是爱搭不理。听说李铁的学费都是自己张罗借来的，否则父母也不会由着他复读好几年。

那些复读生都是整天抱着书本，学得两眼发直，神情发呆。他们成绩优秀，承载着学校和老师的希望。他们很少与人往来，不但与新生格格不入，就是复读生之间也互不来往。而李铁在那些复读生里算是岁数大的，都胡子拉碴的了。他整天吊儿郎当，不受老师待见，倒是和赵永生这些人混在了一起，逃学闲逛。

这些都有些不大对劲，李铁自己借钱复读，不是来混日子，图认识俩字儿，会算个账就行。其实想想，和其他复读生一样，李铁的古怪毛病也不少。那些复读生有的常常自言自语，一个人念念有词；有的喜欢顺着墙根踱步；有的总是面带笑容，好像开悟了一样。而李铁不管上课还是走路，总是仰着脖子，面朝着天，若有所思，旁若无人。

赵永生坐在草丛中，心里也像那些枯草一样，理不出个头绪来。夏天的晚上，他常常一个人来这里，对着河面喊几声，唱唱歌。这片密实的小树林挡住了声音，他可以忘情歌唱，大声嘶吼。但是今天，他却提不起兴致来，呆坐了一会儿，起来闷头转了两圈，便回家了。

妈妈早已睡下了，爸爸躲在厂里没有回来。以前妈妈还总是担心，三天两头托人去厂里打听，后来也就由他去了。只是冬闲的时候倒还无所谓，赶上春秋两季抢种抢收，他也照样一去十天半月不回来。家里就这么一个壮劳力，他一撂挑子，妈妈受累不说，地里的活儿也耽误了不少。妈妈虽然要强，也只能看着庄稼撂了荒。他也许只是想在外面躲躲清静，或是想让人知道他在家里的作用，明白这个家离了他不行，却适得其反，他一回来，免不了又是一场争吵。

屋里气闷，一时又睡不着，赵永生又懒得进屋，就在院子的晾台上来回地踱着。西边的房檐下吊着一个沙袋，那还是夏天吊上去的，当时他心血来潮，想要练拳，就找了个麻袋，灌了些细沙，吊在屋檐下，权当沙袋。可惜他只练了几天，就打得双拳血肉模糊，再也坚持不下去了，没有练到双手结疤长茧，练出点儿样来。他不知道沙袋是不是这么个练法，只是恨自己不能像电影里那样，用双掌戳铁砂，用膝盖跪瓦砾，懊恼自己没有毅力和长性。

他试着在沙袋上打了两拳。沙袋里的沙子似乎被冻住了，结成

了一块，像石头一样坚硬。想想以前自己竟然还能坚持了几天，现在手上似乎还隐隐作痛。西屋里黑漆漆的，堆满了杂七杂八的东西。以前他经常在这里做俯卧撑，举车轱辘，这些也已经好久没练过了。他还练过飞毛腿，腿上绑上沙袋，每天跑步上学，可惜也没坚持多久。还有什么虎扑豹跳、鲤鱼打挺、扎马步、蝎子爬，可惜样样都是一阵风，新鲜地开个头就完了。

他不禁有些灰心。他不是逞强斗狠的料，虽然他羡慕人家前呼后拥的风光、打架时的痛快，可自己的拳头不硬，胆子又小，没有那股不要命的狠劲和冲劲。

四

入冬以来,父母三天两头就往镇里跑。跟西院院墙的纠纷,他家起诉到了镇里的法庭,他们想着盯紧点儿,盼着年前能有个结果,也好过个踏实年。法庭来人丈量了现场,找乡里和大队了解了情况。主审的法官看着挺和气,也通情达理,每次去总是让他们放心回家,安心等待判决。父母心里踏实了,这官司本来就是非分明,西院欺占了他家院子,不让他家垒墙,现场就在这摆着,明眼人一看就明白,毁不了,也赖不掉。父母甚至开始盘算等判决下来,该怎么答谢一下法官。

进了腊月,年味渐渐浓了,早晚有了稀稀落落的鞭炮声,家家户户开始扫房,糊窗户,冻豆腐,蒸年糕,备些干果,置办年货。村里的大喇叭隔三岔五地广播哪家又杀猪了,招呼人们去买。

这天晚上放学回来,刚拐进胡同口,赵永生就发现自家门前围了好多人,吵吵嚷嚷的。赵永生一惊,以为父母又吵架了。他们吵架虽然从不大打出手,也很少大吵大闹,但有时候妈妈也往外跑,以前还喝过卤水,寻过短见。他撒开腿就往家跑,等近了些听清了叫骂声,才明白原来是西院又骂上了门。

他松了一口气,脚下不禁有些犹豫。自从跟西院在院墙上有了纠

纷，西院隔三岔五找个碴儿就堵着赵永生家门口叫骂。开始他们还咽不下这口气，想跟他们理论一番，但这边只要有应声，那边就是倾巢出动，全家十几口人轮番上阵，骂上一天一夜不歇气，他家也只能关门闭户听着了。

　　让人这么骑着脖子拉屎却不敢吭一声，他觉得窝囊透了，抬不起头来。可是他也没有什么办法。开始时，被人堵着门口叫骂，他也不甘示弱，和他们对骂，甚至想冲过去和他们拼命；可时间长了，家里习惯了忍气吞声，他也没了脾气。打又打不过，骂也骂不过，就算是一命拼一命，他家三条命也拼不过对方的十几条命。妈妈自有她的精神胜利法，她总说公道自在人心，欺负老实人不会有好下场。她相信总有说理的地方，盼着法院的判决早点儿下来，那是国法，西院再霸道，再怎么骂翻了天也没有用。

　　没想到今天围了这么多人。左邻右舍早已经习惯了，每次打架都是一边倒，没有什么看头。不像两口子打架，还有人两边劝劝，做个好事。欺房占地是深仇大恨，是劝不和的。就是有几个看热闹的，也都是站在西院那边。打架看热闹也有个讲究，就像拉架总有所偏向一样，看热闹的站在哪边，就壮了哪边的声势。他家平常也难得有个串门的，一打起架来，更没人敢登门，都唯恐得罪了西院。但是今天，赵永生家的院子里竟然也站了不少的人。

　　当着这么多人的面被西院骂得狗血喷头却不敢还口，实在是丢人。赵永生正犹豫着是不是该悄悄地溜走，却被人叫住了：

　　"永生回来了，快去劝劝你妈，可别有个好歹的。"

　　他只好硬着头皮进了院子。妈妈跪在院子中央，高举着一炷香，仰着头大声祷告：

　　"老天爷呀，你开开眼吧！欺房占地，这是缺大德呀！我这是哪辈子造了孽了，辛辛苦苦八年，盖起了房子让大队给拆了，一辈子就攒下这么一处宅院，还让人欺占。我天天烧香拜佛，一辈子不坑不骗，从没昧过良心，咋就落到了这个份儿上？都说离地三尺有神灵，过路的神仙们，你们倒是睁开眼看看啊！看看这天底下的冤屈，管管这世间的不平，也让人们看看这善恶报应啊！老天爷，你救救这家人吧，你不能眼睁睁看着这一家人家破人亡啊！"

妈妈一边数落一边指天画地，捶胸顿足。她的头发蓬乱，脸在烟气缭绕中有些模糊，看不清表情。她的声音凄厉，半哭半唱，听着有些古怪，像是一个巫婆在那里装神弄鬼。她的身后围了一群人，都远远地看着，没有人上前劝说。

西边的院子里也站了不少人，有说有笑、津津有味地看着这边。赵万恶叉着腰，站在那一帮人前面。自从跟西院打官司以来，妈妈就管他叫赵万恶。他一脸横肉，面目狰狞，一副恶人相，在村里横行霸道，这个名字给了他倒也合适。现在，他正扯着嗓门冲这边嚷嚷：

"你不是天天往法庭跑着要判决吗？今儿判决下来了，你怎么还哭天抹泪的？你不是就等着赢了官司吃猪头呢吗，这回有你吃的了，我让你比吃屎还难咽，买了猪头留着给死人上供吧！就你这个软脑袋也想赢官司，这辈子也别指望了。不让你败了家算是对不起你。别他妈的装神弄鬼吓唬人，大爷什么都不怕。什么他妈的因果报应，你天天烧香拜佛管个屁用，还不照样是挨欺负的命。我豪横了大半辈子，谁敢动老子一根汗毛！"

赵万恶满脸横肉堆起，得意地看着站在他身后的几个人。围在他身边的那几个人，不是一般看热闹的。他们是村里的二混子，每次打架，赵万恶家总少不了这么一群帮腔壮声势的。

"在新庄谁敢动你一根汗毛？谁还不知道你是个什么人物啊！"

"你现在横了，不但在新庄要得出去，法院也快成你家的了。你给人送了多少好东西，那么听你的摆布。"

"你这年根儿下又添了桩喜事，还不得好好庆祝一下，晚上炒俩菜，哥儿几个喝两盅热闹热闹。"

这时，赵万恶的老婆走了过来，屁股扭得快要脱了胯，浪声浪气地接过了话：

"好啊！来的都是客，有人捧场那是咱人性好。我说你们哥儿几个都别走啊，晚上都在这吃，就当过年请客了。家里肉菜有的是，今儿个开席先尝尝。三儿，你去买两瓶酒来，买点儿花生米，再拿几盒午餐肉，都要好的啊，谁让今儿高兴呢！"

"好嘞，我马上就去。今儿个是得买两瓶好酒了，再来两盒好烟，眼瞅着过年了，好好犒劳犒劳哥儿几个。"

那个被点名的赵三儿提高了嗓门，大声应着，好让赵永生家听得真切。他捞着这么一个好差事，简直有点儿受宠若惊，屁颠屁颠地走了。

那赵三儿不是外人。赵永生的爸爸排行老二，人称赵老二，赵三儿是他的亲弟弟。其实说起来，西院的赵万恶也不远，和他们是叔伯兄弟，一个爷爷的孙子。每次两家打架，赵三儿是必定到场的，当然总是站在赵万恶家那边。看着别人欺负自己的亲哥，他并不觉得是什么丢人的事儿，反倒很高兴，帮着赵万恶跑进跑出，格外卖力，唯恐别人以为他是赵老二的弟弟，会向着赵老二家，恨不得亲自上阵。

听说有酒喝，那边一阵热闹。赵万恶兄弟多，心黑手狠，动不动就靠拳头说话，两句话不和就跟人动刀子，在村里出了名的豪横。他的老婆有那么一股骚劲儿，说话嗲声嗲气，让人听着发麻，屁股也扭得起劲儿，惹得一帮光棍二流子整天围在她屁股后边转，平常跑个腿支个应，有事的时候也能壮声势。那赵三儿是个老光棍儿，眼看奔四十的人了，娶不上媳妇，也没个正经事儿，整天就在赵万恶家，忙时拿锄下地，闲时跑腿听喝，出出进进。

赵万恶如众星捧月一般，喜庆热闹；赵永生家这边却像是遭了瘟一样，人们都躲得远远的。赵永生站在妈妈身边，想要把她扶起来，却又不敢打断她。看着西院那一张张张狂、狰狞的脸，他恨不得手里有一把刀，冲过去手起刀落，把他们杀个精光。

这时候，妈妈忽然站了起来，快步向着西院走去。她的眼神直愣愣的，吓人得很，就连赵永生站在身边也像是没有看见。赵永生吓了一跳，她冲过去不是要挨打吗！赵万恶正要当着众人的面耍耍威风，正愁找不着借口，她这一过去，不用说赵万恶，单是那个骚娘儿们两下就把她给撕烂了。

赵永生紧跑了两步，想要把妈妈拉住，她却在院墙边的那一堆乱石前站住了。他家的墙一直没有垒成，那些石头在这里堆了一年多了。妈妈的手里还拿着那把燃着的香，指着院墙那边的赵万恶：

"赵万恶，休得猖狂！你给我听着，今天你把坏事做尽，我神仙上方全都知晓；你伤天害理欺房霸地，手足不分坑兄害弟。别说善恶不报，只因时辰未到，小人当道长远不了，老天开眼你罪责难逃。你坑害的可是三世修行的大好人，这家人绝不是一般的人。白玉菩萨来护驾，保家的仙家一大群。这一家现在是破寒窑，将来就是那金銮殿。这正是走国添磨难，有朝一日沉冤昭雪，定让你跪下来讨饶。拆了的房子给我盖好，诬蔑我的名声也绝不轻饶，别看你今天妻好儿好，将来断子绝孙难逃恶报！"

她连说带唱，合辙押韵，手上也拿捏着姿势，一边唱一边环顾着四周。她的表情空洞得吓人，就像是在戏台上唱戏，面对着一群观众，虽然看着亲近，却是目中无人，那目光从赵永生的脸上掠过，看

的却是他身后的某个地方。她虽然唱的是戏文，却又不像唱戏的腔调，说话的声调也完全变了，听不出是哪里的口音。

赵永生吓坏了。以前妈妈也经常发呆发愣，有时候自己也哼唱些曲调，虽然也常常投入进去，却从没有像现在这样。她的表情和口气都像是鬼神附了体，不像是她自己在说话。

他轻轻地扯了一下妈妈的衣服，轻轻地喊了声："妈——"

"赵永生，你回来啦——"

妈妈似乎才发现赵永生在身边，脸上带着舞台上那夸张的喜悦的表情。她拉着赵永生的手，慢慢地蹲下来，摩挲着他的脸。她的目光虽然直视着他，眼里却并没有他；她仍然像是在戏台上。

"我的儿啊，你回来得正好，听为娘跟你细细说来。今天是腊月十三日，你要牢记这一天。今天虽是有大难，大喜之日却也不远。这本是上天有意安排，让咱们多经磨难受考验。我今天说话句句是准，我是代替菩萨来发言。菩萨保佑咱家十几年，都怪我糊涂没发现。要是没有菩萨保着咱，这一家早就家破人亡妻离子散。赵永生啊，你要切记，君子报仇十年不晚，这——些——人——我让他们血债要用血来还。你听为娘的话，从今后刻苦攻读，定让你将来做大官。"

那古怪的腔调和直愣的眼神让赵永生心里一阵紧缩，头皮发麻。西院的哄笑声更响亮了。赵万恶双手叉腰，更显得得意。他没有料到自己竟然能把人逼疯了，这更让他兴起。他用手指着，声音也抬高了几分：

"做你的春秋大梦吧！就你也想当大官，还想当皇上呢，也不看看你家有没有那个种！你不就是想翻案吗，告诉你，等下辈子吧！爷们儿今儿把话撂这儿，让你敞开了告，告到哪儿老子接到哪儿，要不让你倾家荡产，跪地求饶，我就滚出新庄，不在这混了。"

"赵万恶,你给我听真了:我今天说话句句分明,掷地有声,你欺压良善,伤天害理,我要让你天打雷劈,五雷轰顶……"

"还真把自个儿当神仙了!老子顶天立地,就等雷劈我呢!今儿个你要是不把我劈了,就是他妈的装神弄鬼,精神病!"

"老天爷,你还不开眼?雷公,电母,来把这个恶人给我劈——了!"

妈妈厉声高叫着,圆睁的双眼仿佛要跳出眼眶。她坚信天上的神灵正在注视着这人间的一幕,等着她话音刚落,一个惊雷炸响,来个现世报。可惜这一切只有在戏里才会出现。不管她有多么坚定的信念,老天爷并没有开眼,别说现在正是寒冬腊月,就算是夏天,也不会有霹雷从天而降,正巧落在赵万恶的头顶上。但是妈妈的手还指向空中,不知是该收回还是该继续说下去。

这时候,西院的骚娘儿们又出来了,摇头摆尾地招呼着一帮人吃喝:

"三儿,过来搭把手,别光顾着看热闹,一个疯娘儿们有啥可看的。大伙儿都别走,哥儿几个好好喝点儿,热闹热闹。"

他们不怕天冷,故意把桌子放在了晾台上,摆上酒菜。几个光棍儿都凑了过去,有酒有菜,他们嚷嚷得卖力,争相邀功。

赵永生家院里的人也渐渐散去。天渐渐黑了下来,妈妈站在乱石中间,一脸的迷茫。她不明白老天爷为什么没有一个响雷下来,让人们看到这因果报应。

害怕过后,赵永生觉得无地自容。妈妈受了刺激,精神有些不正常了。他怕妈妈再做出什么意想不到的事儿来,小心地拉了妈妈一下:

"妈,咱们进屋去吧。"

"好,咱们回家。"

妈妈嘴上说着，却并没有回过神来。她机械地转过身，挪动了两步，却又停了下来，指着西院那一群正在吆喝着吃喝的人们：

"赵万恶，你给你听着，趁着这炷香还没灭，我说的话也能直通上苍。这一家人你欺负不死，十年后让你血债血偿。你伤天害理该天打雷劈，我定让你赢了官司败了家。"

妈妈说完回了屋。赵永生关好了门，想要扶妈妈到炕上躺下，她却并没有要歇着的意思。她的目光仍然直愣愣的，一言不发，茫然地在屋里转来转去，摸摸这儿摸摸那儿，把什么东西拿起来又放下。赵永生躲在角落里，不敢动一下，生怕惊着了妈妈。他想说点儿什么来安慰一下她，或者打破这死一般的沉寂，却不知该如何开口。

不知过了多长时间，天已经完全黑了下来。妈妈还在漫无目的地转悠。赵永生双腿都有些发麻，他不知道妈妈什么时候才能停下来，他也习惯了这寂静和黑暗，不想打破。

西院的人声才渐渐散了，夜也深了。妈妈开了门，点上了香，在院子里跪了一炷香的时间。进了屋，她似乎已经耗尽了体力，倒在炕上，和衣就睡了，对赵永生也无力顾及。

等妈妈睡沉了，赵永生才敢悄悄活动一下早已僵直的身体。他不觉得饿，也没什么吃的，只是拣了两根玉米扔进猪圈里，猪已经饿得嗷嗷叫了。他轻手轻脚地上了炕，却不敢睡着，怕妈妈想不开，半夜里再起来寻了短见。

妈妈躺在那里毫无声息。黑暗中，她的身影显得那么瘦小脆弱，让他害怕她再也不会醒来了。判决书下来了，他家的官司输了。以前他并不怎么关心这些事，现在也感觉到输了官司对他家来说意味着什么。这是他们最后的希望，也是他家道义上的支柱。以前他们虽然被人堵着门口骂，却仍然相信总有一个说理的地方，能给他们公道，甚至跟乡里、大队的纠纷，跟爷爷奶奶、叔叔大爷家的恩怨，这些年在村里受的欺负，都等着这个判决来洗清耻辱，证明他们并不是无赖刁民。但是现在，他们却彻底没了希望。那不仅仅是输了官司，对于事情本身的是非曲直，到底谁对谁错，似乎也难以说清了。

赵永生对家里这些事情的前因后果本来就不十分明了，他也没有妈妈那坚定的信念，坚信总有沉冤昭雪的那一天。赵万恶在村里强横了这么多年，也没有什么报应。他不知道有没有神灵，或者对于强横的人，神灵也要躲着走。但是除了寄希望于赵万恶家自己出点儿祸端，他不知道怎么才能报了这仇。

妈妈睡得很沉。早上起来，她很平静，照常生火做饭，绝口不提昨天的事，就像什么事情也没有发生一样。只是她一开口说话还是侉的，虽然不再唱些戏文，但口音却改不过来。

五

赵老二的媳妇疯了，只一夜工夫，这个消息就传遍了整个新庄。第二天早上上学，张寒露和王功的眼神都有些躲闪，一路上都没讲话。走在大街上，赵永生也能感觉到别人眼光里的异样和背后的指指点点。

那一口侉话成了妈妈疯了的标志。她不能受半点儿刺激，不值得的小事儿，饭烧煳了，馒头没发好，都让她激动得侉上半天。见人也容易激动，人越多侉得越厉害。她不但烦心的事不能提，就是高兴的事也不能多说，她笑起来夸张异常，常常是笑着笑着就哭了起来。

在村里，那些有了出息，离了本乡本土却又不改乡音的，是让人竖大拇指的；而那些出去没两天回来却变了口音，说一口侉话，是要让人笑骂的，他老子还得给他两巴掌，骂他忘了本。虽然这两年出去的人多了，年轻人侉着说话成了时髦，哪个出去一趟回来要是不改改口音，反倒像是白长了见识。但妈妈一辈子连村子都很少出，因为受了刺激，突然改了口音，说一口南腔北调的侉话，说得隐晦点儿是癔症，说白了就是精神病，疯了。

妈妈说话辨不出是哪里的口音，平常只是侉，一着急就连说带唱，手舞足蹈，就像唱戏一样，拿腔作调；表情也像戏台上一样丰富，时而怒目而视，时而喜不自禁，眼神像是面对着观众，离得近，却看着远。她说的那些词也像戏文里一套一套的，文绉绉的净是些平时说不上来的词。就像以前说王八羔子赵万恶，现在提起来却是"那大奸大恶之人"，对赵永生也不叫小名而改叫起了大名。

妈妈的病不像是装出来的，那口音，那些合辙押韵的话，都像是凭空而来的，不是能装出来的。她常常以不同的身份说话，有时候是菩萨，有时候是保家的大仙，神态各异，声音也不同。这时候她总让赵永生和爸爸把她的话记下来，等着将来应验的那一天。她坚信这一切都是神灵的意志，是神借她之口点拨世人，而她也不同于常人，担负着解救众生的使命。

妈妈俘了以后的第一件事，就是请来佛像安顿诸神。她常常责怪自己糊涂，菩萨救过她几次命，一次一次地点化她，她却没有一点儿警觉，这么多年一炷香都没上过，初一十五也不知道吃素；还有那些保家的大仙，虽然没能保得他们五谷丰登丰衣足食，却也让他们全家出入平安，这么多年来也一直没有安顿。

虽然妈妈以前也常烧香拜佛，村里来了算命打卦、相面抽帖、看阴阳风水的，她都得让人看一看，算一算，但那不过是凑个热闹，解解心宽。这次却是动了真格的，不单是观音菩萨，上至如来佛祖、弥勒菩萨、文殊普贤，下至地藏药王、灶王关公，所有有些名头的，不管是掌管生老病死还是富贵升迁的，只要看见，就都请了回来。还有保家的大仙、黄仙蛇仙鼠仙，也都一个不落，立了牌位。她又专门把西屋清理出来，收拾干净，设了供桌，每日香火不断。

家里的讲究越来越多。妈妈每天早起头一件事就是在神龛前上炷香，家里人也要轮番去拜上一拜。家里有了时鲜的水果或者好些的饭

菜，都要先拿去供一供，等各路神仙享用过之后他们才能吃。每逢初一十五或是菩萨生日都要吃素，有事出门要先查看皇历，包饺子不能数数，因为有了数，那些保家的神仙就不会来享用了。晚上回来晚了要先掸掸身上再进家，以免带进来邪祟。

妈妈还特意请来看阴宅的风水先生，在村后的山上新选了块坟地。她下决心要脱离赵家，另立门户。挨了这么多年的欺负，根子就在自己家里。打架亲兄弟，上阵父子兵，赵万恶在村里横冲直撞，仗的就是兄弟一心，人多势众，有事一拥而上，有的唱红脸，有的唱白脸。爸爸兄弟三个，却是出了名的窝里斗，别人好了尚可，自家人好了却看不下去，没事盼着出点儿事，有了事更是胳膊肘往外扭。赵永生家先是挨爸爸、奶奶、大爷、叔叔合伙欺负，外人才敢一拥而上，谁有机会都踩两脚。

更重要的是，按照风水先生的说法，新选的坟地占住了龙脉，能让他们家将来出个读书做官的。他们找了块青砖，刻上父母的名字，用衣服包了，埋在新选的坟地上，再起一座坟头，算是迁出了祖坟，另立了新坟。

西边的院墙也不垒了，跟西院的官司，妈妈也宣布不再打了。她把裁决权交给了上天，只等着时机到了报应出现。她坚信她所经历的这一切，都是老天爷的有意安排，也是对她的考验。她让爸爸把那些砂石灰料归拢到一起，堆在院子边上。虽然占了一大片地方，院子又显得乱，但她坚持要堆在那儿，作为见证。

赵永生每天早晚出入看着它，颇有些卧薪尝胆的味道。那些荣华富贵不是凭空得来的，都得历经磨难。历朝历代的开国皇帝都要经历"走国"才能登基，王宝钏坐寒窑，朱元璋放过马，窦天章也有卖儿卖女的时候。"君子报仇十年不晚"也常常挂在妈妈的嘴边，她把希望寄托在了将来，坚信十年以后，自然会有贵人出来为她平冤昭雪。

对妈妈的话，赵永生总有些将信将疑。她以前就爱讲些神了鬼了的故事，个个都有名有姓，似乎容不得人不信。但现在她说的却都是身边的事，盖房，打官司，赵永生小时候生病差点儿死了，妈妈服毒死里逃生，每到节骨眼儿上，都有菩萨显灵，暗中点化，帮他们渡过难关。还有家里出现过的蛇、黄鼠狼之类的踪迹，都是仙家出没的印证。他曾经在纸箱的破棉絮里发现了一窝小老鼠，妈妈说那是保家的鼠大仙。妈妈说得有板有眼，赵永生却实在难以附会。还有那些关于因果报应的预言，虽然说得斩钉截铁，不容置疑，却很难让人看到这种迹象和希望。

而且渐渐地，他们家的贵人，那个能为他们平反昭雪的人，就成了赵永生。妈妈说，他命里有大富大贵，将来是要当大官的，现在受的这些磨难都是在为将来做准备。

不管是在家里还是在外面，一提起这些，妈妈就会侉着声说个不停。如果赵永生在身边，她就会拉住他的手，叫一声"我的儿"，便像三娘教子一样唱了起来，一遍一遍地数说家里所受的冤屈，告诉他如果将来做了大官，这些官司该怎样断，哪些人该惩治，哪些人该报答，遭受的损失要偿还，被诬蔑的名声也要恢复。

这希望寄托在了赵永生身上，不要说别人，他自己都不相信。他整天东游西逛混日子，却指望他读书当官、光宗耀祖，就算是迁了坟地，改了风水，也是不大可能的事，这一点儿自知之明他还有。这些话，不过是妈妈说来安慰自己的。但这期望还是太沉重，让他有些惶恐不安。每次妈妈提起的时候，他都不知道该怎样回答。好在妈妈并不在意他的反应，每次不过是自顾自地说下去。

说起家里的事，妈妈也常常揪住爸爸，把他过去的那些窝囊事数

落一遍。

妈妈常说爸爸心里垒着柴火，不管是种地收秋、家长里短的事，还是外场上跟人打交道，只管跑腿听喝，操心的事儿一概不管。不管闲忙，他只是惦记着鼓捣些小玩意儿，做个笛子，弄把胡弓，修个笔修个锁之类的。他在家里跟妈妈吵架抬杠时说话很能噎人，到了外面却一句干脆的话也说不出来。

但是女人再能干也上不了台面，外场上的事只能男人出面。每次出门，妈妈都是一句一句地叮嘱，回来再一句一句地盘问，即便如此，事情也往往被爸爸弄砸。有时候妈妈跟着他一起去，找村干部，去乡里，上法院打官司，她没那么好糊弄，能跟他们理论，村里乡里的干部见了她都挠头，都说她蛮不讲理，有事都绕着她。而爸爸又耳软心活，禁不住别人连哄带劝再吓唬，家里有了什么事，都是先从爸爸这下手，几句好话，或是几杯酒下肚，就什么都答应了。爸爸倒满不在乎，他不但落得省心，反倒是出点儿什么差错，都推得一干二净，有时候还在一边说些风凉话。

这一股脑儿的怨气，妈妈都积在心里，现在都发泄了出来，那一桩桩一件件，说到气头上，连舞带唱，最后哭得气绝过去。这时候总得爸爸三跪九叩、作揖道歉，才能把她的魂魄追回来。

以前，妈妈很少出去串门，走在大街上也总是躲着人。家里的事，如果不是外人问起，她很少主动跟人提起。自从侉了以后，她在家里面待不住了，常常一个人顺着马路溜达，碰到人只要对方提个头，就唠叨起来，恨不得把她的经历从头到尾一股脑儿地说给人听，却东一榔头西一棒槌地说不清楚。以前他家门可罗雀，难得有人来往，现在却总有人有意无意上门打探。他们多半是好奇，想亲眼看看疯了侉了的人到底是什么样子，是不是真有什么仙气或是邪气。他们虚情假意地安慰几句，引得妈妈情绪一阵激动，说话也更侉，更加颠来倒去。其实人们也并不在乎她说什么，只是想看她连说带唱的样子。也有人拿她凑趣儿，说她说的比唱的好听。

赵永生最怕的就是一群人围着妈妈，看她又说又唱，这时候他总是躲得远远的；实在躲不及，被妈妈拉住，就得陪在身边。他更清楚地看见那些人的表情，看出他们心里的鄙夷、嘲笑和幸灾乐祸。他恨那些人，觉得无地自容，恨不得找个地缝钻进去。但他不能流露出半点儿嫌恶、怀疑或者不耐烦，那样只会刺激妈妈更激动，侉得更加厉害。

妈妈心里也明白，人们大都是在看她的笑话，只是控制不住自己。她极力跟人辩白自己不是癔症，她也不是信口胡说，那些话将来是要应验的，却只会招来别人的撇嘴冷笑。最令他伤心的还是爸爸和赵永生有时候流露出的怀疑、嫌恶或是不耐烦，她的神情一瞬间就会黯淡下来。

快过年了，赵永生家更显得冷清，没有鞭炮，也少有人来串门。赵万恶家却很热闹，杀猪宰羊放鞭炮，请村里乡里的干部和那些狐朋狗友，每天门庭若市。西院的娘儿们又拿出那股骚劲儿，扭着屁股进进出出，浪声浪气地跟人打情骂俏。

妈妈也每天张罗着扫房刷墙、糊窗户、买年画、贴春联、办年货，精神头很足，努力营造一种喜庆的气氛。

正月里，小舅回来了。他在北边山沟里钻了半年多，走乡串村，教人裁剪，也当裁缝。他穿着一身蓝西服，头发梳得油亮，一双红皮鞋分外扎眼，还挎着一个时髦的大提包，显得很有派头，不像以前那样土气，整个人也容光焕发，不再是一副懒散的赖相。

妈妈姐弟七个，她是长姐，小舅最小，他们差着近二十岁。小舅生下来没出满月姥姥就死了，他是妈妈一手把他拉扯大的。为了把

几个弟妹拉扯成人，妈妈快三十岁了才出嫁。对于几个舅舅，妈妈也曾寄予了很大的期望，再苦再难她也要供着他们上学，盼着他们有出息。尤其是小舅，脑子聪明，学习好，妈妈一直供他到高中毕业。但小舅并没能给家里争上这口气，他勉强读完了高中，就再也不肯上了。妈妈想让他再复读一年，爸爸也托亲靠友给他找好了学校，可他却偷偷退了学，拿了学费跑去学了裁剪，学完了就跑到青山口外的山沟里，给人做衣服、教裁剪。

小舅一直是赵永生的反面教材。他比赵永生大了十几岁，从小住在赵永生家。上高中以后，他既懒，又好打扮，买不起新衣服，旧衣服也要每天换洗，稍有伺候不周就甩脸子生气，把人折腾得够呛。他虽然聪明，上学却不怎么用功，偷摸着搞对象，没少让人费心。高中毕业后没个正经事做，每天打扮整齐，东游西逛，浪荡了半年多，成了妈妈的一块心病。后来当了个裁缝，虽然算不上是什么正经营生，好歹也是门手艺。只是长年在外走街串巷，让人不放心。

小舅这一走半年多音信皆无，去的又是口外，到了县边上，妈妈都快急出病来了，入冬以来，每天都得念叨几遍。现在小舅终于平安回来了，看着也成人了，虽然还是穷打扮，并没有挣回多少钱，但这仍然是个高兴事。

妈妈一高兴，侉得更厉害了，跟在小舅后面，不停地问长问短。小舅已经听说了家里的事，还是吓了一跳。他装作没什么事一样，不敢显露出什么异样来，心里却恨得咬牙切齿，恨不得找赵万恶去拼命。

小舅讲了不少口外的见闻。他们这里山多，但是比起北边三县搭界的地方，这里的山就算不上是山了。从县城往北过了青山口就到了口外了，那里山高林密，人烟稀少，是个三不管的地界。口外人生得彪悍，再加上天高皇帝远，不少杀人越货的也躲到那里去避风头，是有名的土匪窝子。据说那里的人出门身上都揣着把刀，走在路上看谁不顺眼起手就把人捅了。人们提起口外来就色变，是轻易不敢到那里去的；而那些闯过口外回来的人也显得强横，说话粗声大气，人们都惧之三分。小舅走的时候并没有让妈妈知道，怕她拦着。妈妈知道以后后悔不迭，一直提心吊胆，四处打听，听说哪里有横死的都吓得半死，恐怕是小舅遭了不测。

赵永生不禁对小舅有些敬畏，毕竟是闯过口外的人。但听小舅说的，口外并不是土匪窝子，整天烧杀盗抢，反倒像是个遍地金银的世外桃源。口外人并不像人们说的那么野蛮，倒是比山外边人实在多了，没那么多七拐八拐的弯弯肠子，也不欺生。山沟里也不像人们想象的那么穷，那里人少地多，手脚稍微勤快些，吃喝是不用愁的。还有那满山的林木果树，不缺来钱的门路，反倒是有钱发愁怎么花出去。山里不通电，也不通大路，很少有外地的手艺人或是做买卖的进来。小舅也算个手艺人，在山里不但没有挨欺负，反而很受欢迎，总有做不完的衣服，那些大姑娘小媳妇们也都争着来学裁剪。

妈妈追着小舅，不停地问这问那，能不能吃饱，有没有热炕，山里有没有狼虫，有没有碰上打劫的，都放心了以后，当然还有她最关心的事情，就是山里的女人肯不肯嫁到山外来。小舅的亲事成了妈妈的一块心病。他家里穷得叮当响，除了分给他的那一间半的破旧泥瓦房，再没有什么值钱的东西。以前也有人给介绍过对象，可女方一看他家四壁空空，连领炕席都买不起，扭头就走了，后来连媒人也很少登门了。山里的姑娘朴实，会过日子，吃得了苦，受得住穷，小舅虽然家里穷了点儿，好歹是山外的，人样子也不错，配得上她们。

说起山里的姑娘，小舅也头头是道。不知是哄妈妈高兴，还是有意吹嘘，听他的口气，似乎已经有了些眉目，来年就能从口外领个媳

妇回来。可是细问起来他又吞吞吐吐，不肯痛快说出来。这一点他和王功倒有几分相像，长得讨喜，又会打扮，自我感觉也很好。

小舅给赵永生做了一件新衣服，是他自己设计裁剪的，虽然样子有些怪，但毕竟是件新衣服，他还是很高兴。他穿的大都是舅舅们穿过的旧衣服，又土又破。小时候每逢过年，家里还给他买件新衣服；可这几年一年不如一年，盖房垒墙打官司，家里折腾个精光，还欠了一屁股饥荒，一到年根儿更显得紧巴，过年的东西都是勉强置办，更别说给他买新衣服了。家里总觉得亏欠了他，每逢过年总要念叨几次，并应着来年给他补上。

小舅这次回来，既不跟他抢东西吃，也不跟他拌嘴吵架，反倒显得有些生分了。以前小舅住在他家，常常为了吃的穿的和他吵架，小舅也从不让着他，常和他打得不可开交。现在，小舅却突然变得像个大人似的，赵永生真有些不知道该怎么跟他说话了。他也很想知道小舅更多的事，在一个完全陌生的环境里，过着流浪的生活，那也正是赵永生所向往的。看着小舅满面春风、洋气的打扮，越发让他增强了出去闯荡的信心，哪怕是教裁剪，也是一条不错的出路。

吃完午饭，小舅从家里出来。他在这里长大，有不少玩伴，正要去找他们。赵永生也跟了出来，他有好多问题，现在终于有机会问小舅了。

"小舅，过了年你还去山里吗？"

"去，过了这几天就得走。趁着冬闲，人们还有点儿工夫，开了春就没人顾得上学什么裁剪了。"

"你去这一趟能挣不少钱吧？"

"能挣着什么钱，除去吃喝路费，剩不下多少。"

他觉得小舅的话里藏着心眼儿。在他眼里，小舅俨然就是一夜暴富，却还在这里遮遮掩掩。

"山里人真有那么富裕吗？"

"比咱们这儿强得多，山里边不缺钱，一个村子几十户人家，守着几千亩地和山场，不愁过日子。就是出入不方便，翻山越岭的，出来进去的东西全都靠人背；人烟又稀少，住得羊拉屎似的，稀稀拉拉，隔着几座山，拉出好几里地远，出去串个门不小心就走丢了。"

这倒正合赵永生的心意，有山有水有树有林，待一辈子也不会寂寞，他不由得心驰神往：

"山里边还有什么好玩的东西？"

"山里头山货多的是，那野生的松子榛子，蘑菇、枣儿、栗子、梨、桃到处都是，走到哪儿都随便吃，根本没人看着。山上的野味也多，山鸡野兔满山都是，家家都有猎枪，没事扛个枪上山，转一圈回来就有肉下锅了。再往深山里走，还有野猪狍子，下个套子挖个陷阱，就等着到时候往回捡猎物了。"

他们这边山不高，大多是秃山，从没有过这样丰饶的生活，口外的生活让人羡慕不已。那里也有不少小舅想象的成分，除了吹嘘，那也是他理想中的世界。

赵永生并没有在意小舅话里有多少夸张的成分，他的眼前浮现出一幅美妙的图景，那想象中山里的世界，让他心驰神往。

"小舅，等毕了业我也跟着你学裁剪吧，到时候你带上我一起去。"

"毕业？你这么快就要毕业了？"

"到六月份我就初中毕业了，毕了业就没事了。"

"初中毕业再往上考啊，考中专；中专考不上接着上高中，考大学。你学裁剪算哪门子事啊？"

萤火

"考中专肯定没什么指望，那些复读了好几年的都还考不上呢。上高中更没什么用，白白搭上三年，考不上大学，还不是一样回家种地，还不如趁早学门手艺呢。"

"你还没考呢，怎么就说考不上？你又不比别人笨，踏踏实实学习怎么会考不上呢？那些考上学的不也都是人吗？"

小舅莫名其妙地突然翻了脸，赵永生的火也上来了：

"你还不是哪儿也没考上吗，上了高中还不是白白混了三年。"

"你这小子，怎么听不出四六来呢。你跟我较个什么劲？我也不是不想考大学，你以为我不后悔吗？我也不比别人笨，那些学习不如我的，复习两年都考上了。当初要是听你妈的话，不那么死犟，那考上警校的就是我了。我跟你说的是好话，等到我这时候再后悔就晚了。再说，你以前不是学习挺好的吗，现在听说你整天一眼书都不看，一天到晚就知道在外面疯跑。你也该收收心了，眼看初中就该毕业了，使把劲儿，别管考上哪儿，还得上学。你只管安心上学，别管家里的事，家里虽然穷，只要你能考得上，考到哪儿就上到哪儿，你们家供不起我供着你。"

"谁用你供啊！你不就是教裁剪挣了俩破钱儿吗，还供别人呢，也不想想是谁把你供出来的。"

他这话是明摆着揭短了。小舅上学一直是赵永生家供着，就连小舅学裁剪的钱也是父母给的，为这家里拉了不少饥荒。

"你这不是混蛋吗，怎么一点儿不知道好歹呢！你也老大不小了，怎么一点儿不成人？你睁眼看看，这家里家外还看不出来怎么回事儿吗？你妈对你抱着多大希望，你不学争口气，怎么净学会气人了。"

赵永生最听不得这话。妈妈每次说他不争气，他都恨不得跳起来跟她嚷一通，现在又轮到小舅，他比自己强不到哪儿去，刚成人还没两天，却也装腔作势来教训自己。

"少跟我来这套。我怎么就不争气了？我就是不想上学了，不上学我一样什么都能干。再说，你又有什么资格说我，你也没争什么气，别觉着自己多了不起，装模作样的，谁还不知道你那点儿底细。"

赵永生也不是省油的灯，他又找回了以前的感觉。以前和小舅吵闹惯了，吵起架来没鼻子没脸，揭短扒皮，专拣解恨的说。

"你这个小崽子，我一脚把你踹沟里去。真是个死臭死硬的玩意儿，真欠给你两下子。你别不知好歹，照这样下去，早晚有你后悔的时候。看看你们家都成什么样了！你妈疯了，你爸还是那个窝囊样；再看看你，指望你懂事争口气呢，你却是四六不懂。你妈还拿你当块料，指望着靠你翻身呢，你拍拍自己的良心，对得起你妈吗？"

小舅真急了。赵永生却并不怕他，这才像以前的小舅，别看他嚷嚷的凶，却从没真动手打过他。

既然已经撕破了脸，他也就用不着客气了。他一直觉得在家里小舅的地位比他高，有什么好吃的总是先紧着小舅，好不容易买件新衣服也是小舅先穿，赵永生只能穿他剩下的，现在这股怨气又涌了上来。

"你也不过是比我多吃了几年闲饭。我妈还指望你给争口气呢，你怎么也没成块好料。我妈疯了，我爸窝囊，嫌丢人你别来呀！没人死乞白赖请你。你不就是会个裁剪吗，有什么了不起的，不学裁剪将来我也不会要饭吃。"

以前跟小舅吵架，他很少有赢的时候，这次终于说到了小舅的短处，觉得很解气。

他们都有些恼羞成怒，气急败坏，准备大吵一架。那些伤人的话已经是箭在弦上，收不回来了。小舅恶狠狠地指着赵永生的鼻子，唾沫快要飞到他的脸上：

051

"看看你这副德行，有什么可狂妄的！你还不如我呢。也不看看你们家，眼看就要完了，不说家破人亡也差不多了。你爸你妈挨了大半辈子欺负，这辈子也翻不了身，你还想接茬儿再挨一辈子欺负？就凭你这样，还想翻身，想抬头，做梦去吧！在村里待一天，这挨欺负的名声你就得背一天；待一辈子，一辈子也别想抬起头来。你要没本事蹦跶出去，连个媳妇都娶不上。整个新庄都看着你呢，多少人巴不得你别学好，成个二流子，混一辈子！"

赵永生想跳起脚来跟小舅大吵一架，却不知该说些什么，那些噎人的话都冲到了嘴边，又咽了回去。

小舅的脸涨成了酱紫色，瞪着眼，喘着粗气，气得直跺脚，却不能把赵永生怎么样。这是他第一次见小舅动这么大的火，他并不是害怕，只是小舅的那些话，让他有所触动。这些话以前妈妈也常在他耳边唠叨，他却只是听着心烦，从没有上过心。

小舅也觉得有些失态。他在原地转了两圈，转过身来，虽然气还没平，口气却缓和了许多：

"你也不是小孩子了，该懂点儿事儿了，干什么事儿也该过过脑子了。你家这些年来就没断了纠纷，现在又打官司，过的是什么日子？看看你家，处的是什么环境，这么多人合着伙儿欺负你们。你爸是个图省心的，家里大小事都不过脑子。你妈那么要强的一个人，在娘家的时候就没少受气，现在却落到这个地步，但她心里却不糊涂。你家的希望全在你身上了，你要是再不争口气，你们这一家人就彻底完了。"

提起妈妈，小舅心里很难受。他咽了口唾沫，接着说：

"我知道你也想争口气，可怎么争气？跟他们打架拼命去？你就是有三头六臂，也打不过这些人。也别想着发家致富，有这么一群人算计你,想好好种地都不成,踏实日子都过不下去。你还不如我呢,我还有兄弟三个,在村里没人敢欺负。你就一个人,关键时候连个出面替你说句话的人都没有。你觉着天不怕地不怕,可在农村过日子,没你想得那么简单,没出息,没头脑,一辈子也别想出人头地。你自己想想,除了上学,还有什么出路?当兵?村干部这一关都过不去,他们好事办不成,要想给你搅黄了,一句话的事。再说就算当了兵,你也得复员回来,跳不出这个圈。你也别看着别人整天打架斗殴不务正业,他们可以玩,你却玩不起。就算不为了给家里争气,为你自己也得好好想想。除了好好上学考出去,彻底离开这个地方,别的都是歪门邪道。你不能也像我一样,等后悔的时候早就晚了。像你这么大的时候,我心气也高着呢,觉得什么都能干,可是一样也没干成,混得什么都不是,连个家都没有,大过年的都没个去处。你看有几个大老爷们儿教裁剪的?你也想靠教裁剪混一辈子,还是想一辈子钻在山沟里?"

小舅越说越激动,声调也高了起来。赵永生没有反驳,小舅的话一股脑儿地堆在脑子里,他一时回味不过来;继续犯浑下去似乎有些不讲情理,想要一走了之又显得有些灰溜溜的。

小舅别过脸,深吸了口气,缓和了下来:

"口外我再去一趟就不去了。教裁剪也不是什么正事儿,不能一辈子干这个。你好好念书,现在开始用功也不算晚,能考上高中也行,哪儿也考不上就再复读一年;哪怕将来考个师范,也是商品粮,能脱离这个环境。你妈是个明事理的人,只要你肯上,哪怕是砸锅卖铁也供着你。"

小舅走了,留下赵永生一个人愣在那里。他的话还没有散去,他的神情仿佛还在眼前。以前和小舅吵架,赵永生故意气他,激他,就

萤火

是为了看他那气急败坏的样子，但是今天小舅却动了真气。他们已经不是小孩子拌嘴吵架了，小舅拿他当大人一样说话，那些话够他琢磨一阵的了。

六

过了年，妈妈又有了一个新想法。她要把自己一辈子的经历、她所受的冤屈，都记录下来。在她看来，这些都是可以载入历史的奇闻，要留传后世，供人评判；同时，那也是为她自己说过的话立个信。妈妈不再到处拉着别人诉说这些事了，那只会让人笑话，而且新鲜过后，人们也就没了兴趣，没人愿意再听她唠叨了。

爸爸从厂里借来了一台录音机，买了许多空白磁带，只要有时间，她就坐在柜子前，对着录音机，把她的那些故事从头至尾地讲出来。

在妈妈还未嫁进赵家门的时候，祸根就已经埋下了。妈妈结婚的时候已经快三十岁了，年龄大不说，家里穷，成分又高，还有挨肩的六个弟弟妹妹，别人都怕成了累赘。爸爸比妈妈小几岁，但他讨不上媳妇并不是因为条件困难，相反，他的条件可以算是百里挑一的了。

爸爸高中毕业，在当时算得上是文化人了，写得一手好字，逢年过节给人写个对联，红白喜事当个账房，在村里是个有头有脸的差事。他当过兵，也算见过世面，复员回来进了工厂，成了国家工人，虽然没转了非农业，但合同制也算是铁饭碗，挣的是国家的钱。他长

得又端正，五大三粗，性子也随和，没什么恶习，唯一的爱好就是鼓捣个乐器，二胡笛子唢呐笙箫样样拿得来，逢年过节村里搭台唱戏，也是个活跃人物。

但爸爸却险些打了光棍儿。以前他在村里订过一门亲事，女方和他感情很好，但爷爷奶奶却一直拖着不给他完婚。起先是当兵三年，后来又传出来他在外面吃喝嫖赌，在厂里养着相好的。女方等了他五六年，终于熬不住，找人嫁了。之后也有人给他介绍了不少对象，相了几次，爷爷奶奶也总是横挑竖拣，百般刁难，没有一个看上眼的。一来二去，爸爸眼看就要打了光棍儿。

也许爷爷奶奶就没打算让爸爸结婚成家。爸爸能挣钱，心眼儿又实，对爷爷奶奶言听计从，是家里一棵活的摇钱树，他要成家另过，家里的日子就去了一大半。爷爷奶奶最疼的是老儿子，也就是赵三儿。赵三儿从小就好吃懒做，游手好闲，喝酒耍钱，不务正业，靠父母养活，三十好几了还是光棍儿一条。他们是想把爸爸留下，像那狗丢儿一样，给赵三儿扛一辈子的活儿。

这听起来有些难以置信。偏心的父母并不鲜见，但毕竟手心手背都是肉，挖了手心去补手背，却很罕见。那狗丢儿是个不济事的，打一辈子光棍儿似乎也是理所应当，爸爸不呆不傻，却要为了老三，搭上自己的一辈子。

看着爸爸那窝囊甚至畏缩的样子，他本来应该像那些在外上班的人一样优越，气定神闲，而现在，他却只比狗丢儿强一些。想那狗丢儿当初也未必就是这副模样，说不定也是被父母糊弄摧残，才像个长工一样，只知道干活儿，伺候那一家老小。

爸爸本来是该打一辈子光棍儿的，这是父母早已给他安排好的命。而他却撞上个瞎眼的，结婚成了家，这一家人也就成了他们的眼中钉肉中刺。对父母的婚事，爷爷奶奶也是千方百计从中作梗。那时候他们家境还殷实，是村里数得着的富裕户，但不管是相亲摆席还是年节走动，却总是装出一副缺衣少穿的穷酸样。娘家来人，也总是拉着脸，指桑骂槐，处处慢待，妈妈从没有得过好脸色，他们甚至当面造爸爸的谣，说他不务正业，作风不好，被厂里开除了，甚至挨了拘留。

妈妈看出了爸爸窝囊，只是觉得他人老实，又看着可怜，才没有横下心毁了这门亲事。但爸爸不但老实，而且耳软心活，毫无心计。结婚后他们分家另过，但爸爸的工资仍然如数交到父母手里。妈妈除了生产队里的口粮，连一分钱都见不到，打油盐的钱都没有，最困难的时候，还得靠小舅他们从家里偷些米面来接济。妈妈长年营养不良，身体虚弱，几次昏倒过去，靠从赤脚医生那里赊些葡萄糖来续命。爸爸也像防贼一样防着妈妈，每到发工资的时候，都是和衣而卧。在他的眼里，媳妇总是外人，是家贼，又拖着一帮穷兄弟，有多少家当也得给她倒腾空了。就是在赵永生出生以后，爸爸仍然只是听爷爷奶奶的，心里仍然没有这个家，对赵永生也没有什么感情。

爷爷奶奶曾答应他，等他交够了钱，把老院的两间厢房给他，这一交就是三年。有了赵永生，家里多了张嘴，他身子又弱，多灾多病，常看病吃药，爸爸再狠心也不能不管，挣的钱不能再如数交给爷爷奶奶了。到了第四年头上，就在爸爸满怀希望得到那两间厢房的时候，爷爷奶奶却把它拆了。

房子是当着爸爸的面拆的，专拣他休班的日子，一家人耀武扬威，把祖上传下来的铁桶似的厢房扒平了。爸爸交了三年的钱也泥牛入海了。没有人理他，他也不敢去问个为什么。奶奶说爸爸这几年的钱都在外面吃了喝了，养了相好的，谁也没有见着过。第二天，爸爸在厂里的宿舍喝了卤水，幸亏被人发现，捡回了一条命。他在医院里

住了一个月，爷爷奶奶没有去看过一眼，叔叔倒是去过一次，只是把别人拿来的那些营养品都收走了。

叔叔以前三天两头往爸爸的厂子里跑，要吃要喝要钱花。爸爸的工资都交给了爷爷奶奶，只能借钱给他。实在要不来钱，他就骑走爸爸的自行车，穿走他的衣服，甚至到厂子里偷东西，被保卫科抓起来，还得爸爸把他赎出来。

爸爸妈妈的名声也是被他们败坏的。赵老二在外面吃喝嫖赌不养家，月月挣钱却拉了一屁股饥荒。赵老二媳妇不会过日子，又馋又懒，蛮不讲理，吃里爬外，把家里的东西都鼓捣到娘家去了，把自己的男人逼得服了毒。

有了解些底细的，知道赵永生的爸妈并不是蛮横无理的，但大多数人却不得不相信。别人有可能造谣，这话却是从亲爹亲娘的嘴里说出来的。天下没有不是的父母，兄弟朋友有反目的，做父母的怎么会害自己的亲生儿女呢？

从那以后，爸爸挣了钱不再交给爷爷奶奶，眼里也才开始有了家，有了老婆和孩子，慢慢过起了自己的日子。爸爸每月有工资，家里有地有粮食，生活过得渐渐有了些模样。这也让爷爷奶奶一家寝食难安，又气又恨，就好像本应属于自己的东西被人强占了一样，纵然夺不回来，也要想方设法毁了它。

赵永生一家住在那一间半的老房子，和爷爷奶奶在一个大院子里。妈妈要强，自己带着孩子，还要下地挣工分，她的身体已经大不如前了；多年的营养不良，再加上月子里落下的毛病，只能是勉强支撑。有时候，爷爷奶奶显得格外亲热，主动把赵永生抱过去，让妈妈安心下地干活儿。妈妈受宠若惊，觉得也许是见了隔辈人，爷爷奶奶回心转意了。

但是，每让他们带一次，赵永生就会莫名其妙地病一场，他的身体本来就差，折腾几次，更显得弱了。父母只是以为他禁不起折腾，并没有多想。虎毒不食子，再硬的心，对自己的亲孙子也下不了黑手。

直到有一次，奶奶喂他咸盐拌饭，赵永生上吐下泻了好几天，好了以后，就像得了痨病一样，嗓子拉了一年多的弦。自那次以后，爸爸下定决心，带着全家搬到了县城，在厂子附近租了间房子，直到赵永生上学才回村里。他们把老院那一间半房子贱价卖给了爷爷家，从老院搬了出来，算是逃离了虎口。

这也正是他家走上破败的开始。他们搬出了老院，先是租了生产队副业的房子住，守着那些日夜作响的榨油房打面机住了两年。后来生产队散队，他们买下了队里的简易房，算是有了自己的家，开始计划着翻盖新房。但后来大队却说生产队的房子只卖地上不卖地皮，让他们把房子拆走，却又把地皮卖给了别人。那简易房其实就是柴棚子，房架像是秸秆搭的，不值几个钱，买房的都是为了那块宅基地。

买房的不止他们一户，有的私下里找找送送，退了钱或是另批了一块宅基地；有的窝囊的自认倒霉；只有赵永生家非要认个死理，顶着不搬，跟大队结下了死疙瘩。到后来，他们不得不出来盖房，大队却不给批条，只得硬盖。要是别人家也只是罚点儿钱了事，他家盖好的房却被拆了一间，当时甚至惊动了县里。而被拆的那一间正挨着赵万恶家，又被他惦记上，千方百计想要欺占过去，不让他们垒墙，逼他们就范，这才打起了官司，一步一步地走到了今天这个地步。

妈妈常说，人软有人欺，马善被人骑，他们家就像一块唐僧肉，人人都想吃一口。不管是村里交租分地，还是邻里大事小情，都明里暗里受人欺负。他家举步维艰，日子越过越破落。

妈妈一边回忆，一边对着录音机，把这些故事又重复一遍。这

些事她以前也常常提起，只不过现在每件事情的背后，都有神灵的影子，有上天的昭示。

一坐在录音机前，妈妈就变得神情肃穆，声音也伉了起来。这是一个神圣的时刻，她不但是在讲述自己的经历，也是在记述一段历史，昭示后人。一开始，面对着录音机，她还有些不知所措，渐渐进入角色以后，又像回到了一个人的舞台上，完全投入其中，情绪时而高昂，时而低落。她描述着当时的情形，模仿着各个人物的口气，有时恶狠狠的，像是跟人吵架；有时幽幽的，像是自言自语；有时数落，有时唱了起来，有时却又半天默不作声，只听见磁带沙沙转动的声音。

这些事情听起来有些离奇，难以用常理解释，但是妈妈的话却让人无法怀疑。那些事情妈妈重复了无数遍，虽然讲得杂乱，但是每一件事、每一个情节，每次讲的时候，那表情、语气，甚至在哪里岔到了别处，几乎都是一样的。她完全沉浸在回忆之中，不单是在讲述一件事，而且是对那些不堪回首的经历的一次重新体验。那些记忆已经成了她生命的一部分，凝固成形了。这个时候，无论是谁都会被她打动。而妈妈也深恐别人不信，每件事都举出不少证人来佐证；而且不单是这些事，那些对他家有过好处的，再小的恩惠，哪怕只是一句公道话，她都记得一清二楚，常常挂在嘴边。

赵永生不像以前那样自由了。他要守在家里，帮着妈妈准备录音机，放好磁带，倒上一杯热水，然后小心翼翼地躲到一边，预备她什么时候把他叫过去，语重心长地叮嘱一番。等妈妈录完了，再把她扶到炕上，看着她沉沉地睡去，才算松了口气。

妈妈录了一个月，磁带用了二十几盘，她的故事却还远远没有结束。她虽然努力按照时间的顺序讲来，但那些事情却是盘根错节，难以理清，她常常一会儿讲这儿，一会儿又岔到了别处，不时转过身来叮嘱赵永生几句，有时又要向爸爸求证一番，唠叨几句，岔来岔去，最后不知所终。而且回忆那些痛苦的经历本身就是件很折磨人的事，妈妈又太投入，每次半面磁带还没录完，她就已经精疲力竭，像要虚脱了一样，要歇上好长时间才能恢复过来。

虽然早已听得厌烦，但每次妈妈讲起来，赵永生还是恨得咬牙切齿，血脉偾张。他恨不得生出三头六臂，把那些仇人全都杀个精光。他也想过不少报复的办法，摸黑放把火，把那些恶人家烧了；或者往井里投毒，让他们得上不知名的怪病；或者把他们的孩子拐出去杀了，让他们断子绝孙。他在想象中不断完善充实着自己的复仇计划，但这种复仇的快感却总是转瞬即逝。哪怕仅仅是幻想，他也无法完成复仇的任务。一想起赵万恶那张得意张狂的脸，他就感到恐惧；在村里碰到那些仇人，他也总是绕着走，不敢横眉冷对。

他对自己的胆小怯懦很恼火。虽然他相信自己并不怕和赵万恶拼命，但他确实从心底惧怕赵万恶。那赵万恶五短身材，一身的滚刀肉，满脸凶横，青筋暴跳，活脱一个土匪相。而他自己，假装练过几天拳脚，却仍然面黄肌瘦，手无缚鸡之力。再说，就算他有本事杀了赵万恶，一命抵一命，赵万恶家仍有兄弟，有子嗣，赵永生家却绝了后；他的父母就算留得命在，也是苟延残喘，被人欺负到死。

赵永生越想越觉得沮丧。虽然妈妈信誓旦旦，说他将来有多大的出息，但那不过是自欺欺人。也许正像小舅说的，他唯一的出路只能是离开这里，哪怕是乞讨流浪，也比在这里挨一辈子欺负好。

七

  过年后开学不久,初三年级重新分了班,好学生进快班,坏学生上慢班。这本来是个各得其所的好事,快班上课没人捣乱了,慢班也乐得没人管,但县教委说分快慢班违反政策,是搞歧视,只得又调整了回来。说是调整,不过是掩人耳目,从慢班挑了几个好些的学生去了快班,但在人们眼里,快、慢班已经形成了。

  赵永生本来被分到了慢班,却不幸又被调到了快班,让他好一阵子不痛快。慢班已经完全放了羊,班主任只是挂个名,各科老师更是三天打鱼两天晒网。慢班的学生实在没地方去了才来上课,或是玩够了来课上歇歇脚。赵永生正玩得如鱼得水的时候被转到了快班。

  快班的气氛着实让他适应不了。人们都像上了发条一样,比着劲儿地学习。课上全都听得全神贯注,偶尔打个盹也支棱着一只耳朵。下了课也都不动地方,仍然埋头学习。在这紧张的气氛中,他也不免跟着紧张起来,却又不知该干些什么。课听不懂,也听不进去,只能茫然地坐在那里。在这里不要说打闹,哪怕稍微弄出点儿动静,也要被人侧目。

  他和李铁同桌,对李铁也多留了心。李铁上课总是精神抖擞,但很多时候并不是在听讲，而是若有所思。他常常仰头望着屋顶，一望就是一节课，有时候却又突然四处翻书，在书上圈圈点点，嘴里还嘀嘀咕咕，旁若无人。他有很多参考书，各科的都有，他像对待宝贝一样，经常拿出来翻翻，看完就装进他的破书包里，轻易不示人。

晚上仍然常常停电，张寒露和王功偶尔也来找赵永生，他每次都叫上李铁，而李铁也仍然是随叫随到。这天晚上，他们出了家门，沿着马路一直向西。出了村口，是一大片麦田，从路边一直到山脚下。麦田中间，一座两米多高、三百多米长的引水渠，将水引到山脚下。他们爬上水渠，在渠顶上或坐或站。

天已经很暖和了，虽然是晚上，却没有丝毫凉意，风都是温的，让人烦躁。赵永生还穿着棉衣，感觉身上快要捂出火来了。张寒露和王功一直眉飞色舞地讲着班里的那些事儿，赵永生插不上他们的话。王功还是那么自我感觉良好，他打扮得越来越利落，每天上学都兴致很高。李铁站在水渠沿上，抬头望着天空，一言不发。

赵永生盘算着毕业的日子。这一阵子，老师每天抢着让学生做题考试，一个比一个催得紧，恨不得把他们掰成几瓣儿。虽然赵永生不像他们一样紧张，也没人拿他当回事儿，但他却也被那紧张的气氛裹挟着，丝毫不能放松。他还要经常被老师有意无意地敲打一番，当作鞭策大家上进的反面典型。以前他可以装着不在乎，但现在每次因为睡觉或是答不上来问题而被老师训斥的时候，他总能感觉到那厌恶和鄙夷的目光。

好在眼看就春暖花开了，有了好玩的去处，他也不用整天憋在教室里了。等到毕了业，他就自由了，以前总觉得毕业遥遥无期，掰着手指头数着盼着，现在突然到了眼前。

赵永生索性躺在了水渠上，一股凉气很快透过了衣服，渗到身体

里，他那躁动的心情也渐渐缓和了下来。月朗星稀，清冷的夜空不像夏日的夜晚那么繁华。月亮的周围有一圈淡淡的光晕，日晕三更雨，月晕午时风，看来明天又要起风了。就算有风也是暖和的了，他也该脱掉棉衣了。春捂秋冻，他每年都要等到实在捂不住的时候，才能脱下棉衣。想起这些，他就恨不得早点儿跨出家门，走得越远越好。

毕了业，离开家，他可以开始全新的生活。但是毕业了以后干什么，这个问题也像是突然蹦了出来，让他有些措手不及。他们以前商量过，毕业以后一起去打工，到远方的大城市。市里是他们唯一有些具体印象、可以想象得出来的地方，虽然那些印象也都是道听途说来的。市里有大工厂，工厂里有年轻活泼的女工；还有大商场，不像县里的农贸市场，晴天暴土尘烟，阴天泥泞不堪。城市里到处是机会，只要动脑筋肯吃苦，再加上点儿好运气，不要说赚钱，就是一步登天也不是没有可能。

他想象着自己成了一名工人，穿着劳动布的工装，满身油污，却英气勃发，或者在大市场里摆上个摊，整日穿梭在繁华之中。他高兴了起来，起身看了一眼李铁，他仍然是一副木呆呆的样子，但他还是忍不住问了一句：

"李铁，你去过市里吗？"

话一出口赵永生就觉得问得多余。他听来的那些关于市里的描述，不知道转了多少人的口，而那些真正去过市里的，都很风光，李铁又怎么可能到过市里呢。

他正想说点儿别的，李铁却忽然冒出来一句："去过。"

李铁回答得干脆，不像以往，赵永生一下子没有反应过来，看着李铁，不知是自己听错了还是李铁说错了。李铁面无表情地看了他一眼，又转向了别处，仿佛刚才的话不是从他的嘴里说出来的。

"你去过市里？那……那市里是什么样的？"

"是天堂，也是地狱；城里人的天堂，农村人的地狱。"

这话对赵永生来说太过深奥，他想听些看得见摸得着的东西，而不是这些空洞的废话。这也正是李铁一贯的说话风格，那口气不像是别人那样说些家常话，倒像电影里的台词。

"你去市里干什么？"

"做小工。"

他暗笑李铁土气。他总觉得做小工是在县里的建筑工地上搬砖和灰打打下手，脏得像泥猴，累得像孙子，是最没出息的活儿了。城市里应该是工厂林立，生活自在，机会遍地，没有这些苦力活儿的。

但他也不得不对李铁刮目相看了。就算是在建筑工地当小工，在大城市里也是不一样的，陌生的环境、繁华的景象，仍然让他向往。

"你在市里干了多长时间？"

"半年多吧。"

"一定挣了不少钱吧？"

"挣钱？哼，一分钱都没拿回来。城里的包工头卷着钱跑了，回来的路费都是借的。"

本来赵永生还有好多问题，城里的楼房有多高，商场大不大，汽车多不多，城里人说话是不是卷着舌头，是不是都穿金戴银，顿顿山珍海味。可李铁那冷冰冰的口气却让人泄气。

"你是和谁一起去的？"

"几个亲戚。"

"那他们呢？"

"他们也一样，白干了一年，等结工钱的时候却找不着人了，没办法只能在车站里要饭，连年都是在车站里过的，讨够了路费才回

来。有两个人还让派出所给当盲流抓起来了，关了半个月才放出来。"

这与别人的描述以及赵永生原来的想象大相径庭，让他难以接受。

"你去的是市里吗？还是……郊区？"

"哼，我们就在市中心，工地旁边就是区政府大楼。不远处就是富强批发市场，那些摊位一个挨着一个，一眼望不到边，附近几省的服装鞋帽都是从那里批发的。那里做买卖的人哪儿的口音都有，有的说话一句都听不懂。工地的对面就是百货大楼，那里一件衬衫就卖一百多块钱，还有29寸的大彩电，对着橱窗玻璃，整天播放节目。不远处还有电影院、大剧场、歌舞厅，走过两条街就是大学，我们还赶上那些留着长头发的大学生上街游行。这就是你们所说的市里，所谓的大城市。"

李铁似乎被激怒了，为了证明他并不是吹嘘，一口气说了许多，但仍然气愤难平，越说越激动：

"但那里并不属于我们。百货大楼我从来没有进去过，只能在外面看看橱窗里的摆设。就是坐公共汽车的人们都躲得我们远远的，走在路上都被人斜着眼睛看。晚上到广场上乘凉，都是等到十点以后，人们散得差不多了才去。那是什么滋味？那些城里人像躲瘟疫一样躲着你，像防贼一样防着你，你不敢往人群里站，走路都要躲着别人，就因为你穿得破破烂烂，灰头土脸，身上总有一股汗馊味儿。不管走到哪儿，人家一看就知道你是农村来的，干的是最低等的建筑工。这就是城市，那繁华热闹都是属于城市人的，那阴暗潮湿的角落才属于我们这些农村人。"

这些是赵永生没有听说过的。他以前听说的都是城市里的高楼大厦和灯红酒绿、那些在城里发迹的故事，还有就是下窑挖煤的打架斗殴、吃喝嫖赌之类的事儿。他很失望，也很恼火，城市里寄托着他的梦想、他的希望，现在却被李铁三言两语击得粉碎。

虽然他也觉得李铁的描述更可信，更真实，但他不甘心自己的梦就这样破灭了。他想李铁偏执、木讷，又懒散，在外面肯定闯荡不出什么名堂来，才会说出这样的话。他甚至觉得李铁是故意和他作对，给他泼冷水，他有责任去捍卫他的那些关于城市的梦想。但他不知道该怎么反驳，他捕风捉影得来的那一点儿，都是别人嚼剩的，早就走了味儿。

"城市里那么多工厂，不可能一个农村人都没有。机灵点儿，好好干，城市里那么多机会，总比在家里待着强。村里也有在外面打工的，不是都混得不错吗？"

"村里的那些人，都是下煤窑卖苦力的，表现上风光，都是自己吹出来的。他们都说干得不错，可没见谁能混出个名堂来。就算有机会进了厂里，也不可能干一辈子，更不可能在那里扎根。对于我们来说，除非能从这片土地上连根拔起，彻底离开这个地方，否则不管走到哪儿，都是农村人，最终都得回到这里。所以我才又回来复读，要想走出去只有这一条路，要不就种一辈子庄稼，当一辈子的小工。"

赵永生没有想过这些，他一心要出去闯荡，却从没有想过将来的事。他又想起小舅也曾说过这样的话。他还记得小舅当时激动的样子，正像现在的李铁一样。李铁虽然极力克制，脸上看不出什么表情，声音却有些颤抖。他知道小舅和李铁的话更真实，那是他们的切身体会。他也理解了李铁的古怪和冷漠，他经历了他们所没有经历的，更清楚自己需要什么，不像他们懵懵懂懂。

他渴望着离开这里，向往着无拘无束的生活，但他却终究无法逃离这里。他的家，他的父母，那些仇恨和期望，像一张无形的网把他罩住了，不论他走到哪里，都无法逃脱。而在这里，他注定要扎根一

辈子的地方，却没有任何希望。而他唯一的出路，却在那看来最不可能的学业上。

他觉得李铁的样子很讨人厌，他的表情旁若无人，说话的腔调，酸文假醋，装腔作势。他狠狠踢了一脚水渠的边沿，踢得脚趾很疼，他闪身跳下水渠，又把脚崴了一下。他悻悻地不愿意跟人说话，一瘸一拐地走向马路。

他一个人在马路上走着，忽然听见身后传来一阵嚷嚷声：

"站住！你他妈有种别跑！"

赵永生一惊，以为是冲他来的。回头看时，只见李庄那边冲过来几个人，自行车骑得飞快，边走边吆喝，杀气腾腾。他心里正在发慌，李铁他们也走过来了，才定住了神。那些人却并没有理会他们，直冲到了新庄村头，村口站着一个人，正在那里叫骂：

"我看你们是不要命了，到老子家门口了还敢追，也不睁眼看看这是谁的地界，看我怎么收拾死你们！"

站在村口的是四扁儿。他是新庄有名的小地痞，整天在街面上晃悠，拿打架当正事干。他的名气倒不小，提起来都知道有这么一号，却不是什么能打能杀仗义疏财，只是个上不了台面的小混混儿。他长得尖嘴猴腮，油嘴滑舌，而且净干些小偷小摸、招猫逗狗的下三烂的事，成了村里的一害。

骑自行车的几个人是李庄的，也不是什么好货色，整天三五成群地在村头游荡，有时候也去乡中学里找碴儿闹事，干些欺负学生的勾当。他们这是地痞遇上无赖，闲着没事打架凑热闹。

见四扁儿只有一个人，李庄的几个并不示弱，领头的指着四扁儿的鼻子骂道：

"王八蛋，到这儿你横起来了，有种刚才你别跑啊！今儿就是追到你们家炕头，也得把你给揪出来，非教训教训你不可！"

"你敢动爷们儿一个手指头，等会儿来人打趴下你，让你磕头叫爹！"

"还敢叫板，给我打，先废了这王八蛋再说！"

一伙人一拥而上，揪住四扁儿，连踢再打。那四扁儿是个嘴把式，没料到他们真敢动手，结结实实挨了几拳，拼命挣了出来，向村里跑去，那几个人在后面边追边骂。

四扁儿本来就不招人待见，被人打两下倒也没什么。可他毕竟是新庄的人，这又是新庄的地方，他们几个人就这么袖手旁观，赵永生总觉得有些不妥。他虽然没打过架，但其中的规矩还是知道一些的。出门在外，一村护着一村，向来是帮亲不帮理，这也是应有的义气。但他却不知道该不该出手相助，或是上前拉架。

他掂量了一下，他们四个人，再加上四扁儿，而李庄那边却只有三个人，人数上不吃亏，况且这又是在新庄，气势上也不输。他不禁有些血往上涌，想要大喝一声，挺身而出。但是，看李庄那几个人凶神恶煞一般，一直就没把他们几个看热闹的放在眼里，他不禁觉得自己渺小了起来。他又想自己每天上学放学都要从李庄经过，惹下了他们，以后就没有消停日子过了。他看了看李铁，他们都远远地站着，一副事不关己的样子，他又茫然了。

好在这时候四扁儿已经跑远了。赵永生松了口气，不用再做思想斗争，考虑该不该出手了。但就在李庄人追了几步要停下来的时候，那四扁儿反倒自己站住了，他居然又神气了起来，回身接着叫骂：

"过来，你们这帮孙子，别以为大爷怕你们了，有种的过来呀……"

赵永生心想这四扁儿真是个贱骨头，这顿打不挨上浑身发痒，却

又纳闷儿他怎么忽然有了骨气；再一看，从村子里边走过来几个人，吆喝着来到了这边。原来是来了救兵。走近了一看，领头的正是大力，他被五六个人簇拥着，派头十足。

新庄是个小村，但新庄人在外面并不怎么挨欺负，其中一个原因就在于新庄的二混子多，而新庄的二混子多，又与大力有很大关系。

大力是新庄那些小混混儿的头儿，他个子不高，看着也不壮实，很平常的一个人，却好打架，而且心狠手辣，在这附近有些名气。大力身边拢着不少不三不四的朋友，不但村里的小混混儿都鞍前马后地围着他转，也常有远道来的跟他叙交情，或是找他赌大钱。他家的那间靠马路边的破房子里也整天人来人往，热热闹闹。虽然他现在已经很少打架了，但还有不少关于他年轻时候的传闻，都是些逞勇斗狠的事。他缺了一个小手指，有人说是他喝醉了酒自己砍下来的，有人说是他赌输了钱被人剁去的；还有人说他以前在外面入过团伙，干过大买卖，犯过人命官司。总之越传越离谱。不管那些传言是真是假，人们宁可信其有，都对他敬畏三分。

大力常穿着一件绿军裤、一条毛了边的破牛仔裤，蹬一双破皮鞋。这一身装扮虽然破烂，却很让人瞩目，一看便知不是个善茬儿。再加上那烫得像钢丝一样根根直立的头发，连鬓胡了刮成了八字胡，留下满脸的青茬儿，更是不怒自威。

四扁儿早已点头哈腰地凑了过去：

"老大，你可来了！好好教训教训这帮王八羔子，都欺负到家门口了，敢到咱们这地界打人，这不是连你都不放在眼里吗！"

"我看看是谁呀，谁他妈的这么狂，敢到新庄来打人，一点儿规矩不懂。"

大力拨开四扁儿，来到那几个人跟前，看了一眼：

"他妈的，马三儿啊，兔崽子，长出息了。也不看看这是什么地方，打狗还得看主人呢，你跑新庄来打人，还拿不拿我大力当回事？"

"哎哟，老大呀，把你都惊动了。正好，你来给评评这个理。刚才我正跟人在路边说话呢，四扁儿这王八蛋过来嘴里就不干不净的，满嘴喷粪。他那张臭嘴你也知道，啥话都能说出来，这么个玩意儿，就是搁你也恨不得抽他一顿。"

"四扁儿，早就说让你他妈管管你这张臭嘴，少惹事儿，你又瞎咧咧什么了？"

"我见一男一女在路边上，一看就知道没干什么好事。这年头，搞对象也不避人，在马路边上胡搞，我就骂了两句……其实也没说什么……"

四扁儿支吾着。

"你他妈的就是嘴欠，要不是看在老大的面子上，今儿非把你嘴给抽歪了。"

"早就说你这嘴欠的毛病，说话没点儿眼色……"

大力举手晃了一下，四扁儿吓得一闪，随即满脸堆笑，似有些不好意思，那神情竟像是个挨了训的孩子。

"马三儿，怎么着，人也打了，气也出了，给我个面子……"

大力转向了马三儿。

"听你的，老大，你说怎么着就怎么着。今儿个这事儿也怪我们哥儿几个没大没小的，老大你别计较。"

"那就都看我的面子。他骂了你了，你也打了他了，这事就算完了，吃亏占便宜的就这么着吧，以后都别再找后账了。"

李庄的人走了。四扁儿还有些委屈，他本想让大力给他撑腰的，却没想到就这么不了了之了。他一边擦着鼻子上的血，一边嘟囔着，

却招来大力的一通臭骂：

"你他妈的也长点儿出息，干点儿正经事，别净干这丢人现眼的事！整天今儿个招这个明儿惹那个的，看看你那个赖巴样，你惹得起谁呀？今儿要不是我过来，还不让人家打扁了你！"

"老大，我就知道兄弟有事，你得过来，所以才胆子壮，没给你丢人。要不是你在这儿镇着，咱新庄还不得让这帮人给欺负死。"

"以后你也长点儿眼色，你那张臭嘴要不瞎咧咧，没人把你当哑巴卖了。记着下次再挨了打早点儿跟他们提我，也少挨两下，这点儿面子谁也不敢不给。"

四扁儿有点儿受宠若惊。虽然挨了打，他还是觉得很风光，毕竟有大力带着这么多人来给他出头，还是很有面子的。他来不及擦干脸上的血，就张罗着到小卖部买酒去了。

赵永生还有些意犹未尽。这场面堪称完美，虽然双方没有大打出手，却并未稍有逊色。大力的威风自不必说，那出场的气势、说话的分量，都够气派。就是马三儿也让他羡慕不已，在大力面前不卑不亢，既出了气，又全身而退。他多想自己也能这么风光，可惜自始至终也没人理会他们这几个人，就像他们不存在一样。他有些后悔，刚才要是挺身而出的话，岂不是既拣了便宜又卖了乖，既出了风头，也不会挨打。

"大力的日子过得倒是挺不错的，不用种地也不用干活儿，照样吃香的喝辣的，手底下还有一帮人前呼后拥，谁也不敢惹，多风光啊。"

赵永生的羡慕之情溢于言表。

"哼，风光？确实是风光，别人看着风光，自己也觉得风光，可他又能风光到什么时候？打打杀杀也就是这么几年，早晚有落魄的时候，总不能靠打架过一辈子，将来还不一定落得什么下场呢。"

李铁今天像是和他杠上了，一张口就顶得他一肚子火；而且李铁今天的话还出奇地多，不等别人说什么，又接着说了下去：

"别看他表面上风光，整天除了吃喝就是耍钱，可那钱不是大风刮来的，没钱的时候他一样得去下小煤窑，趴在窑里挖煤。知道大力他妈是怎么死的吗？就是被他给气死的。你看他家那破房子，都快塌了，他父母攒了一辈子的钱留着给他盖房，却让他给赌进去了，他妈一口气没上来，活活气死了。你看他那日子过的，媳妇跑了，孩子扔给父母，没个正经事干，这种日子谁过得了？"

"我就是觉得他混得不错。干什么都比种地强，他走到哪儿也不会挨欺负，别说是村干部，就是派出所都不敢惹，总比一辈子窝窝囊囊的好。"

"新庄也就一个大力，剩下的像四扁儿这样的，不过是些地痞无赖，跟着混吃混喝的。那四扁儿跟大力差不多年纪，可还是个低三下四的二赖子，连个媳妇都找不上。四扁儿他妈没少去大力家，当街跪下央求四扁儿回家好好过日子。"

李铁并不理会赵永生的心情。赵永生虽然恼火，却又找不出什么话来反驳，那是他看不到也没有想过的更深的东西。

八

赵永生回到家,已经是半夜了。他钻进被窝,蜷着身子躺下。被子是凉的,炕上也没有多少热气。他家的炕不好烧,烧多少火也不热,还往回倒烟,做饭的时候屋子里的烟气熏得人直掉眼泪。搭炕看似简单,想搭好却不容易,他家的炕拆了搭、搭了拆,每年都得折腾一次,费工又费力,却总不好用。

妈妈早就睡着了。她的精神越来越不济了,每天天刚一擦黑就开始哈欠连天,泪水涟涟,站着都能睡着,有时候等不到吃饭就得先睡一会儿。她睡得也沉,天塌下来都醒不了。也许正是因为能睡,妈妈才没有垮了;否则她心里盛着那么多事,铁打的人也禁不住。她的迷昏病也越来越厉害,不定什么时候一阵头晕上来就天旋地转,要是边上没有扶着靠着的东西就得栽倒在地。她常常摔倒在院子里、灶台边,家里的锅碗瓢盆也差不多都被她摔烂了。她以前就有哮喘,现在也日渐严重,一喘起来像拉风箱一样,蹲在地上半天倒不上气来。在白天,有那么一口气撑着,她总是摸索着干这干那,但到了晚上,躺在那里,那瘦小的身躯蜷缩成一团,没有一点儿动静,仿佛死去了一般。

他忽然觉得很害怕,真怕妈妈就这么睡过去了。他悄悄侧起身,仔细听了听，似乎听到一点儿气息，又伸出手，放到妈妈的被子上，感觉到了起伏，才放下心来。

爸爸一阵剧烈的咳嗽，随之吐出了一口黏痰，翻了个身，很快又传出了鼾声。那鼾声里夹杂着剪不断的拉弦的声音，好像那一口气总也不利落，让人听着难受。他是老气管炎，年轻时落下的毛病。老鼠在屋里窜来窜去，啃噬着柜角，发出响亮的咔嚓声，肆无忌惮。

他睡意全无，索性翻身趴起来，双手托着下巴，看着黑乎乎的屋子。

屋子里空荡荡的，只有墙角那个脱了漆的板柜算是唯一的家具。那也是他们从爷爷奶奶那里分到的唯一的家当，搬了几次家，已经快散架了。墙上贴着几张年画，反着一片白光，跟那黑乎乎的墙面形成鲜明对比。往年他家总舍不得花钱买这些东西，今年为了喜兴，讨个好彩头。别人家的年画都是五谷丰登年年有余，或是麻姑拜寿五子夺莲之类的，图个吉利；妈妈却挑了两套连环画，一套是铡美案，一套是范进中举。那铡美案杀气腾腾，并不喜庆，但清官斩恶人，也算是应了妈妈的心愿。至于范进中举，也并不是什么喜剧，更像是一出悲剧或是闹剧，但妈妈看中的是"中举"两个字，并不在乎其背后的含义。

屋里的墙也还是泥墙，他家只勉强盖好房子，之后就再没钱拾掇屋里了。墙上除了那几张年画，连一面镜子都没有，只有一块石英钟，那还是去年爸爸从厂里捡回来的旧物，也是他们家唯一一件像样的东西了。地面还是泥地，坑坑洼洼的，平常满是尘土，洒点儿水就成了泥窝。房顶没吊顶棚，露着一根根的檩条和椽子，上面挂满了蜘蛛网。炕也是土坯炕面，炕席已经破得千疮百孔，露着泥坯，坐上去一屁股土，外人来了轻易不敢让人家往炕上坐。炕角堆着被褥，多年都没有拆洗，散发着一股霉味。旁边还有一堆常年堆着的破烂衣服，

有冬天的有夏天的，有洗过的也有没洗过的。

起风了，风吹动窗户上的塑料布，发出呼哒呼哒的响声。糊窗户的毛头纸不值几个钱，但年年换也换不起，他家就把化肥袋子里的薄塑料膜钉上。塑料膜结实，不怕雨淋，也透亮，只是爱沾尘土，不到半年就成了黑色，而且只挡风不隔凉，一到冬天屋里显得格外地冷。

不知为什么，赵永生又想起了李铁。他家的房子更老，低矮破旧，屋子里也没有什么像样的家具，却收拾得干净整齐。地里五谷杂粮什么都有，院子里种着时令蔬菜，一年的吃食短不了，家里还常常打点儿豆腐，做顿年糕凉粉什么的。过年杀头猪，既卖肉挣钱，自家也捞点儿油水，日子过得有滋有味。

李铁家也是穷，兄弟多人口多，要攒钱盖房娶媳妇，够他们的父母蹦跶一辈子的了。他们过的也是庄稼日子，忙忙碌碌，土里刨食，勉强填饱肚子，却有盼头，等兄弟几个都起来了，日子也就好过了。而赵永生家却处处破破烂烂，虽然是新房，却像是没有人住的弃宅子，夏天满院荒草丛生，杂乱地种些蔬菜也没人精心收拾，冬天更是狼藉一片，满院的猪粪尿。父母收拾庄稼也是马马虎虎，什么节气该干什么心里没个谱，只是随着大流，不让地荒废了而已。种地的家什也不全，骡马之类的大小牲口养不起，春种秋收都是肩扛手拉，每年打的粮食除去交公粮，够得上一家人吃喝。

父母的心思也不在过日子上。经历了一场又一场的变故，他家的日子与别人家已经不一样了。别人家是为了吃穿，生儿育女，一代传一代。而对赵永生家来说，已经容不得细水长流过日子，种好自家田，不管他人事。妈妈虽然整天家里家外的忙，一点儿也不闲着，心思却不在春种秋收家长里短的事上。她的大部分时间都是沉浸在回忆之中，那一幕幕往事已经印在了她的脑子里，一遍一遍不停地过，她脸上的表情也随着回忆里的情节而变换，时而愤怒，时而幽怨。她心里也在不停地筹划，提防着被人算计，怎样才能鸣冤雪恨。这已经不是踏踏实实过日子能达到的了。

他也一直梦想着自己能强横些，混上个地痞无赖，至少不再受人欺负。但这对他来说也是不可能的。他要力气没力气，要胆量没胆量，不要说前呼后拥，就是当个小跟班的都混不上，恐怕连四扁儿都不如。

能当兵也算是有出息，能长见识，出门能锻炼人，总比那些土生土长的人看着机灵许多。他还记得班上的一个同学挑上兵走时的情形。那个同学长得高高瘦瘦的，还有些驼背，并不像个当兵的料。他家里的条件看起来也不好，穿得寒酸，平常也总是蔫头蔫脑的；可一挑上了兵，立刻就像换了一个人，背也挺直了，走路虎虎生风，一副扬眉吐气的样子。他特地穿上了崭新的军装，来学校里转了一圈，那身肥大簇新的绿军装在冬天灰暗的天气里显得分外扎眼。他煞有介事地跟每个熟悉的不熟悉的同学打招呼，握手辞行，夸张地跟人拍拍肩膀，搂搂腰，显得有些滑稽，那舒展的笑脸上显出过分的自信。

有的肯干的又运气好的，在部队转了志愿兵，提了干，成了国家干部。也正因为有这些好处，兵也不是什么人都能当的，既要根正苗红，又得人长得顺溜，还得村里乡里上下关系好。赵永生家没关系，从中作梗的人也不少，恐怕连村里这关都过不去。

虽然他们经常取笑王功像个老娘儿们一样，有板有眼地算计着过日子，却不得不承认他更实际些。王功最大的愿望就是毕业了弄上两亩地种大棚菜。他姥姥家的村子，家家户户都侍弄着大棚菜，平整的地方搭起了大棚，山上的薄地也都覆上了地膜，一年四季都有时鲜蔬菜，还能卖上好价钱，村里家家有电视，户户有存款。

萤火

王功早就开始盘算，等毕了业，把他家的几亩水浇地盖上大棚，他有技术，肯定能挣钱；农闲时再做点儿买卖，贩点儿干鲜瓜果，卖点儿油条豆腐，虽是小本生意，却也能挣钱；等攒够了本钱，再买上一辆三轮车，开个小卖部，就能稳稳当当挣钱了。

他也曾被王功的憧憬所鼓舞。即使在家种地，他们也不用像老一辈人那样，面朝黄土背朝天，土里刨食过日子，干点儿什么，总比死守着那几分薄地强，也算有奔头。

但他却总觉得哪里有些不妥。种大棚虽然挣钱，却也不是凭空得来的。不说那精耕细作的苦能不能受得住，还要防着贼偷，防着红眼的人破坏。还有做小买卖，说起来容易，但是走街串巷、赶集上店，起早贪黑，顶风冒雨，受的罪并不比种庄稼少。而且做买卖是个眼力活儿，若论察言观色、见人说话的本事，他照王功差得远，因为说话不周，被人砸了摊子是轻的，暴打一顿说不定也是常事。

远的不说，赵万恶一伙就常欺负那些做小买卖的。一次有个卖苹果的，因为对一个还未出嫁的姑娘叫了一声大嫂，就被赵万恶一伙打得满脸是血。那人磕头作揖，满满的两筐苹果还是被抢了个精光。还有一次一个收鸡鸭的从赵万恶家门口经过，吆喝了一声，吵了他午睡，被赵万恶骂了一顿。那人理论了两句，就被赵万恶暴打一顿，实在没什么可抢的，又把秤杆撅了。那些常跑买卖的都知道这条街难走，很少有人进来。

也有做买卖丢了性命的。村里有一个收废铁的被人打死了，后来破了案，原来他收铁的时候当众掏出了三百多块钱。就为了这点儿钱，他被人打死在回家的路上。还有一个贩棉花的，临过年的时候出门讨债，一去就没回来。家里人找到派出所，去了几趟就没了下文；自己去找，又险些被人扣在当地，几年过去了，折腾得倾家荡产，媳妇也走了，现在也不知道人到底是死是活。

他越想越怕。这些事或许只是意外，但对他来说，却似乎是命中注定的。他家有那么多仇人，看不得他家好，难逃被人算计。

似乎所有的出路都被堵死了。难道自己只能守着这一亩三分地，窝窝囊囊地过一辈子？如果安心种地，他也能把日子过好，至少不像现在这么累赘。张寒露的父母是出了名的好庄稼人，把庄稼当孩子一样侍弄。老两口一年大部分时间都守在地里，春播夏锄，秋耕冬养，没事也要蹲在地头看着庄稼生长。地里收拾得干干净净，寸草不生，庄稼成行成垄，油黑粗壮。他们对庄稼比对张寒露兄弟还上心，就连张寒露兄弟几个的名字，也是依着节气叫下来的。张寒露很恼火自己的名字，这名字要是在城市听起来兴许还有些诗意，但在村里，人们叫他一声"寒——露儿"，听起来土得掉渣。但是比起他的两个哥哥，一个叫芒种，一个叫处暑来，他真应该庆幸了。

张寒露的父母过日子仔细，在村里也是出了名的，哪怕是掉在地上的一滴稀饭，也要用手抿起来。晚上不管有电没电，灯是从来不点的。夏天还好，可以在屋外乘凉，冬天天黑得早，晚饭都是摸黑吃，吃完了饭全家摸黑坐上半宿。所以晚上去张寒露家串门是不受欢迎的，大人去了还能点个亮，孩子们去了，只能摸黑待着。

靠着父母土里刨食和省吃俭用，张寒露家的日子过得很殷实。他的两个哥哥都盖起了新房，娶了媳妇，给张寒露盖房的材料也都准备齐了，只等他毕了业就开始张罗着盖房娶媳妇了。但张寒露却烦透了这个家，比赵永生更迫不及待想要离开，宁可要饭吃，也不在家种一辈子地。

爸爸又是一阵咳嗽，一声紧似一声，仿佛把肺叶都要咳出来；妈妈沉沉地睡着。那家徒四壁、黑暗清冷的屋子，凌乱不堪，让人绝

079

望，这就是他的家，就像一张无形的网，牢牢地把他罩住，他就像网里的鱼，拼了命也挣扎不出去。

　　村子一阵嘈杂，来电了。该后半夜了吧，他又想起了李铁。他在干什么呢，会不会还要起来看书？李铁虽然嘴臭，话却说得有道理，只是对他却没有什么用处了。初中三年，他全都荒废了，眼看就要毕业了，后悔也来不及了。刚上初中的时候，他还是班里的第一名，还当过半年的班长，现在却成了一个学生混混儿。以前父母也苦口婆心劝他好好学习，他根本听不进去，还嗤笑他们迂腐。父母每天早出晚归，再忙再累也舍不得让他耽误一天课；而他却是打闹、逃学，四处游荡，现在才觉得内疚和后悔。

　　赵永生吞吞吐吐地向李铁借参考书的时候，还担心李铁会耍小气，不借给他。但他的担心有些多余，李铁热心地把那些书都拿出来，给他介绍哪些书好，好在哪儿，应该先看哪本书，后看哪本书，如数家珍。

　　有了不会做的题，李铁也非常热心，并不因为他问的问题肤浅而不耐烦。讲题的时候，李铁像是换了一个人，神情兴奋，目光有神，连说再比画，直到赵永生弄明白为止。这时候李铁一点儿也不迟钝，说话很快，条理也清楚，比老师讲得还透彻；说起读书的心得，也是滔滔不绝。

　　李铁还逐一了解了赵永生每科的学习情况，为他制订了学习计划。他给赵永生找来了初一初二的课本，让他从头补课，给他挑选最适合的参考书，给他出题帮他复习，比赵永生热情还高。

　　他也发现李铁虽然平时不显眼，但远比他想象的学习好得多。各科的课本他差不多能背得下来，参考书也翻了不下几十本。各门功课，他都总结了一套学习方法，哪科该多做题，哪科必须死记硬背，难记的地方还自编了口诀和顺口溜；而他仰着头发呆的时候，多半也是在想题或是背口诀。

天气转长，初三班开了晚自习。上自习的大都是学校附近张庄、李庄的学生，远处来的并不多。出人意料的是，慢班来上晚自习的人竟然比快班的还多，晚上热热闹闹，把那些小混混儿也招来了，学校里呼哨声四起，后来只好取消了慢班的晚自习。

常来上自习的人里边，赵永生和李铁差不多是离得最远的了。他们放学走三四里路回去，吃完饭再返回来上自习，一天要走三个来回。开始大家对他们都很警惕，特别是对赵永生，老师盯得很紧，明察暗访，一旦发现捣乱就把他赶出去。但他却一直待得很老实，这也让老师不免有些"失望"。

开始赵永生只不过是无事可干，反正晚上没事儿也是闲逛。但是，渐渐地，他有些喜欢上了那种气氛。他已经习惯了一个坏学生的角色，不知道该怎样做一个好学生。他白天仍然吊儿郎当的，课也听不进去，但是一天的喧闹过后，到了晚上，教室里空荡荡的没几个人，他却能静下心来，和李铁就着一根蜡烛，踏踏实实地坐上几个小时。

他按照李铁给他订的计划，看书做题，背单词。那些课本他都已经生疏了，每门功课都得从头学起。他倒也不发愁，只是凭着一股子兴致，学到哪儿算到哪儿，渐渐地也体会到了学习的乐趣。生活里的许多现象，在物理和化学课本里都能找到答案。英语他虽然一窍不通，但李铁有很多诀窍和口诀对付那些语法和生僻单词。他也体验到了从未有过的充实，当他好不容易记下一个单词，冥思苦想解出一道难题时，觉得既快乐又有成就感。那是靠着上课捣乱吸引别人注意所无法达到的。

上完自习，已经是晚上十点多了。迎着风打个哈欠，伸个懒腰，

舒活一下筋骨，赵永生觉得有些意犹未尽。马路上还是那么多人，成群结伙，追逐嬉闹，扯着嗓子号叫。不久前他也和他们一样，半夜闲逛，打发着时间。走过村头那片空旷的地带，他总忍不住想要放开喉咙，大声唱歌。他闭着眼睛，昂着头，声嘶力竭，完全投入歌声中。而李铁则不远不近地跟着，想着他自己的问题。他不知道自己唱得是否难听，他唱得陶醉，旁若无人，而且常常一遍一遍地唱同一首歌，甚至一连几天，不知厌倦。他不知道李铁是怎么忍受过来的。

妈妈看赵永生忽然知道了上进，高兴得不知道说什么好，每天早晚早早做好饭，有什么活儿也不支使他，恐怕误了他学习。她还是一如既往地相信赵永生，并不问他学了些什么，也从不怀疑他是扯着幌子出去玩。

春暖花开的时候，赵永生在教室里又有些坐不住了。他叫上李铁，两个人拿上书，到学校后面的山坡上，找个背风向阳的地方，坐下开始背书。山脚下是一个小水库，远看像一颗碧绿的大水珠，微风一吹，飘过一阵阵新鲜的水的气息。水库的岸边长满了毛柳，一片新绿青翠欲滴。往年这个时候，他正在水库边摸河蚌，拿着罐头瓶钓鱼虾呢。远处的村庄笼罩在一抹淡淡的绿色之中，隐隐能听见村里小学校传来的读书声。山坡上整口的、送粪的、给果树剪枝的，忙着为开春的耕种做准备。

他以前也常来这里玩，却从没有发现过这样的田园风光。那份宁静和踏实只有安静地坐在这里，才能体会得到。石缝里，枯草下面，仔细看去，已经冒出了许多野草的嫩芽，鲜嫩鲜嫩的。他揪了几片苦菜的叶子放进嘴里，那是一种苦得让舌尖发麻的味道，但那苦味慢慢化开以后，留在口中的却是一股淡淡的清香，精神也为之清爽。以后，他口袋里经常装着两把苦菜的叶子，打盹的时候就嚼上两片，慢慢地竟喜欢上了那苦涩的味道。

　　初三下半年，考试明显多了起来，三天两头就考一次。每次考试，赵永生都有些进步，到中考临近，摸底考试的时候，竟然也能到中上游。但大家都不以为意，因为他上课还是那么懒散，又常常旷课，大家猜测他的成绩多半是抄来的。他和李铁在一起，抄出这个成绩也没什么奇怪。

　　赵永生并不在意别人怎么看，也不想去讨老师的好。没有老师整天在屁股后面盯着，反倒落得自在；而且考得不好也不害怕丢人，不觉得对不起老师的栽培。但他也暗暗加了把劲儿，要考得更好些，让他们看看。

　　中考的时候，赵永生在新生中考了第一名，比很多复习生分数都高，不但出乎别人的意料，连他自己也没想到。虽然哪儿也没有考上，他却不觉得沮丧，反倒有些扬眉吐气的感觉。老师们有些尴尬，不知道该怎么对待他，不像别人，老师都极力挽留他们再复读一年。别的同学也不理睬他，看不惯他那副小人得志的样子。唯一为他感到高兴的就是李铁，赵永生是他一手调教出来的，比老师费心栽培的那些好学生表现得强多了。

　　李铁也考得不错，全校第一名，只差三分就考上了中专。如果他当初肯报考中师的话，也就考上了。但那时他们都看不上当老师的，尤其是小学老师，小时候在他们眼里威严不可一世，现在看起来却土气寒酸。他知道李铁踌躇满志，却经历了一年又一年希望落空的打击，而且每次只差那么一点儿，心中的滋味可想而知。他希望看到李铁表现出失望、伤心、愤怒，像别的复读生一样发泄出来。但李铁仍然一言不发，看不出什么表情。他不知道该说些什么宽心的话，他真希望自己考得差些，匀出分数来给李铁。

萤火

　　李铁的家人对他的落榜似乎也习以为常，对他也没抱什么希望。他们在河边默默地坐了一晚上，那气氛很难熬，说什么话似乎都是多余的。最后李铁说，他还会接着复读，不会放弃，既像是对赵永生说，也像是对他自己说。他已经复读了几年，只能孤注一掷了。这对赵永生来说，也是一件好事，他已经打定了主意要去复读，没有李铁，他不知道自己有没有勇气再回到学校。

　　赵永生一直留恋那半年的时光，他精力充沛，不知疲倦，虽然没有什么远大的目标，但那种不问结果、勇往直前的勇气，他却再也没有过。

九

  这是一个漫长而难熬的夏天，虽然那炎热的天气与往年并没有什么不同，但对赵永生来说意义却不一样了。往年他盼着过暑假，可以疯玩疯跑，无忧无虑；但是现在对他来说已经没有什么假期了，他的学生时代已经结束了。虽然他一直盼着这一天，真到了眼前，他却毫无准备。

  原来想象得很简单的事情，到了眼前却完全不是那么回事。以前他想要毕了业去打工，但他不能坐在家里等着招工的找上门来，也不可能两眼一抹黑地跑到市里去找。就算是县里有要小工的地方他也愿意去，但他问了村里的几个在外干活儿的泥瓦匠，一看他那肩不能挑手不能提的样子，都干脆地回绝了他。

  他也曾经蠢蠢欲动，想做些买卖，卖些瓜果梨桃。可让他驮着那百十斤的一筐水果上坡下岭，走街串巷，纵然有心他也驮不动。而且，妈妈听说他想要做小买卖，就让他自己去赶了一次集，买些肉菜。他特意多加了小心，却还是买回来了一捆烂韭菜，肉也让人掺了近一半的肚腩。他再装得精明老成，却一看就是个孩子。从那以后，他也就断了这个念头。

王功去了市里。不知道他家有什么亲戚，在市里的工厂给他找了一份工作。赵永生又看到了希望。他托王功帮他打听厂里还要不要人，能不能把他也介绍过去。

　　王功走了以后，他的心里就像长了草，每天都往王功家跑几趟，盼着能有好消息。但是王功一走杳无音信，去的次数多了，王功妈妈眼里话里的不耐烦也越来越明显。直到有一天，她告诉赵永生，王功来信说了，厂里不再招人了，就算招人，没有后门也进不去。她还说厂里一直没开支，王功又要交押金，连吃饭的钱都没有了，更没有路费回来。赵永生明白那意思，是怕让王功跑回来，白白搭上路费。

　　张寒露考完试就跟着叔叔当了学徒，在县里的工地上学木匠手艺，每天天不亮就走，天黑才回来。没几天，他就晒得满脸黑红，身上也脱了几层皮，每天累得浑身像散了架一样。

　　李铁哪儿也没去。他家本来就有七八口人的地，还承包了村子北边的一片荒山坡，从冬到夏都在侍弄那片地，他爸爸还在山上搭了个窝棚，大半年都住在山上。李铁并不是个勤快人，平常能躲就躲过去了，到了放假，也只能老老实实下地干活儿，每天拖着锄头，一步一挨，一副抽筋扒骨的样子。

　　夏天地里的活儿虽然不多，但勤快人总是闲不住。地里的草是锄不完的，每锄一遍，庄稼就长得松快些。赵永生家地里的活儿总是错着季，什么都落到后面，抢种抢收抢荒，地里从没有利落的时候。放了假，锄地翻秧这些力所能及的活儿赵永生应该多干些，但这三伏天蹲在玉米地里，密不透风却还得捂得严严实实，即便是这样，手上脸上也得让玉米叶划得一道一道的，汗水一浸，火烧火燎地疼。还有那劈头盖脸的山蚊子，隔着衣服都能叮得人满身是包，干不上两天，他就坚持不下去了。但是他一个半大小子，整天待在家里无所事事，时间长了难免不招人笑话。常有人对赵永生的妈妈说：

"你家的孩子养得太娇贵了，庄稼地里的苦一点儿都没受过。"

"你这体格这么差还下地干活儿，孩子也老大不小了，却跟个客人似的，什么都不干。"

"人家的孩子哪是种地的料，将来要当官的，用不着经这个心，干这些粗活儿。"

妈妈听人说赵永生有当官的命，也不管是正话还是反话，眼里立刻就有了神采：

"真的？你们也能看出来我们家永生将来有出息？"

那人马上就撇着嘴说："这还不都是听你自己说的。"

妈妈听出了话里的意思，也只好讪讪地走开了。

他盼着假期快点儿过去，但新的学期开始，他该干些什么？回学校复读？他现在越来越没有勇气再回到乡中，做一名复习生；况且，妈妈也坚决不同意他去复读。

他的分数本来够得上县一中的，但是填报志愿的时候他却只报了中专。那时他是下定了决心非中专不上的，一年考不上复读一年再考。上高中还要三年，而且高考更难，很难熬出什么结果。

妈妈当时就不同意，说要顺应天意，考上高中也要上，而要回去复读，就成了倒退。她专门托人给赵永生捎信儿到学校，让他把志愿填全，但他打定了主意，全不理会，只报了一个志愿。现在他也有些后悔当初那么固执，现在却没有了退路。

日子虽然难熬，却又过得飞快，很快入秋了。

春种秋收，是他家最累的时候。间苗、锄地、上肥这些平常的活儿，早两天晚两天都过得去，实在收拾不过来，也不过是看着狼狈些。春种秋收却都是紧活儿，一刻也不容人。种地错过了雨水，苗都

保不齐；而收庄稼更追人，夏收麦子不用说，那是跟天气比赛，只差半天工夫，赶上一场大雨，一年的收成就泡了汤。秋收也一样，几天工夫，地里就像被剃过一样，只剩下光秃秃的根茬儿，收得晚了，不是被牛羊啃了，就是被顺手牵羊了。每年他家总是落在后面，地里只剩下他家孤零零的一片庄稼。别人家都是马车骡车往回收，大户人家还有拖拉机，他家没有骡马车，连辆双轮拉车都没有，只靠一辆手推车一点儿一点儿地往家里倒。村里的地大都在半山腰上，离家有五六里远，工夫都花在了路上，别人家一天干完的活儿，他家得干上三天。

往年收秋赵永生帮不上多大忙，只是干些零活儿，重活儿累活儿指望不上他，今年他却不能再甩手不干了。那几天，他和父母一起，早出晚归，带饭在地里吃。他也尽量抢着干些重活儿，山路难走，手推车推不了，就抢着扛麻袋、砍秸秆。

那装满玉米的麻袋几十斤重，他勉强扛起来还可以，但要扛到坡底路边，要走几百米，几趟下来，就觉得越来越沉重，腰越来越弯，脚步也有些不稳。他咬牙坚持着，等装够了一推车，可以停下来，把腰挺直了，喘口气，再回去砍秸秆。

砍秸秆也并不轻省，以前看着爸爸砍得飞快，自己干起来却不是那么回事。他不停地挥动着镰刀，连擦汗的工夫都没有，抬头看时，才不过三五步远。他的胳膊上、脸上、脖子上划满了一道道的血印子，手上起了血泡，磨破了，被汗水浸得实在忍不住，只好悄悄地把毛巾裹在手上。

只一天下来，赵永生就像散了架一样，挥动镰刀的半边身子都连着疼，胳膊抬不起来，手里也握不住东西，回到家里连水都不想喝，只想平躺下来，四肢着地，好好睡上一觉。妈妈仍不忘借机教训一番，让他记得庄稼地里的苦。

第二天，赵永生有些发怵，害怕自己坚持不下来；但真干起来了，却并没有想象的那么吃力。熬过了第二天，后面的几天倒不觉得那么累了。

体力上可以渐渐适应，活儿却越干越觉得憋屈。别人家人手多，或是几家搭伙，干活儿都是成帮结伙，有说有笑，收获着一年的收成；看着那成堆的玉米高粱，也有收获的喜悦。而他家却是形单影只，孤零零地在空旷的田地里忙碌着，每天披着星星出去，顶着月亮回来，一天吃不上一顿囫囵饭。而粮食弄回家里，还要剥出来，碾粒，晾干，折腾一个冬天。对他们来说，春种秋收只不过是为了生计，没有播种的希望和收获的喜悦，只剩下了劳累。

但这还不是最累的时候。紧接着大秋就是冬麦播种。麦子是最难收拾的作物，播种上肥浇水打药，收完了还要脱粒、晾晒，才算是一年的收成到了手，不但费工费时，而且步步都追人。赶着节气种地，春旱时要浇水上肥，吐穗扬花时要喷药，麦熟更是追人，从收到藏要一气赶在连阴雨前，常常是几天睡不成囫囵觉。可那是水浇地，一年两熟，全靠它吃点儿细粮，人们都像宝贝一样侍弄着，不像那山坡边角地，随便撒上些谷子豆子，靠天吃饭。

赵永生家还在收玉米的时候，别人家已经开始收拾麦地，准备种麦子了。麦地里拢起一堆堆的烟，招来了成群的燕子在上空盘旋。老人们说，燕子吞下了这些暖灰，就该飞到南方去过冬了。成群的麻雀扑啦啦地从一棵树飞到另一棵树，发出凄惶的叫声。等他家整好地、做好畦，已经快到中秋了。种得早的，麦苗都已经拱出了地面，人们都歇歇气准备过节了，空旷萧瑟的田地里只剩他们一家在干活儿。

犁地本来是骡马干的活儿，犁头大，耕得深，而他家却是人拉的犁，前面一个人拉，后面一个人扛，不但费力，而且入地浅，土松不

开。往年都是妈妈在前面拉,爸爸在后面扛,今年赵永生替下了妈妈。

这是他第一次拉犁。以前看父母一个拉一个扛,似乎并不费力,一拉起来才知道,比起拉犁来,收秋的活儿简直就像玩耍一样。他家的地从没有深耕翻透过,板成了一块,犁头刚一入地,就觉得肩上像挂上了千斤的东西,异常沉重。他的身体紧绷着向前倾,跟地面快成了三十度。没走上十步,他就觉得肩头被碾得火辣辣的,像是掉了一层皮。他把犁杠悄悄挪了挪地方,但没走上几步,又扛不住了,只好不停地从左肩换到右肩。

他觉得自己的两个肩膀都已经破了皮,没有一块好的地方,却又不敢翻看,怕父母看出他的窘迫。实在撑不下去了,他装着擦汗,停了下来,挺直了僵直的腰。回头看时,却不过拉了四五十步远,而前面还有很长,从河边一直到山脚下,一眼望不到头,他还没有走出地头。

他喊了声热,脱下衣服,擦了把汗,顺势叠了叠衣服垫在肩膀上,咬咬牙接着往前拉。他不再数着步数,也不敢抬头向前看,努力把思想集中到别的事情上,不去想那火辣辣的肩膀和那似乎永无尽头的前方。

当终于拉完了一条垄,到了地的另一头,望着那有一里长的麦畦,赵永生无法想象自己是怎么一步一步量过来的。爸爸放下犁,又回去播种撒肥。他也想过去帮一把,脚下却无法挪动半步。他的腰杆生硬,弯不下去也挺不起来,腿绷得僵直,直打哆嗦,只能顺势坐在地上,慢慢舒展开。

他看着妈妈从远处走过来,身影渐渐清晰。她的身体在寒风中显得那么瘦小,仿佛一阵风就会被吹倒。她的头发不知道什么时候已经变得花白,凌乱地散在脸上。她的脸上看不出表情,心思也不在这里,脑子里不知道在想着什么事。

爸爸跟在妈妈后面,弯腰撒着化肥。以前他总觉得爸爸魁梧高大，有些身量，现在看着却是松松垮垮。他还穿着当兵时的那件破军装，却已撑不起来了，身上的肌肉也松弛了，只剩下褶皱的皮肤。他的头有些秃顶了，头发像毡草一样，乱蓬蓬的一团，胡子也几天没刮了，遮住了半张脸。他的背明显驼了，还要弯腰撒肥，走一段就歇下来，一只手扶着腰，慢慢地挺直身子。年轻时候的劳损已经把身体拖垮了，虽然仍有力气，却浑身是病，只剩下了空架子。

拉第二条垄的时候，赵永生和爸爸换了一下，从后面扛。在后面要花更大的力气，腰弯得更低，双手还要紧紧按住犁头，不让它浮起来。只不过肩膀着力的地方往前移了些，他能多坚持一阵。而且，看着脚下犁头翻起的土一层层的像波浪一样被抛在身后，感觉也快了许多。

在他的坚持下，他们种完了才回去。他不想留到明天，怕一歇下来就爬不起来了。干完了活儿已近半夜，他数了数，一亩半地，二十几条垄，等于他拉着犁走了十几里路。

之后的几天，他一直躺在炕上，他的肩膀肿得发亮，已经破皮见了血，浑身像散了架一样抬不起来。而父母还要忙着收白菜、挖菜窖、打豆子、刨红薯。他也终于深切地体会到了面朝黄土背朝天的滋味。

但是一闲下来，赵永生心里也越来越忐忑不安。学校早已开学了，每天早晚马路上成群的学生，都欢欢喜喜。他羡慕他们有学上，自己却没有着落。父母似乎也把他上学的事忘了，从不提起。他们或许以为他不想上学，一门心思要出去。他不敢跟父母提起复读的事。他一直拧着他们，以前信誓旦旦毕了业要出去闯荡，报志愿也自作主张，自己也觉得没脸再开口。而且现在想来，复读也并不是他想象的那样简单，拼搏一年就能考出去。那些复读了好几年的，已经学得快成精了，却仍然没有考上；他复读一年，又怎么能赶得上他们？他很可能也像李铁一样，复读几年下来，胡子拉碴，脾气古怪，却仍然考

不上。

李铁收到了一中的录取通知书,他的弟弟顶替他去上了。而他得等到家里收拾利索了,该干的活儿都干完了,还得自己张罗齐了学费,才能回学校复读。这个时候,手里拿着一纸通知书多踏实。上高中,尤其是县里的一中,也是个很风光的事。李铁弟弟开学,收拾了大包小包的行李,一家人陪着在路边等车,那情形就像赶考一样,让人羡慕。

这天晚上,爸爸下班骑回来一辆新自行车。他是该买辆新车了,他的那辆破车是用旧车架自己攒成的,不知骑了多少年,吱嘎作响,三天两头修一回。况且,他以前还出过事儿,下盘蛇岭的时候车子前叉断了,人从车子上翻了过去,差点儿要了命。

今天父母也显得格外高兴,炒了两个菜,爸爸还打了一壶酒。除了逢年过节,或是家里来了客人,家里很少像这样有酒有菜的。也许是家里的官司又有了希望。夏天里父母又开始往县里跑,去政府,找法院申诉,说不定是有了转机。

半杯酒下了肚,爸爸的话也多了起来:

"赵永生,庄稼地的滋味,这回深有体会了吧。把手伸出来,我看看长茧了没有?脱了皮长了茧那才成真正的庄稼人了呢。"

赵永生没有理会。他的手上打了几个泡,旧皮刚掉,露着粉红色的嫩肉,肩膀上也脱了一层皮,有几处结了痂。

"现在知道土里刨食不容易了吧,该明白是上学好还是在家种地好了吧。这就是农村,这就是农村人的生活。为什么人们都奔着有出息?没出息就得一辈子跟庄稼地打交道,就得从土里往外刨食吃。你要是不想一辈子当个土地佬,就得想法蹦跶出去,离开这个地方。"

他啜了口酒,嗞的一声呷了下去:

"吃不了苦中苦，当不了人上人。不好好念书，整天混日子，能指望有多大出息？土里刨食不容易，当爹妈的千辛万苦供你上学更不容易，整天吊儿郎当，别说对不起我们，首先对不起的是你自己。"

他说话咬文嚼字，有些装腔作势，让人不屑，而且仗着几分酒劲儿，也越发地啰唆起来：

"当初让你报高中，考上哪儿上哪儿，你上到哪儿我们供到哪儿，哪怕是吃糠咽菜要饭吃，也要供你上学。可你呢，高中干脆一个没报。当时哪怕你添上个一中，何至于现在没学可上！父母的话总觉得是害你，对别人的话倒是言听计从，干什么事不过脑子，好好的学不想上，又是做小工，又是做小买卖，净干些没出息的事。"

爸爸越说越气愤，在酒气的作用下涨红了脸。他难得说话有这么理直气壮的时候：

"看着人家去复读，你也想去复读，复读不就是留级吗，别人都往上走，你倒好，老大不小的当个留级生有什么光荣？我们坚决不同意你去复读，你非要一意孤行，将来后悔可怨不得我们。"

这话正说到了赵永生的痛处。他一直后悔，后悔自己当初话说得太满，后悔没有报上高中。他也觉得很委屈，这些天来心里的压抑、担心，加上身上的处处酸疼，都一齐涌了上来。他努力控制着，却仍然觉得喉头一阵发紧，眼泪也不争气地流了下来。他把头深埋进碗里，装着吃饭，可身体却控制不住地抖个不停。

"你看你，喝两口猫尿又不知道怎么着了。好儿子，别哭了，妈知道你心里委屈。你看看这手，都成什么样了，两个肩膀也都肿着呢。这身子骨还没长成呢，就受这个累。还不是当爹妈的没个出息，这要是托生在好人家里边，哪至于受这样的罪。你别哭，明天咱们就去学校。以后好好上，争口气，考出去。你看不见这农村的日子，过

093

得不容易呀，挣口食吃都这么难……"

赵永生忍不住哭出声来。爸爸被抢白了一通，不再说话，从口袋里拿出一张纸，讨好似的递了过来。

那是一张盖着县教委公章的证明信，上面写着赵永生的中考成绩。他一时不明白这张纸是做什么用的，难道自己的成绩会有假，要教委盖章证明才行？

"镇高中我都找好了，有了这张证明，明天你就可以去学校报到了。我去找那校长，说我儿子的成绩好，他还不信，非让去教委开个证明。现在公章都盖来了，还能假的了吗？你妈让给你买辆新自行车，以后去镇里上高中，离得远了，也得有辆车了。给你买了身新衣服，换了新环境，也希望你有个新气象，一切都重新开始。"

爸爸呷了口酒，接着说：

"明天我送你去高中。不过你要记住，你虽然去得晚，却不是靠着走后门进来的，不要有任何心理负担，觉得低人一等。只要脚踏实地好好学，不怕学不好。高考不一定有你想象的那么难，就是万一考不上，到那时候你想要复读几年我们都供你。"

妈妈不住地点头称是，这是爸爸说的难得的几句漂亮话。

他们怕赵永生拧着要去复读，不肯上高中，瞒着他跑了好几趟镇高中，给校长说了不少好话，又软磨硬泡在教委开了证明，最后还是按自费生把他招进去的。这一折腾下来，多花了好几百块钱，是爸爸好几个月的工资。

十

不管怎么说，赵永生算是进了高中。他差不多是最晚的了。他不知道众目睽睽之下走进教室的时候，自己是什么表情，面对着那黑压压的一屋子人，他只觉得惶恐和羞愧。

虽然是镇高中，学生却是来自县里各个地方的。这里没有几个人认识他，也不知道他的底细。这是一个全新的环境，他可以抛开以前的负担，重新开始。他个子小，坐在前面，就在老师眼皮底下。那是好学生坐的位置，他也努力做一个好学生，上课的时候，他能塌下心来听老师讲课了，不再想着逃学打闹，做些小动作了。晚上回到家，他也很少出去闲逛，帮家里干些活儿，有时间拿出书来翻翻，做做题。

但他仍然算不上老师喜欢的好学生。他上课回答问题不踊跃，集体活动也不积极，甚至连作业都懒得做。他并不是有意和老师作对，只是不知道怎么跟老师走得更近；而且因为懒散，更不讨老师喜欢。尤其是班主任，整天管东管西，一来二去就拧上了。

赵永生发现他的历任班主任几乎都是数学老师，这也难怪他的数学成绩越来越差。中考时就吃了数学的亏，初三时班主任也是数学老师，管得他最狠，数学课上一句也听不进去，课下更是一眼不看，中

考数学只考了十几分。现在的班主任仍然是数学老师，他的数学基础差，虽然努力学习，却仍然上不去，班主任看他也不顺眼。

镇高中离家有十里路，天渐渐冷了，附近村里路远的大都住了校，赵永生仍然每天往家跑。住校要花钱，每个月几十块钱的住宿费和伙食费，对他家来说不是小数目。而且在学校里住宿也受罪，宿舍是十几个人的大通铺，挤挤挨挨，像个大车店；食堂的伙食也差，好多住校生都得了胃病。虽然来回跑得辛苦，但在家里吃得饱住得暖，父母也放心。

他一直独来独往，没有什么朋友。晚上放了学，天已经黑了，路上行人稀少，他顶着朦胧的夜色，穿过一座座陌生的村庄，没有人在意他，他也不必在意别人，他什么都可以想，也可以什么都不想，有一种漂泊流浪的感觉。

他依然穿着那身厚厚的棉衣，也顾不得难看了。即使这样，他的手还是冻裂了，肿得像馒头，脚也冻得发痒。听人说用冷水洗手可以防冻，他开始每天早起用冷水洗漱。寒冬腊月里，井水冰冷彻骨，他咬牙坚持下来，还真管用，手上的肿渐渐消了，而且以后再也没有冻过。

期中考试，赵永生竟然考了班里第二名。这很出乎别人意料，他是自费生，应该不是调皮捣蛋就是脑子特别笨的。就连他自己也感到意外，他并没有下多大功夫，更没想过要拿什么名次。

校长是新上任的，新官新气象，就从奖励好学生开始。学校专门召开大会，前三名上台领奖，还有红包。赵永生是三等奖，奖了十块钱，还有一张镶在镜框里的奖状，由校长亲自送到家里。学校还给他们每个人照了大头像，在学校宣传栏的光荣榜上贴了几个月。

这一招至少对赵永生来说很管用。他虽然看起来满不在乎，心里却被这久违的表扬打动了。上学以来，他从没有得过奖，被披红戴花的表扬更是第一次。更重要的是，在这个新的环境里，一开始他就被戴上了好学生的帽子，就像是上了套，他不得不按照这个角色一直扮演下去。而且他自己也觉得这奖得的有些名不副实，害怕下次考试考得不好，让人小瞧，上课也更加认真了几分。

他得了奖状，这是他家难得的喜事。妈妈激动得伢了好一阵子，她把那带镜框的奖状当成宝贝挂在屋里墙的正中央，只要有人来，就要夸耀一番。

赵万恶看不得他家有什么欢喜事。入了冬，闲下来了，赵万恶的妈妈每天天还蒙蒙亮，就堵在赵永生家门口，开始叫骂，直骂到日上三竿才收工，一骂几个小时，风雪无阻。她是村里有名的泼妇，走到哪儿跟人打到哪儿，撒泼放赖骂街打架样样都行，要是不隔三岔五找碴儿跟人打上一架，日子过得都不带劲儿。

这天是星期天，赵永生老早就在朦胧中被骂声吵醒。这些天来，他都是在这骂声中醒来、穿衣、吃饭，再从后门出去上学。

他躺在被窝里，静静地听着。那声音中气十足，不紧不慢，抑扬顿挫，在这寂静的早晨显得格外洪亮，并不像是出自一个六十多岁的老太太。这几天来她已经把赵永生家的祖宗三代都翻出来骂了个遍，虽然他们都是本家，上溯一辈本是一家人，却仍然骂得十分恶毒，毫不忌讳。还有赵永生父母的种种恶名，不孝敬父母，亲兄弟反目，邻里不亲，坑蒙拐骗，都数落了一遍；说起以前对他家的许多恩惠，而他们却恩将仇报；两家的官司也被她颠倒了过来，反倒成了赵永生家欺房霸地，横行乡里。

赵永生听着她边数落边骂，那些事，有影的没影的，都说得有鼻子有眼。她骂得很投入，慷慨激昂，似乎怀着满腔仇恨，不知内情的

097

人，一定以为她受了天大的冤屈，才会每天起这样的早，冒着严寒来叫骂。

虽然已经连着骂了好几天了，但她仍然精神抖擞，没有丝毫倦意，而且骂人的话也很少重复。虽然没有人跟她对阵，她自己一唱一和也一样精彩。这才是真正的骂街，一个人对着大街骂，骂得家家关门闭户，人人噤若寒蝉。赵永生家前院正对着他家门口，她每天骂街就在那家的后窗底下，听得比赵永生家还真切。有一次他被吵得实在忍受不住，不过出来劝了她两句，就被她捎带着骂了三天。

赵永生家更是如遇丧门星一般，他们躲在屋里听着，不要说回应两声，连门都不敢开，做饭也不敢起火，他们出去都是从后门悄悄地溜出去，惶惶如丧家之犬。她就像守在洞口的猫，不要说看见有人出来会跳着脚地骂，就是看见烟囱里冒出烟来，也仿佛看见猎物的踪迹，骂得更加兴起。

每天老早妈妈就把赵永生送走上学，她怕他忍耐不住跑出去跟她理论。但是今天他不用上学，也无处可躲。爸爸这几天没回来，遇有这种事，他都是在厂子里躲清静。就算他在家里也没什么用，除了缩在屋子里也没别的办法。

妈妈早已经起来了。她点上一炷香，把那些牌位拜了拜，就在屋里漫无目的地走来走去，摸摸这儿，碰碰那儿，不知道该干些什么。赵永生已经听了一个小时，每一句都听得真真切切。他本来以为自己已经习惯了，只当事不关己，能慢慢忍受。但是现在，他不知道这骂声还要再听上几天、几年，想起龟缩在屋里的一家人，他恨他们窝囊，也恨自己窝囊，被人骑着脖子拉屎却不敢吭一声。

他撩开窗帘，看见大门外一个模糊的身影，守在他家门口。就是那个瘦小的身影，让他们一家人胆战心惊。他迅速穿好了衣服，戴上一顶厚厚的帽子,遮住了半边脸,找出一把杀猪刀,吞在袖子里,出门时又顺手拿起一把菜刀掖在了后腰里。妈妈在西屋烧香,听见出门声,问了一句,他顺口说去转转,妈妈也并没有在意。她正怕赵永生听着心烦,巴不得他出去躲一会儿。

出了后门,他径直向东,走过两户人家,穿过一片空地,溜着墙根,拐过角来,到了门前的那条街上,就看见了那个身影,灰蒙蒙之中更显得弱小。很难想象,那洪亮的不知疲倦的声音就是从那里发出来的。而就是她,骂遍了全村没有对手,打架也能打头阵,撒起泼来连抓带挠,无人敢碰。

天刚放亮,街上一个人也没有。附近的人们早已经习以为常,不要说出来看热闹,就是探头张望的人都没有。赵永生压低了帽子,把手抄在袖子里,手里握着刀把,快步走了上去。

那叫骂声本来有些懈怠,看见有人经过,立刻又提起了精神:

"没见过这家人这么没人性的,一点儿脸都不要,都是叔伯兄弟,欺负人不说,还要把人告上法院。那法院也不是给他们家开的,想告倒谁就告倒谁?老娘不怕,不就是糟蹋俩钱吗,就是卖房卖地也跟他们打到底。现在怎么样,官司打输了,全村人都知道是他理亏了。可他们又不要脸,输了官司不认账,还要往县里申诉,这不明摆着不让人过消停日子吗?再老实的人也不能让人这么欺负,兔子惹急了还咬人呢,不骂他们一场我出不来这口气……"

她嘴里说着,并没有在意来人是谁,只不过是为她大早起堵在别人门口叫骂找点儿说辞。听她的意思,打官司肯定花了他们不少钱,现在赵永生家四处申诉,恐怕又没少破费。

赵永生离她不过几步之遥,他攥着刀把的手已经出汗了。他紧赶两步,从袖口里抽出刀,揽过那瘦小的头,在脖子上只轻轻一抹,血

099

就喷涌而出，没有叫喊也没有挣扎，只含混地哼哼了两声，人就瘫在了地上。他像欣赏一件杰作一样，看着那暗红色的血液从那满是褶皱的皮肤下喷涌而出，片刻就浸透了衣服，染红了身下的土地，才从容地抿去刀上的血，把刀藏在袖子里，奔着后山而去。

后山并不高，是一片片梯田和稀稀拉拉的栗树。他很快到了山顶，回头看了一眼自家的方向。天已经亮了，在这里能望见他家的屋顶，却看不见院子里的情形。这也许是他最后的一眼了。他留恋地看了一会儿，头也不回地顺着山脊一直往北走去。

山越来越高，人迹也越来越稀少。走在这空旷荒凉的山野里，他感到从未有过的自由。现在，他已经是个杀人犯了，即将被通缉，流亡他乡，这个念头让他很兴奋。想想赵万恶一家骄横跋扈，不可一世，现在却哭天抢地，乱成了一团，他觉得痛快。他为村里除了一害，很多人正拍手称快呢，他也是为民除恶、快意恩仇的英雄。想起这些，他的饥饿和疲劳都一扫而空，脚下也觉得轻快了许多。

太阳灰蒙蒙的，似已过午，他已经空着肚子在荒野里奔波了大半天。妈妈在干什么？她一定在烧香为他祈求平安呢。她应该为赵永生感到骄傲，他为家里报了仇，出了一口恶气。可是，他虽然跑了，爸爸妈妈却脱不了干系。赵万恶一家又怎么能善罢甘休？他们那些人如狼似虎，父母又怎能经受得住他们的折磨？他们也许被揪出来打得半死，或者被关进了派出所，正铐在派出所院里的树上。他后悔只顾自己逃命，没有杀进赵万恶家，来个斩草除根。他腰里掖着的那把菜刀还没有派上用场呢。

翻过了好几座山，也不知走了多远，天黑的时候，赵永生来到了深山之中。这里山高林密，渺无人烟。他听人说过，一直往北走，是一片大山和深林，穿过那里，就到了省外，他就自由了。没想到杀一个人这么简单，又这么轻易地就逃了出来，虽然前途未卜，但那又有什么关系？他现在家仇已报，无牵无挂，可以安心地四处流浪。这不正是他一直梦寐以求的生活吗？

当终于走出了那片深山老林的时候，他已经是衣衫褴褛，蓬头垢面，不用刻意装扮，就已经成了一个真正的流浪汉。他既担心却又期盼着能看到自己的通缉令。小时候他曾经看见过村里张贴的东北二王的通缉令，那时候人们提起王字色变，那二王也成了传奇人物。但他的通缉令却并没有出现，那百里之外的杀人案在这里也丝毫没有影响。有时候他甚至觉得那不过是一场梦，他一觉醒来就来到了这个陌生的地方。

但是他却再也回不去了。他一路流浪，饿了捡垃圾、讨剩饭，困了找个柴草垛倒头便睡，活得简单而纯粹。在这片陌生的地方，没有人在意他是谁，他也不用想自己是谁，没有希望，也不会害怕让人失望。风起的时候，在那漫天飞舞的枯叶和黄沙之中，他的一头乱发和破旧的衣衫也随之起舞，他也会想起自己曾经有过的壮举。

但他并不是漫无目的，他一路向西向北，那里有更广阔的天地。当终于踏上那千沟万壑的黄土地的时候，他觉得那么亲切。小时候就唱黄土高坡和信天游，他一直向往那粗犷豪迈的大西北，如今终于踏上了这片土地。他已经厌倦了流浪的生活，想要安顿下来，而这里地广人稀、与世隔绝，他可以在这里隐姓埋名，踏踏实实过一辈子。

他来到一个偏僻的村子，在一口破窑洞里住了下来，先是讨些剩饭，后来慢慢给人帮些短工，干些粗活儿。他干活儿不惜力气，不争长道短，渐渐站住了脚，能混口饭吃。他又有些文化，见过些世面，乐于助人，为人慷慨，渐渐有了些声望，他在那里娶妻生子、成家立业，扎下了根，过着日出而作日落而息的生活。

赵永生本想在那里终此一生,永远不再回到过去的日子。但是随着年深日久,他却无法抹去过去的记忆,不能忘记在那遥远的地方,还有他的父母。他常常在噩梦中惊醒,梦见那荒草深深破败的院子,梦见妈妈已经疯疯癫癫,眼睛被泪水泹瞎了;而爸爸无冬历夏穿着他那件破烂不堪的军大衣,整天顺着马路来回地溜达。

他终于辗转回到了家。当他站在那熟悉的门前,面对的却是断壁残垣、满院荒草,在周围高大房屋的衬托下,更显得低矮破败。他不敢相信这就是那个令他魂牵梦萦的家。而西院却是高阁大院,仍然门庭若市。赵万恶并没有家道中落,遭人唾弃,反而更加兴盛。赵永生杀了人报了仇,却没有扬眉吐气,反而败了家。他一直隐隐不安,却又心存侥幸,不时为自己当初的壮举而自豪,现在才明白,他杀了一个老妇,只为了一时的痛快,却赔上了自己的一家人。

他踌躇着不敢进去,害怕自己千里迢迢地赶回来,等着他的却只是一座空宅子。他小心地推开那已经烂掉了半边的屋门,掀开一道厚厚的门帘,一股刺鼻的霉味冲得他喘不过气来。他却分辨不出屋里的情形,窗户都已经被破布堵得严严实实,屋里漆黑一片,只有门帘一角透进来的一束光亮,格外刺眼。

就在这时,里面传出一个声音:

"是赵永生吗?你快跑,跑得远远的,再也别回来,别让他们抓住你。"

那声音很微弱,随即是一阵粗重的喘息声。他一下子听出来那是妈妈的声音。他顺着声音扑过去,炕角上摊着一堆棉被,里面裹着一个干枯的没有血肉的身躯。

"妈,妈,是我,我回来了!"

"赵永生,你可回来了!你说出去转转,怎么去了这么长时间?

你还没吃饭呢吧，妈都给你做好了，还在锅里热着呢。妈去给你盛来。这大冷的天，你空着肚子在外面跑，还不冻坏了……"

她挣扎着想要起来，可是身上已经毫无力气，连身都欠不了。她常年瘫在炕上，只剩下一口气，支撑着活到现在。她摸索着赵永生的脸，双手枯瘦如柴：

"是我儿子，真的是我的儿子，一点儿都没变。妈知道你还活着，妈就知道你会回来。我儿子怎么会死呢，他怎么能撇下爸妈不管呢……这些日子你都上哪儿去了，也没个信儿，你爸出去找你去了，我让他找不着你就别回来……大清早的，你饭也没吃就走了，妈给你换来了你最爱吃的豆腐，就在小柜上的碗里扣着呢……"

他再也控制不住情绪，泪水汹涌而出。他用被子蒙住头，咧着嘴无声地哭着，身体因为用力而蜷成一团。他想要编织一个完美的故事，却注定无法避免那悲剧的结局，已无力再续写下去。

哭过以后，赵永生反而平静了下来。他穿好衣服起来，妈妈赶紧过来，脸上满是歉意，好像是她惹来的祸一样。看见他那发红的眼睛，知道他哭过，妈妈更有些不知所措，一边察看着他的脸色，一边唠叨着：

"这是伤天害理呀！好不容易过个星期天，连个安稳觉都不让睡，天天起早堵着人家门口骂，也不怕遭报应。赵永生，你要相信妈的话，君子报仇十年不晚，那王宝钏也是寒窑住了十八载，才登上了金銮殿，你就当这是老天爷让咱受的苦，咱不生气，由他们骂去吧，谁是谁非，大家伙心里都有数。你在屋里待着，咱这就做饭。"

这话只是自欺欺人。这并不是个讲理的世界，强的就是道理。都说公道自在人心，但那又有何用处？或许有人会暗地里抱些同情，但那同情却毫无用处，没有人会出来说句公道话。寄希望于报应，就算

萤火

几十年后真的有报应，又有谁能看得见，又有什么意义？况且天底下挨欺负的不止他们一家，能盼来老天爷开眼，熬到出头之日的有几个？

赵永生开了门，站在晾台上。就算挨骂，他也要挨得堂堂正正，他们总不能当一辈子缩头乌龟，连门都不敢开，日子也不过了。

老太婆或许是骂得累了，或者是无人应声有些乏味，本来骂起来有一搭没一搭的了，像是快要收工的样子，一看见有人出来，陡长了精神，声音又抬高了一大截。他把目标对准了赵永生，一口一个婊子养的王八羔子，把好些偷鸡摸狗跳墙扒寨的事，都安在了他的头上。

赵万恶的爸爸也出来了，站在西院的院子里，脸上挂着笑意，又显得很无奈。他嘴上劝老太婆消消气，赶紧回家，在边上不时接上一句，给老太婆的骂声作个注脚，那是在告诉人们，赵永生家欺人太甚，老太婆是被气得落下了病，才会这么闹腾。他们要替儿子讨个公道，况且又是长辈，别说骂两句，就是打一顿也是天经地义。

左邻右舍的人都出来了，生火、做饭、轰鸡、打狗，都如常一样，并不在意这边的吵嚷。赵永生忽然觉得这个世界有些虚幻，门口的叫骂声，老头儿那得意神气的笑容，如常忙碌的邻居，还有一直紧张地盯着自己生怕他会忍耐不住的妈妈，一切都像是虚无缥缈的。就连他自己，也有些恍惚，仿佛还有另外一个自己，在看着这一切。

赵永生走下台阶，向门口走去。妈妈在后面紧着喊不要过去，他却并不在意。他只是想真切地看一眼，看看那是怎样一张刻满仇恨的脸，想问问她为什么如此恶毒地咒骂个不停，怎么能如此颠倒是非，黑白不分；想知道他们本是亲人，为什么非要把他们逼上绝路。

他在离门几步远的地方停住了，隔着大门的铁丝网，他看见了老太婆穿着和妈妈差不多的衣服，陈旧而朴素，头巾里露出来了花白头发。他看见她的脸并不丑恶，如果不是因为诅咒而显得扭曲，凶相毕露，甚至可以说得上是慈祥。

终于面对着一个活的靶子可以任她骂了，她也异常兴奋起来。她双手拍打着大门，声音也提高了几分。她那满是皱纹的脸扭曲着，像是一个闻见了血腥味的强盗，恨不得冲上来把赵永生撕碎，也顾不得故作可怜，把自己装扮成一个受害者。

他看着她的嘴一张一翕，甚至能感觉她的气息和喷溅而出的唾沫，却听不明白她到底骂的是什么，只知道那个被她口口声声骂作王八羔子的人就是自己。他并不觉得愤怒，只是觉得她滑稽，很可怜。

赵永生听见"呸"的一声，一口唾沫吐到了他的脸上。他带着嘲讽的笑容，抬手擦了一把：

"你骂了几天了，累不累……"

但是，他的话音未落，就听到了一声尖叫"杀人啦……"。

没等他明白过来，就看见赵万恶家三兄弟拿着铁锹镐柄，从那没有围墙的院子冲了过来，紧随其后的是赵万恶的老婆，手里拿着铲子。赵万恶的爸爸叫喊着：

"打人啦！别让那小子跑了！"

妈妈一边喊着"永生，快跑"，一边跌跌撞撞地冲了过来。他本能地顺着院子跑，躲着几个人的围追，顺手拣起院子里的秸秆、木棍、石子、土块，一边躲闪，一边还击。他看见几个女人在厮打妈妈，就冲过去，和她们厮打在一起，把妈妈拉出来，然后又是跑。

他不知道事情是怎么结束的，整个过程回想起来都有些模糊，像是一部老式的黑白电影，只剩下了一些片段。他并不后悔，也不觉得丢人，就像是一件大家都心照不宣的事情被捅开了一样，反倒

放得开了。赵永生并没有受什么伤,除了腿上被打了一镐柄,有些瘀青;倒是妈妈被扯掉了几绺头发,脸也被抓破了。妈妈说那是有神灵保佑,他躲过了一劫。这本来是他们设计好的圈套,要置他于死地的。

十一

年关将近，王功出去了大半年，也回来了。以前他只是穷打扮，却透着穷酸气；现在他衣着入时，头发梳得整齐油亮，说话的口音也变了，一口卷舌音，很有点儿城里人的派头。

他眉飞色舞地谈论着城里的见闻，那高楼大厦立交桥，一家挨着一家的大工厂，一眼望不到边的批发市场，当然少不了那俊俏大方的城里姑娘。他们住在工厂的宿舍里，同宿舍的人都序齿排列，以兄弟相称。他们上班很轻松，干的是机器活儿，下了班生活也丰富多彩，跳舞逛街看电影，过的是城里人的生活。赵永生总忍不住想那些风光的背后，是不是也像李铁一样充满了辛酸；他的工厂说不定是在哪个郊区，或许也只不过是个建筑工地。

王功把名字也改了。他一直在提醒和纠正他们，他现在叫王路遥了，路遥知马力的路遥。新名字是他自己起的，不用征得父母同意，也不用改什么户口本。他原来的名字是有些难听。父母给他起名王功，本意是希望他用功读书，好好上学，却给他招来了一连串的外号，先是被人叫成王母，后来又添了两个字，叫王母娘娘，再后来干脆去掉了"王母"，直接叫"娘娘"，而且越叫越响，他的本名倒很

少有人提起了，都直呼其号，无所顾忌。王功也一直耿耿于怀，现在换了新环境，就先改了名字。

新名字听起来很洋气，也上口，但他们却不大习惯，总是等王功两个字叫出口时，才感觉不对，弄得王功应也不是，不应也不是，别扭了好一阵子。

张寒露也回来了。他先是当了两个月的学徒，学木匠手艺，搞装潢；入冬以后活儿少了，又去了市里，在火车站干装卸工。他黑了，也壮实了，脸上有了些棱角。同样是在市里，张寒露对他的经历却不愿多提。以前他整天笑呵呵的，他们无话不说，可现在却像变了一个人，话很少，多数时候只是闷头坐着。有一次被问得急了，他褪下棉衣，只见他的后背，从脖颈儿向下，直到腰部以上，是一片酱紫色的血痂，有的地方已经开始脱落，露着粉红色的嫩肉，是那么丑陋，让人触目惊心，忍不住去想象当初血肉模糊的情形和结痂时的奇痒难耐。

那是张寒露背了几个月麻包留下的痕迹。他干的是装卸工，装卸麻包，那二百斤重的麻袋，一天要扛几百个。麻布很粗糙，把他的后背碾破了皮，结了痂，再碾破，几个月下来也没有长好。

但张寒露说，除了躺不下，趴着睡了两个月的觉以外，疼痛并不是个大麻烦。比起压在身上的二百斤的麻包米，后背的疼痛根本感觉不到。开始的时候，那麻包他根本扛不起来，都是连拖带拽，半天才能勉强运一包；如果不是老乡照应，他根本就干不下来。后来，他勉强能扛起来了，虽然两腿打战，但咬牙也得坚持。麻包在背上就像一座小山，腿一软就被压在底下了，想躲都躲不开。后来渐渐习惯了，腰板能挺起了，腿也不打战了，每天也能扛上一百多包，钱也挣得多了。

张寒露干了两个月，算下来扛了上万个麻包，从仓库到车厢的那段路，每天要走几百趟。支撑他干下来的，就是钱了。那活儿虽然又苦又累，但只要舍得下力气，就能挣到钱。张寒露曾经算过，扛一个麻包八分钱，从仓库到车上是八十步，每挨过十步，他就会觉得有一分钱落入了口袋，一天下来，能挣十几块钱。但钱挣得多了，他却越来越觉得没有什么意义。那些搬运工都是些光棍儿，辛苦挣钱，也大把花钱，发了工钱就去喝酒耍钱，手里留不下隔夜的钱。张寒露也大手大脚地挥霍过一阵子，却发现自己和他们并不是一路人。他不想干一辈子苦力，每天扛着麻包在这库房和车厢之间奔波，和他们一样，挣钱，挥霍，到头来仍然是光棍儿一个。他有自己的打算，把钱攒了起来，要回去复读。

但就算他攒够了钱，他的父母也不会让他去复读。他们另有一笔账算：一个大劳力，就是在家种地，一年好歹也能挣个千八百块；可是上一年学，不但挣不到钱，还要白吃白喝交着学费，反倒要贴上千八百块钱。这里外算下来，一年就是几千块钱，两年下来，一处房子都给糟蹋进去了。有钱不去挣，反倒掏钱去上那没用的学，那是只有傻子才干的事。但是这次，张寒露打定了主意，父母气得跳着脚骂他，却也没有办法。

过年一开学，张寒露就去乡中复读，辗转了一圈，又回到了学校。他更知道这机会来之不易，拼命学习，想把那落下半年的时间补回来。但是他家是容不下吃闲饭的，他白天上学，晚上回到家却得不到好脸色。他的父母平常晚上不点灯，早早吃了饭，老两口摸黑坐一会儿，或是干些不用灯亮的活儿。现在，张寒露晚上要看书，看着他点灯熬油，父母唠叨个不停，张寒露一气之下一个人搬回了老屋，自己起火，自己吃住。那间老屋还是几十年前的土坯房、茅草顶，早已四面漏风，摇摇欲坠。每天一放学，张寒露就扎在那间破屋子里闷头学习，颇有些破釜沉舟的气势。

李铁也在乡中复读。赵永生不知道他是怎样一种心情,怎么去面对又一群陌生的新同学。他先要从失败的阴影里走出来,那需要很大的勇气。好在李铁平时并没有给人多大希望,也说不上让人多么失望。这也许正是他的高明之处,看到别人眼里的失望,比失败本身更让人沉重;而且初中的那些课程,李铁几乎已经倒背如流了,却还要从头再来,这也需要很大的毅力。他很怀念跟李铁一起上学放学的日子,李铁是个很好的伙伴,沉默寡言却又很默契。

每年过年,赵永生家都得精打细算。肉可以先赊着,等来年手头宽裕了再还。那十几斤肉除去肥的炼油,整块的请客用,只剩下一些边角碎肉、油渣肉皮。过个年,鸡鱼总要有,他家时气背,禽畜也养不住,春天抓了几十只鸡,不到半年就瘟死得差不多了,到年底只剩下两只,还不够本钱。这两只鸡,卖一只,另一只留着请客用。像样的菜得买一些,香烟花生瓜子准备一些,虽然家里串门的人不多,但终究是过年的气氛。这些东西下来,已经是一笔不小的开销。至于像别人家那样,弄些各色小吃,不要说没那东西,就是有也没那份心情。

爸爸的厂子三天两头停工,有活儿了干上几天,没活儿了就把工人放回家,一个月开不了几个钱,还不能按时开支,总要压上几个月;好不容易开了支,却常常领不回现钱,厂子拿那些抵债收来的东西转手抵了工人工资。好在厂里大部分人都是半工半农,家里还有一份地做保障,不至于饿死。也不单是爸爸的厂子,县里不多的几家企业都不景气,半死不活地度日。那些花大价钱买了非农业户口的,本来是为了招上工,现在不但进不了厂子,连口粮地也没了,更是叫苦不迭。

夏天爸爸在工地上做些小工,虽然他干活儿不惜力,但毕竟岁数大了,腿脚不麻利,不能爬上爬下,没有人愿意要;到了冬天,也只在家闲着，家里更显得拮据。

腊月二十八，爸爸去了趟厂里，看能不能支点儿工资回来。回来的时候，他看起来很高兴，看来这一趟没有白跑。他从口袋里掏出了三十块钱，那是工会发的困难补助，虽然不多，却是雪中送炭；父母直念厂里的好，仿佛受了多大恩惠。

爸爸又从那个破皮包里神神秘秘地掏出来两捆韭菜、几根黄瓜和两个西红柿，红绿相间，鲜嫩欲滴，看着诱人。这两年冬天，集上也有卖大棚蔬菜的，不像以前，只有土豆萝卜白菜，只是那菜贵得吓人，而且据说虽然看着鲜艳，吃起来终究不如应季的蔬菜味道浓。

妈妈一看就着了急：

"你怎么买这么贵的菜？这菜恨不得比肉还贵，哪儿是农村人吃的东西，吃到嘴里不是糟蹋了吗？有俩钱儿就乱花，家里还一屁股饥荒呢。"

看妈妈着了急，爸爸赶紧说：

"这不是买的，你看看这么好的菜，市场上还不一定能买得到呢。"

"那准又是厂子里拿来顶工资的，看看屋里那一堆破烂东西，那都是血汗钱换来的，这大过年的，发不出工资，又拿这些东西来抵账……"

也难怪妈妈着急，厂里经常发些成箱的胶鞋、袜子、手套、暖壶之类的东西，甚至还有啤酒罐头、西瓜桃子，用又用不完，卖也卖不出去，好多都糟蹋了。这些菜既贵又不中吃，又得抵上爸爸半个月的工资。

爸爸本想卖个关子，讨个巧，没想到妈妈真动了气，赶紧说出了实情。那些菜不是买来的，也不是抵工资来的。他从厂里回来的时

候，看见院里停着一辆小货车，用苫布盖着，随手掀开看了看，里面是满满的一车酒、点心和时鲜蔬菜。他不知道那是来送礼的，还是厂里头头们置办的年货。他见四下里无人，顺手牵羊拿了些菜回来，一路慌慌张张，不停地向后张望，恐怕有人追来。

妈妈一听也有些担惊受怕。她问了好几遍，确信没有人看见，才略微心安；又自我安慰那些菜定不是什么好来路，拿一些也算不得罪过，心里才踏实了些。但那些菜几天他们也没敢动，怕万一人家找上门来，也好退给人家。

过年小舅回来了。这一年他最大的收获是从口外领了个媳妇回来，一到赵永生家，就和妈妈商量着什么时候完婚。女方是口外的，虽然不像小舅说的山里姑娘有多俊俏，却很能干，人也朴实活泼。她以前跟小舅学过裁剪，看上了小舅的人，不嫌他家里穷，也不要什么彩礼。

即便如此，还是愁坏了妈妈。结婚是一辈子的大事，女方虽然不挑不拣，可也不能太委屈了人家。房子破点儿只能将就了，但屋里总得收拾得像样些，吊顶篷，糊窗户，置办锅碗瓢盆、行李铺盖、几件必备的家具，算下来也是一大笔开支。小舅这两年只能勉强顾自己，并没有什么积蓄，还得靠妈妈来张罗。小舅又是个甩手掌柜，带着仅有的一点儿钱和媳妇旅行结婚去了，算是赶了回时髦，却把一大堆事扔给了妈妈。

妈妈很少回娘家。以前她在村里是一把好手，能干利落，出嫁后却越过越落魄，不但受穷，还受气，名声也差，日子过得提不起来，她也没有脸面回去。小舅结婚是件喜事，也去了妈妈的一块心病，过完了年，她就张罗着找媒人提亲、下聘礼、修房子，忙了一阵子。

小舅结了婚，也不去教裁剪了，在家里收拾庄稼，做些买卖，过起了踏实日子。后来县里福利服装厂招工人，小舅学过裁剪，又是高中毕业，花钱托人，进了厂里当了工人。厂子虽然不大，但是是国营的，也算有了正经工作。

入了冬，家里活儿少了，每天回到家，爸爸也开始看书学习。他看的是法律方面的书，准备考律师。这是妈妈的一个新决定。官司输得不明不白，法庭的人说，理大不过法，有理也照样输官司，妈妈不服这口气，她不相信法律就不讲道理，要看看到底是法不讲理，还是人不讲理。她不知道从哪儿听说可以考律师，就让爸爸也去学法律，考律师。爸爸花了不少钱，买回来一摞法律的书，每天闲下来，就捧着那些书，一句一句地啃着那些陌生的文字。

为了让爸爸安心看书，他们把西屋收拾出来，让爸爸搬去住。天气渐渐冷了，西屋常年不住人，火少炕凉，四面漏风，炕上垫了几层褥子，仍然禁不住。爸爸本来就气管不好，一入冬就咳嗽，这样一来更是一直感冒。

爸爸像个临考的学生，硬着头皮温习那些陌生的功课，那些书看起来很吃力，读懂都不容易，何况还要记住，背下来。但是爸爸每天坐在那里，却看不下几眼，大部分时间都是在打盹熬时辰。他上的是三班倒，下了夜班，白天在家还要干活儿，连睡个安稳觉的时间都没有。白班晚上回来，天也已经快黑了，还要做饭喂猪；等收拾利索了，时候已经不早了，好不容易坐下来，已是又累又困了。

爸爸坚持了一个冬天，那些书连一半还没看完，等开春一忙起来，就扔下了。十月份考试的时候，正是大秋，妈妈本来还想让爸爸去碰碰运气，但考试还要交一笔报名费，又要去市里住下，他们合计了一下，只好作罢，说是等冬闲了好好复习，来年再考。但他们也明知道那没有什么希望，不过是自我安慰而已。

十二

  这几年年景一年不如一年，不是春旱就是秋涝，那些山坡薄地辛辛苦苦侍弄一年，也难得有个好收成。今年又不是好兆头，整个冬天就没下过一场大雪，地都板成了一块，麦地里的麦苗也开始泛黄。过了雨水、清明，直到谷雨，还未见一滴雨。怀清河旱得只剩下一个个小水洼，小麦浇过两茬儿水之后，那些深水井也快见了底，就连村里的水库也只剩下浅浅的黄泥汤了。

  清明种瓜点豆，园子里的蔬菜，担上两担水就种上了；谷雨大田春播，可不是几担水能解决的。

  转眼过了立夏，天气见热，盼天下雨更没了指望，人们这才真正着了急。县里号召人们抗旱保产，各村都组织了抗旱队，新庄的十几辆拖拉机也组织起来拉水种地。但这也不过是杯水车薪，拉一趟水要跑出几里地，种一亩地要拉十几车水，村里的拖拉机全体出动，一天也种不上几亩地。

  家里有牲口有劳力的，靠着车拉马驮、肩挑手提，四处找水，能保住多少算多少；那些什么都指望不上的，只有盼着老天爷开眼了。

  赵永生家向来贪晚，开始倒也并不着急。老天爷饿不死瞎家雀，总不会让这些穷苦老百姓种不上地,吃不上饭。但是眼看小满已过,望见芒种了,大部分人家也都陆续种上了地,只剩下那几户最累赘的了。那些种得早的,地里的玉米已经绿油油的快半人高了,再不下雨的话,连种晚玉米晚黍的节气都要过了。

妈妈也着了急,不管收成好坏,这是他们一年的口粮。但她也没有别的办法,只是每天早晚点上三炷香,磕几个头,祷告一阵,盼着老天哪怕下上半指厚的雨,勉强种上庄稼也好。

也许真是老天有眼,可怜这些贫弱众生,就在人们快要绝望的时候,终于下了一场雨。雨虽然不大,深不过寸许,却也是天降甘霖。赵永生也请了假,一家人在地里摸爬滚打了一天一夜,总算在地皮晾干之前,把种子播下去了。妈妈连着几天烧香吃素,感谢苍天有灵。

庄稼出来了,地里高低错落,长得很难看。苗出得不好,更要好好侍弄,赵永生每天放学去地里锄地,除掉杂草,少了些争肥的,庄稼长得渐渐有了起色。在徐徐的晚风中,蹲在日渐葱郁的玉米地里,看着庄稼慢慢生长,在落日的余晖中扛着锄头回家,他渐渐喜欢上了这田园的生活。

但生活却不只是日出而作日落而息那样简单而平静,那困苦艰辛、无助绝望,才是生活的常态。

赵永生越来越发怵见人,每次出门总是绕着僻静的小路,免得碰见别人;实在躲不开,也懒得开口说话,把头一低就过去了。他的脾气跟爸爸也越来越像,上不得台面,越来越没出息了。妈妈总是嘱咐他见人要有人情,待人要大方,要知书达理,他却总觉得低人一等,抬不起头来。回到家里他也没什么话说,只是闷头坐着。

他只想干些简单的活儿,冬天放学回来,上山砍些荆条枣刺,开了春翻一遍,平整了,做好畦,夹起篱笆,把院子收拾利落。等种上

地出了苗，每天放学后锄上两垄地，地里显得利落多了。晚上无事，他也常去河边转转，一个人默默地待上一会儿。想起以前在河边唱歌，或是和李铁在河边闲坐，显得那么遥远，再没有了当时的心情。

李铁又一次落了榜。中考的最后一科，鬼使神差，他竟然看错了时间，迟到了三十分钟，连考场都没进去。成绩出来，他只差了十几分；最后的那科考试，哪怕只让他答上十分钟，也能考上了。李铁当时都给监考老师跪下了，却也没能进得了那个门。

这件事对李铁的打击很大。这就是命，也许他命里不该上中专。他最终上了镇高中。县一中学费贵，又要住校，家里供不起他了。他自己找到镇高中，他的分数高，家里也确实困难，学校免收了他的学费。

张寒露最终又回到了父母为他选择的路。拼搏了半年，他没有考上中专，父母也不会让他再上高中。他踏踏实实做起木工，搞装潢。他心灵手巧，人也勤快，眼里有活儿，很快出了徒，成了大工，一心一意挣钱攒钱过日子。

他们这地方有句顺口溜："沙窝里栽红薯，石窠里点高粱；白薯面当细粮，鸡屁股当银行。"他们这里山多地少，土地贫瘠，也没什么来钱的门路。但日子再难，也得延续香火，传宗接代。而这两年，娶个媳妇却是越来越难。新媳妇上门，先得有一套独门独院的房子，而现在房子越盖越气派，地基越起越高，跨度越来越大，基本是青砖红瓦、高墙大院。彩礼也不像过去，两节板柜、两套行李、一对暖壶，都是些平常过日子的东西。现在嫁闺女要的可都是真金白银，定亲时的彩礼就得几万块钱，男方家掏得出来才肯嫁。还有结婚时女方穿的戴的，家里摆的用的，不管用不用得着，所有的家当都得置办齐了，不用白手起家，再过苦日子。做父母的一辈子给儿子盖上房、娶上媳妇，再还上半辈子饥荒，才算完成了任务。

这几年家里越是穷，娶个媳妇就越困难。辛辛苦苦攒够了钱，盖上了房子，备足了彩礼，却又过了岁数，成了光棍儿，到头来只能花钱从外地买回个媳妇，传宗接代，对付着过日子。

叔叔打光棍儿却不是因为穷。爷爷奶奶攒了一辈子的家当都给了他，独门独院，家当都置备齐了，娶媳妇的钱也早就预备下了，只是这几年坐吃山空，才败坏了的。他长得人高马大，样子也端正，虽然游手好闲、不务正业，但不少比他更不成器的，也都娶上了媳妇。叔叔村里村外，穷的富的，丑的俊的，比他大的比他小的，也有寡妇带孩子的，相了无数次亲，却一个也没成。爷爷奶奶对赵永生一家欺负得太狠了，没有哪个媳妇敢进这个家门。

开始他们还怕丢人，不甘心花钱买个女人回来；但是没几年，他已经成老光棍儿了，只能靠花钱买了。去年叔叔就花大价钱从南方买了一个年轻漂亮的女人。当时也曾好好热闹了一场，扬眉吐气了一番，但是好景不长，新娘子过门不到一个月就跑了。他们撒开人马，上云南、贵州、四川，找了一圈也没找到，甚至连是哪儿的人都没弄清楚。

今天又是叔叔相亲的日子，这次破例把赵永生一家也请去了。叔叔以前相亲的酒喝了十几场，婚也算结过了一次，赵永生一家却是头一次参加。他们并不是忽然良心发现想起赵永生一家来，只是他们实在不能凭空抹掉赵永生一家，被人问起来，不好应对。

女方一看就是个南方人，长得瘦瘦小小，脸庞又黑，看着比叔叔还大着几岁，听说还没结过婚。她不怎么说话，也许是因为一张嘴，满口侉话让人一句也听不懂。大家都明白，这也是从哪儿花钱买来的，只是这次看来是长了教训，买回来一个看起来朴实本分些的。她

没有娘家人陪着，只有本村一个媒人，说是她的远房亲戚，应付着人们的打问。

那个女人低眉顺眼，很勤快，总想在灶间搭把手，干起活儿来也麻利。新媳妇还没过门，人们像众星捧月一般，有人陪着坐着说话，端茶奉水，哄着敬着，唯恐慢待了。但是在人群之中，她仍然显得很孤独。

家里来了个南方人，不少人探头探脑，借口来道喜、拉家常，不过是想逗她说两句话，看个热闹。没人听懂她说的是什么，人们扯着嗓子跟她说话，倒好像她是耳朵背一样。看着她在那里急得比手画脚，人们也不时一阵哄笑。

妈妈想起了自己当初相亲的时候，也是这么低眉顺眼。这个女人是买来的，人地两生，不知道会不会也像她一样挨一辈子欺负。

本来人一多，妈妈就容易激动，再加上触景生情，说话又侉了起来。她过去拉着那个女人的手，未曾开口，眼泪先就流了下来，用她那也是侉着的声调，连说带唱地比画着。

这也正是人们担心的，妈妈精神不正常，会出来丢人，更怕她闹起来，搅了好事。但是妈妈却并不是故意搅局，她心里明白，不过是想说些家常话。但看见别人又惊又怕的表情，她也知趣地不再说话，默默地走开了。

叔叔的这次相亲又没有成，原因似乎是女方彩礼要得太多。过了不久叔叔就卷铺盖去了小煤窑。

下煤窑不是什么好活儿，不到迫不得已，没人愿意去。尤其是那些私人的小煤窑，苦累不说，又常常塌方冒顶，挣的是玩儿命的钱，不定哪天下去就上不来了。下窑的多半是些光棍儿，挣钱玩儿命，花钱也不省着。这两年下窑的人渐渐多了，现在钱不好挣，窑上挣钱多，干上几年别出事，就能攒够盖房娶媳妇的钱。

叔叔浪荡惯了，从没正经干过活儿，没经过什么苦，干了没两天又卷铺盖跑了回来。爷爷奶奶家底虽然厚实，却早被他折腾空了，现在还要每天劳作，供养着他。

哥哥也去下煤窑了。他也快三十岁了，也老大不小了，还是光棍儿一个。

哥哥也不像是该打光棍儿的，他家里穷只是这几年的事。就在前几年，他们一家的日子过得在村里也是数得着的。以前大爷是生产队里的拖拉机手，那可是肥得流油的差事，长年在外面跑，有吃有喝，村里谁家有事用油用车，都好吃好喝地伺候着。后来生产队解散了，他贷款买下了队里的拖拉机，那时候有干不完的活儿、挣不完的钱，日子红火了几年。

但大爷家却没攒下一分钱，反倒还欠了一屁股债。他们挣的钱都吃了喝了填了肚子。他家日子过得肥在村里是出了名的，顿顿有碟有碗，有酒有肉，吃喝上从不委屈。后来拖拉机报废了，他们却连买车的贷款还没还上。直到现在，信用社的人还天天堵着门口来要钱，大爷还曾经被抓去蹲了两次拘留，之后看见戴大盖帽的就吓得发抖。

但他们过惯了好日子，吃惯了嘴，已经停不住了。他们把粗粮换成细粮，把值钱的东西卖了买鱼买肉，再后来就四处告借，东家五斤米，西家十斤面，这家赊瓶酒，那家赊点儿肉，借遍了大半个村子。他们家养的鸡鸭，从没有等到下蛋或者是长成了卖钱，都在"青黄不接"的时候，就一只一只杀来解馋了，在村里也成了笑柄。

大爷、大娘吃得膏满肠肥，挺着大肚子，腰都弯不下去，地里活儿也都是请人来干。怕别人笑话，他们只说得了大肚子病。这大肚子病是富贵病，最怕肚子里没油水，吃喝上可不能凑合。后来别人没相

信，他们自己倒是当了真，把自己当成了病人，更离不开好吃好喝。他们就这么败了家，家里折腾一空，房子也盖不上，一家五口人挤在那三间老房子里，哥哥也被耽误了，连上门提亲的都很少。

但是大爷一家想的不是怎么勒紧裤带把债还完，把日子过起来，而是想着一夜暴富。报纸杂志上哪里有发家致富的好门路好项目，就是不远千里，哥哥也要去考察一番，回来试一试。这些年，他们种过木耳，养过海狸鼠养过貂，养过蝎子甚至毒蛇，大凡广告上有的，差不多都试过了。

那些项目，有的一点儿都不靠谱，但也有挣了钱的；即使挣了钱，也只是日子过得滋润了，账却越欠越多。哥哥种过两年地膜蔬菜，也是从外地弄回来的优良品种，筷子长的辣椒，小灯笼似的茄子和西红柿，看着喜人，产量又高，常有县里的车来拉菜。人们都觉得他家这次总算折腾成了，也该翻身了。但是他们只干了两年，到了第三年，竟然连种菜的本钱都没剩下，种子和地膜都买不起了。他们守在马路边卖菜，那些路过卖吃食的，不管是瓜果梨桃还是油条煎饼，就是卖冰棍的，也不能白白路过，有钱拿钱买，没钱就拿菜换来也要吃。家里吃饭更是鸡鸭鱼肉变换着花样吃，自家做不出来的，就去县城买，日子过得让人咂舌；至于以前欠的账，却没有要还的意思。那些人见还钱没指望，就都跑来赊菜，抵了旧账。

在那以后哥哥去下了两年煤窑，挣了些钱。但只要有余钱，他还是四处跑着去看项目。他也学过厨师，会修拖拉机，但那些需要踏踏实实干的活儿，他都干不长久。

如果不上学，赵永生也到了该张罗娶媳妇的年龄了。和他差不多大的，好多已经结了婚，撑起了门户，挑家过日子了。但如果不上学，他就也成了家里的一大愁事。他那破破烂烂的家，什么都没有，有谁肯嫁上门来？再加上那几万块钱的彩礼，父母一辈子也攒不够。更何况，以他家的名声，就算有钱也没有人愿意跑来跟着挨欺负。他将来似乎注定了打光棍儿的命。眼看他们这一家，两代人出三个光棍儿，说不定就绝了户。

十三

　　李铁是一个忠诚默契的好朋友,赵永生向来磨蹭惯了,但不论多晚,李铁总是等着他。虽然他们一路上大部分时间都是默不作声,闷头各自想着心事,但早已经彼此习惯了,并不觉得沉闷。

　　镇高中在白龙山脚下。白龙山山顶上有座娘娘庙,"破四旧"的时候给拆了,只剩下一堆乱石。庙里供的是白蛇娘娘,就是戏里盗仙草斗法海的白蛇,在这里被人们供奉起来,尊为白玉菩萨,保佑一方平安。

　　虽然庙早就没了,香火却从来没有断过。每年的农历二月十九传说是白玉菩萨的生日,也是白龙山的庙会,在这一带有些名气。每年庙会那几天,几万人拥到这个巴掌大的小镇上。从市里请来评剧团和梆子剧团隔河搭台,比着劲儿地唱上七天的对台戏。还有全国各地来的大大小小的歌舞团、杂技团,把农贸市场、镇上学校的操场那些有空的地方都占满了。那些稀奇古怪的展览,美女蛇、花瓶人,圈起一片地方,也有不少人排着队观看。那些几乎绝了迹的民间手艺人,打把式卖艺的,卖狗皮膏药的,拉洋片的,耍猴的,吹糖人儿的,卖棉花糖的,也都冒了出来。当然更少不了算命抽帖看相的,白龙山上三五步就有一个，生意也都很好。对附近十里八村的人来说，庙会比过年还隆重，村村敲锣打鼓办花会，在外地的人也都赶回来，上山烧香还愿。

镇高中依山傍水，是个清静的地方。天气转暖，赵永生脱掉了棉衣，就像是卸下了一个包袱，感觉轻松了许多。暖风吹得人懒洋洋的，总觉得心里憋着火，他又有些蠢蠢欲动，在教室里坐不住了。

这天下午，上过了两节课，他去找李铁。他远远地冲李铁甩甩头，李铁从教室里溜出来，一句话也不说，默默地跟着他一起走了。出了校门，他们直奔白龙山。到了山脚下，风变得清爽起来，人也感觉陡然有了精神。赵永生提一口气，顺着山坡快步跑了起来，李铁在后边不远不近地跟着。

开始山坡并不陡，跑起来也轻松，随着山越来越陡，脚下也越来越吃力，喘气越来越接不上，但他们都没有停下来，互相较着劲儿，你追我赶。山顶上最陡峭的那一段，他们几乎是手脚并用爬上去的，一口气到了山顶，停下来，才发现已经浑身湿透。

山上风很大，也很凉，一下子把汗吹落了，也把他们身上的燥热驱走。阵阵松涛声越发显出山里的宁静，也添了几分肃穆。山顶是一片三十米见方的平地，以前白龙庙就建在这里，现在只剩下一片废墟了。一堵半人高的石墙，被香火熏得漆黑，石砌的香炉里堆满了香灰。平常日子也常有人上山烧香。赵永生在香灰堆里找出三截香头，在石缝里找出火柴，点着了香，拜了三拜，磕了三个头。

李铁也烧了香，磕了头。他总觉得李铁做起这些事来有些怪模怪样。他看起来总是一副不食人间烟火的样子，什么事都不在乎，可是烧香磕头的时候却也一丝不苟。

烧完了香，他们躺在向阳山坡的一块青石板上。这是一块天然的

石板，平整光滑，横卧在庙门前的山坡上。石板上歪歪斜斜地写着许多留言，多是些某某到此一游之类的；文雅些的，留一首打油诗，落款有落新庄李庄的，也有落市里省里的。石板清凉，直沁心脾，让人心静神安。太阳西斜，明晃晃地照着山坡。虽然满山草色仍然枯黄，但已有绿色隐隐透出，仿佛新的生命在孕育。山坡上稀稀落落地长了不少的野杏树，正是开花时节，满树繁花锦簇，远看像是粉红色的浮云，掩映在松柏之间。沿着山脚是一条山间的公路，青色的柏油路与怀清河并行，一路点缀着山洼里的一个个村落。远处有一个水库，像一颗翠绿的明珠，镶嵌在苍黄色的群山之中。

他们都不作声，享受眼前的景色和这份平静自在。不管是烦闷还是高兴的时候，他们都是这样闷头待着，语言似乎已经多余了。

直到日薄西山，他们才开始往回走。走在山脊上，迎着清爽的风，看着山脚下炊烟升起。偌大的镇子，在这里看来不过是山坳里的几户人家，镇高中不过是巴掌大的地方。雾气渐渐凝结，从谷底升起，云雾缭绕，仿佛仙境一般。

赵永生对着山谷喊了几声，听见涛声阵阵，回音飘荡。在回声中，却隐约传来一个女人呼喊的声音，虽然细微，两个人却都听见了。

赵永生停下来，侧耳听了一会儿，的确是有人在下面喊叫，而且隐约在叫着自己的名字。沟底阴森森的，只有裸露的巨石若隐若现。他看不见下面的情形，似乎是有人出了意外。天已经快黑了，绕道山脚下已经来不及了。他看了李铁一眼，两个人顺着长满荆棘的山坡，手抓着树根和突出的石块，斜着身子往下爬。

在这么陡峭的山坡上，下山比上山更难。沟底是一片乱石滩，脚一滑摔下去，不死也得脱层皮。但他们顾不上害怕，也顾不得那些荆棘枣刺扎得满手都是，手脚并用，滑下了谷底。

谷底的雾气重重，冷森森的。一个女孩儿坐在乱石堆中，一边喊着让他们小心，一边却催促着他们赶紧过去：

"赵永生，快过来帮帮我，我的脚卡在石缝里了。"

等到了跟前赵永生才认出来，那是他们班上的一个同学，却一时叫不上名字来。她的脚卡在两块大石头中间，抽不出来。石头很重，赵永生和李铁合力搬了几次都纹丝不动，他们只好把边上的石头一个一个地挪走，把大石头的边上腾空了，两个人合力把它撬起来一些，她才勉强把脚抽了出来。

赵永生和李铁一直闷头忙着，那女孩儿坐在那里，嘴里说个不停：

"下午我看见你们两个溜出来了，知道你们肯定是跑出来玩了。下午的课我也不想上了，就悄悄地跑了出来。本来想上白龙山来着，可爬了一会儿又觉得累，就在山脚下玩了一会儿。"

她的声音清脆动听，并没有因为被困在石头里而显得害怕或是沮丧：

"我刚才看见一只小兔子，特别可爱，就离我不远，我正要跑过去逗逗它，脚就被卡在石头里面了。开始还能动一动，后来越卡越紧，一动就疼，没办法，我只能坐在这里等你们回来了。"

她热情地跟他们说着话，赵永生不知道该怎么回答，只是手忙脚乱地搬着石头，掩饰着心里的慌乱。

"开始我一点儿都没害怕，但是天渐渐黑了，我还真有点儿担心了。其实也不是我一个人，那边还有个人一直陪着我呢。"

她指了指远处的山坡。那边果然有个人，背着一篓的柴火，正在往回走。

"那个人在这附近转悠半天了，我想可不能让人看出我的脚被卡住了，就坐在这里唱歌。我盼着你们早点儿回来，听见你们的声音了

125

才敢叫你们。我还担心你们要是走山那边的路回去，恐怕我就得在这里待上一夜了。"

即使说起这些令人后怕的事，她也仍然活泼快乐，像是在讲一个惊险有趣的故事。

等到把她的脚弄出来，天已经快黑了。她的腿被划破了好几道，脚踝也肿了，走路一瘸一拐的。赵永生和李铁看着她在乱石堆里艰难地走着，却不好意思过去扶她。

"赵永生，快过来扶我一下呀，我的这只脚都不敢着地了。"

赵永生看了一眼李铁，李铁扭过头看着山坡。他只好硬着头皮走过去，让她把胳膊搭在了自己的肩膀上。他的心慌乱地跳着，脸上直发烫。他的那双布鞋下山的时候挣开了线，跟不上脚，却又怕她看见自己的狼狈相，走路越发别扭，一会儿就出了一身汗，更觉得浑身热烘烘的，不知所措。

"你们到山顶的庙里了吗？山上的杏花是不是快开了？"

"嗯，快要开了……"

"赵永生，这是你的朋友吧？真羡慕你们，每天上学放学一起走，做什么事都有个伴儿。我叫陈露，他叫什么名字？"

她大方地报上自己的名字，李铁装作没听见，扭着头没有回答。

她的话就在耳边，这是赵永生第一次这么近距离和一个陌生的女孩儿说话，他能感觉到她身体的温度和那淡淡的清香，从她的发际飘过来，让他一阵晕眩。

她是那么大方，就像个城里人。她说话的时候，眼睛诚恳地望着他们，直率而又美丽，不像他们那么扭捏。她看过来的时候，赵永生和李铁都不由自主地低下了头，望着脚下。

"真想不到，你这样学习好的人竟然也会逃学。看你平时老老实实的,今天可是被我抓住了。"

赵永生明知道那是一句玩笑,却不知道该如何应对。他一时一句话也不会说了,话到嘴边要想半天,犹豫再三,等到想要开口的时候,却已经错过时机了。

"总觉得你好像跟别人不大一样,嗯……有点儿固执,又满不在乎,说不上来,反正是有点儿怪。你们两个都挺有个性的。"

赵永生也不知道自己到底是什么样的,是不是有点儿怪,也顾不得去想这句话是褒是贬。每次听到她叫自己的名字,他的心跳就加快,现在已经是面红耳赤、大汗淋漓了。

陈露也觉察到了他的窘态,不再说什么。但这沉闷的气氛更让人难熬,一路上只有沙沙的脚步声,甚至能听见彼此的喘息声,让人无处躲藏。

赵永生的上半身一动不敢动,一直保持着一个姿势,被陈露搭着的那半边身子早就僵硬了。他悄悄地把身体错后了一些,暗暗地活动了一下僵硬的关节,侧过头,正看见陈露的侧面。她的个子高挑,留着刚刚盖过耳朵的短发,头发蓬松,走起路来一甩一甩的。她那浓浓的眉毛、大大的眼睛、高高的鼻梁、紧抿的嘴唇、浅浅的酒窝,形成了一个美丽的侧影。

她穿着一件墨绿色的毛衣,看起来很时髦。脚上是一双小巧的黄皮鞋。这里很少有人穿皮鞋,即使有人穿,也是显得不伦不类的,可这么一双扎眼的皮鞋穿在她的脚上,却显得那么漂亮洋气。

赵永生不由得看了一眼自己。他穿着一件蓝色的西服上衣,那还是小舅以前穿过的,而他也已经穿了几年,显得有些小了,袖口已经毛了边,胳膊肘也磨得发白了。里边是一件毛线衣,有的地方已经脱了线;再里边套着件灰色的秋衣,露出来的领子已经脏得不像样了。

127

这差不多是他最好的衣服了,脱下棉袄刚换上的。他的鞋打着补丁,现在又挣破了,半趿拉着,更显得邋遢。他的头发蓬乱,出了汗,黏成了一绺一绺。

李铁一直不远不近地跟着他们,故意保持着距离。赵永生盼着李铁能过来救救急,李铁却装作不知,不理会他们。

回到学校,早已放了学,住校的学生已经吃过饭,都在教室里准备上晚自习。他们这么晚了一起回来,自然招来大家好奇的目光。赵永生更加窘迫,恐怕别人误会;陈露却并不在意,大方地招呼他一起走。在众人诧异和嫉妒的目光中,赵永生既慌乱又不禁有些骄傲。

一起出来,他想找些话说,费尽心思却不知道该说些什么。好在出了校门不远,他们就奔不同的方向了,他也长舒了口气,终于可以放松下来了。可是他随即又为自己蹩脚的表现懊恼不已。这半天来,他扭扭捏捏,没说上几句话,却又嗫嚅不清,实在是不像样。

第二天,他换上了一身干净的衣服,仔细地洗了脸,拢了拢头发。走进教室的时候,他一阵慌乱,能听见自己咚咚的心跳声。他偷偷地向陈露的座位望了一眼,却并没有看到期待中的笑意盈盈的双眼。她正在那里低头看书。他想自己是不是该找个机会问一下她的脚伤,却一直没有勇气,几次碰面,也都慌乱地躲开了,甚至不敢直视她的眼睛。

十四

爸爸让车撞了。这天傍晚，赵永生和妈妈正在晾台上收麦子，三个人搀着爸爸进了院子。他还以为爸爸又喝多了。他现在见酒比命还亲，在厂里顿顿离不开酒，甚至饭都不吃，只买些下酒菜，喝得摇摇晃晃地下车间。在家里，他常借着来客过节的机会打上一桶散白酒，想办法也要喝到肚里。他顿顿都得喝上四两半斤，说是喝少了不顶事儿，还不如不喝，再说得急了，就赌咒发誓，喝完这顿再也不喝了。他喝酒又慢，一口一口地呷，啧咂地品上半天，每顿饭都喝上个把钟头，直喝得眼皮打架，眼角长了眼屎，等到饭菜都凉了，再吃上一肚子凉饭；喝完酒又反胃，不停地打嗝。

在家里还好说，出门在外，爸爸更是贪酒，见了酒就迈不开步。不管是结婚宴客走亲戚，还是红白喜事起房造屋给人帮工，也不管别人闲忙，常常喝得醉醺醺地回来。耐性好的还能陪着，耐性不好的，连劝再赶就把他撵出来了。

妈妈最看不起他这没出息的样子，却又管不住他，每次爸爸从外面喝多了回来，他们都免不了大吵一架。现在看见爸爸被人搀着回来，想必是又在哪儿喝多了酒，她的气就不打一处来：

"一天到晚就知道喝。你还越喝越出格了，为了喝酒连班都不上了。看你那点儿出息，还让人家给送回来了！"

"婶，你别着急，我叔他不是喝酒了。下盘蛇岭的时候，被我们的车子碰了一下，给送回来了。"

他们这才注意到，爸爸正疼得龇牙咧嘴。他看起来伤得不轻，腰直不起来，一条腿也不敢着地，疼得满头大汗，却还强挺着自己迈步。

他们手忙脚乱地把爸爸扶进屋，他却躺不下，只能趴在炕上。他的后背擦伤了一大片，腰也肿着，不知道伤没伤着骨头和内脏。

这时候妈妈才顾得上去问那几个人。原来他们三个人骑着挎斗摩托车，在盘蛇岭上和迎面来的一辆大卡车会车的时候，躲闪不开，只得冲向路边，把爸爸撞飞了起来，摔到了路边的护坡上，滚下了十几米，幸亏被一个树丛拦住，否则坡底下是一堆乱石，掉下去凶多吉少。那几个人不停地作揖道歉，说是多亏了爸爸，不然他们就被卷进车轮底下，或是连人带车冲进了深沟里。他们夸爸爸身体壮实，说他大难不死必有后福；说爸爸为人厚道，心眼儿好，积德行善，将来必有好报，能说的好话都说了。

妈妈也渐渐听出了些门道。原来，爸爸又被他们好言说转，虽然摔成了这样，却连医院都没有去，直接被送回了家。爸爸平时有个病痛能忍则忍，很少打针吃药，更别说去医院了。但这不比头疼脑热的小毛病，伤筋动骨的事，不是忍忍就能过去的，况且还不知道伤得到底有多重，五脏六腑碍不碍事。

妈妈让爸爸去医院检查一下，爸爸仍说没事，不肯去医院。妈妈直恨他愚鲁，却又没有办法。

妈妈也知道，进了医院，拍片子用药，就算没事也得折腾进去几百块钱。那几个小伙子比赵永生大不了多少，他们借了单位的车，本想回家炫耀一圈，却没想到出了事，早已吓得不知所措，这会儿正忙着跑前跑后，又买来了一大兜的点心罐头，妈妈的心也就软了。她相信命，是福不是祸，是祸躲不过，现在也只能听天由命了。虽然心软，她却不能糊涂。爸爸还不知道被撞成了什么样，也不知道将来要花多少钱，虽然不去医院检查，却也不能轻易让他们走了。

但这也很让她为难。赵永生一家不认识这几个人，连是哪个村的都不知道，单凭他们自己说，将来有事还不知到哪儿去找。他们身上也没有多少钱，几个人凑起来也不过百八十块。只有那辆挎斗摩托车，是唯一值钱的东西。按说这时候别说扣车，就是连人扣下也是应该的，但父母却横不下心来。车是他们从单位借来的，那几个人一直在苦苦央求不要扣车，怕单位知道出了事，连工作都得丢了。妈妈甚至比他们还着急，只是想不出个两全的办法来。

就在双方都一筹莫展的时候，其中的一个人想起他上学时候的把兄弟就在新庄。他们赶紧去把那把兄弟的家长请来了。那人也姓赵，和赵永生家算是远房的本家。有了他出面，那几个人答应第二天拿钱再来看望，就匆匆地走了。

但是，虽然他们说得信誓旦旦，在其后的几天里，却连个人影都没见着。父母有些上火。本来，爸爸被撞成这样，既没上医院，也没有扣车，三言两语就让人走了，就有人说他们傻，好糊弄。不要说伤成这样，就是刮破层皮，赔上个千八百的也是常事儿。而现在正应了村里人的话，父母的好心又一次成了笑柄。而且这两天爸爸身上的伤不但没减轻，反而浑身疼得像散了架一样，看起来伤越来越重了。

妈妈盼着那几个人会出现，替他们想着各种借口，但他们却再没有来过。她恼恨自己又一次信错了人，着急上火却没有办法。虽然她知道他们是哪儿的，但隔着几十里地，也不可能去找他们。好在还有

那个中间人，现在只能找他了。

出面去交涉的事儿落到了赵永生身上。妈妈不是怕得罪人，爸爸已然如此，就算没有躺在炕上，跟人打交道的事也指望不上。她有意让赵永生出面，这正是一个锻炼他的好机会。

妈妈一直怕赵永生走了爸爸的老路，对他的要求也更高，说话要干脆，办事要利落，要拿得起来。家里有什么事，她也有意让赵永生多出面，让他多锻炼。以前因为分地的事，妈妈让他自己找过几次村干部。虽然他打心眼儿里犯怵，但妈妈软硬兼施，又是讲道理又是激将，由不得他不去。每次出门之前，妈妈都一句一句地教他怎么说、怎么答，再把他送到村干部家门口，让他毫无退路。只是家里那些事对他来说太复杂了，来龙去脉他一时弄不清楚，单靠妈妈教的几句话根本讲不过人家；而且虽然听妈妈说得很有道理，在村干部那里却另有一番道理，每次他都是被说得哑口无言，三言两语就被人打发了。听村干部讲那些形势政策、国法人情，头头是道，他总觉得自己被人家说转了，倒像是父母不识大体、顽固不化、无理取闹。

都说穷人的孩子早当家，赵永生却并没有如妈妈所愿。为人处世上，他既不硬朗，也不大方。他变得越来越沉闷，挨欺负的包袱已经背在了身上，压得他抬不起头来。在这里他们世代挨欺负，他无力扭转，也不能装作无事一样，跟人谈笑。他觉得自己还不如李铁，李铁把宝押在了学习上，可以孤注一掷，拼命学习，相信早晚也能考出去。而他，不知道有没有那样的毅力，而且就算能考上个什么学校，他或许能改变自己的命运，但对于家里的期望，他仍然无能为力。

但是这次却不同了。以前妈妈是试探他、锻炼他，那些事虽然不是无关紧要，但赵永生表现得好不好并没什么大碍。现在，爸爸在炕上躺着，妈妈这几天着急上火，说话又侉了，跟人也说不清楚，只能指望赵永生了。

但他毕竟是个孩子，在外面说话作不得数。妈妈让他去请大爷，和他一起去，给做个主。他们毕竟是亲兄弟，爸爸出了事，理应让大爷来当这个主心骨。虽然大爷巴不得在一边看笑话，这事却推辞不了。但这是得罪人的事，大爷虽然是硬着头皮去了，却不过是个陪绑的，不会替他说什么，出头的事还得靠赵永生自己。

妈妈仍然一遍一遍地教他怎样说，教完再让他重复一遍，直到满意为止。到了那个本家那里，大爷三言两语把自己推脱了个干净，只是打哈哈，恐怕得罪了人。

赵永生被安排坐在了靠着柜子的凳子上。通常来了客人是要坐在炕上的，不过赵永生既是本家的小辈，这也没什么不合礼节。炕上坐了一溜的人，大多是赵家的长辈，赵万恶的爸爸也在场，正对着赵永生坐着。他是长辈，请他来是主持公道的。就连大爷也坐在炕边上，炕边上还有几个人，像是看热闹的，也或者是请来壮声势的。

屋子里很热闹，大家都说些无关紧要的事。大爷说笑凑趣本来就有一套，现在更加卖力，说起他早年开拖拉机时候的见闻，满屋子笑声不断。赵永生插不进他们的谈笑，坐在那里茫然不知所措。正是夏天，屋里人又多，脚臭汗臭加上旱烟合起来的味道，熏得他睁不开眼睛。他几次想开个头，张张嘴，却没有人理他，只好又咽了回去。他身上的汗水呼呼直冒，很快渐渐浸透了衣裳。

赵永生一个人坐在对面的凳子上，觉得这一屋子人就像人市一样，打量着他，对他品评一番。他明白，在这里说话，看的是谁声高，那些声高势壮的，才能占住先机。他想站起来大喝一声，让人听他说话，但那终究不是办法。

正在手足无措的时候，他碰到了口袋里的香烟。那是出门前爸

爸让他装上的，当时还觉得没什么用，现在却派上了大用场。他掏出烟，拿过火，站了起来。他本想把烟先递给那个本家，但伸到半截儿，却改了主意，递向了坐在他旁边的赵万恶的爸爸：

"二爷，换换这个，带过滤嘴的……我给你点着。"

他坐在那里总让赵永生觉得害怕。赵永生不怕和他打架，现在却怕他故意犯浑，找个借口把赵永生骂一顿，搅了局。当着这么多人，赵永生不能把他落下，索性先敬给他。这一下也歪打正着，这第一支烟敬得有讲究。赵万恶的爸爸不但在这屋里是长辈，而且若论亲疏，跟赵永生家更亲近些，虽然两家有矛盾，但在场面上，礼节是不能少的。

这时候，屋子里也静了下来，人们都不说话，看着赵永生。敬了一圈烟下来，赵永生也定住了神。他索性站着，清了清嗓子，说明了来意：

"二叔，今儿个我来给你们添麻烦了。其实这本来挺简单的事，用不着麻烦你们，但现在我家里的情况你也知道，我爸让车撞了，还在炕上躺着，到底伤得有多重，现在还不知道，看情况一时半会儿也起不来。我妈这几天也上火了，牙都肿了，再说她那人又糊涂，这事儿还得靠家里人帮着给拿主意，出出面。这不，我大爷也不放心，一块儿跟着来了。"

"哈哈，没事，我就是来串个门，你们说你们的。"

大爷很不自然地打着哈哈，赶快表明自己的立场。

"事既然已经出了，我们只盼着人没撞坏，别落下残疾，就是万幸了。我父母的为人你们也都知道，心软，耳朵也软，看那几个孩子岁数不大，人也老实，心疼他们，怕他们破费，当时没去医院检查，先在家里养养看看。因为有二叔在这，车也没扣，让他们走了，这事前前后后你们也都清楚。他们回去也有五六天了，到现在也没露面，也没来个信,我们还替他们担心呢,是不是回去受单位处分了。要说他们不会就这么甩手跑了,有二叔在,知根知底,虽然我们不认识,但听说跟你们家我哥是拜把子的兄弟,也没拿着当外人。这两天我爸不但不见好转,反倒看着更严重了,不知道这骨头和内脏碍不碍事。这事早晚也得坐一块儿说说,该检查检查,有病赶紧治,没事大家也都放心了,这么拖着也不是个办法。"

"你说现在这孩子哪有个正经事,闹着玩儿磕个头拜把子,还能当了真?那拜把子兄弟能顶个屁用,家里有活儿能指望得上吗?老的病了能给伺候吗?这不是瞎扯淡吗!"

说话的是赵万恶的爸爸,明摆着是在帮腔。赵永生只当没听见,并不理会,不给他找碴儿的机会。人们也都七嘴八舌,都说孩子们办事没谱,那个本家也就坡下驴:

"说的就是这事儿,说是我们家老二的把兄弟,可以前也没听老二说起过这事。现在老二在外头当兵,咱也不能找他问去。"

"话可不是这么说的。说实在的,二叔,要是没有你这层关系,我们就是再傻,也不能就这么让他们走了。把人撞成这样,就算不扣人,也得把车扣下,不能光凭两张嘴就让他们甩手走了。再说二叔你当时也到场了,他们把你请去,乡里乡亲的,又都是赵家,是个面子上的事,有你说话,我们才敢放他们走。再说,咱也知道他们跑不了。今天我来也是想咱自家人先商量商量,看怎么办合适。"

"这事啊,还真是不好办……要说那几个人是哪儿的,我也说不上来,你要说找去,这百八十里地跑一趟也不容易。不好办……"

"二叔,你要说他跟咱们没关系,这你就不用担心了,咱有的是办法。他们有名有姓,不怕找不着,何况他们都在外面上班,有单位管着,公家的人更不怕他赖账。我妈说了,他们要是躲着不见,想要

赖账，她就找单位去，县城那么大个地方，翻也把他们翻出来。我是怕她体格不好，精神也不好，真要再出点儿啥事，越闹越大了。也有人给出主意到派出所去告他们，把人撞了这算交通事故，事还没解决人就跑了，这是犯法。"

他尽量说得铿锵有力，显得理直气壮：

"我们不是没办法，只是有二叔这层关系，还得看你是什么态度。说实话，直到现在我们还在替他们着想，我爸的病要是耽误了，他们得多花多少钱？倾家荡产也是它。我们要是去单位闹，他们丢不丢人，受不受影响？弄不好被开除了，还得蹲监狱呢！看几个人挺会来事，真要为了这点儿事毁了前程，值不值得？他们怎么这点儿事都想不明白？"

"还真是这么回事。公家人比不了光头老百姓。咱农村人怕啥，咋还能不让种地呀。公家人不要前程还得要饭碗呢！"

赵永生感激地看了一眼说话的人。他并不是赵姓的人，或许只是看热闹的，蹲在门口，靠着门框，穿得破破烂烂，很不起眼，甚至没有人给他让个座。

"我们不是想讹他们多少钱，趁这机会发笔外财，我父母也不是那样的人。但他们必须来人把这事解决了，别让外人笑话了咱们，当咱们是老土。怎么说新庄姓赵的就这几脉人家，出了村都是一大家子，有事还得互相帮衬。我们没见过啥世面，没经过什么事，只能靠叔叔、大爷们了。"

"赵老二家两口子就是太老实了，要不然也不至于轻易把人放走，到现在又费这么大的劲儿。"

还是倚在门口的那个人。赵永生不认识他，现在却记住了他。这些人中只有他是向着赵永生说话的。在别人看来，或许是无关紧要，但在这时候肯说句公道话的人，就是贵人了。

"那我再问问我家老二，看看他这个把兄弟到底是咋回事。要真是个不懂事的，咱也就不认这么个东西了，你们该怎么办就怎么办；要是个仁义懂事的，就让他赶紧过来，该治病治病，该给钱就给点儿钱，尽快把这事了结了。永生，你回去跟你爸妈说，这事先别着急，我先打听打听，跑不了他们的。"

赵永生知道，有了这话，就不用他们东跑西颠去找人了。他心里清楚，真让他们自己去找，并不像说的那么简单。父母正上着火，再这样下去，恐怕都得病倒了。再说他们也不会撒泼放赖，就是打官司告状，这个年头儿谁又说得准能赢呢？

回家以后，妈妈让他把当时的情形讲述一遍，把每个细节都问到了。但赵永生却想不起自己当时都说了些什么。他一进到那人的家里就把那些背过的话全都忘了。

过了两天，那几个小伙子又来了一次，他们把那个本家叫到了一起，最后商定，连医药费带误工费，给了赵永生家三百块钱。按说这笔钱实在是少得可怜，即使他家再穷，没见过大钱，也不会被这几百块钱蒙住了眼。但是一来，父母听了几句好话又心软了，心疼那几个孩子，年轻没有家底，在外上班不容易；二来，这钱虽少，却也堵住了别人的嘴，免得有人再说他们软柿子，好糊弄，让人白撞了。好在爸爸也没有什么大碍，从那以后也渐渐好了起来。

事后，他们又请了大爷和那个本家一场，这里外里算下来，没剩下几个钱。别人家赶上这事，怎么也得发笔外财，而他们劳神费力，到头来反倒欠下了一屁股人情。

有时候赵永生也在想，父母到底是好心过了头，还是真的窝囊。以前他们遇事也许就是这样，糊里糊涂把自己绕进去了，吃亏在哪里都不知道。

十五

  镇上每逢农历四、八是集，集市就沿着怀清河边的河滩，把地稍做平整，支上些水泥案板，便算是摊位，在上面竖两根竹竿、扯两根绳子，卖些衣帽鞋袜。也有摆地摊的，卖些瓜果蔬菜、花椒大料之类的。还有卖油条肉饼豆腐脑儿的，虽然尘土飞扬，吃客却不少，很多人赶集就是为了吃块肉饼解解馋。还有牲口市，腥臭味熏天，人们都绕着走。镇供销社大楼是镇上最显眼的建筑，也是唯一的二层楼房，只是里边的东西卖得贵，售货员脸也拉得长，以前物资紧缺的时候红火过一阵，现在很少有人光顾了，偶有人去也是看的多买的少。

  快种地了，人们要买种子秧苗、化肥农药，添置点儿种地的家什，集市上的人也格外多，直到中午还是挤挤挨挨、人流不断。赵永生平时很少在集上逛，但是今天妈妈让他顺路买捆葱苗回去，他也只得随着人流挤进那暴土尘烟的集市，又推着自行车，在人群里面一步一挪。好不容易找到了卖葱苗的，他也顾不上挑拣，随便拿了一捆，又接着往前挤。好不容易出了市场，一回头，却又不见了李铁，只得站在那里等他。

  赵永生正站在那里四处张望，忽然在人群中看见了一个熟悉的面孔。正是陈露。他们虽在同一个班，却似乎已经很久没见了，他本来以为已经把她忘记了，现在一见，却完全呆在了那里。

她穿着一件粉红色的上衣，在那土灰色的世界里让人眼前一亮。她的眼睛活泼地跳动着，漫不经心地一路走来，跟那些专注于脚下地摊的木呆呆的眼神比起来，是那么脱俗不凡。她不时轻轻地甩一下头，把滑到额前的头发甩到后边，动作优雅轻盈。

他目不转睛地盯着那张脸，越走越近，越来越真切。他从来没有如此仔细地端详过一个人的脸，那是一张端正的脸，眉毛浓黑细长，眼睛清澈明亮，鼻梁高挺，嘴角微微上翘，他甚至能看见她右眼眉上的一小块疤，那一定是小时候淘气留下的。

他忘记了呼吸，忘记了心跳，忘记了周围的一切，直愣愣地呆在那里。他看见她的眼睛里满含笑意，紧抿的嘴角微微上翘，露出洁白的牙齿和浅浅的酒窝。等他明白过来那是在冲自己微笑的时候，他们已经擦肩而过了。

赵永生的脸一下子变得通红，但鬼使神差，他不但没有赶紧溜走，反而掉过头来，远远地跟在陈露的后面。他像是中了邪一样，被陈露的身影牵着，机械地躲闪着人流，几次差点儿踩到了摊上的东西。他的心怦怦地跳着，既害怕被她发现，又希望她能回头，让他再看一眼。

他看见陈露停在了一个摊前，回头看了一眼，他赶紧停下来，随便抓起身边的东西，装着在那里看，虽然他并不知道手里拿的是什么。等他再抬起头来时，陈露已经不见了。他一边四处张望，一边急忙往前赶，终于看见陈露就在一个卖衣服的摊位后面，才长长舒了口气，仿佛找到了丢失的魂魄。这时候他也才发现，自己就站在陈露的跟前，正毫无顾忌地盯着她看。

"你这样盯着我,把我都盯毛了,是不是我哪儿不对劲?"

陈露微笑地看着他,脸上微微泛红。

"啊,不是,没有,我是来买东西的。"

他指了指后面夹着的葱苗。那葱早已散开了捆,一路掉了许多。他觉得自己脸发烫,恨不得找个地缝钻进去。

"今天怎么只有你一个人?你的好朋友呢?"

赵永生这才想起还有李铁。

"我也正在找他,刚才走散了。"

"我刚才看见他了,就在那边等你呢,你过来的时候怎么会没看见?"

赵永生羞得面红耳赤。他不知道该说些什么,想赶紧溜走,却又舍不得这美好时刻。站在这拥挤脏乱的集市上,他脸上的汗和着灰土,变成了一道一道的汗渍,他擦也不是不擦也不是。

"你不回家吗?下午你要是带着这些葱去学校,教室里可就有好味道了。我可要回家了。对了,这是我刚买的发卡,挺漂亮的吧!"

陈露展示了一下她的发卡,翩然而去。初夏的阳光下那粉红的脸庞,真诚清澈的眼神,温暖而略带神秘的笑容,都在那一瞬间定格,深深地植入了他的脑海,挥不去,赶不走,成了他所有欢乐和痛苦的源泉。

从那以后,他的心中再没有片刻的安宁,不管是上课、走路、吃饭、睡觉、干活儿,他满脑子都是陈露的身影。他一遍一遍地重温着与她相遇的每一个细节,在白龙山下,在集市上,那一点一滴一颦一笑,都让他回味无穷,如痴如醉;而且,他又渐渐从这些细节升华开去,融入了无尽想象。在想象中,他们一起游遍了他所能想象的那些美丽的地方。

春暖花开的时候,他们一起去爬白龙山,看那杏花开得漫山遍野,他们手拉着手在花海中穿行,看着她的笑脸如花般姣美。他们爬上山顶,看着绵延起伏的山势和那点缀在山中的一个个琥珀般的湖泊,在庙里点燃一炷香,许下共同的心愿。

夏天,他们一起去龙口水库,那是全县最大的水库,据说那宽阔的大坝比县城的大街还宽,几十里宽的湖面一眼看不到边,湖水碧蓝清澈。他们光着脚在浅滩上嬉戏,看着鱼儿跳跃,或者静静地坐在岸边,看着脚下浪花涌起,远处水天一色,青色的山峦倒映水中。

秋天就去看长城。听说县城北边的山上有一段古老的长城,景色很美,因为水库蓄水,有一段长城被淹在了水下,成为一道独特的风景。夕阳下,他们并肩坐在长城的垛口上,看着破败的城墙和飘零的红叶,当夜幕降临时,点起一堆篝火,火光映红了他们幸福的脸。

冬天他们就去附近的一座天主教堂,在那里过圣诞节,听说那是很浪漫的。下雪的时候,他们去山里打猎,南面有很深的山林,他们穿着高勒皮靴,在林海雪原里穿行,打野鸡,追兔子。松软的雪地里,兔子的长腿陷在雪里没了用武之地,他们循着兔子的脚印,走在山谷里,一路上洒下陈露欢快的笑声。

他要给她一辈子的幸福,要让她为自己而骄傲。他们结了婚,男耕女织,儿女绕膝,过着幸福的日子,直到慢慢老去,仍然相亲相爱。他们心有灵犀,每次在人群中不期而遇,都用深爱的微笑彼此致意,用默契的眼神互相交流,那是只有他们自己才懂的语言。

这是赵永生每天全部的功课,他编织着一个个梦幻,贯穿了他整个一生。他无法停下来,那梦越来越清晰,越来越充实,最后他自己也已经分不清是真是假了。他沉浸其中,无法自拔,陈露的身影遮住了他的全部视线,她的声音充斥在他的耳旁,她的笑容占据了他全部的

思想，他就像行尸走肉一般，生活在想象中，如梦如痴，神情恍惚。

虽然他们近在咫尺，他却没有勇气看陈露一眼，就算是在学校里碰上，他也总是躲躲闪闪。他宁可沉浸在自己的想象之中，想象中他没有自卑和羞怯，他们是般配的一对，让所有人都羡慕。而在现实中，他们就像是两个世界的人，陈露是那么美丽清新、优雅大方、光彩照人，而自己是那么猥琐、微不足道。他只希望陈露不知道他的底细，他不但家里穷，而且受人欺负。

每次从想象中回过神来，他又陷入绝望之中。想象中那一切美好的东西都是不可能的。陈露不会看上自己，更不会嫁给他。就算陈露不嫌弃，他又拿什么给她幸福？难道要让她和自己一起去过那种憋屈的日子，去面对那些如狼似虎的人们，淹没在贫穷的日子里？有时候，看见陈露和别的男生也一样柔声说话，他更觉得自卑，被绝望吞噬着。

他已经很久不听课了，人虽然坐在那里，灵魂却早已出了窍。虽然就在老师的眼皮底下，他却连头也不抬，沉浸于想象中，编织着自己的故事，忘了周围世界的存在。偶尔抬头看一眼，眼神也是迷离的，老师就像是站在遥远的地平线上，声音也像是从半空中传来，要费很大的力气才能弄清楚自己身处何处。

他频频被老师训斥。老师提问他要么听不到，要么吓一跳，站起来不知所措。老师的话有时很难听，劈头盖脸，不留情面，但他既不害怕，也不羞愧，他把责骂当成他应有的惩罚，只有这厉声训斥才能让他觉得心安些。他也希望自己能警醒。他没有资格爱上别人，明知道是痴心妄想还沉迷其中。他应该专心学习，那才是他唯一的希望。

但是这些念头只是转瞬即逝，老师的骂声未落，他又沉浸到交织着甜蜜和痛苦的想象之中，享受着这种折磨，只希望陈露能明白他所付出的一切，也就值得了。

期末考试，赵永生一下子跌出了二十几名之外。他仍然麻木混沌。这一切都在意料之中，他反倒松了口气。终于熬到放假了，他可以尽情地放纵自己的思绪，不受打扰地去想她。同时，他也希望能用这一暑假的时间忘掉她。

赵永生软磨硬泡，让爸爸在县里给他找了一个小工。这次他下定了决心，他也老大不小了，不能总在家闲着，让人笑话；况且一闲下来他就胡思乱想，总得找点儿事做，填满他的思绪。

他先是自己去找，可是去了好几个工地都找不到活儿干。夏天地里活儿不多，人们都想出来做几天工，挣点儿零用钱，好多壮劳力都还找不着活儿。最后还是爸爸帮着问了几个熟人，才在一个小工地上找了点儿事干。妈妈本来还不答应，但听说是盖平房，没有多大危险，而且又找的熟人，多少也能照顾着点儿，给派点儿轻活儿，才算放心。

上工的第一天，赵永生不到六点就起来了，吃过了饭，跟爸爸一起骑车去县城。从家里到县城要走近一个小时，中间还要翻过两个山岭，等到工地的时候，他已经出了一身汗。

这片工地在县城的边上，靠着山脚下，一溜十几排平房，听说是哪个机关的家属院。房子刚刚打起地基，正在垒隔墙，工地上堆满了砖和沙子，刚下过雨，到处泥泞。爸爸领着他去找工头，但工头并不在工地上。实际上他也不常待在这里，他有几个工地，只是隔三岔五来转一转。工地上有带班的，负责派活儿监工。爸爸找到了带班，赔着笑说了一会儿话，又塞给了他一盒烟，嘱咐了赵永生几句才走。

带班给他派了活儿，给大工打下手，供灰供砖。第一次上工地，赵永生很兴奋。他怕别人小瞧，干起活儿来格外卖力。一开始，他觉

得这活儿很简单，不过是跑跑腿，把和好的灰拉过来，锄到灰斗里，把砖码到大工的脚下的脚手架上。活儿并不累，还能有些空闲，他甚至想，要知道挣钱这么容易，他早就该出来找个小工做了。

但是当太阳渐渐升起来，天气越来越热，那滋味就没那么好受了。正是炎热的季节，明晃晃的太阳照得人睁不开眼睛，开始晒在身上只是觉得麻酥酥的，过了不多一会儿，就变成火辣辣的了。四周全是光秃秃的工地，连吹过来的风都是热的，无处躲藏，即使有阴凉的地方他也顾不上去躲。随着墙越垒越高，他也不像原来那么轻松了。墙起到半人高的时候，每次上灰和摆砖都要费更大的力气，不等他把砖摆好，大工已经在那里敲着灰斗要灰了；等他刚把灰添满，大工又要开了砖。赵永生马不停蹄地左右忙乎，才能勉强应付下来。那大工也像是故意给他这个新来的一点儿颜色，砖码得飞快，手上一刻不停，连烟都顾不上抽一支。

渐渐地，他感到有些力不从心了。他机械地往返着，取灰，取砖，那短短的几步路也显得越来越长。他多想在那墙角的阴凉处喘口气、擦把汗，歇一会儿，但他必须咬牙坚持。他开始数着自己的脚步，推一次灰要走五十多步，码一层砖要推两次灰，要把二百多块砖搬到架子上。每垒起一层，他就松一口气，虽然不能停下来，还得继续垒更高的一层，但想着这些即将盖起来的房子也有自己的一份力量，他总觉得有一些成就感，累得有价值。他不时看看太阳，估摸着时间，只盼着上午早点儿过去，可以停下来歇一会儿。

一上午他们就垒起了一面墙，是整个工地上进度最快的。一收工，赵永生就趴在自来水管下喝了个痛快。他喘了口气，缓过劲儿来了，就着自来水，狼吞虎咽地吃完了从家里带来的两张烙饼和一根黄瓜。

吃完饭人们都凑在一起，躲在阴凉里打牌。赵永生找了一块木板，搭在背阴处躺下。他舒展了一下身体，觉得不像刚才那么累了，又充满了信心。再难也不过如此，压不倒他的。

赵永生躺在那里却睡不着，听着他们在那里打牌骂娘。不管是在哪儿，说话嗓门最大的，总是最强横的。那些人里声音最响、骂人最难听的，当然也是带班的。他被人众星捧月般捧着，不管说什么总有人附和，骂人也无人敢顶，只是嬉笑地听着。他不明白，凭着力气干活儿挣钱，又何必把脸面搭上呢。

中午这一歇不要紧，下午一开工，他就觉得浑身酸软，使不上劲儿。午后的太阳更加毒辣，像针一样刺进皮肤。他只穿着一条背心，觉得肩膀火辣辣的，随手抹了一把，就掉了一层皮。他的手指肚也被砖磨得只剩薄薄的一层皮，能看见里边粉红色的肉，一碰到那粗糙的砖面就钻心地疼。衣服被汗水浸透又干了，结了一层盐霜，现在已经没有汗水了。

不一会儿，赵永生就感觉透不过气来，飘飘忽忽，走路也磕磕绊绊。他不时跑到水龙头那浇一头凉水，能清醒一阵。他在心里给自己打气，告诫自己不要那么娇气，他想起张寒露，这比扛麻包来要轻松多了，这点儿苦对他来说算不了什么。他也在心里计算着，他一天干十个小时，能挣六块钱，每熬过一分钟，就有一分钱落入了口袋，他想象着口袋里的钱叮当作响，咬牙坚持着。

他从来没有感到过时间这么难熬，只觉得双腿越来越沉重，胳膊越来越酸疼，精神也越来越恍惚。他的眼里只剩下那一垛砖和一堆石灰，那像是取之不尽一样，他要把它们全都搬到脚手架上去，变成一堵墙。

终于，带班的从工棚里出来了，没精打采地喊了一声"收工

了"，就又钻了进去。赵永生松了一口气，整个人也觉得像是被抽去了筋骨一样，快要支撑不住了。他一屁股坐在那里，实在不想起来。但他不想让人看到他的狼狈相，也怕自己一歇下来就动不了了，勉强站了起来，摇晃着走到水管前，浇了浇头；虽然并不觉得渴，还是灌了一肚子水，拿上了东西，骑上自行车往回走。

出了县城不远，就是盘蛇岭。盘蛇岭的坡有三里多长，时缓时急，骑车上下班，这是第一道门槛。要是平时，他可以一口气蹬上去，但是今天，刚到了岭下，他就下了自行车，一步一挨地推着车走上去。

好容易爬上了坡顶，他觉得自己已经没有一丝力气了。傍晚岭上的风很凉爽，他却无心享受，靠在路边歇了一会儿，想想还有十几里路要走，只得上了自行车。好在过了盘蛇岭，路就好走多了，他连溜带蹬，总算到了家。

一到家，他就躺倒在炕上，很快就迷迷糊糊地睡过去了。妈妈特意烙了几张饼，他却一口都没有吃。妈妈看着他的手和肩膀，心疼得直掉泪。她问爸爸是怎么跟工头说的，使人使得这么狠，头一天就把人累成这样。听爸爸说他并没有见着工头，只是跟带班的说了说，妈妈更加着急了：

"你说你找的这是什么活儿，还说累不着，难道要把人累死了才算。干了一天活儿连饭都吃不下，还不把人累垮了。这哪是人干的活儿啊！你看看这手指头，都快磨透了，肩膀也都晒脱了皮。这个带班的一点儿人性都没有，不是自己家的孩子就不当回事儿。明天咱说什么也不去了，就是一天给开一百块钱，也不受这份罪！"

"拿着人家的钱，可不就得听人家使唤，现在挣钱哪有那么容易，没看见好劳力多的是，想怎么使唤就怎么使唤。农村人不都是干这个嘛，不好好上学，以后一辈子也离不开这些。"

爸爸对他这次考试没有拿到奖状，一下子倒退几十名一直耿耿于怀，总是借机敲打敲打他。妈妈却顾不上这些：

"宁可穷死，也不能让他们这么使唤。这身子骨还没长成呢，就干这么重的活儿，还不吃不喝的，以后落下毛病怎么办？"

赵永生并没有睡沉，听见他们的话，想说自己没事，明天还能去，却睁不开眼，张不开嘴。当初是他死缠硬磨要去的，不能只干一天就打退堂鼓。他有拉犁种地的经验，好好睡一觉，歇一宿，只要明天咬牙坚持下来，就算挺过去了。

第二天早上，没等人叫他，赵永生自己醒来了。他悄悄地舒展了一下手脚，稍一用力就觉得浑身酸疼。他还是一骨碌爬了起来，故作轻松。妈妈见他起来了，赶紧过来：

"睡吧，再多睡一会儿，还早着呢。今天咱们不去了，那工钱也不要了，宁可给他们白干一天，也不去给他们扛活儿；就是再穷再破，也不挣这卖命的钱！"

"没事，这点儿活儿累不着，就是给人打打下手，搬搬砖锄锄灰，跟在村里给人帮工一样，以前也不是没干过。不少比我岁数小的人还一样在那干呢。就是时间长点儿，一天十个钟头，不好熬。好在中午有一个小时歇着，还能睡一觉，累不着，放心吧。"

他也是在给自己打气，这样一想，感觉轻松了许多。

吃完饭，他自己去上工。蹬了一路自行车，到了工地上，他反倒觉得舒展开了，不像先前那么酸疼了。也是天公作美，今天的天气有点儿阴，没有太阳在头上烤着，干起活儿来感觉轻松多了。他今天也吸取了教训，带齐了上工的东西，穿了一件长袖外衣，肩膀就不怕晒了；换上了胶鞋，走路轻快了；还带了一副手套，不再怕磨手了。他

的大工师傅今天也不像昨天那样拼命地往前赶了，偶尔也停下来抽支烟，他也能喘口气，不用像昨天那样总是一路小跑了。中午他躺在木板上睡一觉，下午更觉得有了精神。

这一天并不十分难熬，晚上回到家，虽然还是觉得累，但已经不像昨天那样站都站不住，吃饭也有了胃口。妈妈做了他最爱吃的面条，高兴地看着他吃了好几碗，才算踏实了。几天下来，除了觉得毒辣辣的太阳让人难以忍受以外，并没有什么吃不了的苦。以前他最发怵早起，现在每天不用人叫，自己就醒来了。想起自己第一天竟然差点儿昏倒，他都觉得自己有点儿太娇气了。他一天能挣六块钱，一个月将近两百块钱，那就是他一年的学费，想想还是有些自豪的。

赵永生干活儿很卖力气，尽自己最大的努力，保证脚手架上总是满的，不耽误大工干活儿，一天下来，只有在大工抽烟的时候才能歇一会儿。但是他渐渐发现，并不是所有的人都像他一样卖力，整天一溜小跑，马不停蹄。别人都是懒洋洋地一步一挪，借着喝水撒尿的工夫磨蹭时间，即使大工催促，也仍然不紧不慢；只有带班的出来，才显得加紧些。

也常有人说赵永生，不打馋的，不打懒的，专打不长眼的；活儿不能蛮干，得会干才行，平常卖力没有用，只要盯住了带班的，他说你干得好你就干得好。

他也觉得自己确实属于那种不长眼的，每每是刚要坐下来喘口气，就被带班的看见，呵斥一顿。为此，他跟大工顶过，跟带班的也顶过。他是工地上最卖力气的，别人应该看得见，不应该挨训斥。他更觉得让那些投机取巧的人占了便宜，看了笑话，实在太不公平。他学不会偷懒，也不屑于去学那一套。他努力把自己的活儿干好，不管带班的在不在跟前，宁可自己累一些，也不想看别人的脸色。

工地上都是些老油子。小工是懒人干的活儿，当小工省心，不用管活儿紧活儿忙，不用惦记着阴天下雨，不用算计用度支出，只管听吆喝，出一天工拿一天钱。他们今年在这里，明年就不知道到了哪里，眼睛瞄着带班的，盯紧了就干点儿，能磨蹭就磨蹭一会儿，遇见好说话的，就软磨硬泡，整天算计着怎么少出力。

工地上有一个细高挑溜肩膀的，一副赖巴样。他从没有踏踏实实地干过活儿，一会儿喝水，一会儿要烟，一会儿上厕所，有时候干脆躲到工棚里不出来。带班的不时把他揪出来，又推又搡，他也总是涎着脸，作揖磕头，满院跑着撒泼。带班的也并不和他较真，只是拿他当一个活宝，不时拎过来骂两句，踢几脚；别人也不拿他当回事，常拿他凑趣儿。他也甘于被人取乐，他的媳妇跟别人跑了，他却并不在乎，反而故意迎合那些人，说些粗俗的事，惹人哄笑。

赵永生从不上前去凑热闹。看着一个四十几岁的大老爷们儿，竟然使出浑身解数，舍得下脸皮，为了偷懒少出点儿力气，赵永生并不觉得可笑，只是替他难受。

工地上二十几个人，是个小工地。大部分人都是同一个村子来的，还有几个是另一个村子的。他们成帮结伙地来去，在工地上也有个照应，不至于挨欺负。只有赵永生一个人独来独往。他并不在乎，即使有同村人，他们也不会有多少话说。那些人张口就骂，开着粗俗的玩笑，他并不是自命清高，只是那些话说不出口。

再说，只要稍微有一点儿空闲，他的思绪就会被陈露占据。即使手忙脚乱的时候，他的脑子里也不时闪过她的身影。现在不是在课上，他不用内疚和自责，可以任由自己想象。但那也不过是一遍一遍地重复以前的幻想，不断拓展丰富。有时候他也幻想陈露会突然出现在他的眼前，她一定会为他感到骄傲。

萤火

　　赵永生刚来的时候，工地上还只是刚刚起了地基，不过半个月的时间，这片房子已经起来了，到了月底就该浇筑房顶了。提前好几天，带班的就开始吆喝，浇铸那天谁也不许请假，晚上还要加班干活儿。

　　那天早上一上工，工地上就比往常热闹，从别的工地上拉来的两台搅拌机，不停地搅拌水泥，一会儿就堆成了一座小山。他们要把这几百吨水泥一锹一锹地铺到那几十间连成一片的房顶上，而且要一气呵成。他被分在了中间的那一道脚手架上。那也是最重最吃紧的活儿，他必须不停地挥动铁锹，稍微慢些，灰就在那里堆满了。站在脚手架上，他只比房顶高出一些，每锄一锹，他都得使足了劲，抡圆了胳膊才能把灰扬上去。

　　他们从早上八点一直干到晚上十点，连中午饭都是在脚手架上吃的，厕所都没顾上去。他心里想着，别因为自己这一道工序耽误了进度，一直铆着劲儿，丝毫不敢懈怠，并没觉得多累，反而干得有些兴起。回家的路上，凉爽的夜风吹去一身的疲劳，他骑得很轻快。他算计着这一天的工钱，差不多是平时两天的。想想再有几天就要开工资了，他干了半个月，挣了该有一百块钱了吧，这对他来说可是一笔大数目。

十六

  这天晚上，下班收工的时候，一个大工叫住了赵永生。他是工地上那帮人的头儿，人们都管他叫三叔。他满脸横肉，敞着的胸膛晒得黝黑，干活儿麻利，说话也凶狠，平常总是吆吆喝喝，撵着那些懒散的人抓紧干活儿，顶得上半个带班的。

  "你是哪个村的？"

  "新庄的。"

  "你爸是赵老二吧，那天送你来的那个？"

  "是。"

  "赵老二这个王八蛋，我看着就像是他，见了面连句话也不说。他还欠着我一个大人情呢，他那条命还是我给捡回来的。那年他服毒住院，我们俩住在一个病房，他不吃不喝，寻死觅活的，要不是我开导他，他还想不开呢。回去告诉你爸，就说我骂他呢。他能活到现在，还不得好好感谢我。"

  这话虽然听着别扭，但赵永生知道多半真有其事。他们说话糙，爱争功，他也并不在意；但是，那人提起头来却没完没了：

  "要说起这个赵老二，那是真够窝囊的，挺大一老爷们儿，让人

骑着脖子拉屎，八棒槌砸不出个响屁来。房子让人拆了，宅基地让人占了，老婆孩子也让人打了，明明有理的事也打不赢官司，实在没咒念了就服毒，要死要活的，孩子老婆都扔下不管，这哪还像个老爷们儿！"

正是收工的时候，一帮人围着他，他的嗓门又大，整个工地的人都听见他在那儿嚷嚷。赵永生觉得一下子在人前矮了半截儿，他家的那些事都被抖搂了出来。他像是被人贴上了标签，走到哪儿都甩不掉。

"怎么跟个老娘儿们似的，拿着别人家的事在这闲扯……"

"小兔崽子，你们家的事咋就不能说？看看你爹那个熊样，没个出息，架子倒不小，见谁也不会说个话，跟个死面蛋子似的。可惜了那副好身坯，五大三粗人模人样的，却是脓包一个。他也就是仗着命好，捧着个铁饭碗，要不然要饭吃都要不来。还不如把那饭碗给别人呢，换了谁小日子还不肥得流油……"

他并不理会赵永生，反而说到了兴头上。

赵永生觉得怒火上涌。虽然他说得没错，但这话怎么听也不是好话，何况又当着这么多人，无异于侮辱。

"你又算什么出息，不就是个大工嘛，有什么可神气的，活得也不比谁金贵。"

他冲口而出，声音也抬高了一截儿。他也想像他们一样，说些更解恨的粗话，却说不出口。

那个大工也恼了，脸一下子拉了下来，转过身瞪着他。人们都看过来，见赵永生满脸通红，梗着脖子站在那里。

"也是个夯货，四六不懂，没头没脑的瞎犟。要不是冲着跟你爸有点儿交情，非给你两下子，让你他妈的也长点儿眼色，学机灵点儿。"

赵永生看着他那黑里透红的脸膛、青筋突出的胳膊，手里还拿着一把瓦刀，指点着他。他一巴掌就能把自己打倒，身后还有几个人正虎视眈眈地盯着他。

他并没有上前动手，骂骂咧咧地走了。赵永生没再还嘴，真要惹恼了他，只会干吃亏。赵永生想那人说不定真跟爸爸有些交情，只是说话粗鲁；也许是自己不懂事，说话太冲，没个分寸。那人要是不给自己留情面，真打自己几下子，也只能挨着。

赵永生走到水管跟前，准备洗手回家，这时一个人叫住了他：

"哎，你，去把剩下的那堆水泥兑上石灰再和一遍，和好了再走。"

赵永生看了看那堆剩下的灰，并没有多少。每天工地上剩下和好的水泥，都要兑上石灰和好，这样就不会结块浪费了；但那都是和灰人的活儿，而且支使他的人也并不是带班的。

那人正斜着眼睛看着他，粗声恶气。他和那个大工是一个村的，显然是为了刚才的事来找碴儿的。要是在平常，赵永生顺手也就干了，但现在他却不能就这么认了尿包。他只当没听见，洗了手准备收拾东西。

"小子，说你呢，耳朵聋了？赶紧把活儿干了，麻利点儿。"

"那不是我的事，你找和灰的干吧。"

和灰的也是他们一个村的，正站在边上，就等他这句话，一步蹿过来，指着他的鼻子：

"兔崽子，让你干你就痛痛快快干，哪那么多废话！"

"你又不是带班的，凭什么你让干我就干？"

赵永生嘴上并不示弱。

"这个工地上老子就是老大，在这儿我说了算。就你这个样还敢不服气？我看你是欠修理。"

这时又有一个人过来，推了赵永生一把：

"赶紧去，别给脸不要脸，非等挨顿打你再干。"

赵永生本能地抓住了那个人的手：

"你别动手啊，有理讲理，你别打人。"

"我打你怎么了，就你这个猴崽子，打你还不跟玩儿一样。信不信我提起来一把摔死你！"

那个人反手抓住赵永生的手腕一甩，赵永生一个趔趄坐在地上。他一骨碌爬起来，双手握拳，拉开了架势。他从没有跟人打过架，只是出于本能。他的样子有些可笑，一看就是个没打过架的。

"你小子还想比画两下？我打你一顿都怕人说我欺负你。你到底干不干？敢说一个不字，我一铁锹削死你，就事就埋这儿，连个信儿都没人给你报。"

赵永生觉得那个人不只是吓唬人。工地上没有人向着他，甚至没人认识他。一群人围着他，一动起手来，七手八脚，打死他也不知道是谁打的。

带班的站在工棚门口，漠不关心地看了一会儿，又钻进工棚里了。这片工地孤零零的，四周都是庄稼地，再往里是山，随便找个地方就能把他埋了。

赵永生想就这样死在这里有些太冤枉了。他没说话，也没有动地方，他宁可挨一顿打，也不会去干的。

一个人上来揪住了赵永生的衣领子，把他抵到了砖垛上：

"我看你就是欠揍。也不看看这工地上哪有你说话的地方？你也敢出来叫板！"

有人在边上加油点火：

"别跟他废话，先给他两巴掌，教训教训他，让他不知道深浅。"

几个人附和着，围了过来，有人推搡他，有人隔着就要踹他。破鼓万人捶，这个时候人人都想表现一下。也说不定他们早就对赵永生看不顺眼了，他一看就是个异类，不会打牌骂人，不会偷奸耍滑，独来独往。

他觉得这么多人围着打他，显得有些小题大做了，随便出来一个人都能把他打趴下。他的手碰到了一块砖，悄悄地握在手里，抡起来就可以打破眼前这个人的头。他看见旁边扔着一堆钢管铁锹，心里一阵慌乱。他不知道这个时候是该拼命还是该低头。如果是李铁，肯定出手了。李铁也是又臭又硬，走哪儿都是惹祸上身。他想如果是王功，一定能说点儿什么，把话拿回来，自己圆了场。当然王功也不会弄到这种地步。

"小兔崽子，赶紧把活儿干了，干不完让你吃不了兜着走！"

"以后别他妈的充大，长点儿眼色，再不老实一天收拾你一回，让你跪地上求饶。"

或许他们以为赵永生是吓傻了，或者是觉得打他一顿也没什么劲，便放开了他，骂骂咧咧地走了。那些等着看热闹的人也都散了，见没有打起来，不免有些扫兴。

赵永生却并没有觉得害怕，他的思维胡乱地跳跃着，怔怔地看着周围的一张张脸，显得那么遥远，那么空洞。他们吵吵嚷嚷，跃跃欲试，就像是某个电影里的情形，似曾相识，却又想不起来。

他最终也没有把那灰和了，等他们走了，他也就回了家。当天夜里下了一场雨，工地被冲成了烂泥塘，第二天也没有人再来问。

第二天，他带了一把小号的三棱刮刀，那是爸爸厂里制皮革用的，他用布裹上，别在腰带上，虽然有些碍事，但心里踏实了许多。一连几天，他一直随身带着，并不在乎有人看见。或许是那把三棱刮

155

刀起了作用，以后倒也没人再来找他的麻烦。

赵永生很快就把这事忘了。他有自己的精神胜利法，在那片工地上他只不过是个过客，不会像他们一样干一辈子小工，那些人他可能永远也不会再打交道。

他喜欢陌生的地方，害怕在一个地方待得久了，他所有的缺点都会暴露。他也会犯很多错误，总是对自己不满意，当无力改变的时候，总是希望换个新的陌生的环境，可以慢慢地品味过去，放下包袱，从头再来。

暑假过后，赵永生的脸膛晒得黑红，身体也壮实了许多。再回到学校，他感到一切都变得容易多了。比起做小工来，他只是坐在教室里听课学习，不用风吹日晒雨淋，是多么轻松的事。他也不害怕早起，每天早早起来，到山坡上转一圈，背一段书，神清气爽地去上学。

他在心中无数次地设想与陈露重逢的那一刻，或相视一笑，一如以前一样默契；或相对而坐，互诉衷肠。这一个月里，他疯狂地想她，毫无节制，无所顾忌，现在反倒平静了。思念就像是弹簧一样，越压抑越强烈，你放任它的时候，反而没有那么不可遏制。他相信他已经战胜了自己，当再次面对陈露的时候，一定能做到心如止水。他希望自己能忘掉她，或者至少能平静地面对她。

走进教室里的时候，他有一种冲动，很想看陈露一眼。他急切地想知道，她变了没有，胖了还是瘦了，头发又剪短了吗，是否还带着那神秘迷人的微笑。他也想让陈露看到他的变化，想知道她是否也在惦记着他。

赵永生望向那个熟悉的位置，陈露也正看着他。他感觉到心里一阵狂跳，却仍然没有勇气和她对视，只是慌乱的一眼，就低下了头。

只这一眼，让他所有的努力都化为乌有。她的美丽，超凡脱俗的美丽，让他震撼。但是她的眼睛里为什么有些忧郁，她那温暖的笑容哪里去了？他想知道她是否知道自己对她的爱恋和思念，是不是也像自己一样饱受着思念的煎熬？他想告诉她，他所经历的一切痛苦和欢乐，都因为她而有了意义，他愿意为她付出一切。他多希望自己能在她的身边，给她安慰，支持她。可转念又觉得自己是癞蛤蟆想吃天鹅肉，他拿什么安慰她，他又有哪一点能配得上她？

那些在他心中回旋了千遍万遍的问题，一下子又都回来了。他仿佛掉进了万丈深渊，丝毫没有抵抗之力。他的头脑完全被她占据，比以前更痛苦煎熬，再也挣扎不出来了。

开学不久，他们分了文、理科班。赵永生去了理科班。他的理科成绩并不好，但在镇高中，只有文科和理科两个班，理科班配的是最好的老师，也都是学习好的学生，每年还能勉强考上一两个，虽然大多是复读生；但文科班却几乎没有人考上过。

同时，他也想离陈露远一些，不在一个班或许会好些。各科都开始总结复习，轮番考试做题，老师催得越来越紧了，课上课下地盯着，他也越来越着急，不能再胡思乱想了。

但他并没有因为陈露不在眼前而停止想她，她早已经扎根在他的脑子里了。他仍然浑浑噩噩，沉浸在回忆和想象之中，那日渐紧张的气氛也没能让他振奋起来。

他也感觉越来越吃力。数学他以前还能勉强跟上，进入综合复习才发现自己的基础太差，根本不知道从哪儿入手。化学和物理也一下子提高了难度，尤其是物理，虽然只有几个简单的定理公式，却似乎能生出无穷的变化来。只这几科，就算他拼尽全力，也难赶得上。他本来选择理科就是随大流，现在开始有些犹豫了。

妈妈也一直希望他念文科。在她看来，念理科出来多半是当个

工人，只有念文科将来才有可能当官，才算真正有出息。但她不敢替赵永生做主，只是忍不住每天跟他念叨几遍。他却不敢寄希望于那些所谓神明的暗示，下不了决心。文科不好考是明摆着的，就是在县一中，也是八个理科班、一个文科班，每年能考上的也没几个。而且他在理科班已经上了一个多月，现在去文科班明摆着承认跟不上了。

他拿不定主意，定不下心来，再加上对陈露的思念，让他精神恍惚。看着别人紧张地学习，他心急如焚，却毫无办法。

星期天补课，一天都是数学课，做题考试讲解，让人焦头烂额。即使在考试的时候，赵永生也不能集中精神，每道题目要看几遍才明白是什么意思，自然是考得一塌糊涂。讲题的时候他也一直在发呆，老师喊了三遍才把他从幻想中惊醒。老师暴跳如雷，骂了他大半节课，还把他撵出了教室，让他清醒了再进来。

他站在教室外面，看着晴朗的天空和明晃晃的太阳。很久以来，他都无心顾及周围的一切，只是沉浸在自己的内心世界里，现在才觉得这蓝天和阳光是这么美好。高三年级，已经很少有人被罚站了，他站在外面也格外显眼。他想起初中的时候，他也常常被罚站，只是故意捣乱引人注意，而现在，他拼命想集中精神学习却不能。他也没有了那时候那旺盛的精力和那淡定的心态。

站在这里，他才感觉到时间在一分一秒地流逝，就像生命逝去一样，让他恐慌。他已经没有多少时间可以浪费了，满打满算，也已不足十个月，就算他不眠不休，一刻也不耽搁，也不够用。

教室里除了他的座位是空的，大家都在忙着听课做题，没有人在意他。他的起落沉浮、喜怒哀乐、爱恨与挣扎，都显得微不足道。他却还沉湎于虚幻的爱情，为了面子，纠结于文科和理科。

赵永生觉得豁然开朗了。放下了心里的包袱，他也该静下心来仔细想想了。也许他确实不是学理科的料，承认自己笨也算不得什么丢脸的事，而且到文科他也知道该干些什么，该从哪儿入手。

打定了主意，他恨不得马上转到文科，开始新的学习。下了课他就去找文科的班主任，收拾东西就搬了过去。班里没有多余的座位，他只找到了一张桌子，却没有椅子，就站着上了几天课。他毫不在意，甚至喜欢站着上课，那样更清醒，更能集中精神。

妈妈也很高兴，她相信这是冥冥中注定的，一步一步地朝着她预想中的目标发展。

赵永生来得晚，坐在了后面。文科班人少，陈露似乎是无处不在，她的一举一动他都看在眼里，每一次不经意的目光接触，都让他耳热心跳，他也常常因为陈露无意的举动而浮想联翩，甚至莫名其妙地妒火中烧。他努力想把她从脑子里赶走，全身心地投入学习，却越是着急越静不下心来。他陷入了嫉妒焦躁之中，那比以前一个人默默地思念和想象更折磨人。

他索性一个人搬到了正中间的第一排，正坐在老师的眼皮底下。上课，他目不转睛地盯着黑板，手里拿着笔不停地写着，强迫自己的思绪集中起来。但这一切仍然是徒劳。他的思绪刚被拉回来，还没意识到，却又跑到了陈露那里，那些意识都是支离破碎的，拼不起来，他仍然像是灵魂出窍一样，只留下一个空壳在那里。

他给李铁写了一封信。李铁考上了中专，到邻县去上学了。上高中那一年他一直自己复习初中的课程，就连赵永生也不知道。他偷偷报名参加了中考，考上了市里的财经学校。那是中专里最热门的学校，他考了这么多年，费尽周折，一直没有放弃，总算等到了这一天。

但是李铁走的时候也并不是一帆风顺。那些比他分数低的都收到

了录取通知书，他却迟迟等不来。他四处打听，去了几次教委都找不到，最后托人找关系，眼看就要开学了才找到，据说竟然是被人锁在抽屉里忘记了。幸亏他的分数很高，他也一直在找录取通知书，否则不定是谁顶了他的名去上学了。

那几百块钱的学费对李铁家来说也是笔大数目，大部分都是李铁自己借来的，他走的时候，只带了一个月的生活费。赵永生妈妈给了李铁五十块钱，她向来钦佩考上学有出息的，何况她总觉得是李铁把赵永生带上了正路，一直心存感激。

李铁办好户口迁出手续，就跑来找赵永生。他显得异常兴奋，手里还拿着户口迁出的证明。有了它，李铁就是商品粮了，是国家的人了，以后就跳出了这片土地，那是多少人梦寐以求的。整个晚上，李铁滔滔不绝，一改往日的沉默寡言，仿佛把那积攒了几年的话都说尽了。他憧憬着美好的大学生活，多姿多彩，无忧无虑，不用再受复读的煎熬了。他甚至开始想着毕业以后的事，会被分配到什么地方，做什么样的工作都打听过了。

开学不久李铁就来了信，说一些学校里的见闻，那对赵永生来说是那么新鲜，那是完全不同的世界，不一样的生活。他也给李铁回过一封信，却不记得说了些什么。现在，他觉得自己已经被逼到了绝路，他要找人吐露那折磨人的相思之苦；更重要的是，他必须找到办法，只有李铁才能告诉他该怎么办。

李铁很快回了信：

赵永生：

其实我早就看出来你爱上了她，也一直想跟你说这件事，只是没有机会。

她是一个很好的女孩儿，我能理解你现在的感受。爱情是美好的，很容易让人陶醉，但是对我们来说，甜蜜的爱情却只能结出苦涩的果实。我也曾经历过这些，所以可以以一个朋友的身份给你一些忠告。

　　如果你是真的爱她，就把她珍藏在心底吧。爱情是那么美好，不要随便就毁了她。她不但需要你全身心地投入，更要有能力去爱才行，要能给你爱的人幸福。我们现在都还没有资格去谈情说爱，连我也没有；虽然我考上了学，但我依然是一无所有。

　　以前，我也曾经像你一样深深地爱着一个人，也曾经付出过很多，但那注定是不会有结果的。我从不后悔爱过她，那些曾经荒废的时光也是我一生最快乐的时光。但是你现在没有多少时间可以挥霍，也没有别的路可选择，相信你也明白这个道理。我们都一样，不适合在那种环境里生存，只有离开那里才能活得更好，而上学是唯一的出路。你最好的机会就在明年高考，不要寄希望于复读，复读的滋味很不好受，最好不要去尝试。

　　我知道你现在的心情，欲罢不能，但是你必须尽快做出了断，否则你的前途就完了，考不上学，你什么都不是，什么都没有。现在，你有两条路，一是尽力忘掉她。但是忘了一个人并不容易，就是想把她放在心里，不再想她也很难，我也不一定能做到，相信你肯定也已经尽力了。第二个办法，也是最利落的办法，就是去找她，立刻就去找她，告诉她你的感受，把一切都告诉她。只有把事情都挑明了，你才能彻底解脱，不会再沉迷幻想。不管结果如何，你都要把她深埋在心底，直到有能力娶她的那一天为止。

　　如果你没有勇气，我可以替你写信给她；但最好的办法还是

> 你自己亲口告诉她，亲耳听到她的话，这样你才能不留任何幻想。

赵永生迫不及待地看完了信，顾不得老师就在他面前的讲台上。那是他最后一根救命稻草。信里通篇的爱字，看得他耳热心跳。李铁的道理虽然简单，他却一直理不清。虽然他饱受煎熬，却从来没有想过要去告诉陈露，他总觉得想念一个人是自己的事，早已习惯了一个人默默享受其中的苦乐。虽然他多么希望陈露能知道他对她的思念，告诉她他所有的一切都是为了她，为她痴迷，为她发狂，为她受了那么多责骂，却又害怕陈露真的知道了，她那平静的生活也就没有了。

但李铁的话点醒了他，他苦苦挣扎了这么长时间，却越陷越深，沉湎于幻想之中不能自拔，现在已经没有退路了。一直以来他不敢面对现实，但他又有什么可怕的？他自始至终不过是单相思，从未得到过什么，又有什么害怕失去的？何况他最怕的不是失恋，他已经没有时间顾及失恋了，只求赶快解脱出来。

他感觉轻松了许多。是啊，这么长时间以来，他对着空虚的幻想患得患失，实在是有些可笑。不知道陈露对他是什么感觉，或许那自始至终只是他一厢情愿。他更应该希望这一切只不过是他的痴心妄想，他在陈露的眼里一文不值，甚至亲耳听见陈露把他臭骂一顿，让他彻底断了这个念头。

打定了主意，他立刻就写。他当然不能让李铁代写，那些热切的字眼儿，恐怕让人难以接受。

但这并不是一封好写的信，首先在称呼上就费了半天力气。受李铁的感染，他也有一种冲动，很想叫声"亲爱的陈露"，但是反复再三，还是说不出口。他压抑着向她倾诉的冲动，尽量轻描淡写，把那半年的相思之苦化成寥寥几笔。他说了自己的家庭，没有丝毫隐瞒，他家又穷又破，而且挨欺负，妈妈侉了，精神有问题，家里那令人窒息、濒临绝望的气氛，以及妈妈对他的期望。最后犹豫再三，他还是告诉陈露，他所有的努力都是为了她，他要让陈露为他而骄傲，她让陈露等着他，等他考上学的那一天，他一定会去找她。

写完了信，他觉得像是放下了一个沉重的包袱，轻快了许多。这是他的第一封情书，却是为了忘记而写，没有甜言蜜语、海誓山盟，反而有些悲壮的色彩。

信写好了，怎么送到还是个问题。他想寄出去，但那要等上好几天，而且也无法确定陈露到底能不能收到，心里还是踏实不下来。索性就当面交给她。这也需要很大的勇气，如果李铁在还能帮忙，现在只能靠自己了。

他坐立不安地挨到了放学，一直没有和陈露单独碰面的机会。眼看着陈露就要走出校门，他只能硬着头皮追上去，当着几个人的面把信交给她。离开的时候，他感到脚下无比地轻快，那一年的思念、痛苦和煎熬，连同他的爱和希望，都随着那封信一起送出去了。他并不在意陈露的答案，是同情还是嘲笑，或许还有爱，都已经不重要了，从此以后，这一切都会被埋藏在心底。

但他又隐隐有些内疚，把这样一个难题甩给了陈露，那是一个沉重的包袱。他在心里暗暗发誓，他会加倍努力，不会让陈露失望，要让她为自己感到骄傲。

第二天，赵永生终于能踏踏实实地听课学习了。虽然也偶尔想起陈露，心里却没有一点儿波澜，仿佛那只是一个遥远的梦。他甚至可以坦然地面对她，直视她的眼睛，不像以前那样慌乱。

晚上放学，陈露在门口叫住了他。这是他意料之中的，他们总得有个交代，虽然他已经没有什么期待。这么长时间以来，这是他第一

次这么近地面对陈露，还是有些抑制不住的慌乱，但他终于可以面对她了。她的脸上没有了往日的优雅，显得心事重重，让他觉得心疼和不安。

陈露拿出一个信封，递给了赵永生，正是他写给陈露的那封信。他有些难过，他的心底还是抱着一丝幻想。他装作不在意，等着陈露开口，说出什么难听的话来；但陈露仍然是未开口先见笑容，让人觉得温暖而平静：

"我看了你写的信，我都被你感动了。你把我说得太好了，我觉得那都不是我了。其实，我跟你一样，也很普通，我长得不漂亮，脾气不好，学习也不好……以前真不知道你家里发生了那么多事，你背着那么沉重的负担，一定很不容易。我觉得你也很了不起，你是家里的希望，可一定要努力呀，我相信你一定能成功的。我能理解你对我的感觉，真的能理解，其实我觉得你也很不错，那么优秀，学习好，有志气。只不过我们都还小，还是学生呢，不懂得这些事。我们现在就应该好好学习，你要相信自己，将来一定能考上的。你那么好的成绩，千万不要荒废了。我们可以做朋友，我一定会支持你的。"

赵永生觉得喉咙发紧，眼睛发热，眼泪快要流下来了，想说些什么，却一句话也说不出来。陈露真诚地望着他。他努力地记住这张脸，这双眼睛，再把她藏到心底最隐蔽的地方。

他觉得自己像是一个即将赶赴疆场的战士，和心爱的人进行生死诀别。他感激她的善解人意，她的安慰和支持，他相信她也爱着自己。他要为她而努力奋斗，让她因为他而骄傲。

"从现在开始，我们就是好朋友了，以后你要是有什么话，可以跟我说，可以给我写信，也可以当面找我……你的信能给我吗？我要把它保存起来。其实这应该是我的信了。我本想给你回一封信的，又怕说不清楚，不如当面说出来更放心。你要相信我的话，努力学习，你一定会成功的。"

他看着陈露走远了，心中充满感激。他终于可以让泪水倾泻而出，那泪水中有辛酸，有委屈，也有幸福、悲壮和豪迈。所有的负担都被泪水冲刷掉了，他可以轻装上阵了。他泪眼模糊地看着路边走过的人们，这一切都将为他作证，他一定要出人头地，才对得起他心爱的人。

第二天，他把座位搬到了最后一排，最边上的角落。那是那些混日子的学生待的地方。陈露用探询的目光看了他几次，她一定以为他是破罐子破摔了。但他早已做好了打算，在这清静的角落里，他要卧薪尝胆，发愤用功。

十七

爷爷死了,得的是食管癌。食管癌俗称噎食,是个受罪的病,吃不下东西,到后来连水都咽不下去。得了噎食的也常被人骂是缺德缺的,就像骂人绝户、外丧一样。爷爷做了手术,在炕上躺了大半年,靠输液活着,临死前瘦得都脱了形。

爷爷病重的那段时间,常常打发人来叫赵永生一家过去,陪着说说话,留下吃顿饭。他躺在炕上,瘦骨嶙峋,说话也有气无力,却显得有几分慈祥。看着眼前这个须发皆白、身虚体弱的老人,赵永生却觉得亲近不起来,甚至不觉得可怜。

都说隔辈亲,不管上辈人有什么矛盾,哪怕打得不可开交,祖孙却是割舍不断的。别人家的孩子,爹妈不疼还有爷爷奶奶,很多孩子都是爷爷奶奶看大的。赵永生却从没享受过爷爷奶奶的疼爱。从小父母就顾不上他,他像个野孩子一样,没人管没人问,饿了自己找吃的,回到家家里没人就在房檐下睡着了。

爷爷脾气好,会讲故事,常有一帮小孩围着他。他却从没在爷爷跟前撒过娇,只是远远地看着一群孩子缠着爷爷讲故事,跟他闹成一团。他宁可顶着日头在马路上拣冰棍签、牙膏皮换冰棍吃,也不敢到爷爷面前去讨两分钱。那个整天被一群孩子围着的面目慈祥的老头儿，似乎不是他的爷爷，甚至比陌生人更让他害怕。而奶奶更是从来没有给过他好脸色，她那张长脸上从来没有过笑模样，甚至没有正眼看过他一眼；小时候如果奶奶在场，他甚至连饭都不敢吃。

难怪爸爸在爷爷奶奶面前会落下了毛病，他们那阴沉的脸实在让人心悸。对于自己的亲生父母，爸爸却怕到了骨子里，甚至比对赵万恶更害怕，从不敢在他们面前大声说话，一提起他们就蔫，一看见就吐。

他们对于赵永生不但不怜惜，反而视为眼中钉、肉中刺。他生下来七天，奶奶抠掉了他的脐带，他得了脐风，瞪着眼睛哭了三天三夜，差点儿送了命。他三岁的时候，奶奶在他的饭里拌上生盐喂他，他就像一个小老头儿一样，几年里嗓子总是呼噜呼噜的，一直病恹恹的。五岁那年，爷爷领他下地，让他去拽牛尾巴，他被牛一脚踢在胸口上，一口气背过去，半天才醒过来，半年多不敢跑不敢跳，甚至连大气都不敢喘。打小时候起，父母就叮嘱赵永生要提防着爷爷奶奶，离他们远点儿，但家长里短的事，却又躲不开。也是赵永生命大，但打下了身体瘦弱的底子。

如果不是四分五裂，他们这一家也应该是个和睦的大家庭。爷爷最后的这段时间，一家人又暂时被拢在了一起。大爷、叔叔、哥哥都是善谈笑的，虽然家里有病人，却仍然是欢声笑语。爸爸虽然默不作声，但看得出来，一家人和和气气地相处，也是他梦寐以求的。

赵永生从来没有体验过大家庭的温暖。他一直羡慕李铁家人多热闹；也喜欢王功家，他的父母嗓门大，整天吵吵嚷嚷却并不生气。他最不愿意回自己的家，害怕那冷冷清清的气氛。在爷爷家里，虽然大家各怀心事，但这种气氛还是让他找到了一家人的感觉。这些天，他常来看爷爷，有时候不来爷爷还会念叨。开始他并不愿意，他每天

晚上放学回来连饭都顾不上吃就得看书学习，而在爷爷那里一待大半个晚上就过去了。但妈妈说爷爷是一个快要死的人了，不管是良心发现，还是为了死的时候眼前子孙齐全，他们就当是积德行善，让他走得安稳些。

爷爷终究是得了不治之症。有一天，已经好几天神智不怎么清醒的爷爷忽然显得精神了起来。他让人扶起他靠着枕头坐好，还抿了两口米汤。

爷爷挨个看着屋里的人，眼睛停在了赵永生身上。他示意赵永生过去，坐在他的面前，他拉住了赵永生的手；那双手瘦得只剩下了骨头，虚弱无力，却是温暖的。屋里人都不说话，看着他们两个。

"永生，爷爷这辈子对不起你，你长这么大不容易，没沾过我们什么光，吃了不少的苦……"

"看你这话说的，是不是老糊涂了。儿孙自有儿孙福，孩子们一来二去就长大了，谁家的孩子没受过苦啊！再说，咱家就这条件，比不上那家财万贯的，你跟前好几个孙子孙女呢，又有哪个沾上你什么光了？"

爷爷刚开了个头，就被大娘把话接了过去。她人长得胖，走路干活儿都赶不上去，嘴却很利落，丝毫不让人，一下子把爷爷的话堵回去了。爷爷撩眼皮看了她一眼，没说什么。他也无力争辩，停了一会儿，接着对赵永生说：

"你爸这一辈子也吃了不少的苦，但他是我儿子，我怎么对他他也得受着。到了你们这一辈上，我心里总觉得愧疚得慌。这以后就全靠你自己了，咱们这一家子，只有你一个还在念书了；你要好好念，将来有了出息，也给咱们这一家人争口气。我死了以后，棺材里要带上本书，保佑着咱们家也能出个读书人。"

爷爷说话很吃力，声音沙哑，断断续续，却很清楚。

赵永生心想，他念书可不是为了什么光宗耀祖，为这一家人争气，而且他们也不会以他为荣。果然，爷爷话一出口，就惹下了一屋子人。首先是大爷一家，哥哥和姐姐早就不上学了，这话无疑是嫌他家的孩子没出息、不争气。叔叔现在还打着光棍儿，但也盼着将来有孩子光宗耀祖。叔叔沉着脸上前来：

"你看你，刚要好点儿就不好好待着，赶紧躺下歇着吧！自己都是多活一天算一天了，还瞎操什么心。他们再有出息你也享受不着了。"

"快让他爷爷早点儿歇着吧，一天全靠输那么两瓶葡萄糖，能有多少力气，真要病重了没人心疼你，还不是得我们端屎端尿地侍候着。"

大娘就开始往外撵人。大爷一家都走了，叔叔也出去了，赵永生一家也只好离开了。妈妈很失望，这些天来她一直期待着，想从爷爷嘴里听到哪怕是一句对不起他们的话。她背了这么多年的坏名声，不孝顺、不讲理、好吃懒做、不懂人情、吃里爬外，这些都是从爷爷奶奶这里传出去的，也只有他们才能给她正名。这次眼看爷爷就要说出来了，却被他们拦住了。这也许是爷爷最后的几句话了，他那一阵的清醒，只不过是临死前的回光返照。

果然，早上天还没亮，就有人来报丧，说爷爷死了。他是夜里死的，没有人在跟前，不知道确切是几点，等发现的时候人已经硬了。爸爸后悔得直咬牙，他也看出爷爷不大对劲，本想留下，却被撵了出来；而爷爷却连最后的话都没能说完。

爷爷的下葬也很匆忙。他是农历十三死的，按照习俗，初一、十五不能下葬，而家里停尸又不能超过三天，所以第二天就给埋了。主事的是赵万恶的爸爸，赵永生家不是长子长孙，连说话的地方都没有。

赵永生并不关心那些礼节仪式，看着那些人像演戏一样哭天喊

地，他只是觉得可笑。一直到下葬，他都没有掉一滴眼泪。妈妈劝他，死者为大，人都死了，恩怨也了了，不用再记恨了。但他并不是记恨，他不哭，更不想演戏，他披麻戴孝，跪在那里谢客，却不能装出一副痛不欲生、哭天抢地的样子。

爷爷一死，这一家人更加分崩离析了。他临死前说要带几本书进棺材，这是他说出来的唯一的心愿，却没能实现。大爷说"书"和"输"同音，以后世代都翻不过身来，坚决不让放。赵永生就要高考了，妈妈本来想图个好兆头，现在也落了空。好在妈妈倒也不计较，她也没指望他能沾祖上多少光，何况她早已另起了坟地，将来不再入赵家祖坟了。

爷爷死后，奶奶还是跟着叔叔一起过。叔叔盖了新房，老院留给了大爷一家。至此，爷爷奶奶的家当已经被彻底分光了。赵永生家什么也没有得到，反倒分得了爷爷治病发丧留下来的一大笔饥荒。妈妈不干，家产没分到也就算了，反倒分到了一笔外债，更何况那笔钱是个糊涂账，没个准数。她家产可以不要，饥荒可以承担，只想要个说法，给她个名分。主持分家的是赵万恶的爸爸，自然公平不到哪儿去，反而四处说他们蛮不讲理胡搅蛮缠。

那些饥荒既已分给他们，就是他家的了，以后债主就直接找上他家的门了。妈妈推不开面子，也只是跟人念叨念叨，钱还是得照还的。

赵永生坐在角落里很自在。那些人并不难相处，他们上课或是闷头睡觉，或者玩一些无聊的把戏，弹纸球，叠飞机，或者猫在那里挨个给人起外号。那几个看着愣头愣脑的，也并不是动不动就抡拳头，相处熟了倒也随和。周围的纷繁嘈杂并不影响他，他自己看书，累了就趴在桌上睡上一会儿，下了课和他们嬉笑一阵，远比前排那沉闷压抑的气氛轻松得多。老师看他不求上进，也不理会他，提问的时候也不再找他了。

他现在是孤注一掷。他不在乎老师和同学们怎么看，不管那三天两头的考试和测验，他有自己的计划，一切都是为了明年的高考。当别人都在紧张复习、准备全县模拟考试的时候，他却在看初中的数学课本。

最难的是数学，几乎是从头开始。他找出初中的课本，从课后习题开始做起。那些课后习题对他来说也并不容易，他常常是一晚上做不了几道题。他庆幸自己读了文科，他可以把绝大部分时间都花在数学上，其他的课程可以放一放了。

他的英语基础好，这还得感激英语老师当初把他逼出来。英语老师和他同村，按辈分，赵永生应该叫她姑姑。她曾经警告赵永生，要是敢在她的课上调皮捣蛋，丝毫不会给他留情面，连打带骂也说不定。她并不只是说说，真惹了她，只能是自讨没趣。而且，作为一个村的，他也觉得应该给老师撑点儿台面，尤其是英语，没什么人爱学，老师上课提问，常常是站起来一片，个个摇头，就算会也懒得张口。唯有赵永生，每次问到他他都得积极配合，就算真不会也总得应付下来，给老师个台阶下。所以别的课他可以走走神，不写作业，英语课上却总是战战兢兢，拼命地记单词、学语法、背课文，不敢有半点儿马虎，他的英语成绩也一直是最好的。

语文他从不担心，这得归功于他小时候看的那些闲书。从三年级开始他就看些老书，什么《西游记》《济公传》《杨家将》，似懂非懂，囫囵吞枣。后来是武侠小说、民间故事、五花八门的杂志，抓到什么看什么。他越看越入迷，不管上课下课、吃饭睡觉，还是下地干活儿、上学走路，手里都捧着本书。人们管这叫"看大书"，就像抽大烟一样，让人上瘾。他的学习成绩直线下降，变成了坏学生。父母一气之下把他搜罗来的一大箱的书都卖了破烂儿，为此，他还偷偷

哭了一场，跑到废品收购站去找他的书，但终究没有找回来。从那以后，他确实戒了"看大书"的瘾，但心却并没有收回来，反而连正经书也看不下去了。那些书虽然良莠不齐，却让他受益不少，语文他虽然并不怎么用心，却从没有扯过他的后腿。

政治课赵永生上得最认真，从不走神。老师讲得透彻，又有条理，只要认真听讲，课下也不用再花时间背了。历史是日积月累的功夫，除了上课听讲，可以每天早上起来背上几页。他把几乎所有的时间都用在了数学上，但是只这一门课，却让他吃尽了苦头，几乎崩溃。

天气越来越冷，晚上看书也越来越不方便了。天暖和的时候，赵永生自己在西屋看书。西屋常年不住人，炕也不好烧，一生火就四处冒烟，冬天屋里冷得像冰窖一样。他垫上厚厚的褥子，披上大衣，裹着被子，身体还是越缩越紧，没多一会儿就坚持不住了。但是跟父母在一个屋，他却塌不下心来。父母总在眼前晃来晃去，说些杂七杂八的事。这不比在学校，再吵闹他也可以置身事外，家里的事他不能无动于衷，免不了心烦意乱。而且白天的时间零散，只有晚上才能有时间系统地做数学题，却又常常被打断，不能集中精神，这让他越来越烦躁。

父母每天小心翼翼地看着他的脸色，说话也压着半个嗓子，唯恐打扰了他；但越是这样，他心里越是着急，更无法静下心来。看着父母在那儿诚惶诚恐，他却整晚空耗着时间，没有丝毫进展，那殷切的眼神让他无颜面对。

更让他难以忍受的是，自入冬以来，刘永媳妇和两个孩子成了他家的常客。每天天一擦黑，没等赵永生家吃完饭，他们就来了，风雨无阻。

刘永是今年秋上在小煤窑砸死的，撇下了她们娘儿仨。刘永两口子很恩爱，从来没红过脸，没拌过嘴。他们新盖的房子，刚搬进去时间不长，正张罗着挣钱还饥荒，刘永却突然出了事。刘永媳妇说她不敢待在家里，晚上一闭眼就看见刘永在屋里走来走去。有人说，是刘永死得不甘心，舍不下老婆孩子，离不开家，魂魄还在那儿守着。也有人劝刘永媳妇找个能捉鬼驱邪的，把刘永撵出去，免得日久生祸害，但她却下不了狠心，怕把刘永的魂魄拘起来。所以她只好每天晚上都出来，带着孩子四处串门儿。

家里有人新丧，又是年轻横死的，刘永媳妇走到哪儿都不招人待见。而且她一提起这些事来总是哭哭啼啼，惹人厌烦，遇到刻薄的人家就往外撵了。刘永媳妇串遍了大半个村子，渐渐无人收留。刘永死后，刘永媳妇也尝尽了人情冷暖，阅尽了人间百态。刘永的父母兄弟为了争夺刘永拿命换来的那点儿抚恤钱，和刘永媳妇打得不可开交，把他们新盖的房子占了，把娘几个撵回了老房子。他们想回娘家住，但娘家人也不容他们长住。她带着两个孩子，走到哪儿都是累赘，时间一长，脸也就越来越难看。

本来赵永生家与刘永家以前并没有什么深交往，只是她来串过两次门儿。妈妈不但不嫌恶，反而格外热情，陪着说话，陪着掉泪，夜深了还给他们做点儿吃的，再送到家，以后她便认准了这儿。

刘永媳妇常提起刘永离家走时的情形。刘永身子单薄，早就干够了下窑的活儿，每次去都发怵。但小煤窑挣钱多，再干上半年，家里的饥荒就还得差不多了。刘永本想趁着收秋的机会在家多待几天，但秋刚一收完，刘永媳妇就催着他赶回去上班。刘永紧赶慢赶才赶上了回班上的末班车，结果第二天就出了事，从窑里上来的时候滑了罐，十几个人都蹾到了坑底，再也没有上来。

每次提起这些，刘永媳妇都得哭上一场。妈妈本来就见不得人受苦受难，一提起来总是跟着唏嘘不已，陪着掉了不少眼泪。妈妈从来

• 173

熬不了夜，不管多打紧的事儿，吃完饭就得躺下睡觉，现在每天打着哈欠，流着眼泪，陪着熬到半夜，有时候坐在那里就睡着了。爸爸上班也要早起，常常和衣躺在炕角迷糊一阵，而且不管多晚，还要把他们送回家。

赵永生也觉得他们娘几个可怜，有家不能回，又无处可去。他们不是看不出脸色，要不是实在没办法，也不会这样悽悽惶惶地在别人家里挨着。要在平时他家里有人来串门，添些人气，但现在，他们一来，他一眼书都看不成。刘永媳妇的唠叨自不必说，而且时间长了说来说去总是那些事，只是为了消耗时间。她家的两个孩子也正是七八岁的年龄，没有一刻消停的时候。而且看这情形，他们不是一天两天，恐怕整个冬天就守在这儿了。

他就这样一晚上的熬着。他面前摆着书，却看不下去，有时蒙上头想睡一觉养养精神，却又睡不着。他着急、生气、烦躁，折腾一晚，就算等他们走了，仍然无法静下来。

看着他的脸色越来越难看，妈妈恐怕他会当着外人的面落了脸，总是背地里叮嘱他，人在难处不容易，不能给人脸色看。他虽然强忍着没有当面发作，每次刘永媳妇走了以后，他总得摔打一阵，把气撒出来。妈妈也觉得全家人这么熬着也不是办法，但那些伤人的话却无论如何也说不出口。

父母想让他住校。学校给那些高三年级学习好的同学腾出了小宿舍，两三个人一间，不但不收住宿费，还能给些伙食补助。但他不愿意住校。和陌生人同住一屋，就像是家里总有几个串门的，他仍然无法适应。学校十点就要熄灯，而他每天要学习到后半夜，那几个小时他既睡不着，又不能学习，不知道怎么熬过去。而且一天到晚被关在学校里，在那紧张的环境里，没有一点儿喘息的机会，现在每天来去的路上他还可以胡思乱想，放松一下。

赵永生下了最后通牒，三天之内把西面的小屋收拾出来，他要搬过去自己住。他已经拿定了主意，即使没有刘永媳妇一家来串门儿，他也必须找个清静的地方，只有西小屋最合适了。

西小屋是被乡里拆掉的那一间，前几年刚盖上的。那只是间大柴火棚子，没门没窗，里面堆满了柴火和乱七八糟的东西，屋里虫蚁很多，老鼠成群，根本不像个住人的地方。

但他只是要一个能睡觉、能看书的地方。开始妈妈坚决不同意，小屋门户不严，他一个人住不安全，而且屋子四面漏风，又容易失火闹灾。但这次赵永生动了真格的，他放下话，三天之后，不管收拾成什么样，他也要搬过去。

父母也知道没有别的办法。接下来的三天，爸爸把小屋里的柴火和杂物都收拾了出来，炕上铺了席，墙上糊了一层报纸，又用木条把窗子钉死，厚厚地糊了个严严实实，焊了个铁网栅当作屋门，看着像点儿样了。然后在屋里生起了火盆，日夜不停地烘了两天两夜。第三天，墙还没有干透，屋里还潮乎乎的，他还是搬了进去。

他端详着这片属于自己的地方。炕上铺了一领旧炕席，除了一卷铺盖和一张桌子，已经不剩多大地方了。地上生着一盆火，里面的劈柴噼啪作响，屋里弥漫着一股呛鼻的烟味，夹杂着木头的香味，烘得他脸上红通通的。墙角还摆放着供奉各路神明的供桌，灰碗里还有剩下的残香。他上了几炷香，默默地祷告了一番。他放了把三棱刮刀在枕头底下，用作防身和壮胆。

这个狭小的方寸之地成了他全部的世界。每天一放学，他就钻进小屋里，吃饭睡觉，看书学习，都是在这里。很少有人进这个屋，他也不欢迎别人闯进来。刘永家的孩子进来过两次，看他的脸色不对，

知趣地不再来了。开始父母每天睡觉前也过来看看，叮嘱两句，他也会不耐烦。

数学仍然让他绝望。他常常整个晚上盯着一道题，那寥寥几个字的题目，脑子里却是一片空白。他把灯放得很低，灯罩已经到了眼睛下面，靠着强烈灯光的刺激，才能集中起精神来。实在熬不过，就用凉水洗把脸。冬天的井水冰冷彻骨，最能提神，屋子又冷，手和耳朵最容易被冻伤，冷水洗过后，血流通畅了，才不会冻坏。

常常要等到后半夜，夜深人静了，他才能真正静下心来。他悄悄地溜出来，活动一下麻木的双腿，呼吸两口外面清冽的空气，在外面冻上一会儿，清爽一下，再回到那混合着霉味和烟味的污浊空气中，继续做他的数学题。

十八

  元旦的时候，赵永生收到了李铁寄来的贺卡，一张十六开的大幅明星照片，招来很多人羡慕的目光。看着那上面"新年快乐"几个字，他才觉得时间过得飞快，转眼半年就要过去了，而他仍然内心茫然不知所措。他还在那令人绝望的数学里挣扎，虽然已经做完了初中、高中全部的课后习题，再做新题时仍然不知如何下手；而别的科目放了半年也生疏了许多，落在了后面。学校已经有过两次模拟考试，他考得一塌糊涂。他安慰自己，等高考的时候见分晓，但那个目标却越来越渺茫。

  夜深了，他猫在小屋里，四周一片寂静。老鼠在屋里窜来窜去，毫不怕人。窗外风呼呼地刮着，院子里的猪不时发出两声哼哼，很快又挤在一起。他家猪吃的是半温不饱的刷锅水，没有像样的猪窝，夏天睡在泥水里，冬天就睡在墙根下，生了病不是打针吃药，而是掐掉一块耳朵，剁掉一截尾巴，放点儿血去去火，至于管不管用就听天由命了。

  猪满意地哼哼着，他很羡慕它们，饿了吃、饱了睡，没有烦心的事，不用考虑什么将来。而周围的人，不管是强者还是弱者，都安于

自己的位置，做着分内的事。他们想的是庄稼的收成、粮食的价钱，打点儿零工，做点儿小买卖，把日子过起来，他们的目标是可望可即的，干起来也有个盼头。

但是想想他家却看不到希望。那不只是穷，而是一种绝望，看不见前途和出路的绝望。

这两年，只要稍闲下来些，妈妈又开始往县里跑，去法院申诉，到土地局上访，也找县长反映过，每次都是满怀希望。但案子被他们推来推去，最终又落到乡里和村里，每次也总是希望落空。

妈妈曾寄希望于爸爸，逼他抛头露面，甚至让他去考律师，出人头地；但爸爸并不是那块料，家里的事他担当不起来。她也曾寄希望于小舅，想把他培养成才，但小舅也并没有如她所愿。小舅的日子过得不错，他所在的福利服装厂是个小厂，只有二十几号人，而且多数是残疾人，小舅是唯一的高中毕业生，算是高才生。他懂裁剪，干活儿也用心，下了半年车间，就被送去学习服装设计，回来后当上了车间主任，后来又当了技术组的组长，算是一帆风顺。

但比起妈妈的期望小舅还差得远，只不过是能自食其力，不用她再惦记了。他也总想对赵永生家尽份力，但也只能是救急不救穷；况且妈妈也从来不平白受人恩惠，即使是自己的亲兄弟也是如此。从小舅那里借的钱，她每笔都记得清楚，有了钱就慢慢还上。

妈妈每天烧香拜佛，但她心里也清楚，那些神仙不会突然显灵，一个晴天霹雳把那些恶人都除去。她唯一的希望，只有落在赵永生身上。

赵永生努力不去想自己拼命学习会不会有什么结果；能不能考得上，能考上哪里，那都是希望很渺茫的事。至于将来当个什么官，光宗耀祖，更是不可能的。他只能专注于眼前，每天算计着自己的进度和剩下的时间，觉得时间越来越紧迫，也越让他烦躁不安。每天他都熬到精疲力竭，眼睛实在睁不开了，才敢躺下。但他越想好好睡一觉，却越难以入睡。

夜深人静，他脑子里的那根弦依然紧绷着松弛不下来，对外面的声音也格外敏感，最细微的声音也能把他惊醒，反复几次，再难入睡。有时候爬起来硬撑着再看会儿书，也难以定下心来。他常常这样一晚上折腾几次，到天快亮了才迷迷糊糊地打个盹。气急的时候他恨不得把自己的脑子抠出来，狠狠地踩上两脚，才能解恨。

在那濒临崩溃的边缘，陈露成了他唯一的精神支撑。她一直在默默地支持着他，在黑暗中注视着他，那温暖的笑容、热切期盼的目光、温情的话语，萦绕在他身边。他回忆起他们过去的点点滴滴，还有那些压在心底的憧憬，但他不敢沉湎其中，放任自己的想象。他要为自己心爱的人拼搏，要成为她的英雄。他流着泪，像一个悲壮的英雄，找回勇气和力量，卸下包袱，继续前进。

寒假里补课，数学老师生了病，理科的老师代了两天的课。理科的老师带的班级的数学成绩每年高考都是全县第一，他也是全县最好的数学老师。那是赵永生听得最透彻的数学课。每讲一道题，他都把题的各种解法、同类型的题，还有相关的知识串讲一遍，把那些零散的知识连缀起来。这也正是赵永生迫切需要的。而文科的老师总是把他们当成笨学生，一道题掰开揉碎了讲，越是怕人听不明白，却是越讲越让人糊涂。

可惜理科的老师只代了两天课，但他发的复习题却让赵永生如获至宝。每份复习题都把同类的问题归到了一起，把不同的解法点了出来。他找理科的老师借了整套复习题，一套题做下来，他才觉得数学有了进步，再碰到题时不那么发慌了，就算不会也知道从哪里下手了。

李铁放假回来了。他像是变了一个人，口音变了，说话有点儿卷

舌，听着有些别扭。走在大街上，他不再躲躲闪闪，愿意往人多的地方去，跟人打招呼声音也提高了几度。他喜欢提起学校里的见闻，总有说不完的话。学校的礼堂食堂很气派，校服也比附近粮校和师范的校服洋气得多。他眉飞色舞地描述元旦晚会的情形，他和班上的女生还合唱了一首歌。他讲起班上的人操着各色口音，有的只隔了一道山梁，口音却差别很大，而且每个人都觉得自己的口音最标准，和收音机里的播音员说的一样，常常为此争得面红耳赤。

李铁终于熬出了头，学校生活那么多姿多彩，让人羡慕。但王功却不以为意，不时揶揄他少见多怪。这集体生活、各色人等，王功都已经见识过了，对他来说算不了什么。

王功早已不在市里干了。他在厂里搞对象，女方是市里的，家里不同意，把他从厂里赶了回来。但女孩儿却很坚决，铁了心非王功不嫁。王功的丈母娘又是吃药又是上吊，以死相威胁，甚至把她关了起来，也没有拆散他们。王功从市里领了个媳妇回来，这在村里也是件轰动的事。这穷乡僻壤的，村里的姑娘都想要往外嫁，王功家又穷得叮当响，娶媳妇都困难，现在却拐了个市里的媳妇回来。

人们把不花钱就到手的媳妇都说是拐来的，王功也很得意，那是夸他有本事。他媳妇长得虽说不上漂亮，照王功以前的标准差了些，却有着城里人的活泼大方，而且死心塌地地跟王功来到这穷山沟里过起了穷日子。他们住在刚刚盖起的厢房里，跟着爷爷、奶奶、父母、妹妹挤在一个院子里，虽然条件艰苦，却满怀热情地筹划着他们将来的日子。

王功想把麦田盖上大棚，种些错季的蔬菜，那些菜在市里能卖大价钱。虽然媳妇娘家和他闹翻了，互不来往，但终究是一家人，过了气头，他们还是得帮衬着王功过日子。有他们拉一把，他的日子就好过了。他还计划着开个小卖部，守着路边，好歹也能挣个零花钱。又想在河滩上挖坑养鱼。河滩上没人管，养草鱼省饲料，喂些青草就行。对他们来说，日子简单得多，只要努努力就能好起来。

张寒露现在没有时间跟他们在一起闲扯了。这两年兴起了铝合金装潢，他置办了一套工具，拉了几个人，成立了装潢队，竟也揽了不少活儿。虽然是冬天，快过年了，他仍然早出晚归，忙着赶活儿。他已经结了婚，生了孩子，坐在那里，自有一股威严，不是那个整天和他们在一起嘻哈打闹的张寒露了。李铁回来，他给了李铁二百块钱，算是对李铁上学的资助。这让王功有些不平，暗地里替李铁挑了他的理，说他不该像给小辈压岁钱那样施舍。

赵永生大多数时候都很沉默。听他们憧憬未来，算计着日子，那些都和他不相干。他的生活，他的希望，都在那间局促的小屋里。

快过年了，学校还在补课。刮了一夜的风，上午下开了雪，飘飘洒洒，地上铺了厚厚的一层。中午放学，赵永生本想在学校的食堂吃点儿，看雪下得小了，犹豫了一下，还是骑上车回了家。冬天中午的休息时间只有一个小时，那些走读的都在学校的食堂或者镇上的小饭馆吃点儿。赵永生每天坚持回去，虽然路远天冷，但在路上他可以换换脑子，透透气，下午上课更有精神。

出了镇子，风一下子刮得猛了起来。下雪的时候天气还温和，雪一停风势就起来了，风呼啸着刮过空旷的田野，卷起的雪粒扑在脸上像刀割一样，他虽穿着厚厚的棉衣却一下子就被打透了。风吹得他睁不开眼，抬不起头，他把头扭向南面，用袖子遮住脸，弓着身子，在风雪中艰难地行进。路面结了一层冰，有些滑，他一只手扶着车把，几次险些滑倒。

马路上空荡荡的，只有他一个人顶风冒雪往家赶。他想着家里

只有妈妈自己,他要是回去,还能生火做饭,妈妈也能吃上点儿热乎的;他要是不回去,妈妈就吃点儿冷饭,或者干脆饿肚子。他想着今天妈妈做的什么,烙饼、鸡蛋咸食,或者面条,都是他爱吃的。他觉得心里热乎乎的,家虽然破,却是个奔头,不管多远,都让他惦记着往回赶。

到家的时候,妈妈正在打扫房子。今天是腊月二十三,农历小年,是扫房的日子。屋里屋外都乱糟糟的,到处尘土飞扬。灶台也被罩上了。妈妈正干得灰头土脸,看见赵永生回来,立刻着了急:

"你怎么回来了?不是让你在学校吃,中午不用回来了吗?"

见他不吭声,妈妈更加着急:

"从早上起就一直飘着雪花,我问你好几遍,中午回不回来吃饭,你就是一句话不说,我说让你在学校里吃点儿,你还是不吭声。整天跟个闷嘴葫芦似的,谁知道你肚里闷的什么心思?你看看你,越来越像你爹了,好的不学,憋屈劲儿倒是随了他。"

赵永生想不起早上的情形,但妈妈说的大概不会错。他每天一回家就进了小屋,跟父母待不上一会儿,话也越来越少,常常是有来言无去语。妈妈以为他不回来,没有做饭,现在见他突然回来,才着了急。

但赵永生最听不得的就是说他随了爸爸的话。他打心眼儿里看不起爸爸,也害怕自己会变成爸爸那样。可怕的是,他越来越像爸爸了,害怕见人,木讷寡言,没有心计,爸爸的那些让人痛恨的毛病,都在他的身上印证着,他无力改变自己,每次妈妈提起,就像揭了他的暗疮一样,他恨不得跳起来跟她嚷上一通。

"家里没有饭吃,活该你饿着。跟你爸一样,还指望有什么大出息。我看这学是白上了,越学越倒退,不如趁早回家种地算了……"

妈妈急得直转,却不知道该怎么办。再做饭已经来不及了,让他回镇上吃也已经晚了，他只能顶着冷风空着肚子赶回学校。

赵永生知道她是因为心疼他吃不上饭才着急发火，但他那么急切地赶回家，等来的却是一顿迎头痛骂，一路上热切的心情一扫而光。他想跟她嚷几句，或者干脆扭头就走，但他知道那样妈妈整个下午都得又急又悔，坐立不安。他拣了两块熟的红薯，在灶膛边生了一堆火，烤着吃了，总算肚子里有了东西。妈妈一直围着他唠叨个不停，口气软了下来，眼里充满歉疚，看着他吃完走了，心里才好受了些。

年底，爸爸去串亲戚。他一去就是一天一夜，第二天早上回来的时候，还醉醺醺的，满嘴酒气，眼角长满了眼屎，说话也不利落。当然他每次总有理由，主人家留得太紧，或者帮人家修车补带，耽搁下了。其实别人不过是对他虚让，或是看他挨着不走，支使点儿活儿给他干，而他则是酒迷了心窍，看不出个眉眼高低；或是心里明知，只是舍不下那口酒。

妈妈最看不惯他这副没出息的样，爸爸也知道自己理亏，勉强支撑着，想找点儿什么活儿干，手脚却不听使唤，磕磕绊绊的，更让人看着生气。

妈妈担心了一晚上没睡，一直坐卧不宁，怕他喝多了路上出事；现在他平安到了家，一看这样，昨晚不知喝了多少，气又上来了：

"真是丢人现眼。在家里顿顿喝多也就算了，到了外面一点儿出息也不长，走到哪儿喝到哪儿，见了酒比祖宗还亲！在村里帮工，你每次喝得醉醺醺的，看不出个眼色来，在厂里头拿酒当饭，借钱也得喝酒，天天醉咕隆咚的，你还嫌不够，亲戚家的人也快让你丢遍了。走个亲戚你去了一天一夜，喝了个烂醉，你还有脸回来？"

"你这是冤枉人！昨天吃完中午饭我就张罗回来，可是下午他二姨父去了，趁着人手多，非要留我们给家里修井，等修完了都八九点

了，又不放心让回来，留着住那儿了……"

"哪次你不是这一套话，走到哪儿都有人死乞白赖非要请你。你留下吃饭也就算了，那酒也都是别人捏着你鼻子灌进去的？你当别人多待见你，拿你当个人儿似的……"

"我知道，我到哪儿也不招人待见，那不都是你家门上的亲戚吗，谁让我没出息呢……"

"你要是稍微长点儿出息也到不了这份儿上，你看这家里家外的，家不像个家样，人不像个人样，眼看就快过年了，家里啥都没预备呢，你还喝得下酒？"

"我是没出息，我哪还有脸喝酒，我吃饭都是浪费粮食，活着都多余。从今往后我长脸，要是再喝一口酒，出门口就让车给撞死！"

这是爸爸惯用的手段，妈妈一唠叨他就东拉西扯，发狠起些毒誓，他知道妈妈受不了这个。果然妈妈一听更急了：

"呸！呸！真是个烂嘴的。大过年的，就不会说句人话，说你两句你就会这样……"

"好，那我就不说了……听你说，你不就是想骂吗，由着你，敞开了骂吧！"

爸爸又拿出那副死猪不怕开水烫的架势。他挪上了炕，斜躺在炕角不起来了。他的眼皮直打架，嘴里不时地哼哼两声，只想好好地睡一觉。妈妈不停地唠叨，又把爸爸以前那些喝酒丢人的事，远的近的，有关的无关的，想起一件是一件，挨个数落了一遍。

赵永生听着妈妈唠叨，就像老和尚念经一样，没个头没个尾，嗡嗡嗡地快要让人发疯，而爸爸那一件件的事听着更让人咬牙切齿，火往上蹿。但赵永生只是闷头吃饭。他早已经习以为常了，只想赶紧吃完饭上学，眼不见心不烦。他现在只知道白天上学，晚上回家扎进小屋看书，每天机械地重复着，害怕任何变化打乱了他的节奏，哪怕是失眠，他也已经习惯了。他就像是一辆飞跑的破车，靠着惯性向前，一旦停下来恐怕就要散了架。

爸爸就躺在他的对面，一脸醉态，像行尸走肉一样蜷缩在炕角的一堆破烂衣服中间，让人心生鄙夷和厌恶。他嘴上哼哈着，心里却并不服气。妈妈本来自顾自地唠叨一阵，一会儿也就过去了。但爸爸却不时顶上两句。他仗着酒劲儿，才有些胆量，虽然正经事说话赶不到点上，但和妈妈吵起架来却句句赶得上。妈妈话里有什么空子，他抓住了顶上两句，不是作践自己，就是揶揄妈妈，把妈妈的火又拱了起来。这让赵永生又想起了叔叔大爷那窝里斗的架势，让人痛恨。

妈妈本来还压着火，怕过年不痛快，怕让人看笑话，现在却越拱火气越大，声调也越来越高。爸爸却一脸得意，仿佛得胜了一样。

妈妈本来让爸爸顺路去趟厂里的，看看能不能支些钱回来过年，爸爸支吾着，显然没有去，却还嘴硬，编造各种借口；一会儿又赌咒发誓马上就去，却起不了身。妈妈气不过，冲过去拧了他一把。爸爸倒是受得住，一动不动，嘴上却还在拱火较劲儿：

"掐，可劲儿掐！掐大腿不顶事，还隔着层棉裤呢。往脸上掐，那多解恨！最好是抠下块皮来，出门怕人看不见！"

妈妈气得浑身发抖，上去够他的脸。爸爸用胳膊挡住，顺势推了一下。不知是他酒后失了准，还是借酒撒疯，或者就算他不使劲，妈妈也禁不住他这一推，身子往后一仰，倒在了炕上，头正好磕在了桌角上，砰的一声响。

赵永生本已经吃完了饭，正准备去上学，听见响声吓了一跳，见妈妈躺在炕上，赶紧过去扶起了她。妈妈的眼神直愣愣的，空洞的目光毫无表情。赵永生一边问她有没有事，一边看她的头上有没有流

血。过了好一会儿,妈妈才回过神来,却很平静,没哭也没闹,也不再唠叨,只是对赵永生说:

"妈没事,死不了,你该上学去了,快走吧。"

她的神情让赵永生想起了小时候父母吵架的情形。那时候他们三天两头地吵,一吵架妈妈就往外跑,他和爸爸四处找她,常常找到半夜,才从离村子很远的山坳里把她找回来。每次找到妈妈的时候,她就是这种表情。

小时候他总觉得是自己不听话、贪玩儿,妈妈才生气走的。他们一吵架他就提心吊胆,就是他们半夜吵起来,他也从来不敢合眼;妈妈哭的时候,他也守在妈妈的身边哭。可不管他怎么听话,妈妈还是一样往外跑,他再小心地看着妈妈,却总是看不住。有时候他贪玩回来晚了,家里一个人也没有,他就蹲在屋檐下守到半夜。他担心妈妈跑了再也找不回来,那又冷又饿又困又怕的滋味,现在想起来还让他心里发抖。

现在他仿佛又回到了小时候,置身于那让他心悸的情形。

爸爸欠身看了看,见没有什么大碍,又扭头躺在那里。以前爸爸虽然犯浑,却从没有对妈妈动过手;就是对赵永生,要不是气急了,也很少打他。但是今天他却把妈妈推了个跟头,还满不在乎。赵永生怒火中烧,恨不得冲过去把爸爸从炕上拽下来。他站起来,瞪着眼睛,冲着爸爸大喊一声:

"你这个混蛋,敢打我妈,你还是人吗?再敢动我妈一个指头看我不整死你!"

话一出口,他自己也有些吃惊。爸爸也一愣,翻身起来,一下子到了他的跟前,揪住他的领子:

"兔崽子,你骂谁呢?翅膀还没长硬呢,敢骂你老子?白供你上了这么多年学,就学会这点儿本事了!"

"有本事你别在家里横,上外头跟别人使去。你要敢打我妈我就敢打你!"

爸爸举起的拳头并没有落下来。在他面前,赵永生还是显得很瘦小。他盯着爸爸的脸,看着他脸上邋遢的胡子、纵横的褶皱、血红的眼睛,透出一股凶狠。

赵永生并不怕爸爸,倒希望爸爸痛快地给他几下子,他不知道自己会不会还手,能不能打得过爸爸。

但只是一瞬间,爸爸眼里的凶狠就消失了,目光黯淡了下来,手也松开了。赵永生挣脱了出来,拿起书包出了门。

妈妈还愣在那里,忘了拉开他们,现在才回过神来,赶紧追了出来:

"今天别去学校了,快过年了,在家歇一天吧……"

妈妈担心地看着他,赵永生没有吭声,径直推车出了院子。

"路上慢点儿,别着急……以后别那样跟你爸说话,他虽然没出息,不争气,好歹也是一家之主。这个家要是没了他也就不成个家了。他也不容易,从小到大没得过什么好,就是好喝酒的毛病改不了。我不是怕他喝酒,气的是他到哪儿也得不着个好脸,没人待见他,他又看不出个眉眼来……别人看不上他,你可不能看不起他,更不能那么对他,让他寒心……你看不出来,他对你也心疼着呢……"

她一路撵着赵永生,小声地跟他说着。赵永生头也不抬,骑上车走了。妈妈那唠叨声让人像着了魔一样,心生恶意,他也快要发了狂,跟她嚷起来。

他机械地骑着车子,眼前还是刚才的情形,那无休止的唠叨声,让人绝望的气氛,他和爸爸那短暂的对峙,爸爸那凶狠却又转瞬即逝

的眼神，还有出门时妈妈的话，仿佛一场梦一样。

他不知道是该庆幸自己敢跟老子叫板了，还是该为自己的不孝犯上而忏悔。他想给自己的行为找个理由，但心里的不安却越来越浓重。爸爸那黯淡下去的目光还在眼前晃动，就是在自己的儿子面前，他也没有什么威严和地位。赵永生走了，他就爬起来蹲在灶膛边生火喂猪。

爸爸在家从来都是一个无足轻重的角色。在妈妈的控诉和唠叨下，他只剩下了窝囊和可恨，而小时候他对赵永生的疼爱，却都被他忘记了。而今天，他骂了爸爸，还差点儿和他动手，他一直觉得理直气壮，却成了大逆不道。

赵永生觉得委屈压抑，连同一直以来压在心头的焦躁、迷茫、疲惫和绝望，都涌上心来。他想嘶吼几声，大哭一场。他拐下了公路，来到河边的树林里。树林里积着厚厚的雪，车子没走几步就倒下了，他从车子上跳下来，把车子举起来，狠狠地摔在了地上，又照着旁边的树猛踢了几脚；还觉得不解气，又打了几拳。

树干纹丝不动，只落下了几片雪花，粗糙的树皮硌破了他的手背。他对疼痛已经麻木了。他抓起一把雪，敷在手背上，看着殷红的血液渗出来。他把雪抹在脸上，让发烫的脸降降温，但心底的狂躁却降不下来。他跑到树林深处，声嘶力竭地大喊了几声，却仍然觉得那口气堵在心里，那烦躁在身体里膨胀，让他发狂，却找不到发泄的地方。

他脱掉棉袄，并扔在雪地上，只穿着一件秋衣，站在寒风中，却不觉得冷。他抱着一棵树，把头撞上去，听见脑子里嗡嗡地响，直到头有些麻木了，才颓然地坐在一棵树下。他揪着蓬乱的头发，恨不得把头皮扯下来。他只有这一个念头，他要去上学，不能停下来，他要把那一切分心的东西从脑子里清除出去。

他想起了陈露,他多么希望她在身边,他有一肚子的话要向她倾诉,只有她才能理解自己心中的苦楚和委屈,疲惫和绝望,努力和坚持。他觉得陈露仿佛就在身旁,柔声安慰他,给他鼓励。他把头埋进双膝,肩膀剧烈地抽动着,任泪水流淌,从无声的哭泣到号啕大哭。他要痛快淋漓地大哭一场,让一切痛苦和压抑都随泪水倾泻出去。

不知过了多久,赵永生感觉心里畅快了,他擦干了泪,站起来,傲然地看着周围的一切。他正经历着别人所没有经历过的苦难,这些苦难是压不垮他的,他要带着这悲壮和豪迈继续前行。

他抓起地上的雪擦了擦脸,捡起衣服穿好,扶起了车子。他要去上学,那是他唯一的出路。

到了学校,老师正在上课。他径直进了教室。大家都盯着他看,他才感觉自己的双眼已经哭得肿了,两手也渗出了血。他并不在乎,坦然地看着他们。他们大多数都不知道自己为什么坐在这里,机械地过着一天又一天;而他知道自己来这里的目的,每天为着自己的目标而努力。

十九

  下学期开学不久,最后一科会考结束了,高中的学业就算完成了。对于大部分人来说,拿到高中毕业证,可以向家里交差了,自己也该琢磨以后的出路了。学校开始动员那些没有什么考学希望的学生放弃参加高考,早点儿回家,甚至找由头开除几个调皮捣蛋的学生,无非是为了少几个参加高考的,提高点儿升学率。今年开始实行会考,不等学校往回撵,已有不少自己走了的。他们有的是家里早就找好了门路,只等拿了文凭去上班;也有明白事理的,不愿意在这里白白浪费时间,不如回家做点儿正经事。

  但是大部分人却不愿意错过那最后的自由时光。会考一结束,班里的气氛一下子放松了,人们都尽情玩乐。男女同学也都变得大方了,不像以前,说话都扭扭捏捏的;甚至有浪漫的,写信到电台去点歌,或者跑到县城去买花。

  赵永生仍然坐在角落里,埋头复习,那些变化跟他没有什么关系。会考过了不久,全县举行了一次统一模拟考试,在学校文科班里赵永生考了第一名,但他的成绩在全县却根本排不上名次。这对他来说也算是正常的水平了,全县六七所高中,能考上大学的毕竟不多。

但他却感到绝望。他仍然心浮气躁，本该会做的题却做不出来，他不知道该怎样从这种状态下走出来。他努力拼命，却仍然看不到希望。

他努力不去想这些，也不敢去想，他所能做的只是抓紧眼前的每一天。他重新制订了计划，不单是数学，所有的科目都到了紧要关头，是该拼命的时候了。他每天天不亮就起来背历史，整晚上地做数学、做英语，直做到后半夜。他本来就有些呆气，现在更是神情恍惚，碰见人打量半天才能反应过来，跟人说话也常常答非所问。

小屋不通风，气味也越来越难闻。每到夜深人静的时候，他从那刺眼的灯光下抬起头来，看着那一片狼藉的屋子和那成堆的复习题，真担心自己说不定什么时候就会一头栽倒在桌子上，悄无声息，却毫无意义。

这天下午，学校贴出了通知，要推荐两个人保送上师专。保送的条件按会考的成绩确定，学校里符合条件的人有几个，赵永生的成绩可以保送语文专业，而且是几个人中成绩最好的。班主任也通知他，让他回去和家里商量一下，明天可以报名参加保送推荐。

保送是今年实行会考才有的。他很后悔自己以前没有再努力些，也没有把会考当回事，要是能多得几个A，这次就有机会保送省里的师大了。但即使是师专也不错，毕业以后包分配，能进初中或是高中当个老师，也是令人羡慕的好职业。

而且最重要的是，他心里清楚，离高考还有两个月，以他的成绩，他再努力，能考上师专也就不错了，多半还是自费。虽然妈妈对他期望很高，他也一直用那个远大的目标来激励自己，但他知道，那所谓的考学当官一步登天不过是幻想。而且，想想还有六十多个日日夜夜，他不知道自己能不能熬过去。不要说是师专，随便哪个学校，

萤火

他也愿意去，只是为了早点儿脱离这折磨人的环境。

他回家满怀兴奋地告诉了妈妈。保送上大学是个光荣事，不但不用掏学费，师范的奖学金和补助也高，两年下来能省不少钱。妈妈虽然高兴，却掩饰不住心里的失落。考个师专，当个老师，并不是她多年祈盼的结果。在她的内心里，一直想着赵永生应该有更大的出息，盼着他当大官为家里争气。

但妈妈信命，也许这是命中注定的。能考上师专，离开农村这一亩三分地，不再受这庄稼日子的苦，也是造化，算是神佛保佑了。

第二天报了名以后，他感觉心里一下子放松了下来。苦熬了无数个日夜，没想到竟以这种方式解脱了，他一时有些茫然，不知道接下来该干些什么。别人都在羡慕他们，赶上了这么好的机会，好像他们已经是考上了。

但赵永生心里却有些不踏实，总觉得这好事来得太突然，有些不真实。他也有些失落，一直以来，他靠着出人头地的信念支撑着，虽然明知没有可能，一旦放弃，却仍然心有不甘。还有陈露，他在心里对她许下了无数的豪言壮语，要成为她的英雄，不知道现在她是否会为他感到自豪。他更多的是开始憧憬着未来的大学生活。

下午快放学的时候，学校公布了结果，赵永生并不在推荐保送之列，被保送的是排在他后面的一个人。赵永生一下子蒙住了。他一直以为自己的成绩最好，理应保送他的。他一直心安理得地接受别人羡慕的目光，现在却像被当众从半空摔到了地上，他仿佛看见了别人眼中的嘲笑。

班主任告诉他，学校没有推荐他自有学校的考虑。保送生不计入学校的升学率，他是文科唯一有希望考上大学的，这样做也是为了学校的荣誉。他说校长和老师们都看好他，相信他能考上一个比师专更好的学校。

赵永生不明白何以保送不算作升学率,而为了学校的荣誉就得牺牲他。那对任何人来说都是一辈子的大事。但说这话的时候老师的口气里似乎还有些同情和安慰,接下来的话就不那么好听了。他说在符合条件的情况下,学校有权力根据一个学生德智体全方面的表现决定推荐谁,而不仅仅是看成绩,特别是师范学校,品德比成绩更重要;言外之意,以赵永生的表现似乎将来也难以为人师表。

这话让他一下子觉得气短。他从来就不是个好学生,常常和老师作对,这也是他咎由自取。

他没说什么,也不知道该说些什么。去找他们评理,或是去求他们?他已经习惯了被别人安排,不想做无谓的抗争了。他只是感觉筋疲力尽,短短的一天,他经历了大起大落,他说服自己接受了一个充满希望的肥皂泡,还没等碰到就破了,他被举起来又被重重摔下,不知道该怎么面对。

对于妈妈来说,这仍然属于命运支配的事,只能听天由命;况且,这也暗合了她的心意。

但是再回到小屋,他却感觉待不下去了。只这一天的时间,他却像是走出去了很远,想要回头并不那么容易。本来就这样上了师专他还有些不甘心,现在却觉得失去的才显得珍贵。想想他还要在这小屋里熬上两个月,靠着那渺茫的希望支撑,他几乎无法承受。

晚上,刘永媳妇来串门,一听这事,当时就炸开了:

"哎呀,我说你们怎么老实到了这个份儿上。这可是天大的好事,新庄几百户人家,几年都没出过大学生了,你家这是头一个,多争气的事啊!而且还是保送的,多大的光荣,别人家有门子有钱都弄不来,你们却让人给顶了,眼睁睁地让人给顶了。这不是骑着脖子拉

屎，明摆着欺负人吗！你们这一家人还能沉得住气，跟没事儿似的。看看你们两口子，自己窝窝囊囊的一辈子也就算了，到头来连孩子这一辈子也让你们给耽误了。"

经她这一说，赵永生爸妈才意识到了问题的严重性。他们本来就耳朵软，没主见，何况事情原本就是这么个理儿。

"你们想想哪有那么简单的事，保送本来就该按成绩来，分数高低都在这摆着，凭什么好的不让去，却偏偏要保送差的？这不明摆着的嘛，保送出去，那就是非农业、商品粮，那可是一辈子的大事。现在的老师多好的差事，一个月挣好几百块，一年歇上小半年的假，多少人看着眼红。你没看见别人上个学多不容易，托人走后门自费掏钱还要上，你们倒好，白白让给别人了。这孩子考上学一走，户口迁出去，那就成商品粮了，你们两口子也不用操心了，孩子这一辈子也不用在农村过这个憋屈日子了。说句你们不爱听的话，这是孩子自己争气，赶上这么个机会，他要是窝在家里出不去，依你们家这条件，恐怕将来娶媳妇都得耽误了。"

赵永生爸妈有些慌了手脚。看来这事并不只是推给命运安排那么简单，可以心安理得地顺其自然，但是他们却不知道该怎么办好。

"赶紧找人啊，该送礼送礼，别怕花钱，想办法也得争上这口气，不能就这么让人家给挤了。以前生产队保送上工农兵大学不也是这么回事吗，谁家跟村干部关系好，送得多，就让谁去，管你认不认识字，有没有文化呢。什么学校的名誉，那不过是幌子，不能让他们轻巧的一句话把孩子一辈子给耽误了。要是将来考不上呢，学校拿什么打包票？你们也太死心眼儿，这事从一开始就该找人，实在找不着人，哪怕上门直接给校长送礼也得送。"

他们合计了一晚上，也想不出有什么能帮上忙的人，只有镇高中原来的校长，拐弯抹角还能攀上点儿关系。那校长姓杨，是新庄的女婿，赵永生上高中的时候找过他，也算有过前情。他三个月前刚刚调到县教委，找他或许能说上话。

第二天一早，天还没亮，赵永生和爸爸就出了门。他们带了些核桃、栗子，捉了两只鸡，又买了两条好烟和两瓶好酒，去了县里。到了杨校长家，时候还早，他们就在门外候着；等天大亮了，屋里有了动静，才敢敲门。杨校长还算客气，虽然没有让他们进屋里坐一坐，但是痛快地收下了东西，并且答应打个电话帮忙说说，让他们回去等消息。

赵永生赶回学校上课，却无法做到像以前那样安心了。走在学校里，他总觉得抬不起头来，他想本来还能说服自己不去在乎能不能被保送，但现在问题却不是那么简单。他被人顶了，因为他家无能，就像本来属于自己的东西被人强夺了，却眼睁睁地没有办法。也许正像刘永媳妇说的，这是明摆着的事，明眼人早已看穿，而他自己还装得风平浪静，满不在乎。以前他虽然穿得破旧，但靠着努力学习，在学校里能有一些自信，现在他觉得自己终于完全暴露在了众人面前。他家里不仅穷，而且窝囊，那就像烙印一样，如影随形，摆脱不掉。

下午爸爸又去了趟县里。杨校长打电话问过了，学校的保送名单既然已经公布了，他也就不好再干预了；要是在公布之前，他说句话还是管用的。他让爸爸去教委反映一下，看有没有办法。爸爸又去了教委，教委说保送原则上是学校自主推荐，符合条件的都可以上报，教委管不了，当然条件不好的推荐上去能不能选上就不一定了。

晚上，刘永媳妇早早来了，现在她成了他家的主心骨，大主意得靠她来拿。她给了两条路，一是直接去找学校，大闹一场，就算是保送不成，也让学校知道他们不是软柿子，可以随便捏。而且学校也得

给个说法，将来不管是考上公费还是自费，学校得给出钱；要是哪儿也考不上，明年复读，学校得答应包着他的学费住宿费，还得给生活补助。第二条路就是往上告，县里不讲理，总有讲理的地方。刘永媳妇家有一个远房亲戚，在市招生办工作，去找找他，看能不能有个说法。

刘永媳妇觉得去学校闹腾一场是最管用的办法。当初刘永死的时候，要不是仗着家里人多势众，难保也被矿上欺负了。但赵永生家发动不出那么多人去学校里闹，靠父母去学校撒泼放赖，甚至抹脖子上吊，以死相威胁，他们也做不出来。

第二天早起，爸爸坐车去了市里。父母满怀希望，这有理的事，又能找上人，怎么也得给个说法。第二天晚上爸爸才回来，满脸的疲惫。他奔波了两天，在车站蹲了一晚上，不过这一趟总算没白去，见到了要找的人，但他带回来的仍然是个难题。市招办的人说，这事肯定不合理，是让人走了后门了。他说这是关系孩子一辈子的大事，他们可以写份材料，到教委去告他们，县里不行就告到市里，不怕闹大，有他在市里给接着。

父母没有想到事情会弄到告状打官司这一步。他们已经怕了打官司，跟平头老百姓打官司尚且打不赢，何况是跟学校、跟教委打，有理也未必说得清；再说有两个月赵永生就要毕业了，这官司打个一年半载的，就算有了结果又有什么用？

路似乎都已经堵死了，折腾了一圈，等待他们的还是这个结果。妈妈郑重地征求赵永生的意见，把这个难题留给了他自己：如果他真想上师专，倾家荡产也要打这个官司，就算告到省里，也得要个说法。

他早就料到会是这个结果。告只不过是说说罢了，真打起官司来，恐怕不只是倾家荡产，就算连命搭进去也未必能讨个说法。这两天，他自己待在小屋里，听着他们嘀嘀咕咕，看着他们跑前跑后，他没抱什么希望。他告诫自己，这不过是对他的又一次考验和磨炼，是天将降大任于他，他必须经得住，他要考得更好。

但是说服自己容易，到了学校，面对别人，他却不能当作什么事都没发生。他也曾幻想市里突然来个电话，把结果扳回来，那该是多么提气的一件事；但那终究是不可能。他甚至觉得他们四处找人，却没有办法，学校里也都知道了，他仿佛能感觉到背后的指指点点。

他觉得头重脚轻，昏昏沉沉的，他勉强支撑着，不敢生病，他还有一堆的题要做，一堆的书要看呢，这一病什么都完了。他要证明自己，只有努力学习，但他现在却心浮气躁，浪费着宝贵的时间。

历史老师见他脸烧得通红，眼神也直愣愣的，把他叫到了自己的宿舍。他是师专毕业的，也许是为了安慰赵永生，他先把老师贬损了一番，工作单调，没有油水，上头有校长管着，下头还得受学生的气；师专也被他贬得一无是处，学校又小又破，老师比学生还多，学校里整天打架斗殴。

他宽慰赵永生，以他的成绩，考学还是很有希望的，等高考完了帮他参谋一个好学校，哪怕挑个好中专，财校税校，银行交通，都比上师范当一辈子老师强。

赵永生觉得心宽了些，他觉得自己不是被人顶了，而是有了更好的选择。他对老师充满了感激，迫不及待地放下了心头的重担，也觉得身体快支持不住了，便在老师的宿舍睡了一大觉，直到晚上放学。

过了几天，他收到了一封信，是市招生办刘永媳妇的亲戚写来的。他鼓励赵永生要继续努力，好好学习，不要受这件事的影响；还叮嘱赵永生，人穷不能志短，要给家里争口气，争取考上个更好的学校。他很感动，觉得还有一个市里的人物在关注着自己。后来他才知

道，那封信是爸爸去市里的时候央求他写给赵永生的。

赵永生爸妈暗暗担心他，别人也都以为他会一蹶不振；但不管经历多少打击和绝望，他总得想办法说服自己，重新找回目标，加倍努力学习。他更加沉默内向，一天说不了几句话。他孤注一掷，只等那最后的一搏了。

拼了一年，虽然常常与失眠走神、烦躁焦虑作斗争，但他已经尽了最大努力。他当初定下的目标都按计划完成了，该做的题都做了，该背的书也背了。对于数学他倾注了几乎全部的心血，占据了绝大部分时间，那些基础的题他总算能做出来了；最主要的是他学会了如何面对那些不会做的题，不再一味较劲，懊恼自责了，那也是他每次考试难以发挥正常水平的原因。

高考前的一个星期，他开始有意放松。他每天晚上早些躺下，安静地躺一会儿，或是胡思乱想一阵，听着窗外的虫鸣。早上早早起来，到后山上转一圈，背背历史，听听鸟叫，呼吸两口新鲜空气，看着满山青翠，一天神清气爽。

他提前一天住进了爸爸厂里的宿舍。厂里早已停工，没什么人了。这倒也清静，爸爸不放心，想去陪他，也被他拒绝了。有很多人都是父母陪同，寸步不离，连考试都守在考场外。他们比学生还紧张，眼巴巴地等着，一散场一拥而上，围着问长问短，本来不紧张也被弄得紧张了。

厂子已经破败得不成样了。紧闭的大门上"高高兴兴上班来，平平安安回家去"的大字还依稀可辨，那熙熙攘攘的人群却已经不见了，原来上百号的工人，只剩下一个看门的独眼老头儿。空旷的厂区长满了荒草，高大的厂房黑洞洞的，阴森可怕。刚下过一场雨，地上坑坑洼洼积满了水。而在以前，厂里地上铺着细细的白石子，下雨的时候也不会积水，楼前房后到处都长着花草，一到春天，满园花开，蜂蝶飞舞，那不像是工厂，倒像是个大花园。

　　看门的独眼老头儿已经老得快要认不出来了。他是厂子里的老工人，无家无口，厂子散了，留在厂里看门，也算有个栖身之处。他住在厂门口的警卫室里，一张钢丝床上摊着一堆破烂的被子，一个煤油炉子，一把椅子，一个板凳，便是他全部的家当。赵永生去的时候，他正守着门口，坐在板凳上，椅子上的塑料袋里放着咸菜，饭盒里辨不出是什么菜，就着半瓶酒，毫无表情地吃着。他的头发全白了，胡子又脏又长，面孔显得更黑。他以前长得很壮实，现在驼着背，瘦得只剩下了一把骨头。以前他的嗓门大，说话响当当的，现在嗓子里总是呼噜呼噜的，不停地咳嗽，让人听了难受。他那只假眼一动不动，那只好眼也混浊不清，粘着眼屎。赵永生记得那时候他的假眼很亮，小时候赵永生常盯着看，他也常拿那只假眼吓唬赵永生，让赵永生去摸，而现在则像个磨花了的玻璃球。他似乎也不认识赵永生了，不肯多说一句话。

　　宿舍楼里黑洞洞的，久无人住，散发着一股霉味。宿舍楼一层以前是办公室，门厅楼道里摆着两排夹竹桃，常年开着粉红色的花，现在只剩下几个朽了的木花盆。墙上还挂着"保持肃静""请勿随地吐痰"的塑料牌子，小时候他觉得很洋气，总想弄一个挂到家里。二楼是宿舍和活动室。活动室的门开着，里边空荡荡的，只有几把落满灰尘的椅子。以前每天下了班，这里有下棋的、打乒乓球的、吹笛子的、拉二胡的，很热闹，他在里边跑来跑去，看看这个，玩玩那个；还有那个图书室，也是他喜欢的地方，现在也紧闭着门，那些柜子也都空了。

　　宿舍里墙上的灰脱落了，露着大块的霉斑，还是那几件摆设，

两张床，一张桌子。铁床早已锈迹斑斑，床上只有一张草垫子。他把带来的床单和毯子铺好，打开那扇早已变了形的木窗。窗外是一片工地，看起来也已停工很长时间了，长满了一人高的荒草，中间一个烂泥塘，不时传来两声蛙鸣。

赵永生心里很不是滋味。他从三岁时就住在厂子里，直到八岁回村里上学，那几年也是他最快乐的时光。他在厂里的小伙伴虽然不多，却并不感到孤单。小时候，他从不认生，哪儿都敢去，跟谁都能说上话，厂里人都认识他，也都喜欢他。他整天在厂子里溜达，每个车间都可以自由出入，看着工人们干活儿，操作台上的那些按钮，他也能动一动，就连厂长的办公室他也常去转一圈。他走到哪儿，人们就停下手里的活儿逗他玩一会儿，拿他解解闷儿。

他还记得有一个缺了拇指的叔叔，就住在爸爸宿舍的隔壁，说话声音很响，又会逗人，赵永生每次问他的手指是怎么掉的，他说的都不一样。还有一个和小舅岁数差不多的，经常带他去街上玩，给他买吃的，教他吹口琴；他还有一门指腹为婚的娃娃亲，那个小姑娘整天形影不离地跟在他屁股后边，对他言听计从，厂里的工人一见他俩就起哄。

这厂子就像突然破败的人家，转眼物是人非。他在屋里待不下去，下了楼，在厂里转了一圈。

对着宿舍楼的是泡化碱车间，里边透着阴冷的潮气，还有大堆碱料堆在里面，早已结成了发黄的硬块。往里是拔丝车间，里面横七竖八地堆着成卷的铁丝，那嵌满红黄绿按钮的操作台还在，卷轴上挂着钢丝，连着拔丝机器，那感觉就像是时间突然停止，那些工人都突然消失了一样。

里边是酸洗车间，酸洗池里早已没有了酸水，却依然散发着浓重的酸臭味。以前他从不敢走近这个池子,他亲眼看见工人们把钢丝扔进去,嗤嗤地冒着汽,铁丝上的那层锈就被洗掉了。再转过去是焖丝炉,一个直径好几米的半球形炉盖吊在半空,铁链已经锈蚀,让人担心那十几吨的盖子会突然掉下来。两米多深的炉坑里积满了红通通的泥水,还有几卷铁丝泡在里面。以前,铁丝出炉的时候,厂子里一片欢腾,工人们都远远地围着,看着烧红的铁丝冒着腾腾热气,就像过节一样。再往里是制钉车间,以前里边整天叮叮当当响个不停,现在也悄无声息了。

转过影壁,后面围起来的小院是伙房。窗子上的玻璃已经没有一块完整的了,伙房里那些像洗澡池一样大的锅灶也都塌了,那半人高的切菜墩、硕大的案板笼屉都不见了,饭厅里只剩下一些破烂的桌椅。每天他总是老早就来这里等着开饭,顺便帮着跑跑腿,赶赶苍蝇,有什么好吃的总少不了他一口。伙房的汽水他可以随便喝,蒸熟的包子总给他先尝一个,每次不用等到开饭,他就已经吃饱了。

他想着当时厂子里的盛况,漂亮的厂区,轰鸣的机器,工人们三班倒地干活儿,整天不断的车流人流。那时候一个国营工厂的工人多让人羡慕,他们是国家工人,捧着铁饭碗,一辈子不用发愁。厂子是个大集体,不但可以让工人挣钱养家糊口,而且像个大家庭一样,给他们照顾和庇护。他小时候见过爸爸的工会证,一个小红皮本,翻开的第一页上写着"全世界无产者联合起来",后面写着"工人阶级必须领导一切",那时候作为一个工人是多么自豪。

其实爸爸并不是真正的铁饭碗,不过是所谓的"合同制",家在农村,一只脚还踏在农田里。但对他来说厂子却比家还温暖,让人依赖。比起村里那些复杂的人情世故,厂里的集体生活简单得多。他是厂里的老工人,每个车间都干过,在工人们眼里,他老实厚道,不偷

奸取巧。他并没有因为老实而被人看不起、踩在脚下，反倒是有名的人缘好，也有脾气相投、情同手足，甚至结拜为兄弟的。赵永生定的娃娃亲就是爸爸的一个工友，对方看上爸爸老实厚道，在娘胎里就替他们定下的。

还没搬去厂里住之前，妈妈的坏名声就已经传到了那里，她蛮横霸道，爸爸有家不敢回；把东西都鼓捣到了娘家，把自己家的日子都掏空了；把爸爸的工资扣下，连吃饭的钱都不给。但她搬来以后，人们却发现并不是那么回事，妈妈少言寡语，能吃苦能持家，并没有那么多是非，不是蛮不讲理的人。人们渐渐明白了其中的是非，对他们很同情。那时候虽然背井离乡，在外租房住，生活也拮据，没有口粮，全靠爸爸那点儿工资，却是他们最舒心的时候，没有人看不起，不受人欺负，过着与世无争的日子。

当然，爸爸的老实也并不是没有吃过亏。他高中毕业，在当时算是文化水平高的。刚到厂里时，他当过厂里的文书，但因为办事太死板，一点儿不活络，没干多长时间。后来还当过保管员，那也是个肥差，前几任都肥得流油，却也都出了事，厂里是看中爸爸老实才让他当的。但爸爸耳软心活，对工人们手把得不紧，对领导却又不会来事儿，不但没捞着什么油水，反倒得罪了不少人。最终他还是在车间本本分分干活儿，才算找到了适合自己的位置。

爸爸平时总是耗在厂子里，宁可加班，也不愿意回家，有时候一待就是十天半月。在厂里没人管他喝酒，没人说他窝囊，他只管上班干活儿，听人吩咐，不用操心，更不用抛头露面去和人交涉。但他的根却在村里，日子也在那里，他离不开也躲不开，他的荣辱沉浮都是在那个让他憎恶又畏惧的村子里。这几年厂子越来越不景气，就要倒闭了，他连最后的寄托都没有了。

赵永生在农贸市场的地摊上买了碗肉丝面和几个小包子,却吃不出小时候那喷香的味道。吃过饭,他骑着自行车出了县城向北,走半个多小时,就到了沱河大桥。沱河大桥有一里多宽,横跨在沱河上,远远看见,气势非凡。

他心里一阵激动,这就是他向往已久的沱河,他曾经无数次想象着他那雄浑的气势。但是,当他上了桥,看着眼前的沱河,却很失望。那宽阔的河道只剩下了窄窄的水面,河水仍然浑浊,却丝毫没有滂沱的气势,与气势雄伟的沱河大桥相比,显得毫不相称。河滩上是大片沼泽和灌木丛,还有的种上了庄稼。河面浑浊中泛白,散发着臭气,以前的沱河鲤鱼在当地是很有名的,恐怕再也没有人敢吃了。

他有些后悔,早知道是这幅景象,他还不如保留着那份想象。他也替怀清河惋惜,不知道怀清河是在哪里汇入沱河的,他试图寻找传说中的那一股清流,却找不到。

他带了些书,却看不下去。他拉开桌子的抽屉,里边有一本老版的《新华字典》,就从第一页开始,逐字逐句地看了起来,研究每个字词的意思,发现有很多看似简单的字词,竟有很多有趣的意思。考试那两天,他每天晚上翻上十几页打发时间,困了就躺下,睡不着就起来再看,这也成了他平复心情的好办法。

二十

　　七月的天本来就难挨,高考的三天更是湿热难当,似乎有意对那些想要考取功名的人进行考验。每天早上赶去考场的时候都是瓢泼大雨,考试的时候却又放了晴,又闷又热,教室里就像蒸笼一样。爸爸的宿舍里也是又闷又潮,被子总是黏糊糊的,快要长出霉来了。

　　赵永生每天早上在街拐角的小摊吃上一碗面。卖面的像是个有点儿文化的,趁着高考,挂出了幌子,写着"及第面"几个字,可惜下着大雨,来吃的人并不多。

　　考场设在县一中,县城的孩子都有父母陪送,不少都是车接车送,看着很神气。外地的学生大都住在小旅馆里,也有每天骑车冒雨赶来的。有李铁考试晚点的教训,他每天都去得很早,但他总是躲开人群,找个僻静的地方一个人待着。很多人考前几分钟还在拼命看书,争分夺秒。考完试,他也总是立刻离开考场,不想听他们在那里讨论答得好坏;甚至还有晕场的,哭了的。一出考场,他就记不起那些题目和答案,每考完一科,他都得把那些东西从脑子里清出去,减轻些负担,给后面的考试腾出地方。

　　前几科的考试感觉还不错。数学题目不难,但还是有两道大题没有做出来。他又犯了心浮气躁的毛病,虽然老师以前讲过,他却沉不下心去想。语文和政治没有什么意外,他也不用担心;倒是他一直自信的英语,心里却没了底。

英语考试之前,有人来找他,让他答完题后,借着上厕所的机会,把答案传出去。他当时稀里糊涂答应了,还有些受宠若惊,但转念一想又觉得这事儿不大地道。再说,万一被抓住了,恐怕没有人能救得了他。但是他答应了人家,如果变了卦,岂不是坑了那个等着他答案的人?直到考试的时候,他还翻来覆去地想着这件事,怎么也集中不起精神来,题也答得断断续续。他老早就答完了卷子,这也让他心里有些发慌。在他们考场,就有人因为没有答完题而哭着不肯交卷,还有人着急犯了癫痫病,他总觉得自己是不是漏了题或是答得太轻率了。

考完英语,雨还没有停,就在赵永生穿好雨衣骑车要走的工夫,同村的一个同学跑了过来。他担心的事情还是来了,对方是来找赵永生借宿的。那个同学没住在县城,每天三四十里路往家跑,顶风冒雨,一是为了省那几十块钱的住宿费,二是也并没有指望考上什么学。

他恨自己不能找个借口或者干脆拉下脸来回绝了对方,他懊恼不已,这两天平静的生活即将被打破,他已经预感到他会为此付出代价。

那个同学非要去吃肉饼,而他的肚子已经觉得不舒服,看见油汪汪的东西就反胃,却又拗不过对方。吃完了饭他们又在县城转了一圈。夜市上因为这些高考的学生热闹了不少,那个同学打了几桌台球,好不容易催促着走,却又在电影院门口停下,把那些电影布告都看了一遍,才恋恋不舍地回到宿舍,回去以后,又扯着赵永生唠叨到了半夜。

等终于躺下要睡觉的时候,赵永生却怎么也睡不着了。他恼恨自

己耳软心活，浪费了一晚上时间。那不单是闲来无事翻几页字典，他已经被彻底扰乱了，又陷入了浮躁、懊恼、自责之中。

宿舍里闷热潮湿，再加上常常淋雨，赵永生闹开了肚子，夜里去了几趟厕所。第二天考历史，坐在教室里，他的肚子里咕噜直响，感觉直往下坠，他捂着肚子，勉强挺着，憋出了一头冷汗。

历史并不难，但他却一点儿也静不下心来。他的脑子昏昏沉沉的，又恼火自责，越是不愿意去想，越是放不下，那些历史的年代和事件都记不清了。而且他历史虽然下了不少功夫，现在看来却是跑了偏。历史老师一直要求他们把书往细里背，犄角旮旯都不能放过。赵永生因为对历史老师心怀感激，背得也格外卖力，但高考却是些最基础的题，他只顾了细枝末节，却把历史的大脉络忽略了。

他头晕目眩地走出考场，知道自己这次彻底完了。以前不管考得多差，他总能安慰自己，还有下次，他可以吸取教训，从头再来；但是现在却没有再来一次的机会了。以前他感到疲惫、辛酸、困苦、烦躁，他还有希望和幻想支撑，现在也都破灭了。那黑暗的不堪回首的一年，都已经付诸东流。

考场外有哭的，有笑的，也有满不在乎的。不管考得好与坏，他们都可以解脱了，但对他来说，这只是痛苦的开始，他不得不面对那黯淡无光的前途。他钻出了人群，离开了学校。他没有回厂里的宿舍，他不想见任何人，不想说一句话。

出了县城，上了盘蛇岭，赵永生冒了一身虚汗，下岭的时候，风一吹，他觉得阵阵发冷，浑身无力，骑在车上，有些摇摇晃晃，仿佛要栽进路边的山沟里。离家越近，他越犹豫，他不知道该怎么面对父母，面对他们那眼巴巴的眼神。到了李庄村，他拐向了南峪水库。他已经几年没有去过那里了，只想找个空旷无人的地方歇一歇。

一上大坝，他就闻到一股腥臭的气味。水面上一片猩红色，风吹过来，飘来一阵刺鼻的恶臭。水库西边的山坡上建了一个养鸡场，堆着大堆的鸡粪，臭气就是从那里飘过来的。那些鸡粪倒进了水里喂鱼，水库的水也变成臭的了。看着小时候那曾经流连忘返的天堂，那清澈湛蓝的湖水，倒映在水中的山形树影，水上悠游的野鸭，水面跳跃的鱼儿，都已不见了，成了一潭臭水。湖中的小岛上也一片死寂，看不见鸟儿飞进飞出，听不见啁啾鸟鸣之声。

他无力地躺在大坝上，头枕着书包。考完试天也放晴了，这似乎是老天的有意安排，如果不是昨天晚上的那场雨，也不会有人来向他求宿，他今天也不会考得这么差。也许是命该如此，难道他真的幻想一步登天，出人头地吗？上天对他并没有过什么特别的眷顾，要把他培养成一个什么大人物。

看着那猩红的湖水，他觉得自己仿佛没入了水中，苦苦挣扎，喘不上气来。他也想跳下去，求得永远的解脱。但是他却浑身绵软无力，脑子已经麻木了，一会儿就昏昏沉沉地睡着了。

不知过了多长时间，他睁开眼睛，动了动僵直的身子，坐起来，觉得腰酸背痛，晃了晃头，仍然觉得很沉。太阳已经偏西，他已经在这里待了几个小时了，总不能一直在这里待下去。他强迫自己集中精神，把这几科考试想一想，虽然他一想起来就觉得揪心，却不得不面对。

历史彻底考砸了，他已经无法估算出到底还能剩下多少分；数学比预想的好些，也算弥补了一下；其他几科也算正常，应该没有什么大的失误。这样一想，他也算不上考砸，是他正常的水平了。

他觉得心里宽敞了些。以他的成绩，或许考上师专还是有希望的。能考上师专，也算是争上了这口气，好歹没让人看了笑话。

但是妈妈会不会接受这样的现实？她一直对赵永生抱着很大的希

望，他不应该是上师专的命，也不该守在父母身边娶妻生子，过着平凡的日子。他应该有远大的前程，将来光宗耀祖、衣锦还乡。

还有陈露，这也不是他想象的结果；他应该更出众，更有出息，才能配得上她。他不能让陈露跟着自己受苦，一辈子过平庸的生活。

赵永生回到家的时候，天已经快黑了。父母正急得团团转，爸爸已经去县城找过他了，正准备再去找他，看见他回来，妈妈顾不得问他去了哪里，也没有注意他烧得满脸通红，头重脚轻勉强支撑，只是追着问他考得怎么样。

一看见那急切期盼的表情，他就觉得厌烦，那好不容易放下的负担又重新压在了心头。他本来想着告诉他们，自己这次考得比模拟考试还好些，考师专还是有些把握的，现在却觉得就算他考上师专也无法达到他们的期望。

"你们用不着这么追着我问，没戏，哪儿也考不上。"

其实不等他说出来，一看到他的表情，妈妈也猜到了结果。那一瞬间，她的目光黯淡了下来。她顾不得安慰赵永生几句，低头想着自己的心事，漫无目的地在屋里转来转去。

他又回到了自己的小屋。屋里昏暗压抑，空气浑浊。他早已对这里深恶痛绝，每次走进屋里就有一种想吐的感觉。他也曾发过誓，考完试以后再也不踏进这里，现在这里却成了他唯一可以躲避的地方。他不知道还要在这里熬上几年，能不能熬出头。看着那成堆的复习资料，这些东西他还要重新来过。一年的辛苦劳累都化为乌有，他又重回绝望之地。他疲惫、绝望、委屈、愤怒，想要大哭一场，想要到山顶大喊，想要在雨中狂奔，想要离开这个让他噩梦连连的地方，到一个陌生的地方流浪。

他昏昏沉沉地睡了一天一夜，发着高烧，说着胡话。等他起来的时候,妈妈又病倒了。她面朝着墙壁躺在炕上,不说话,也不吃饭,躺了三天。她的双眼毫无神采,目光空空荡荡,没有了以前那固执、坚定的表情。那是一种心灰意冷、万念俱灰的神情,她发怒也好,哭一场也好,甚至打骂,也让人心里踏实些。

他不知道该怎样劝解妈妈。他告诉妈妈,自己还有希望考上师专,或者可以再复读一年。她也只是叹口气,并没有高兴。爸爸默默地蹲在地上抽烟,家里被一种令人窒息的气氛笼罩着。

第四天,妈妈终于下了炕,虽然很虚弱,但那坚定的表情又回到了脸上。她起来的第一件事就是点了一炷香,在神像前一直跪到香落。在香气缭绕中,她又找回了信念。她告诉赵永生,分数还没出来,就总还有希望;就算今年考不上,明年还可以再来。这都是命里安排的,让他多受些苦,才能有更大的出息。

这与其说是说给赵永生听,不如说是在安慰她自己。有点儿信念是个好事,心里有希望,她才能支撑下去,不会垮掉。

高考过后一个星期,要到学校对答案估分。他提前一天领回了试题和答案,回到家就猫在小屋里,逐题重新做了一遍,核对了一个晚上。估分的结果和他预想的差不多。他犹豫了半天才鼓起勇气翻开历史试题,果然错得一塌糊涂,能勉强及格就不错了。

妈妈满怀希望地等着估分的结果。他现在心里有了底,考师专还是有些把握:

"历史考砸了,数学比预想的好,题目不难,但是估计别人也都考得不错。考上师专应该问题不大吧,好的话还能考上公费的。"

"考得不错,头一年能考上就很不简单了,李铁考个中专还考了好几年呢。"

爸爸抢先开了口,他害怕妈妈失望,想说点儿宽心的话:

"考上师专这口气也算争上去了，没让人看了笑话。虽然保送没成，咱有志气，自己也能考上。以后咱们家也出个大学生了，毕了业也是商品粮了，将来有个好工作，也算有出息了。"

"是啊，考得不错，将来跳出庄稼地，不用过苦日子了，这也是修来的福分。"

妈妈尽量显出满意的样子，但心里的失望却掩饰不住；她还在盼着奇迹出现，却感觉越来越渺茫。

"也不一定非上师专，还有别的学校呢，选个好中专也行，挑个热门专业，将来也能找个好工作。像什么税务学校的，毕业都分配到了税务所，都能挣不少钱。"

他想宽慰妈妈几句。将来进衙门当个小官，虽然算不上大出息，却也是妈妈盼望的，比当老师强些。

"那不行，能上大专就不上中专，就高不就低。上大专将来还有机会再深造，接着往上考。这次填报志愿可得商量好了再报，别再像初中那次了，这可是一辈子的大事，再没有后悔的机会了。"

第二天，赵永生老早就去了学校。历史老师很失望，他第一次教毕业班，也是踌躇满志，赵永生觉得很对不起他。他听说赵永生估了560分，显得很吃惊，问他是不是仔细地对过题和答案了，又叮嘱他报志愿的时候一定要考虑好。

时间不长，班主任来了，直接问他的估分到底有多大把握。听那口气，赵永生觉得事情没那么简单了。他不禁开始怀疑起来，自己的分数是不是估得太高了。今年新高考，题型分数都不一样，他以前也没有估分的经验，不知道该怎么去掌握，虽然已经把那些记不清拿不准的都扣掉了，但不知道是不是还有哪些不确定的因素。别人的估分还没出来，没有参照，他自己心里也没底。

班主任又问了数学，让他再算一遍，多往下压压。赵永生又从头看了一遍，却更加含糊了。他看了几遍，对自己当初的答案有些模棱两可了。各科算下来，他又减下去了十几分，为防意外，再降十几分，530分还是有些把握的。

班主任拿过他的答案，翻了一下。看赵永生的数学估了120分，而后面的两道大题他却一道也没有做出来，不禁皱起了眉头：

"你后面两道大题都没有做，加起来就将近30分，而你刚才却估了120分，你能保证前面的题一道不错吗？这次数学题虽然不难，但我看别人估得都不高。理科班的王皓数学才估了110分，你比他估得还高，而且你的总分也比他高出了不少分。你要知道，历年高考，文科高过理科可是从没有过的。从数学上看，我觉得你这里边肯定有水分，你再好好想想，答案都记清了吗，题目都做完了吗？语文和政治更容易高估，老师判卷子的标准很难掌握，我看你还是把分数再往下压压。"

这一说赵永生也觉得不对劲。王皓是理科班的第一名，也一直是全年级的第一名，数学更是最好的。赵永生一直觉得题简单，现在却怀疑是不是自己脑子出了问题，完全走偏了？

就连校长也跑来问他，翻着他的答案，沉吟不语。赵永生已经不敢再坚持了，他已经降到了500分，这个总能达到吧。

别人的分数也都估出来了，文科班最多的只估了460分，和赵永生最初的估分整整差了100分。这么大的差距，让赵永生也觉得自己是高估了。

他觉得自己就像是一个牛皮客，一会儿工夫就被挤掉了那么多的水分。人们或许也觉得他压抑太久，虚荣心太盛，放了一个空响炮。

第二天，小舅也赶来打听他考试的情况。他也说不清到底是赵

永生高估了自己,还是别人小看了他。他带着赵永生冒雨去了趟县一中,想打听点儿消息。他们转了半天,碰到了一个镇高中毕业来县一中复读的,估分却也不高,这让赵永生心里更加没底。

估完分就开始填报志愿了。校长找到赵永生,让他报一个省内的学校,冷僻点儿的专业。省内的学校算是全国重点,如果能考上,将是镇高中历史上第一个考上重点的。

他也想当这个第一,却不甘心。学校图的是名声,在他身上押了个宝,并不在乎他上的是什么学校什么专业;但也说不定他的分数只够个省内的学校冷门的专业。

只有历史老师鼓励他大胆报,不要低估了自己,错过了机会而遗憾终生。

别人很快填好了志愿,赵永生却还拿不定主意。他把报名表拿回家,对那些学校逐个研究。但实际上,除了那几所知名的学校还听说过以外,大部分学校他都一无所知,就连各个专业到底是学什么、做什么的,他也弄不清楚,只是望文生义而已。

妈妈面色凝重,几次欲言又止。只有妈妈一直对他估的分数有信心。她又看到了希望,那希望在她心里埋藏了十几年,等的就是这一天。看着赵永生在那里犹豫不决,她终于还是开了口:

"赵永生,咱家的情况你都清楚,我们的心思你也了解。这么多年了,我一直有这个信念,要把你培养成人。以前我也说过,那不是信口胡说,也不是装神弄鬼,那些话早晚都会应验的,老天爷总有开眼的时候,咱总有出头的那一天。"

妈妈神情凝重,语气坚定,说话也字斟句酌,就像面临着一个重大时刻,要做出重要决定。

"考完试回来,你说考得不好,我也上火了。我盼了多少年,就为了这一天，却等来这个结果，难道是咱们家的苦难还不够吗？我躺了三天三夜，前前后后想了一遍，终于想明白了。咱家遭的那些难，受的那些苦，一桩桩一件件，都是对你的考验和磨炼。那些事情前赶后错，没有上成一中，没有回初中复读，师专也没有保送成，那都是命里注定的。你命里不该只是上个师专，当时我就说过，那不一定是坏事。所以你说考砸了，哪儿也考不上，我却相信你能考出好成绩。你考试的时候，我每天晚上都烧上三炷香，求神仙保佑着你呢。"

那些神佛看不见，也很难让人相信。但这些事情联系在一起，确实让人觉得有些命运的成分。但那前提是他真如妈妈所说，能考上个好学校，否则一切都没有什么意义。

"你估的分数，比当初预想高得多，就算别人都不相信，我也相信你，我知道你不是说话离谱的人。你也不能小看自己，要相信你自己，相信我说的话。尤其是现在，你不能受他们的撺掇，随便找个学校就报上。你一定得报一个好学校，一个随心的专业，免得将来后悔，那可是一辈子的事业。"

妈妈的脸上布满了皱纹，眼睛有些红肿，目光浑浊不清，却透着坚定和执着。她的头发已经灰白，像经霜的枯草，瘦小的身体看起来不堪一击，但那坚毅的表情却让人感觉到她心中的那股强大的力量。她全凭着那一口气支撑着她那弱不禁风的身体，还有这个早已风雨飘摇的家。

直到最后一刻，赵永生才交上他的志愿表。从提前录取院校到大专中专，他选的都是政法的院校，都是些看上去能出干部、当大官的学校。

二十一

等待的过程漫长而难熬，赵永生也体会到了度日如年的滋味。他干什么都塌不下心来，既期待又害怕，不知道等待他的是什么，也总是忍不住去想那最坏的结果。

考完试他就卸下了那副担子，那根弦一松，那些靠着日夜苦熬强塞进脑子里的东西，也立刻土崩瓦解了。他试着想要看看书，或者把高考答案重新对一下，却一个字也看不进去。

他搬出了小屋，那里沉闷压抑，让他难以忍受。那些日子不堪回首，他不知道自己是怎样熬过来的；如果考不上，他还能不能再坚持一年。这一年他已经拼尽了全力，那些科目也已经翻来覆去看了背了好几遍，而复读又要从头开始。文科很容易越复读越退步，那些东西来回鼓捣，不但不见长进，反而变得似是而非。

爸爸在县里做小工，每天中午歇班都往县教委跑一趟，打听分数有没有出来。时间长了，教委的人都烦了，一个镇高中的学生，值得这么急三火四地每天跑来查分数？结果出来了又怎么样，还指望考上北京大学或清华大学？爸爸当然不敢说，去年李铁如果不是盯得紧，早就被人顶了。

一场暴雨过后，地里的玉米几乎平铺在了地上。玉米正是吐穗的时候，头重脚轻，最怕风雨；而这偏偏又是连阴雨天气，泥土被浸得松软，一阵风就吹倒一片，赶上暴风雨，非倒即折，所剩无多。他家种的又是老品种的白玉米，秸秆高，根扎得浅，倒伏得更厉害。他们全家出动，连着扶了几天玉米。

玉米地里密不透风，又闷又热，钻进去就是一身汗。玉米叶子很粗糙，划上就是一道血印子；再加上蚊叮虫咬，汗水一渗进去，火辣辣地疼。地里满是泥泞，踩下去就拔不出脚来，地里也被踩得结成了硬块。那些玉米扶起来稍晚些的，就已成了歪脖儿，但总算还能保住一些收成。几天的活儿下来，不要说当大官，只要能离开这庄稼地，不再干这泥腿子活儿，就知足了。

这天晚上，他们正在吃饭，有人来串门儿，是村里的文书。他是那些村干部里边唯一与赵永生家关系还不错的。他以前和赵永生家住隔壁，了解赵永生爸妈的为人，在明里暗里说了不少好话，村里有什么事也提前打个照应，算是他家的恩人了，赵永生爸妈也一直对他感激不尽。他很少登门，偶尔来一次，多半也不是什么好事。赵永生家是钉子户，常有村干部来催钱催粮，这几年又打官司告状，所以他一进屋，父母就面面相觑，不知又出了什么事。

但他这次却是满面春风：

"二侄子，侄媳妇，我给你们道喜来了。这个是大孙子吧？几年不见，都长这么大了。看长得这么秀气，一看就是个知书达理的，将来肯定有出息。"

这话让他们有些摸不着头脑，听这口气，像是来提亲的。要说赵永生这岁数，也差不多到了该定亲的年纪，但以他家的条件，恐怕没有媒人敢登门。

萤火

看着他们惊讶的表情，那人有些得意，反倒卖起了关子：

"你说这人哪，真是十年河东，十年河西。什么事不能只看眼前，欺负人不能过了头。你们两口子心眼儿好，人实在，老实巴交，挨了一辈子欺负，哪指望还有翻身的时候。但总算好人总有好报，总算熬出来了，有盼头了。"

父母赔着笑，想着是不是官司有了什么转机。

"这孩子争气呀，以后新庄村没人再敢欺负你们了。今儿个后晌儿，县教委的杨校长来过电话，打到村大队部去了，是我接的，后晌儿地里活儿都没顾上干就上这儿来了，看你们家里没人，这不刚吃完晚饭就又赶紧来了。杨校长说了，考试分数下来了，你家儿子考得不错，500多分呢，到底多少我也没大记清，反正听说在市里排第二。杨校长说，这个分数，考个清华大学或北京大学都没问题，还问你们报的是哪个学校。以后你们两口子在村里可得扬眉吐气，挺起腰杆做人了。要不说都盼着孩子有出息，爹娘得省多少心。像我们家那孩子，把房子给盖上，媳妇娶上，还得养着他，给他种地，看孩子，没个头儿；要有你家孩子一半的出息，后半辈子都不用操心了。话说回来，从这以后，你们就是想操心也操不上了，就等着沾光吧。"

他们现在才明白怎么回事。爸爸这几天没去做小工，正想着明天去县里打听一下，没想到消息会从村里传过来。妈妈连问了几遍，确信自己没有听错，反倒有些不知所措，嘴里不停地念叨"老天开眼了，菩萨显灵了"。她跑到西屋，在所有的神像和牌位面前都点上了香，挨个拜了一番。

爸爸那晦暗的脸上也有了光泽，掩饰不住的笑意。他不知道该说些什么，只是故作镇静，似乎这只是一件平常的事，都在意料之中。他不停地递烟倒水，话也有意无意地扯到赵永生身上，说起他懂事，不挑吃穿，学习刻苦，显得很自豪。他很少有这么多话，也从没像现在说话这么有底气；后来他非要炒两个菜，留人家喝两盅。

这时候赵永生早已飞奔了出去。他的第一个念头就是要把这个消息告诉李铁，他抑制不住心中的狂喜，急切地想找人分享。他一路狂奔，一口气跑到李铁家。李铁做小工还没回来，他得在假期里挣够自己的学费。从李铁家出来，他那激动的心情因为无人吐露更显得抑制不住。他顺着山路一路奔跑，来到后山上。

山上到处是浓密的庄稼，山坳里散落着几家坟地，但他毫无畏惧，人有十年壮，见鬼都不怕，现在，他时来运转了，牛鬼蛇神都得躲着他。他一直跑过了两道山梁，直到看不见村里的一点儿灯火，才停下来。

淡淡的月光下，山谷如淡墨染过一样。他对着山谷喊了几声，那声音像是被黑暗吸收了，连同他几天来的焦虑和疲惫，也都一挥而去，心中无比畅快。他靠在身后的岩石上，那上面还留着太阳的余温，暖暖的，周身舒畅。夜色沉静，阵阵虫鸣忽远忽近，此起彼伏。一阵青草的香气扑鼻而来，让人神清气爽。

但他还是不能平静下来，脑子里千头万绪，一时理不清。

忽然，一道亮光从眼前划过，他以为那是流星，却又太低太近了。仔细看时，不只是那一道，还有不少亮点，或远或近，时隐时现，在夜空中划过一道道美丽的弧线——原来是萤火虫。

虽然就住在山脚下，这却是他第一次看见萤火虫。它们不喜欢光亮，只在远离村子的地方才能见到。小时候他们成群结队地到山上去捉萤火虫，但每次都是被蚊子咬一身包，却连萤火虫的影子都没有看到。现在放眼望去，那山野里到处是亮光，一闪一闪的，微弱却又明亮。他想起自己刚才那几声嘶吼，实在是大煞风景。

萤火

　　一只萤火虫悄悄地飞近了，落在了他身边的草叶上。他不敢动，屏住了呼吸，生怕惊动了它。

　　那只萤火虫却一动不动，他轻轻地把它托起，借着那淡淡的黄绿色的光，他发现那原来是一只像甲虫一样的虫子，而他原以为那应该是像飞蛾或者蝴蝶一样，扇动着翅膀，提着灯笼的。但它又不像甲虫那样硬，停在手上显得很柔弱，好像轻轻一碰就会把它碰坏了。那如豆一样的光亮似乎有些热度，他的手心渐渐渗出了汗。萤火虫振了振翅，飞走了，一闪一闪地消失在山谷里，点缀着夜色，使这黑暗的夜空也有了灵魂。

　　回去的路上，他仔细回想，仍然觉得一切仿佛梦境一般，有些不敢相信。他不知道自己到底考了多少分，但这全市第二名的成绩却太过悬殊，他怀疑是不是自己听错了，或是别人弄错了，甚至是有人故意使坏。

　　这个念头让他全然没有了刚才的心情，心事重重地回了家，想着明天去学校查一下，而爸妈也正商量着明天再去县里打听一下。

　　但是一夜之间，这个消息已经传遍了村子。第二天一早，出门碰见的人都面带笑意，说着道喜的话。家里也有来串门儿的，从来没有这么多人来往过他家，那多年冷落的门庭，一下子热闹起来。人们都显得通情达理，看着这满院狼藉和破破烂烂的家，感叹一番。妈妈也还像以前一样，说话颠三倒四，而且又开始侉了起来，但人们都耐心地听她讲那些家事，不时附和两句，报以同情和安慰。

　　赵永生去了学校，证实了昨天的消息。虽然他并不是什么全市第二，只不过是县里的第二名，但那并不重要，这已经超乎他的预料了。他的分数比他最初估分还多了近20分，校长和班主任见了他都有些讪讪的。他的分数据说已经超过了清华大学和北京大学的分数线，他却并不后悔。他已经很庆幸自己当初没有按学校说的，报个什么省内的重点学校。

人们都很意外，他们都以为他不可救药了，整天缩在角落里，上课迷迷糊糊，课下呆头呆脑，尤其是没有保送上以后，更显得一蹶不振。他卧薪尝胆，终于一鸣惊人。

在村里，那消息一开始就有些出入，现在更是越传越离谱了。赵永生先是全市第二名，后来又成了全省第二名，而且，有人说他考上了清华大学，有人说他考上了北京大学，在他们眼里，好学校只有这两个。开始赵永生还跟他们更正一下，后来也就含糊其词，由他们去了。

市招生办刘永媳妇的亲戚也把电话打到了村里，村里的大喇叭大呼小叫，让赵永生去接市里来的电话。在村里人看来，这事可非同一般，那是已经惊动了上面，他在市里、省里已经挂了号，甚至有传言说他被省里的某个领导相中，将来要招为女婿。

他的好运还不止于此，他甚至上了电视。县电视台开着采访车，专门到村里来采访他，把他家那破烂的房屋、衣衫褴褛的父母都拍进了电视，还把他拉到了玉米地里，给他拍了锄地拔草干农活儿的镜头，让他吟诵了一首"锄禾日当午"的诗，最后是夕阳下荷锄而归的镜头，节目的名字就叫《山沟里飞出了金凤凰》，连同县里文科、理科前几名的采访节目，在县电视台播出。

赵永生家里没有电视，没有看到镜头里是怎样的田园风光，只是觉得自己被摆来弄去，折腾了半天，反复了几次，弄得自己连话都不会说了。

节目播出后，立刻在全县引起了轰动。县电视台没什么好节目，平常也没什么人看，这节目虽然粗糙，却是人们身边的事，况且高考也算是个大事，家家都有孩子，人人都关注。在那几个人里边，赵永

生是唯一一个农村的，人们一打听都知道他家穷苦出身，家里挨欺负，也更显得他人穷志不短，比那第一名更受人关注。

在新庄，更是家家都在议论。按照村里人的说法，这上电视也是上面有人给安排的，相当于中了状元披红戴花跨马游街一样。

确实，高考状元年年有，往年也不乏像他这样山窝里飞出去的金凤凰，却从没有这样大张旗鼓地又是采访又是上电视。赵永生也是后来才知道，采访他其实是镇高中安排的，那些记者也是镇高中请来的。那当然不是上面有人特别关照他，学校也不是为了宣传他，他们有自己的目的。

以前高考，不要说前三名，就是前三十名，也都是县一中的，县城以外的几个镇高中，偶尔能考上的，多半也是复读了多年，赵永生算是第一个。上到高中，学生越来越少了，县一中当然不愁，全县最好的学生都到了那里。但那几所镇高中，每年都招不满，招来的也都是一中挑剩下的。镇高中瞅准了这个机会，找电视台策划了这期节目，宣传学校，吸引些学生。没想到那期节目很成功，以后每年高考的采访也成了最出彩的节目。

但是，节目火了，赵永生也露了脸，镇高中却没有捞到丝毫好处。采访是学校一手策划的，采访的时候，校长和教导主任都露了脸，对着摄像机慷慨陈词，远比赵永生看着上台面。但等到节目一播出来，学校却傻了眼。不知是哪个环节出了问题，不但校长和教导主任的镜头没有出现，甚至连镇高中的名字都没有提到，看了的人都以为赵永生和那几个人一样，也是县一中毕业的。没办法，学校又补了一次节目，在教师节那天把赵永生请到了学校，又请来了电视台录下了他感念师恩依依惜别的情景，这次总算播了出来。

他就这样稀里糊涂地上了两次电视，出尽了风头，更让村里人相信，他一步登天，背后一定有什么背景。学校也出了名，他们许下了优厚的条件，拉来了许多家里条件困难又学习好的学生。其后连续几年，镇高中每年都有考上重点大学的，风头甚至一度盖过了县一中；学校的学生几年翻了一番，新盖了教学楼和宿舍楼；校长后来也调到了县教委，高三的许多任课老师也调进了县城。这不但是赵永生一生命运的转折点，也是许多人命运的转折点。

赵永生家一夜之间时来运转，难免让人琢磨。他家宅院的风水朝向有人研究过了，他家紧靠山脚下，据说正占在龙脉上。他家的院子被人欺占，成了缩口形，这也应了风水学上的道理，属于倒喇叭形，能留住人积住财。也有人说他家的祖坟上长出了青蒿，甚至有人看见冒过青烟。妈妈说的那些"走国"受磨难的话，现在已经得到了验证，风水轮流转，赵永生家从此就该发达了。

人们端详着他，夸他相貌堂堂，命里带着富贵，就连那睡偏了的脑袋也是有福的。他以前的老师和同学也在谈论他，说他自小聪明绝顶，过目成诵，连那些调皮捣蛋的事也被人津津乐道。他没有留过级，没有复读过，不挑吃挑穿，没花过冤枉钱，成了人们教育孩子的榜样。还有他没有被保送上师专的事，也有了不同的说法，有的说他是胸怀大志，立志要考清华大学或北京大学；有的说他家上面有人，早就拍胸脯打了保票的。

至于他家的事，是非曲直似乎也不言自明了。也许人们心里早就有数，只是没有人站出来说句公道话，现在不过是顺势而为。那些与他家结过怨的村干部，也有的上门来道个喜，赵万恶家也打了蔫儿，常常关门闭户。只有奶奶和叔叔、大爷，从未登门，即使路上碰了面，也从不打听。

赵永生最热切盼望的事情，就是早日见到陈露。他恨不得马上飞

到她的身边，和她一起分享他的快乐。她一直在背后默默地关注他、支持他、鼓励他，虽然她并没有给过他什么承诺，甚至没有说过几句话，但他从不怀疑陈露对自己的感情，她是他的精神支柱，他所有的努力都是为了她。他曾经发誓要让陈露为自己感到骄傲，现在他终于做到了。

拿到了录取通知书，他就去找陈露。她家并不远，那里有铁矿，村里人大都在矿上干活儿，挣的钱比国营大厂子的工人还多，每年家家还有分红，比新庄这边富裕得多。

快到陈露家的村子了，他越来越紧张。到了村头，他转了好几圈，才鼓起勇气，向人打听陈露的家。他觉得自己就像做贼一样，似乎人们都在审视着他，他面红耳赤，出了一身汗。

陈露家是一幢高大气派的房子，红砖红瓦，明窗净几，屋里的摆设也很讲究；院子里收拾得干净整齐，一畦畦的蔬菜郁郁葱葱。

他在门外犹豫了半天，本想缓口气，消消汗，心却越跳越慌乱。他不由得打量了一下自己。他特意穿了一件淡黄色的衬衣，但已被汗水湿透了，贴在身上。他的裤子也皱巴巴的，鞋上沾满了泥点子。这已经是他最好的衣服了，但看起来仍然那么寒酸。

他觉得很泄气。他应该是香车宝马、华盖云集，风光无限地来迎接他的心上人，但现在，他却仍然只是个穷小子。他那几天来急剧膨胀的自信心一下子大打了折扣。

见面时的情景赵永生设想了无数次，每次都很激动。但一切都很平淡。看见陈露那久违的笑容，他的心情反倒平静了下来。他们就像老朋友一样，虽然无话，却并不陌生。

他心中虽有千言万语，却不知该如何说起。那些热切的思念、心中的感激，还有对他们将来的憧憬，这一刻都说不出口，更别说那些海誓山盟的话了。他偷偷探寻着陈露的眼神，想看看那里面有没有沮丧、哀伤或是责备、怨恨。陈露考得很差，他一直很内疚，觉得是自己害得她不能专心学习；否则，她那么聪慧，肯定能考个好成绩。上学的时候，他看陈露气色不好，满脸倦容，脾气也烦躁，多想过去关心她安慰她一下，替她分担，却终究没有那个勇气。但是陈露看起来却很平静。

待得时间久了，他开始恼火自己的沉闷。他们的话越来越少，他越是绞尽脑汁想找些话说，越是不知道该说些什么，或者是话未出口又咽了回去。他还是和以前一样，不会说话，也不大方，躲闪着陈露的目光；而她比他要坦然得多。陈露的妈妈不时进来客气几句，这让他站也不是，坐也不是。他身上的汗开始往下淌，他想赶紧逃离这个地方，却不知该如何结束这难堪的场面，像是被钉在了那里。

直到陈露的妈妈进来张罗午饭，他才找到机会。他狼狈地逃出了陈露的家，才发现自己的衣服已经湿透了，比钻一趟玉米地出的汗还多。陈露送到门口，直到快要分手的时候，赵永生想起自己想说的话一句也没有说，再不开口，他这趟就白来了，而下次他不知道自己有没有勇气再登这个门口。

"我已经收到录取通知书了，9月份就要开学了，到了学校我就给你写信，那时候你们也该开学了，到时候我们再联系。"

"祝贺你，很快就要到北京去上学了。我哪儿都没考上，还等什么开学？"

"去复读啊！明年再考，肯定没问题，很多人都是复读了好几年才考上的。"

"就凭我呀，再复读几年也没什么希望。我不是上学的料，再上也是瞎耽误工夫。"

赵永生有些蒙住了。这与他预想的完全不同。陈露应该去复读，不管一年两年，他都会等她；也不管她将来考上什么学校，他都不在乎。他今天来就是要告诉陈露，他会等着她，会在她的身边帮助她。他甚至已经为她订好了学习计划，还要在北京买最好的参考书给她。他早已设想了许多美好的前景，那不再是虚无缥缈的梦想，而是触手可及的，他们要共同努力去实现它。但是这些话他却说不出口，他只是觉得，陈露应该明白。

"我知道你这次没考好，这不怪你，那么多人没考上，也不是什么丢人的事。你应该去复读，其实高考并没有那么难，只要功夫到了，哪有考不上的。"

他不知道该怎样安慰陈露，他应该早点儿来看她，从考完试到现在，他一直忙着估分、报志愿、等通知，忽略了她的感受；或许她是因为考得不好，有些灰心丧气。

他急切地望着陈露，希望她是在开玩笑，或者只是一时的气话。但陈露却低着头，避开他的目光，脸上是一副冷漠固执的表情：

"我真的不想再浪费一年的时间了，我都想好了，你们谁也不用劝我了。"

"你一定得再复读一年，无论如何不能放弃，只有上学才有机会。到时候我给你写信，帮着你复读，你肯定能考上，哪怕是考上师专也行……"

他想说服陈露，但话一出口却很生硬。

"你还是不要给我写信了，你开了学一定很忙，还是专心学习吧。再说我下个月就要去天津打工了，现在也不知道地址。"

赵永生恨陈露为什么不明白他的心意，一点儿不领他的情，他的满腔热情和希望都落了空。他一直以为他们很默契，可以心意相通，但那只不过是他的一厢情愿。他看着陈露勉强挤出的一丝笑容,并不热烈,也感觉不到亲切。还有她的祝贺,也并没有想象中的那样欣喜,不过是出于礼貌的应付,并没有什么特别的含义。

赵永生觉得失望、愤怒,血往上涌,涨红了脸。他大老远地跑来,却是热脸贴了冷屁股。他恨自己没出息,觉得受了愚弄。他害了两年的单相思,竟然把那虚幻的爱情当了真。他只不过是个穷小子,家徒四壁,一无所有,受人欺负;他寒酸土气,木讷沉闷,并没有因为考上了什么大学而变得讨人喜欢。

他终于明白,陈露的冷淡、不领情,并不是因为羞涩。她的心里从来就没有过他。她的种种好处都不过是他的幻想,他那炽热的思念她也不会体会得到。她从一开始就没有看得起他,最多不过是同情和怜悯。以她的条件,追求她的人肯定不止一个,也许她早已经心有所属了。

他本来就不自信,虽然这几天正春风得意,信心倍增,但那只不过是空中楼阁,毫无根基,经不起一点儿动摇。现在,他觉得自己又渺小了下来,一下子打回了原形,开始胡思乱想。他本想说句解气的话,却连看她的勇气都没有了,只是头也不回地转身走了,以保留一点儿可怜的尊严。

出了村子,到了僻静无人的地方,他把自行车狠狠地扔在路边,梗着脖子站在路中间。在这里仍然能看见陈露家高高的屋脊,跟那儿比起来,他的家就像是茅草房一样。他恨那个气势逼人的深宅大院,恨陈露那从容大度却又目空一切的笑容,让他觉得自己低人一等。他想咒骂两句,那些亵渎的话却说不出口。

正午明晃晃的太阳照着他,他满面通红,大汗淋漓,站在路的中间。他觉得自己像是一头梗着脖子的土驴。而陈露美丽端庄,他算什

么东西，有什么资格痴心妄想？他并不怪陈露，他自己都觉得陈露和他在一起有些委屈了。

赵永生颓然地坐在路边，气愤和恼羞成怒渐渐地褪去，仔细回想，他仍然感激陈露带给他的那些力量和勇气，支持他走过那些日子；但那也只是在他的幻想中，走不进现实的世界。而现在，就连这些幻想也破灭了，他越走越远，不再回头。

一种悲壮的情绪从心底升起，他想着陈露的一颦一笑，他们相识以来的点点滴滴，让那情绪慢慢滋长。他迎着风，泪流满面，在心中默默地向他心爱的人告别，连同那过去的记忆，从此都只能埋藏在心底。

二十二

眼看到了收秋的时候,赵永生爸妈却连地里的庄稼也顾不得了,整天围着赵永生转,在家陪着他,变着花样给他做些好吃的,顿顿饭都有肉蛋豆腐,隔天吃顿饺子,只要他爱吃的东西,不管多费事也要做给他吃。他惦记着收秋,怕自己走了他们顾不过来,但现在地里的活儿一点儿也不让他沾边了,好像他一下子高贵起来,这些活儿再也碰不得了。

妈妈总是提起他小时候的事,如数家珍。他小时候聪明、懂事、嘴甜,到哪儿都不认生;知道俭省、顾家,从不要吃要穿,学习上也没让人操过心;而他贪玩、逃学、调皮,看大书,大半夜在外面游荡的种种劣迹都忘记了,记得的只是他的好。还有他小时候受的那些苦,缺吃少穿,多灾多病,还有几次险些丢了命;从小就跟着家里东奔西跑,逃难的一样,没人疼没人管,像个野孩子。

妈妈就像是祥林嫂,沉浸在自责之中,每当提起这些来,她总是眼泪汪汪,被心里的内疚折磨着,好像赵永生是在苦水里泡大的。妈妈只打过他一次,因为他常常偷偷地跑到水库去游泳,有一次妈妈把他追回来,狠狠地揍了一顿,他屁股上的笤帚印好几天才下去;打完

之后她也就后悔了，心疼得直掉泪，直到现在还耿耿于怀，总说自己当初怎么能下得了那么狠的手。

　　高三的时候，看着他学得辛苦，越来越瘦，妈妈总说虽然那些补脑子的药买不起，哪怕买上几斤鸡蛋，给他补补营养，却一直没钱买；现在家里顿顿都有鸡蛋，蒸、煮、炒、荷包，非看着他吃下去了，心里才踏实些。她仿佛要把以前欠下的一下子补偿回来，要看着赵永生把那些好吃的一口一口地吃下去，才心满意足。他偶尔在外面吃次饭，妈妈总觉得又少了一次补偿的机会，那些饭菜常常一点儿都不动，好像那都是单为赵永生准备的。

　　家里老早就开始给他准备上学的东西，有各时节的衣裳，里外都是新的，而且都是从百货商场里买的，不是农贸市场上的便宜货。他以前提起过想要一件古铜色的棉袄，妈妈也还惦记着，特意到商场扯了几尺古铜色带暗花的布和古铜色的里子，给他做了一件新棉袄。虽然她知道不管做得多体面，到了那城市里的大学，也不会有人再穿这种棉袄了，却非要让他带着去学校。他们就像送女儿出嫁一样，把他从头到脚打扮一新。

　　随着开学的日子越来越近，赵永生的行动也不那么自由了。他家仇人多，现在更是人人眼红，凡事都得格外小心。晚上不能随便自己出去，每次回来稍晚一点儿，爸爸都在路口等他。妈妈千叮咛万嘱咐，让他离水远点儿。以前他算命时人家说他命里犯水灾，但他却从小就见水亲，整天泡在河里，大点儿了就偷偷摸摸去水库，妈妈整天提心吊胆，现在也成了她的心病。有一次赵永生去山里找一个同学，看见水库的水清澈诱人，忍不住下水游了一会儿，回来不小心说漏了嘴，被妈妈知道了，妈妈急得直抹眼泪；直到他下了保证，以后再也不沾水了，妈妈才放下心来。

赵永生在家里说话也受到了重视。家里的大事小情，村里的亲疏远近，谁家有恩谁家有仇，都跟他交代清楚；自留地宅基地的事，甚至是爸爸厂里的事，也都郑重其事地征求他的意见，要他说出个一二来，好像他几天之间长大成人，对什么都有见地。

临行前，他在村子里转了一遍。赵姓的本家，不论亲疏远近，都得登门拜望一下，那些曾经在难处拉过他们一把的，不管是明里说句公道话，打抱不平，还是暗里说句宽心的话，妈妈也都记得，要去串个门儿，道个谢，还个人情。那几天赵永生就像正月里拜年一样，说着感谢的话，听着道喜和恭维。

他的学费一年八百块钱，在公费大学里算是高的，再加上住宿费、生活费，开学要带上三千块钱，这对他家来说是一笔不小的数目。当然，他们现在不用发愁借钱，好多人都上赶着来问，向谁家借钱，那是给人脸上增光的事。况且现在也不用四处张罗着借钱了，小舅这两年挣了些钱，早就说过赵永生上学的费用他全都包下了。不单是小舅，大舅和二舅也都想尽些力，给凑些钱，他们觉得这是妈妈应该得到的。

但妈妈却不会接受任何人白给的钱。她向人借钱，每一笔都记得清楚，稍有些余钱，就要拿来还债。她向来刚强，在最困难的时候也从不肯占人半点儿便宜，不管是外人还是家里人。她总说帮衬着弟妹们过日子是天经地义的，不需要什么回报，更不想给赵永生将来留下人情负担。

爸爸把家里那些积攒了多年的旧钢筋、木头都卖了，那些本来是留着翻盖旧房，给赵永生娶媳妇用的。几头半大的猪也卖了，勉强凑了大部分，还差一些只能从小舅那里借了。

小舅看着他家家徒四壁，没有一件像样的家具，连面镜子都没

有，就买了一台黑白电视机和两面镜子，搬了过来；但妈妈好说歹说，只留下了那两面镜子，买电视机的钱还是记在了账上。

赵永生早就盼着开学了。他整天待在家里无所事事，除了吃饭就是睡觉，听妈妈讲家里的那些事，一遍一遍地叮嘱他到学校要注意安全，不要进山，不要靠水；住在宿舍里不要跟人争长道短，要远离是非；要多吃多喝，不要怕花钱，什么事情都替他考虑到了。

家里大包小包收拾了好些东西，装了几个尼龙袋。学校虽然没多远，爸爸和大舅、二舅却都要去送他，壮壮声势，顺便也逛逛北京。

爸爸借了厂里的一辆吉普车，把他们送到邻县的火车站。厂子虽然早就停产了，厂长却仍然有车坐。当然这也是看赵永生的面子，爸爸一个普通工人，是不敢用厂长的车的。这也颇为赵永生壮行色，一个乡长也才坐上吉普车。

司机一路上嘟嘟囔囔，脸拉得老长。他要起个大早，又捞不着什么油水，自然没有好声气。爸爸在路边买了两盒烟送他，脸色才缓和了些。

汽车颠簸了两个小时才到火车站。赵永生第一次坐这么远的车，一下车险些栽倒，蹲在路边就吐了。司机很不乐意，囔囔着说他开了三十年的车，没有比他开得更稳当的了；又说要是这吉普车都坐不了，将来更没有坐小车的福分了。大家都赔着笑，说这不怪师傅，今天起得早，又没吃饭，才会晕车的，又给了那个师傅二十块钱让他回去路上吃饭，才算把他打发走了。

这是一个小站，车站破破烂烂，站前一条又窄又脏的街道，排着几家简陋的小饭馆和旅店，马路上泛着油腻。那些饭馆还没开张，只有一家刚开了门，胖胖的老板娘蓬头垢面，脸上的妆花成了黑一道白一道。她除了穿得看起来有些不伦不类，和集上那些摆摊卖肉饼的没什么两样。还有两家门口挂着"桑拿"的牌子,他看不出那是家什么店。

他们买票进了站,车站是露天的,只有他们几个人在等车。火车进站了,这是他第一次看见火车,并没有想象中那么气势宏大。火车很破,不过十几节车厢,咣当咣当地进了站,刹车时发出刺耳的声音。车厢里也很脏,座椅都破了,四面漏风,跑起来冷飕飕的。车里只有稀稀拉拉十几个人,每个人都占了一把长椅,躺在上面睡觉。

火车开得慢腾腾的,走走停停。他看着那些路过的小站的名字,不像山里面,都是些什么峪、沟、关、寨的,这里都是些甸、屯、原之类的名字。而现在,火车正行驶在大平原上,一眼望去,那是真正的一马平川,连个坎都没有。正是金秋时节,田里是清一色的玉米,都是一般高矮,金黄色连成一片,一眼望不到边。

小学时候他就知道,他的家乡在辽阔的华北平原上。但他们那里却是山区。以前他一直以为不管到哪里总该有山,山外还有更高的山,太阳是从山上升起,从山上落下,所谓的平原不过是山间稍平整些的土地。直到现在他才见到了真正的平原,那种抹平一切的气势,让他震撼。火车走了几个小时,那平原仍然像没有尽头一样。在这广袤的大平原上,他家的那片山区不过是大海中的一座孤岛;而那里是他以前所知道的全部地方,二十年才走出来。

除了远处偶尔出现的树木掩映的村庄,窗外的景色似乎一成不变,不像山里,虽然满眼是山,却各有不同。在火车单调的声音中,赵永生迷迷糊糊地睡着了。等他醒来的时候,火车正在一个前不着村后不着店的地方,已经停了好一会儿,但还没有要走的迹象。眼看天已至中午,还不知道这里离北京有多远。他们以为车出了毛病,问问同车的人,他们说这是慢车,见站就停,还要让那些快车,没个准。

见赵永生醒来，爸爸拿出了家里带来的吃的，煮鸡蛋、烙饼、黄瓜，还有几张豆皮，准备吃饭；但他没有什么胃口，只是看着窗外发呆。

这里离家该有几百里地了吧。他想着妈妈送出门时，那么依依不舍，追着走出了老远，而他当时只顾着兴奋，却没顾上和她说上一句话。天气转凉了，家里的秋还一点儿没收，而别人家地里都已经收拾利落了。收完秋紧接着种麦子，这都是紧活儿，不能靠爸妈慢慢磨工夫。虽然舅舅们满口应承帮着收秋种地，但那些零活儿也够爸妈干一冬天的了。

他这一走，家里就只剩下爸妈两个人了，他们自己吃饭又该对付了。他不在的时候，爸妈生气吵架了怎么办？虽然他不知道怎么开导他们，但多个人毕竟还能打个岔，缓和一下。家里没有院墙，院子很敞，要提防坏人；房前屋后堆着秸秆，要防火烛。天冷了，家里的炕不好烧，火又少，爸妈的气管都不好，每年一入冬就感冒，一感冒就不容易好，又舍不得吃药。而且他这一走，把家里能张罗的钱都带走了，把家里都掏空了。

他的眼睛有些模糊了。刚刚离开，他就开始想家了。这些天来，他一直处于兴奋之中，没有沉下心来仔细想过，他第一次离家，对于前方的路，那即将开始的大学生活，一无所知。他又恨自己恋家，没出息。他在那里出生长大，早就迫不及待地想离开了，恨不得插上翅膀飞出来，到一个陌生的地方、一个全新的环境，开始不同的生活。

火车到的是北京南站，却没有找到学校接站的人员。他们拿出录取通知书仔细看了看，才明白这里并不是那上面所说的北京站。他们又坐车到北京站，那里更是人山人海，让他们眼花缭乱，转了半天才找到了学校的校车，车上却已没有座位，他们只好站着。

他们坐在尼龙袋上，占满了过道。二舅拿出一支烟，刚点上就招来司机的一顿训斥。司机嗓门很大，声音也不耐烦，连声催促他们买票。那票价贵得离谱，他们坐火车到北京才不过七块钱，坐校车却要五块钱。但他们不敢细问，怕让人笑话，乖乖地交了钱，却又觉得不对劲，悄悄地问了问左右，只有他们几个人买了票。二舅壮着胆子问了一句，司机瞥了一眼他们，不耐烦地说，只有报到的新生是免票，其他的人一律购票，嫌贵就别坐。赵永生说自己也是新生，司机却非要他拿出通知书来，端详了半天，才不情愿地退了他五块钱。

看着周围的那些人，赵永生总觉得有些不自在。别人都是整齐的箱子和背包，只有他们每人拎着一个尼龙袋，像是出门打工的。他们早上出来穿的厚衣服，现在都已经汗流满面，好像是弄错了时节。他穿着一身淡绿的西服、白色的旅游鞋，特意打扮整齐出来，但那黝黑的脸膛、蓬乱的头发，脸上淌着汗，坐在尼龙袋上，总觉得有些碍眼。

北京确实是个大地方，车出了北京站，七拐八拐走了两个多小时，才到了学校。校门口一片节庆气氛，一群人敲锣打鼓，迎接新生，一下车就把他们围住了。有人帮他们拿东西，领他们交钱、领被褥、买饭票、进宿舍，上上下下爬了好几次楼，才算办妥。他们就像土老帽儿进了城，晕头转向，分不清哪儿是哪儿，也不知道该干些什么，帮不上忙，插不上手，只是糊里糊涂地跟着跑上跑下。

都安顿下来，天已经快黑了。赵永生送他们出来，还要赶回去的火车。学校大门两旁，百十辆小轿车排出了几百米远。那些车都是送学生开学的，挂着各地的牌子，他虽然不懂，却也能看得出那些都是高级车，不是普通老百姓坐的。二舅连说"开眼"，这阵势够他们回去吹嘘一阵的了。

有记者正在采访，听说还是中央电视台的，一个人扛着摄像机，

一个人拿着话筒，在汽车丛中穿梭。那些司机看见采访的过来，都扭过脸，挡住车牌，还有的在发动汽车，准备离开。一个人刚刚从一辆小汽车里钻出来，记者赶过来时，那人却坚决不承认那是自己的车，扭头遮脸，拼命躲着摄像机。那两个记者转了一圈儿，没有找到一个人，只能对着汽车在那里自说自话。

能在电视上露个脸是多么荣幸的事，何况是中央电视台，全国人民都能看见，一辈子难得的机会，他们不明白为什么人们都躲得远远的。

二舅见这情形有些按捺不住，直奔那两个记者。他站在一辆长长的小轿车旁边，东张西望，盼着采访的人能看见他，显得很滑稽。他长得瘦瘦小小，留着一撇八字胡，穿着一件土灰色的褂子，里边是一件皱皱巴巴的衬衣，脚上的皮鞋前面翘起来了，鞋上还沾着泥土，手里拿着一个人造革的黑包。他的这身打扮看起来也像是个走南闯北的买卖人。

终于，摄像机对准了他，拿话筒的记者也过来了。二舅丝毫不怯场，比手画脚地对着镜头说了半天。赵永生隐隐听见，他告诉他们自己是从哪里来的，早上天不亮就出了门，坐了大半天的火车，又怎么倒了几次车，才来到了这里，最后他还追着问节目什么时候播出。

二舅一脸得意，连说这一趟没有白来，上了中央电视台，又埋怨他们几个没有跟过去，不然也能说上两句。然后他就催促着快走，好赶回家看节目，又担心当天晚上会播出来，想给村里打个电话，告诉村里人别忘了收看。

送走了他们，赵永生在校园里转了一圈。学校的大门上是邓小平题写的校名，他感到很自豪。校门口的办公大楼有十几层高，显得很气派。校园里有大礼堂、图书馆、体育场，还有苗圃和花园，七八栋宿舍楼之字形排开，路旁是高大的梧桐和整齐的灌木丛，远比镇高中漂亮多了。

想起了镇高中，他忽觉有些可笑。一个是名牌大学，一个是镇里的高中，怎么能放到一起来比呢。

看着校园里三三两两的人群，有的坐在图书馆前的台阶上谈天说地，有的在僻静处轻声细语地聊天，有的在散步，有的在打网球。他们是象牙塔里的骄子，优雅从容，气度不凡，而现在他也成了其中的一个。他不禁有些踌躇满志，他从一个小山村来到北京，即将在这里开始新的生活。

回到宿舍，他开始收拾东西。他解开尼龙袋，里面是花花绿绿的布包袱，装着他的背心裤衩、秋衣秋裤、古铜色的棉袄，还有一件羊皮里的绿军大衣。那些以前觉得挺洋气的衣服，现在却觉得很土气，他都不好意思当众拿出来，胡乱塞进了柜子里。

坐了一天的车，他吃不下太多，只是拿出了从家里带来的黄瓜烙饼，背着人吃了。晚上，楼道里来了一拨又一拨串门儿找老乡的，有意说着家乡话，南腔北调，格外热闹。赵永生的老乡也找来了，也有十几个人，都是来自他们同一个市的；虽然没有和他同一个县的，但说起来离得都不远，听着那家乡的口音，也觉得亲切。

宿舍里的人都到齐了，熄了灯躺在床上，大家都还兴奋着，说着路上的见闻和新开学的感受。同宿舍的人中，赵永生算是离家最近的了。说起来，他们都是千里迢迢自己坐火车来的，他却是三个人护送着来的，不免有些不好意思。他们说起赵永生，宿舍里一下子进来四个人，每人拿着一卷行李，像是随从一样，颇有些山里来的土财主的气派。他们还等着土财主的儿子出场，却没想到那个一样黑脸膛、留着小胡子的就是新生。赵永生想起了校车上的那一幕，也难怪司机会

追着要他们买票。

他们说起高考的分数，赵永生差不多是最低的了。别人都是省里市里有名次的，让他有些汗颜。但听说他是从一个镇上的高中考来的，文科只有一个班三十几个人，也不禁有些惊讶。

北京的同学很健谈，有一种当仁不让的东道主的气势。他大大咧咧地说自己正是因为分数低，才上了这么个郊区的破学校，这在北京算不上一流学校，不过是近几年才有些名气。他毫不掩饰对学校的不满，并不在乎别人的感受。学校在北京的郊区，离市区还有一大截儿距离，不过是个县城，土气得像农村一样。

大家头一天报到，新鲜劲儿还没过，这话让他们有些失望。他们都是冲着"中国政法"的招牌来的，这是法学这个热门专业的最高学府了。但实际说起来，他们对这里的了解也并不多。他们都是才来这里，还没出过校园，不知道周围的情形。赵永生想起汽车从北京站开了两个多小时才到学校，而从他们县城到市里也不过这么远。他还记得录取通知书上写着"北京昌平卫星城"，当时还曾遐想一幅日月星辰的美丽图景，一颗卫星护卫着北京。现在才明白，所谓的"卫星城"只是远离市中心的意思。

北京的同学又说起校园的狭窄寒酸，用不上十分钟就能沿着学校走一圈，学校里被礼堂、教室、宿舍塞得满满的，没剩下多大地方，连像样的体育馆、游泳馆都没有。他说起清华大学、北京大学，里面有山有水，有邮局银行，通着公共汽车，这连他们的一个角都不够，甚至不如一个高中，这也引起了大家的共鸣。湖北的同学提起了武汉大学，校园有几千亩，里面有许多风景名胜；内蒙古的同学提起内蒙古大学来也如数家珍。那些徘徊在心底的隐隐的担忧和失望都变成了不满，大家七嘴八舌地发泄了一通。

赵永生没什么可说的。他没见过什么大世面，比起家乡那穷乡僻壤，低矮的教室，尘土飞扬的操场，这城市和大学已经是天外之境了。他日夜苦读，才进到这象牙塔里，这里是改变他命运的地方，是他希望的起点，不能让希望这么快就破灭了。

　　楼道里渐渐安静了下来，他本来已经困得睁不开眼睛了，一静下来反倒睡不着了。坐了一天的车，一闭上眼总觉得仿佛还在火车上晃来晃去。这是他第一次睡床铺，而且是上铺，总担心一翻身会掉下去。窗外依然灯光耀眼，人声喧哗，学校门口两边马路上的夜市还很热闹。他觉得有些恍惚。早上他还在一个小山沟里，现在却到了一个陌生的城市，和几个天南海北的陌生人一起，住在这栋住满学生的宿舍楼里。他担心着爸爸他们能不能赶上回去的火车，还是在哪个车站蹲上一宿？妈妈一个人在家，这时候正在担心着他们。他们只看到了学校里的高楼，门口排着的小汽车，回去以后可以炫耀一番，不会觉得这学校偏僻、小气。

　　开学的第一天，他却是糊里糊涂过来的，眼睛不够用，话不会说，现在还没有回过神来。他憧憬那意气风发的大学生活，却想象不出那是什么样，现在才发现那是一个完全陌生的环境，他一无所知。

　　翻来覆去了一阵，他却越来越清醒，直到天光大亮，他还睁着毫无睡意的眼睛，满脑子是乱七八糟的事情。

二十三

  开学先是两周的军训。军训就在校园里,学生们东一拨西一拨地散落在操场上或路边,踢踢正步,喊喊口号,练一套军体拳,并不怎么严格。

  赵永生以前没有参加过军训,他不怕累,这比起种地收秋来差远了,却单调乏味,一天下来也筋疲力尽。他倒希望军训更正规更严厉些,给自己立立规矩,去掉懒散的毛病。听说很多大学入学军训半年甚至一年,有专门的军训基地,很让他羡慕。

  村里人都说他们入了学肯定要着装,穿统一的制服,就连省里警校的学生都发了警服,何况是中国政法大学。但学校不但没有发给他们警服,连统一的校服都没有。军训时大家穿得杂七杂八,松松垮垮地踢着正步,无精打采地喊着口号,怎么看都像是一群散兵游勇。

  赵永生买了几身衣服,还有一套正经的西服,却没有一身运动服,高中时那是只有练体育的人才穿的。军训时别人都穿着鲜亮的运动服,有的是高中的校服,上面印着某某中学的名字,他只能穿着衬衣和裤子,那衬衣是的确良的,一出汗就湿透了,贴在身上,裤子也总是裹在腿上,下蹲的时候还得要往上提一下,显得不伦不类。

唯一能穿得出去的就是那双新买的旅游鞋了。那是从县城的百货大楼里买的，一双鞋的价钱够他穿几年的平底布鞋了，他们咬了几次牙才舍得掏钱。但那鞋穿着却并不舒服，开学那天第一次穿就把脚磨破了，而且质量也并不好，没等军训完皮子就折了，鞋也走了形，看着又蠢又笨，赵永生却又舍不得扔掉，还是坚持穿了半年多。

军训之后的一周多的时间，搞了一次大扫除，开了两次班会，见过了本班的辅导员，认识了班里的同学。还没正式上课，老师对他们也不怎么过问，他们晃来晃去，不知该干些什么。都说考上大学就解放了，但这自由来得太突然，以前总有老师和家长一天到晚围着他们转，忽然间没人看着管着，倒有些不踏实，没着没落的。

校园和学校附近都转过了，学校就在县城边上，那县城和别的县城没有什么两样，唯一有些北京气派的，是那穿梭不停的两节的大公共汽车，每隔几分钟就满载而来，一进站人们蜂拥而上，那挤车的阵势不亚于打仗。

学校的四周是地摊市场，那些推着小车卖衣服、水果、小电器的，围了一圈。大门两旁搭着一溜简易棚户，卖着南北小吃。中午晚上放了学，学校的周围就热闹起来了，熙熙攘攘，直到半夜才散去。人群散尽后的马路上一片狼藉，人行道上画满了占位置的白线，有的还写着"乱占者断子绝孙"，或是"此地有人占，再占王八蛋"之类的，看起来地盘争夺还很激烈。路边到处是垃圾，风一起漫天飞舞。那些小吃摊前更是脏水满地，马路被浸得油黑一片。

学校往东走不远，就是村庄，有庄稼、果园、山林，一片田园风光，让赵永生感觉很亲切。正是收获的时节，看着那满地玉米、高粱，他现在心情不同了，不用操心收拾庄稼，没有了劳动的艰辛，也能欣赏那丰收的喜悦了。那些庄稼树木、野花野草，都是他熟悉的，

也是他唯一显出优势的地方，偶尔被那些五谷不分的同学问起，他还能说出个一二来。

穿过两个村子，就到了十三陵水库。十三陵水库很有名气，就连新庄村也有人参加过修水库。远远看见那高高的大坝和毛泽东题的"十三陵水库"几个大字，很有气势，但上了大坝一看，水库并不大，没有想象中的万顷碧波，比南峪水库大不了多少，不免让人失望。水库旁边的九龙游乐园，每天电视里新闻联播后面的天气预报中和北京天气一起出来的广告，却是一个很不起眼的地方。

人们越来越感觉到失望。那校园的局促、周围的偏僻荒凉，与期待的相去甚远。比起城里的学校，他们就像是乡下。城里的同学这时候正忙着去听名人的讲座，游览北京的名胜古迹。那些名人到不了这偏僻的地方，就是想进趟城里，来回要坐几个小时公共汽车，还要拿出拼命的劲头来，才能挤得上去，挤上去了也很难找到座位，连站的地方都没有，常常挤得四脚悬空。开学一个月，赵永生只进过一次城里，慕名看了天坛、北海。那一次就花了他半个月的生活费，而且精疲力竭，几天缓不过来。

但是赵永生顾不上失落，这城市、学校、大学生活对他来说都是陌生和新鲜的。他要全身心投入，不断适应，甚至从最基本的东西开始学起。

首先是说话的问题。他还记得李铁他们在学校里争论哪儿的口音更标准，以前赵永生也觉得自己说的就是普通话，和收音机里差不多，现在才知道自己说话有多土气，那说话的腔调、后翘的尾音，话一出口，自己都觉得刺耳。还有用词上，老家的土话常常脱口而出，听得人一愣。那还不比南方的口音，虽然说起来吃力，却是字正腔圆，听着洋气。要去掉自己身上的土气，首先得改掉这口土腔。他时刻注意自己的说话，开口之前总要踌躇一番，酝酿一会儿，甚至话说了半截儿觉得不妥又咽了回去，以至于很长时间别人还以为他是个结巴。

还有穿衣打扮。他清楚地记得自己开学时的那身打扮，整齐的西装配着白色的旅游鞋，土气又扎眼，想起来就觉得浑身不自在。他带来的那些衣服没有几件能穿得出去，那风雪衣、老板裤、绿色的棉大衣、古铜色的棉袄，都是他以前羡慕已久的，现在却觉得土气，与周围格格不入。那些衣服他大半都压在了柜底，有的一次没穿过又带了回去。他也渐渐知道了什么是名牌，懂得穿衣服要讲究搭配。学校周围地摊上那些假冒的名牌，样式时髦，价钱便宜，他省钱添置两件，总比以前的衣服像样些。

宿舍的生活他也得从头适应。他没有住过校，以前一直憧憬着这样的集体生活，大家天南海北聚到一起，亲如兄弟，情同手足，是多么美好的事。但宿舍里的气氛却并没有想象的那么热烈融洽。虽然他们不用像以前那样拼命学习，每个人却都在忙着自己的事情，每天早出晚归；即使回到宿舍，也是各自吃饭洗衣刷牙，看书听音乐，互相交流不多。赵永生并不喜欢独来独往，但现在却觉得和谁都像隔着面具一样，难以亲近起来。

他仍然常常睡不着觉，一年的失眠熬夜已经成了习惯，晚上稍有一点儿动静就会惊醒，反复几次，再难入睡。熄了灯又不能起来看书，只能瞪着眼睛干熬着，常常到天亮。大家都是从高考的煎熬中过来的，都有些神经衰弱，他翻来覆去地折腾，难免会影响别人。还有宿舍里的值日，打扫卫生，轮流打开水，他也常常忘记，就连自己的床铺，也总是乱七八糟的，检查卫生的时候也是因为他被扣分。他越来越觉得自己成了一个不受欢迎的人。

班里聚餐，老乡聚会，同学过生日，总有不少出去吃饭的机会。

赵永生虽然心疼钱，却不能因此让人看不起。但这些场合更显出他没见过世面。那些说话应酬，他都得慢慢观察，从头学起。他第一次吃火锅，看见那冒着火苗的铜炉摆在面前，不知道怎么下口，看人家吃过了才敢动筷子。在酒桌上他也显得呆头呆脑，敬酒劝酒、客套寒暄的那一套他都不会。他不善言谈，说不上两句话就冷了场。而且喝酒聚餐总少不了表演一些节目助兴，唱歌跳舞做游戏，这些他都不会；就是说个笑话，背首诗也行，他也羞于开口，总是自罚一杯酒了事。每次坐在饭桌上，看着别人谈笑风生，自己闷坐在那里，不时独自喝口酒掩饰一下，一会儿就喝得满脸通红，好像很馋酒一样。

第一学期的课程安排得满满当当。所有的课程，不论是必修还是选修，赵永生都去上，一天要马不停蹄地上七八节课。他踌躇满志，早就期待投入新的学习生活，要努力学好每门功课，做一个好学生。

但他的热情并没有坚持多久。他所憧憬的大学课程并没有想象中精彩纷呈。以前学习是为了考试，他并没有什么爱好和兴趣；现在没有了目标，学习也就没有了意义，再怎么立志也振奋不起来。

高考之后赵永生几乎睡了一个假期，以为这下该补足了缺的觉，但就像人被饿怕了那饥饿感再难去掉一样，那倦意也像长在身上一样，稍一放松就漫卷而来。尤其是上课的时候，老师讲上没几句，他就趴在那里睡着了，一觉睡到下课。上大课时百十人坐在一起，倒也没人在意；即使是小课，教室小人也少，他也困得眼皮直打架，抬不起头来。

他越睡越萎靡，越睡越睡不醒，白天昏昏沉沉，晚上却又睡不着，形成了恶性循环。有时候他也觉得不安，有的课老师是照本宣科，但有些有名气的老师，课也讲得精彩，几百人的阶梯教室座无虚席，掌声阵阵，他却在那里闷头大睡，错过了课堂内外的很多逸闻趣事。

赵永生想找一个勤恳好学的人做榜样，却发现并没有人铆足了劲儿认真学习。上课也有不少人打盹、聊天、看闲书，而课下更没有人认真钻研学习了；而且，渐渐地，大家都摸着了些门道，开始逃课。他虽然每天急急忙忙赶着去上课，宁可坐在课堂里打盹，却总觉得自己还是一个好学生；而且，逃了课他也不知道该干些什么。

很多人都加入了学生会。那些学生会的人看着都精明干练，办事有板有眼，看起来成熟得多，他也想锻炼一下。加入学生会，当个学生干部，就有机会跟老师多接触一些。他去找老乡帮着拿主意，他们却都态度暧昧，告诉他用心学习才是主要的，学生会里大多数人不过是干些跑腿支应的差事，熬不出头来，也捞不到什么好处。他犹豫再三，终于错过了招纳新生的机会。看着班里几个人参加了学生会，整天忙里忙外，充实又兴奋，他又不禁有些后悔。

开学不久学校就组织了新生辩论赛。当时全国大学生辩论赛正如火如荼，电视里每天直播，那些大学生英姿勃勃、意气风发、锋芒毕露，那才是真正的天之骄子、社会精英，让多少人羡慕。政法院校更是兴起一股辩论风，对于法律专业的大学生来说，能言善辩是他们要掌握的第一门本领，新生入学的第一次洗礼就是辩论赛。学校里成立了辩论协会，其口号就是要把每个"法大人"都培养成超级辩手。每个班也都组织了辩论队，那些辩手们个个都博学多才、思维敏捷、出口成章，辩论起来气势如虹，颇有些风采。

赵永生也被那气氛感染，跃跃欲试。但他尚有自知之明。自己拙嘴笨腮，肚子里又空空如也，只有在台下做看客的分儿。看着他们雄辩的风采，他觉得他们才真正属于这里，而自己却没有任何长处可与这政法二字相配。

其实新生的生活并不乏味，那丰富多彩的大学生活正在眼前展开，让他们眼花缭乱，应接不暇。通讯社、诗社、广播站、剧团，还有心理学会、武术协会、吉他协会之类五花八门的学生社团，在宿舍楼前摆了一溜的桌子，散发传单，热情地介绍，或是到宿舍里游说新生加入。每个他都很动心，也想发展点儿爱好。学练武术，小时候村里有武术花会，他也跟着练过几趟拳脚；或者学个乐器，爸爸能吹能拉，说不定他也有一些这方面的天赋。但加入武术协会要花钱置办行头，就是买把吉他也要花几百块钱，他就打了退堂鼓。

学校里有专为新生开设的免费舞蹈扫盲班，每天傍晚，图书馆前的空地上，跳舞的人群就像公园里跳健身舞的老太太一样。他们憧憬着浪漫优雅的生活，就从跳舞开始，这是舞蹈协会的宣传单里说的，而且不会跳舞就等于不会生活，不会交际，是要被社会淘汰的。赵永生也禁不住鼓动，参加了扫盲班。

刚开始学些基本动作，混在人群里，他还觉得自在些，等到真正搭伴跳舞的时候，男女勾肩搭背，他就觉得耳热心跳、手脚僵硬，头也不敢抬，刚学的动作就忘了，显得笨手笨脚，不是踩了对方的脚就是自己脚底下绊不开；而且男女离得这么近，他总觉得自己的所有缺点都暴露无遗，那蹩脚的衣服、蓬乱的头发、黧黑的脸膛、粗糙的双手，都无处躲藏。每次下来他都是大汗淋漓，没坚持几次就溜号了。

每到周末，学校礼堂都放电影，学校周围的录像厅更是不计其数。这对别人来说没什么新鲜的，但电影对赵永生来说只是村里露天电影放的那几部老掉牙的片子，还有县里电影院门口的电影海报。县城里有录像厅，也总是遮遮掩掩的，不像是什么正经地方。

学校里放的都是新片，还有进口的大片，那是在县城的电影院里看不到的。每看一次电影，他都激动好一阵子，那不同的世界、精彩的人生，让他回味好几天。但那五块钱一张的票虽然不算贵，却是他两天的伙食费，每次他都要做一番思想斗争。校园外面的录像厅倒是便宜些，三块钱能看几个片子，但录像厅里空气混浊，片子也不清楚，只是看个热闹。

有一阵子他也如饥似渴地看书。那些世界经典名著，以前只是在课本的注释里知道名字，现在终于能看到原著了。他借遍了同学的书，恶补了一阵。有时他也去图书馆借书，图书馆里的书虽然不少，但有几大柜子图书卡片，要想找出来几本好书并不容易，往往是在图书卡片里挑上半天，借出来的书却一眼都不想看。书店里有很多好书新书，但动辄十几块钱一本，赵永生总有些舍不得买。

宿舍里兴起了打扑克，每天下了课，大家都急匆匆地往回赶，抢个好位置，一直打到晚上熄灯，有时候饭也顾不上吃。不但打牌的投入，看的人也兴致很高，不时传来一阵阵大笑声。赵永生也很快学会了，有时候也凑过去打两把。但他却不能全身心投入地玩一个晚上。他总觉得那是玩物丧志，是在浪费时间，玩上一会儿就觉得心神不宁，打牌也常常出错，到最后被人赶了下来。

到了周末大家都忙着联络市里的同学，你来我往，也有的人不辞辛苦，常常进城，逛遍了北京的名胜。赵永生不知道怎么打发时间，他无人可寻，没有同学，也不认识同乡。高中时的同学大都四散回家，种地的种地，打工的打工，有几个考上了市里，也没有留下联系地址。偶有来往的只有学校里的几个老乡，他们也和他一样，沉默寡言，只是相对闷坐。

他给陈露写了一封信。他现在又常常回忆起他们过去的点点滴滴，她的一颦一笑依然让他怦然心动；那目光中流露出的关切，曾经是那些艰难的日子里让他支撑下去的唯一动力；即使想起上次陈露对

他的冷淡和不解人意，他现在也能理解。没考上学，她的心里自然难受，也不会有好声气，他当时只顾自己得意，忽略了陈露的感受。他后悔自己不应该跟她斗气，应该好好安慰她。

　　现在他终于可以把对她的思念和感激，把那些关于他们未来的美好憧憬，都倾诉出来。他告诉陈露一定要回去复读，他会一直等她，帮助她。那些热切的话他自己都觉得脸热，没有勇气当面说出来，只能在信里吐露了。他还特意选了一张带有紫色花纹的信纸，增添些浪漫色彩。他不知道陈露是不是真的去了天津打工，也许那只是她一时的气话，说不定她现在已经去复读了呢。他把信寄到了陈露的家里，只希望她能早点儿看到这封信。

二十四

  日子过得虽然煎熬，却也很快，转眼寒假就要到了。赵永生早就急切地盼着放假回家。元旦的时候，看着校园贺卡像雪片一样漫天飞舞，他也很想给家里寄一张卡片回去，告诉父母他的思念和感恩之情，但那些话终究说不出口。即使平常写封家信，他也总是那么干巴巴的几句，那些想念记挂的话也难以表达出来。离家半年，他确实想家了，家的温馨、甜蜜、懒散，都让他怀念；而在这里，他却总觉得无所适从，身心俱疲。

  老早他就想着该买点儿什么东西带回去。家里冬天用热水不方便，以前爸爸用锯条缠起来做成电热棒烧水，常常漏电，而饭锅里烧出来的水也总是油腻腻的。他在电视里看过万家乐热水器的广告，很想买一个回去，可到商场一看要好几千块钱；最后他花五块钱在地摊上买了一个热得快。他买了一管护手霜。每次看到"小时候，妈妈的手最温柔"那句广告，他都感动好一阵，好在那十几块钱的护手霜他还买得起。他还给父母每人买了一个牙刷、一管牙膏，希望他们也能养成刷牙的好习惯。

  他已经和李铁约好，考完试他先到李铁那里，等李铁放了假一起

萤火

回家。考完试的当天下午，他就迫不及待地进了城，买了回去的车票。

这次他坐的又是一趟慢车，一路走走停停，晚点一个多小时，等到站的时候已经是晚上九点多了。

这是一个县城的小站，下车的没有几个人，天晚了，出站口连检票的都没有。车站外面有几个挑着马灯卖东西的，更显出冬夜的萧索。小站一眼就看遍了，并没有见到李铁，可能是他等不及，已经回去了。李铁在信里说，车站外有许多三马子毛驴车，现在却一辆也看不见。

他有些发蒙，虽然李铁告诉过他怎么走，但他本来就辨不清方向，又是晚上，根本就不知道该往哪儿去。

正在着急的时候，有两辆三马子从外面开了过来，直奔站前的台阶，看见他，都停了下来。前面那个嗓门大，看他有意坐车，嚷嚷着过来就要把他的包往车上放。赵永生有些害怕，绕开他，走向后面那辆车。那个人看起来岁数大些，面相也和善。他问了价钱，比李铁说得要贵些，本想讲讲价，又怕惹恼了那人，或是说多了话，反倒不好。

三马子突突突地跑了好长时间，出了县城，路上灯光越来越稀疏，越来越荒凉，他的心里也越来越紧张。李铁说过学校并没有多远，司机刚才也说不过五分钟的路程，他却觉得已经跑了半个小时。他不停地四处张望，努力记忆着两边闪过的景物，以备不测，一边紧紧抓着自己的包，摸索着打开了车棚后面的挡板，犹豫着是不是该跳车逃走。这时候，车子停了下来，他慌忙下了车，见眼前确实是一所学校，不是什么荒郊野外乱坟岗子之类的地方，才长嘘了口气。

看着自己惊魂未定的样子，他心里不禁有些泄气。他像一个初次出门的乡巴佬儿，胆小多疑，没见过世面，全无一点儿大学生的气概。

但是在李铁的宿舍里，他却受到了热烈的欢迎。李铁早已进行了渲染和铺垫，他最好的朋友，名牌大学的学生，靠着个人努力奋斗，从一个小镇考上了北京；他上过电视，在全县家喻户晓，这些宿舍里都已经知道了。他一来，不但李铁觉得脸上有光，也给宿舍增了不少光，大家嘘寒问暖，给他腾出了床铺，听说他还没吃饭，还有人给他泡好了方便面。

大家围着赵永生，争相问一些关于北京和他们学校的问题。虽然在北京他并没有去过多少地方，大多是道听途说来的，再加上些自己的想象，给他们介绍一番。说起自己的学校，他也尽力往好处说，甚至吹嘘一些。十三陵，北京的上风上水之地，皇帝相中的地方；十三陵水库，毛泽东亲笔题的字；还有九龙游乐园，离他们也很近，是北京的标志景点。这些都是有些名气的，可以拿来充充门面，这样说的时候，他自己也觉得自豪起来。

没等欢迎仪式结束，宿舍里就熄了灯，随后窗外传来了大铁栅栏门合拢时刺耳的声音。人们呼啦一下一跃上了床，楼道里也一下子安静下来。赵永生还没明白怎么回事，也赶紧上了床。一会儿，楼道里有人打着手电筒照来照去，还不时大声呵斥。

等查夜的人过去之后，他们才敢压低声音说话。有人问起赵永生是怎么进来的，得知竟无人盘问，都惊讶地说他运气好。本来他们还琢磨着怎样把一个生人带进来，颇费了一番踌躇。赵永生本来以为这里也像他们学校一样可以自由出入，根本没有理会看门的人，理直气壮地进来了。他们都替他后怕，叮嘱他不能随便走动，遇到盘查的该如何应对，还有人说给他借一身校服，有人要把学生证借给他。

他现在才有时间环顾一下这间宿舍。这是一间很大的屋子，两排上下层的大通铺，上面挤挤挨挨睡了十几个人，估计整个班的男生都在这里了。门口有两排柜子，柜子的门都掉了，里边杂乱地塞着书

和衣服。宿舍中间摆着两张长条桌,漆早已脱落了,上面堆着脸盆饭盒,桌子底下放着一堆马扎,这让他想起了军营生活。屋里很冷,潮气很重,有一股散不出去的气味。

这样的条件,和赵永生他们高中时的宿舍差不多。听说赵永生的学校一个宿舍只有六个人,他们都很向往。而且大学里可以自己选课,能不时逃课,平时没有作业,考试也轻松,课余时间自由自在,无人管无人问;学校里经常有各种的活动,偶尔聚餐喝酒,看看电影,外出游玩;学校里随意出入,宿舍里来了人也没有人盘查,更是羡慕不已。赵永生以前总觉得这是顺理成章的,对他们来说却是那么奢侈,比起他们来,他的大学生活也可以说是绚丽多彩了。

在这里,赵永生俨然成了一个见过世面的人,大家都专注地听他说话,不时小心地问一些问题,恐怕被他笑话。在这么多人面前赵永生也能滔滔不绝,并不怯场,可见自信才有好口才,他也并不是天生上不了台面的。

接下来的两天,他也体验了一下李铁的中专生活。学校是半军事化管理,每个班编成一个大队,请了退伍军人当大队长,盯着他们。每天早上6点,他们要起来上早操,白天上课时宿舍的门要上锁,不允许留人,所以白天赵永生或是装病,或是躲起来不让人发现。他们每天八节课,早晚自习,成堆的作业,考试又严格,每门课总有人补考。

但是李铁他们却并不觉得苦,每天忙忙碌碌,很充实,也很乐观。他也很羡慕他们宿舍里那融洽的气氛。他们序齿排列,彼此以序号相称。老大老成持重,说话也有分量,每天招呼着他们起床,催促他们睡觉,有什么事也都找他评判,真有点儿老大的样子。老末长着一张娃娃脸,整天嘻嘻哈哈,走路蹦蹦跳跳,像个孩子,手脚也很勤快,常干些跑腿的事。大家有说有笑,亲密无间,就像一个大家庭。

李铁的年龄看着比他们大，在宿舍里竟被称为李老九。但他也确实没那么成熟稳重，也不怎么合群。他常常冒出一些幼稚的话来，显得很突兀，还带着以前的古怪脾气。但看得出来，他也在努力改变自己，适应周围的环境。他故意和别人开一些玩笑，说一些不着调的话，但赵永生知道他对那些并没有兴趣，只有提起学习来，他才两眼放光，滔滔不绝。

李铁很自豪，他仍然是全班学习成绩最好的，门门成绩优秀，而且只有他一个人通过了珠算过级考试。他兴奋地给赵永生讲珠算考试如何重要，多么不容易过，他怎么刻苦地练，摸索出了哪些技巧。

李铁生活很清苦。他吃的是最次的饭菜，没有一点儿荤腥。赵永生这半年来吃的差不多也是这样的饭菜，时间长了，肚子里空得慌，刚吃完饭就觉得肚子里空空的。李铁一年到头只穿那两身校服，不过他很勤快，洗得很干净。除了吃饭，他几乎没有一分多余的钱，有什么集体活动，需要花钱的，他多半不参加。这也许是他显得不合群的原因，总让人觉得他斤斤计较，处处算计。

赵永生买了些方便面和火腿肠供两个人吃，尽量不给李铁增加负担。比起李铁来，他宽裕多了，自己节省点儿，集体活动和人情往来尽量不落下，他不想因为穷让人看不起。

但李铁却很乐观。他兴奋地跟赵永生谈论着学校里的趣闻，说起班里每个人的家庭背景，谁是哪个县县长的孩子，谁是局长、乡长的孩子，他都知道得很清楚，也很自豪。比起附近其他几所中专学校来，他颇有几分优越感。他也谈论班上的女生，头头是道，说起他心仪的女孩儿，也是眉飞色舞。

李铁把希望都寄托在了毕业以后。他们毕业包分配，等熬到了毕业，就端上了铁饭碗。他对将来满怀信心，他们上的是热门的专业，

历届的毕业生分配得都不错，有门路的都进了县城，没有根底的也能在乡里找一份不错的差事。

赵永生一直很佩服李铁，不论才智、心机还是韧性，他都比自己强许多。如果他不是非要考中专，上高中也一定能考上一所好大学。他也羡慕李铁，他知足，有憧憬，在这样艰苦的条件下仍然过得充实快乐。

而他这半年的大学生活却没有什么收获，他为自己的土气寒酸而自卑，因为贫穷而处处拘谨、事事犹豫。他不知道该怎样跟人交往，也没有什么可以吐露心事的朋友。对于将来，他也不像李铁那样确定。他们现在是双向选择，毕业不再包分配，得自己出去找工作了。虽说是双向选择，他们并没有多少选择别人的余地，总不如有个现成的工作让人心里踏实。尤其是像他这样没有一点儿关系的人，找个好工作并不容易，并不像家里期待的，考上了政法大学就意味着高官厚禄，前面的一切都还是未知的。

他本来有很多感慨想要对李铁说，那种种的不适应、不安和担忧，还有些自己也说不清楚的想法，想要和他讨论一下，现在却不知从何说起。

终于坐上了回家的汽车，想想再有两个小时就要到家，见到父母了，想着家里的温暖和团聚时那激动的场面，赵永生竟有些坐立不安，心怦怦直跳。让他感到别扭和不安的是，这一路上，他的口音怎么也改不过来。他下了半年的功夫，总算把那土得掉渣的口音改掉了许多，现在竟然回不去了。跟李铁说话的时候，他就觉得别扭，不伦不类的，他并不是想故意装洋气，只是怎么也找不着调了，到了家他要还是这样卷着舌头说话，恐怕就要挨骂了。

马路上结着冰，车走得很慢。十几天前的那场雪，在城市里早已看不见痕迹，这里却还积着厚厚的一层。清爽的空气中混合着淡淡的柴草和炊烟的气味，那么熟悉而亲切。车里大部分都是放假回家的学生，一路上叽叽喳喳，李铁不时悄悄地给他介绍车里那些人的父母都是干什么的。他很佩服李铁了解得这么清楚，却并不关心他们是什么背景。他一直盯着窗外，看着路边那些越来越熟悉的景物。

终于到了镇里，走上了那条熟悉的路；再有三五分钟，他就到家了。这条路他寒来暑往走了三年，路边的村庄房舍、小桥流水，闭着眼睛他都能想出来。他顶着寒风，路上结满了冰，车子扭来扭去，一不小心就会摔倒，那情形仿佛就在眼前。时隔半年，再次走在这条路上，他心中有很多感慨。那时候他做梦也不会想到有今天，那个每天穿梭在马路上的穷困潦倒的学生，已经今非昔比了，他虽然算不上衣锦还乡，也有一股豪迈。

一下车，就有人热情地打招呼："哟嗬，北京的大学生回来了！"有人凑上前，跟他打听学校的情况。赵永生嘴里应付着，脚下并没有停，急着赶回家。穿过那条泥泞的街道，到了他家门口，看着那熟悉的房屋和院子，烟囱上升起的炊烟，看着一窝小猪在院子里撒欢儿，父母在穿堂里忙碌，他感觉那么踏实，一路上急切的心情也平静了下来。

为了不让父母担心，他没有告诉他们自己什么时候回来。妈妈出来喂猪，抬头正看见赵永生站在门口，却又有些不敢相信，赶紧擦了擦眼睛，才明白过来，连忙扔下手里的泔水瓢，颠儿颠儿地跑过来，一边还喊着：

"哎哟，我儿子回来了，我儿子回来了！快来接着，儿子回来了！"

她一路小跑过来，却见大门还锁着，又赶紧喊爸爸：

"还不快拿钥匙开门，还傻愣着！你不是天天盼着儿子回来吗？"

爸爸拿钥匙来开了门。妈妈端详了他好一会儿，不停地说着：

"快让我看看我的儿子，都快把妈想死了……这才半年，怎么就

瘦成这样了，是不是学校的饭吃不饱啊，还是生病了？"

妈妈嘴里说着，就要抹眼泪。爸爸一边接过赵永生手中的行李，一边劝妈妈：

"你看看你，好不容易把儿子盼回来了，一见面就哭哭啼啼的……还不赶紧都进屋里。"

这久别重逢的场面该是多么温馨感人，他期盼了很久，他甚至想象着见面时拥抱一下他们，也是很自然的事。但是直到妈妈真切地站在面前，他才从幻想中回过神来。那是怎样的一张脸，苍白浮肿，脸上的皱纹像刀刻一样，纵横交错。眼睛在冷风的刺激下不停地流泪，眼仁上的那块白翳也越来越明显，更显得目光浑浊不清。她的头发灰白，像一团乱草在风中抖动。她还是穿着那件辨不出颜色的衣服，胸前的渍迹油黑发亮，下摆露着一圈黑棉袄，已经破了洞，露出了灰白的棉花。棉鞋又蠢又笨，溅满了泔水点子，比他在垃圾堆里看见的好不了多少。她伸过来的那双手，冻得肿起老高，满是深深的裂口，露出了红色的肉。

他本来有很多话想跟他们说，告诉他们这半年来他有多想家，多想念他们，他深怀感激和敬意，感激他们的养育之恩，他深深体会到了他们生活的艰辛和不易，敬佩他们作为平凡父母的伟大。但那一刻，他所有浪漫的不切实际的幻想都被击得粉碎，他只叫了一声"妈"，声音就有些异样，眼睛也模糊了。他别过脸去，不忍看妈妈的脸，不敢直视她的眼睛，虽然她正高兴得眉开眼笑，那笑容在他看来却是那么凄凉，让他阵阵心酸。

他怕他们看出他的震惊和不自然，极力想装出一副高兴的样子，却怎么也挤不出一丝笑容来。还有他的口音，在一声"妈"叫出口的那一刻，也找回来了。

所有的一切都那么熟悉而又陌生。赵永生印象中的院子应该是郁郁葱葱的，那一畦畦的蔬菜，爬满了豆角的篱笆，挂满了桃李的果树，还有茂盛的葡萄架，满院田园风光。他所朝思暮想的家，虽算不上金碧辉煌，也应该是明窗净几，温馨暖人的。他的父母，也应该穿着得体的衣服，过着体面的生活，悠闲安适，优雅从容，不再满脸愁苦。

但眼前这一切都与他想象中的相去甚远。没有了绿色遮盖的院子显得更加破烂，毫无生气。西边还堆着一堆石头，空了的猪圈里长着一人高的蒿草。他家的房子显得更加低矮破旧，窗上糊着黑乎乎的塑料布。屋里光线昏暗，穿堂里堆着一堆柴火，差点儿把他绊倒。屋里很冷，腌菜的缸结了厚厚的一层冰。炕上仍然没有多少热气，还是那领破炕席，缀着一块一块的补丁，炕角还扔着一堆脏衣服。

这才是他的家，一直就是这个样子，而他却以为，这一切都已经随着他考上学而改变了。

妈妈在炕上铺下了褥子，催着赵永生上炕暖暖脚。赵永生的脑子里乱糟糟的，从屋里转到屋外，看着哪儿都心乱，不由得皱起了眉头，脸也绷紧了。妈妈一直脚前脚后地跟着他，不停地问这问那，他只是含糊其词地应付着。

妈妈看着他的脸色，说话有些迟疑，脸上也充满了不安。她不再跟着赵永生了，拿起泔水瓢去喂猪，却又忘了舀泔水，只是呆立在那里出神。

赵永生心里很难受，他知道妈妈一定是多心了，以为他嫌弃这个家了，那是她最担心的，也是最让她伤心的事了。

他挤出些笑容，勉强找些话说：

"过年的肉买了吗？今年是不是又涨价了？"

妈妈舒了口气，说起过年的肉又长了一块多，不过村里有好几家养鸡的，鸡肉和鸡蛋便宜多了。不管贵贱，家里鸡鸭鱼肉早就已经备齐了，就等他回来呢。

"给我做碗面吧，路上有点儿晕车，胃里翻腾得难受。"

妈妈这才想起来该去做饭，连声不迭地说：

"咳，你看我这糊涂的，刚才还想着给你下碗肉丝面呢，一转眼就忘了。这大冷天饿着肚子跑这么远的路，能不晕车吗。快着，赶紧生火做饭，多切上点儿肉，再卧个鸡蛋。"

看着妈妈在那里忙着张罗，情绪又高涨了起来，赵永生的眼泪再也忍不住了。他躲进屋里悄悄地擦了把泪，红着眼睛不敢出去，一抬头正看见门后的墙上写着：

"永生学费：小舅1000，大舅200，二舅200；买电视机：小舅600。"

下面还有些几十块钱的零星小账，有的是买农药、化肥、种子的钱，有的是他开学时赊欠的钱，加起来也有几百。已经划掉了几百块钱，那是他们这半年连挣再省抠出来的。

爸爸一直做小工，地里的活儿都是妈妈一点儿一点儿干。上冬了，爸爸又找了个看工地的活儿，他的身体本来就差，怕冷畏寒，工地上的工棚四面漏风，每天晚上还要起来巡看几次，这一折腾，咳嗽气喘的病又犯了，稍一动弹就喘成一团，身体佝偻得厉害。

他为自己那些不切实际的幻想感到羞愧。这才是他的家，穷苦破烂，一直如此，不但没有因为他考上学而变好，反而更加穷困了。他的父母也不是突然间变得如此苍老和寒酸，只是他以前熟视无睹。

他努力不去想是自己忘了本，嫌弃这个家，嫌弃自己的父母，但这个可怕的念头却挥之不去。不过半年，家里的穷苦困顿、父母的含辛茹苦他都忘了。他在学校饱食无忧，不受风吹日晒，看多了电影和故事，有意无意把自己的家美化得富丽堂皇，忘了父母的生活却更加艰难。这不正是忘本吗？

他想起以前常听人说起那些有了出息忘本的事，那不单是说话变了口音，连自己亲生父母都不认的也有。村里一户人家，连生了六个闺女，家里又没有男丁，处处受人欺负。后来他家大女儿考上了大学，在村里轰动一时。但是后来听人说，她的父母去学校看她，却连宿舍都没让进，只说是邻居，几句话就打发了出来。这在村里也成了大笑话，虽然她的父母还一样在人前夸耀，却总免不了被人揶揄几句。

赵永生不愿意相信自己真的忘了本。他的家，他的父母，一直让他魂牵梦萦、日思夜想，怎么会是假的呢？

刚考上学的时候，似乎一夜之间，他的命运来了一个大转折，他考进了名牌大学，有着远大前程，他家的命运也随之改变了，父母可以挺直腰抬起头，不用再挨欺负了，也不再有穷困愁苦了。那一阵子他家里人来人往，欢喜热闹，衣食丰足，似乎从此过上了无忧无虑的生活。正是那种景象让他产生了错觉，才会有那么多不切实际的幻想。

找出了问题的根源，证明了自己并不是忘本，他的心里轻松了许多。他蹲在灶台前，帮忙添柴。灶膛前很暖和，妈妈在切菜，爸爸在擀面条，灶膛里跳动的火焰，红火而温暖，肉菜下锅，发出清脆的爆炒声，顿时香气四溢，他慢慢感觉到了家的温暖。

二十五

　　回到家里,赵永生完全放松了下来。家是避风港,而他又像是座上宾,父母把什么事都放下,每天围着他。他每天睡到日上三竿才起来,父母早就给他预备好了饭菜,每天变着花样给他做吃的。他们觉得赵永生清苦,好像他在学校整天忍饥挨饿一样。

　　开始的时候他并不觉得清苦,毕竟顿顿米饭、馒头还有菜吃,比起家里稀饭咸菜已经很不错了。学校食堂里的菜分甲菜、乙菜和小炒,他每次都是打份乙菜,大多是白水煮土豆、酱油熬豆腐之类的,没有一点儿荤腥;实在熬不住了,才打上半份甲菜解解馋,却总觉得又贵又不实惠;至于二楼的小炒,他从没有吃过。现在他到了家,才觉得肚里有了些底。

　　村里不少年轻人在外打工,过节也都回来了。不管在外面过得怎样,干的什么活儿,挣没挣到钱,回到村里却都很张扬,打扮得光鲜夺目,一回来就呼朋唤友,招摇过市。他们操着半土不洋的口音,并不怕人笑话他们忘本,说起话来也天南海北,就像见过大世面一样。

　　比起他们来,赵永生却显得还是那样寒酸土气,并不像在大城市里上学的大学生。妈妈总是告诫他不要忘本,再不起眼的人也不能看不起，说话不能不着边际。她也不停地向他打听学校里里外外的事，尤其是有外人在的时候，更想让他说些关于北京和学校里的见闻，借机炫耀一下。但他却并不愿意提起。他不想跟他们违着心地吹嘘一通，也不能实话实说，让他们失望。

妈妈掩饰不住对他的失望。她并不知道学校的好坏，是不是如意，只是觉得他不应该是这副支吾含混的样子。他已经是个见过世面的大学生了，更应该干脆利落，在人面前响当当的。

妈妈暗暗观察他说话办事，说话赶不上去，办事不圆滑，也成了她的心病。每次出去她都不放心，该说什么不该说什么都叮嘱一番，回来后还要跟她一五一十地学说一遍。她也常拿他和别人比较，比如王功嘴巧，见什么样的人说什么样的话；张寒露说话有气势，嗓门高，压得住阵脚；甚至李铁，到哪儿也不怯场，敢说敢干；就算是那些油嘴滑舌、让人生厌的，她也羡慕。

妈妈常常提起他小的时候，乖巧伶俐，能说会道，人见人爱。而一提起现在来，就显得忧心忡忡，好像他现在既愚钝木讷，又不讨人喜欢，甚至连话都不会说了。

在妈妈看来，说话是一个人的立身之本，那比心机、才干和吃苦耐劳都重要。话说不到当口上，就得受人欺负，这是她一辈子的教训。爸爸没有心计，不琢磨事，但那并不是最主要的，最关键的是外场上有话说不上去，就是把教他的话原样说出来都不能。妈妈担心他也像爸爸一样，蔫头蔫脑，不哼不哈；而赵永生也越来越让她的担心变成了现实，他虽然考上了学，见过了世面，却并没有什么长进。

村里人历来是看人下菜碟，看赵永生回来并没有什么大变化，不像想象的那么风光，说话也越来越不对味：

"你看人家这孩子，知道心疼家里，都到北京上学去了，还穿得

这么朴素。我们家那孩子，身上哪件衣服不得一二百块钱，县里百货商场的东西都看不上，嫌土，都是从市里买回来的。"

有人说他："一看就是个老实人，到哪儿也改不了庄稼人的实在劲儿，出去半年，说话办事一点儿都没变。"

也有明着说的："你们这学法律的，将来全靠嘴皮子吃饭，那得像电视上一样真刀真枪地对着干，你这口才恐怕说不过人家，还得练啊！"

这话也许没有恶意，却正说到了赵永生的痛处。他也想像辩论赛上那些人一样雄辩滔滔，却没有那样的风采。在人前吆五喝六地吹嘘，他也不会。他恼火自己这学上得没有什么长进，反倒不如那些打工的。他每天心烦意乱，本想回学校去看看老师，找找同学，却不愿意说话，也不愿意出门，每天闷在家里。

爸爸打了一大桶酒，一日三餐，顿顿不离，一个人自斟自酌，喝得有滋有味。他一喝就喝上个把小时，上顿连着下顿，一天到晚总是醉醺醺的。他每天的活儿就是烧火做饭，洗碗喂猪，围着灶台转。他唯一的乐趣就是看电视，家里的电视从早开到晚，虽然只有两三个台，他却不停地调来调去。不管有事没事、打紧着忙，他的眼睛总是盯着电视，舍不得挪开一会儿，狗打架的节目也能有滋有味地看上半天。

操心的事，爸爸一概不管不问，就是烧火做饭、上街买菜，他自己都没有主意。他已经习惯了听人吆喝，自己什么事都不用过脑子，不但图省心，也不用担什么责任；哪怕有一句嘱咐不到，事办砸了，那错也落不到他的身上。有时他甚至等着看笑话，妈妈哪儿出点儿什么错，他便得了理，这时候声调也上去了，也能说会道了。

妈妈也常常唠叨不断，他们也常常为了些鸡毛蒜皮的事吵架。赵永生最怕听他们争吵，哪怕是高声说话，也让他受不了。父母早已习惯了吵吵闹闹，吵完就过去了，他却生了一肚子气，而且一时半会儿缓不过来。

还有家里那些没完没了的烦心事。赵永生的户口一迁走，他的地份就被村里收回去了，而且划走的还是一块好地。以前个别的添人去口，地份并不调整，这多半也是那些村干部捣的鬼。县里架高压线压坏了庄稼，赔产量的时候唯独把他家落下了，找村里，村里却让他们去找电力局。自家种地也常常受人的气，不是被人欺了垄，就是踩了苗；还有那些背后造谣生事，使绊子穿小鞋的事。

他耐着性子听着，越听越生气，火上来恨不得找他们打一架。他本来以为他家已经翻了身，再没人敢小瞧、敢欺负了。这要是在以前也就算了，现在他们可以挺起腰杆做人了，却还是一副受气的样子，仍然处处受人挤对，那挨欺负的帽子似乎一辈子也摘不掉了。他也气父母。那些并不是什么大事，几句话顶上去了，气也就出了，或是做人硬朗些，别人也就收敛了，他们却总是吃哑巴亏，讲不出理，只能忍气吞声，在家里窝气。

看着父母忙里忙外，整天是些吃喝的事，却没有想过他家为什么会到这个地步，也不知道找找自己身上的原因。他们在农村过了一辈子，却仍然什么事都看不透；他们办事死板，宁折不弯，不会变通，又不会说话，不懂人情，常常得罪人。有时候他抢白他们几句，可一看妈妈受他一顿抢白，比在外面受了气还难受，又于心不忍。他每天窝着一肚子火，话也懒得说，也没有好脸色。

每到年前，村干部都领着人在村里催缴三提五统，清清旧账。那些欠账的户，有些是真正过得艰难交不上的，去也收不上来什么；有的是钉子户，跟村里有些纠葛，顶着不交，很多都是陈年老账，纠缠不清，常常会有吵闹，也常有派出所的人跟着。

赵永生家是老钉子户了,每到年关都提心吊胆,恐怕他们找上门来。前几年上一任的村干部倒是很少上他家来催要,那些旧账纠缠了多少年,每次来妈妈都要从头到尾地跟他们数落一通,理论一番,村干部们自知理亏,也收不上来什么东西。今年村里换了届,他家因为分地和补偿的事和村里又有了纠纷,添了新账,就又找上门来了。

腊月二十八,村支书领着一班人进了院子,还有一帮看热闹的在门口围着,一辆三马子停在了门口,准备搬东西拉粮食。

妈妈迎了出去,脸上的表情坚定勇敢,准备好了跟他们理论一番。但在撕破脸皮之前,她仍然得顾及情面,招呼那如狼似虎的一群人进了屋,又让爸爸去拿烟、倒水。爸爸早已躲进了屋里,这时却又不得不硬着头皮出来。

赵永生也从屋里出来。他在家里闷了一天,蓬头垢面,邋里邋遢,有些发怵出来见人。但看着爸爸磨磨蹭蹭不肯上前,他不能也往后躲。他接过爸爸手里的烟,迎了上去。

打头的是几个村干部,后面几个看起来体面些的,像是乡里来的,再后面跟着几个愣头愣脑的,一副打手的模样。这得罪人的差事,都是乡里找来的外村的二愣子。

这些人一进来,把屋里都塞满了,一圈人把他们围在里面。爸爸半蹲半坐窝在柜脚,头也不抬;妈妈面色凝重,想着怎么跟他们交涉。

赵永生递过去一支烟,村支书好像刚看见他似的:

"呦,大学生回来了?半年不见,长得白净了。"

"是啊,整天猫在屋里上课,哪能不白呢。"

"大学生就是享福,风吹不着日晒不着,不像我们这庄稼人,皮糙肉厚,净干些粗活儿。"

"大学生也不容易,那也是个辛苦活儿,整天写呀背的,大学里管得又严，哪门考试不及格就被开回来了。"

他有意把学校说得神秘些，好像他们做着多高的学问。

"那是，你们将来都是国家干部，当然得管得严格些。尤其是像清华大学、北京大学这样的学校，那将来都得进中央的。你看那么多的中央领导，都是清华大学、北京大学毕业的；像你们这些人，省里边就是想要都要不来。你们这上学都是带工资的吧，肯定连制服都发了。"

"每个月国家都按时给发补助，食堂的伙食国家也给补贴，一个月百八十块钱，基本上够花了。制服也有，跟警服差不多，但这次没穿回来。过节又坐火车又坐汽车，现在路上小偷小摸的多，还有明着抢的，碰上这种事，穿着制服就得管。"

其实吹嘘并不难，不知不觉他就吹开了。他的补助并没有那么高，在村里，百八十块钱够花一年了，够他们羡慕的了。他也没有什么制服，那些话是他在火车上听人说的。

村支书转过身，对着身后的人说：

"这可是我们村的第一个高才生，在北京上的名牌大学，咱们县电视台都播了。你看人家这儿子养的，从小到大，家里一点儿心都不用操，再看看我们那个混小子，家里路都给他铺好了，却整天不务正业，领都领不上道。"

村支书的儿子初中毕业就不上学了，留级了几年，岁数比别的孩子大，再加上营养好，长得人高马大，上学时就好惹是生非，因为打架几次差点儿被开除，现在更是结交了一帮狐朋狗友，整天东游西荡。那村支书也是个有些本事的，想了不少办法要把儿子弄出去，但他家孩子到哪儿也待不了几天，就因为打架斗殴被开了回来。

"我昨天还碰见你家儿子了，我看他脑子灵、心眼儿活，会笼

络人，在年轻一拨里有号召力，将来差不了劲儿。这个社会行行出状元，干啥都有出息，实在没法儿的才上学呢。"

赵永生这样说多半是恭维，却也是真心话，小混混儿能当出名堂来也不容易。

村支书虽然嘴上那么说，心里却觉得自己的儿子是有本事的，赵永生的话也说到了他的心里。他又不无炫耀地说起他儿子的那些事，领着一帮人打架，把别人的腿打折了，进了派出所，他们赔了多少钱，又怎么花钱找人给赎出来，既说他儿子心狠手辣，又把自己的门路卖弄了一番。他唾沫横飞地在那里说着，听着的人们也都啧啧称是。闲扯了一阵，才提起眼前的事儿：

"你看这大过年的，我们村干部也不愿意干这得罪父老乡亲的事儿，可是上头催得紧，我们不来乡里边也交不了差。今年我们新班子刚上任，什么事还得靠大伙捧着。你们今年的公粮、提留都还没交呢，以前陈年的账归以前的，咱们慢慢再算，今年的你们还欠着不交，道理上说不过去。村里就剩下这么几户了，除了那几个五保户按政策不用交，别人都得交，一家也不能落下。种地交租，自古以来就是天经地义，现在地是国家的，更得交，这是支援国家建设，平头老百姓是抗不过去的。你看乡里边出动这么多人，乡领导都来了，一个村一个村地收，挨家挨户地清，咱们这是最后一批了。"

妈妈就等他开口说出来意，她有很多话想要跟他们理论一番：

"我没有不讲道理，从没有无缘无故欠过国家一分钱。以前跟大队的账，都是前几任留下的旧账，现在换了新任干部，你既然说了，咱也就先不算了，只说今年的事。县里架高压线，地里庄稼毁了一半，别人家都领到了赔偿，为啥单剩下我们一家，让我们自己去找电力局？电力局的人说，损坏青苗的损失已经验过了，钱也已经赔过了，都拨给大队了，没地方再出这笔钱了。辛辛苦苦种一年庄稼多不容易，这损失到底该哪儿赔，大队是不是该给个说法？还有划地的事，孩子户口迁出去了，把地划出去我们也没话可说。可家里就那两亩水浇地，你们给划走了一半儿。地是庄稼人的命根子，还指望那块好地养家糊口、供孩子上学呢，为什么不划山地？你们这不是明着欺负人吗？你们就是不来，我也正要去找你们呢。大队也好，乡里也好，不能只管要钱，不管解决事。只要把问题解决了，连公粮带提留，我保证分文不欠。我虽然过得穷，却没欠过别人一分钱，更别说是欠国家的了。"

"架线的事是这么回事儿，你家的庄稼确实受了点儿损失，但当时统计的时候把你们那块地给落下了，那是县电力局自己来统计的，赔偿数额也是他们核算了以后给的，村里不过是配合他们，帮着把钱领回来，已经都发下去了。至于像你们这样落下的怎么补，我们也说不清楚，那也不是村里的事。至于划地的事，因为你们两家的地正好挨着，你们家去了一人份，他们家添一人份，直接划过去，好算账；而且水浇地八分对山坡地一亩，村里定的都是这个比例，也不单是到了你们这儿才变的。话又说回来，咱们一码说一码，有什么事解决什么事，这公粮是国家的，提留是乡里的，要是不交村里也担保不了。"

"你们还不是穿着一条裤子，合伙欺负人。怎么这些事都让我家赶上，轮到你们谁家头上试试！都指望这点儿地和庄稼过日子呢，你们欺负人也不能把人往绝路上逼……"

妈妈有些着急，一激动，肚子里的话更讲不出去；她虽然自觉有理，却被那冠冕堂皇的几句官话给挡了回去。

爸爸看见这情形，早已一个人到了后院，蹲在墙角大声呕吐。他这呕吐的毛病还是盖房的时候留下的，他一根钉子、一块砖头、一

根木头地积攒了多年，才攒齐了东西，又住了两年窝棚，靠着肩扛手提，总算支起了房子，却被乡里一句话拆去了一间。拆房的时候，爸爸正在窝棚里吃饭，连头都没有抬，只有妈妈一个人跟百十号乡里村里的干部对峙。直到把那间房子拆完了，人都走了，爸爸还蹲在那吃饭。妈妈一气之下砸烂了他的锅碗，从那以后爸爸就落下了这个毛病，家里一有着急心窄的事，他就找个背人的地方呕吐不止。

赵永生又想起了小时候，他们住在从村里买来的简易房里，每天天不亮村干部就带着人堵在门口，让他们搬家，爸爸常常躲在厂里不回来，妈妈一个人跟他们理论，他则缩在炕角，吓得一动不敢动。看着这些乡村干部，他恨不得抄起把菜刀冲过去，把他们都砍倒；但他却得拿出一副不急不恼的表情来：

"妈，你以后别再说挨欺负的事儿了。以前挨欺负是因为没出息，现在谁有几个胆子，敢再欺负咱们？咱们就事说事。这公粮提留是国家的，该交就得交，但话说回来，老百姓也是国家的公民，国家机关都是老百姓供养的，不能只管收税要钱不给解决问题吧？再说了，先不说这公粮该不该交，就说你们这大过年的，几十号人，挨家挨户地收钱收粮食，这像什么呀，这不又回到旧社会了吗？那旧社会不就是一到年关就来抢粮抓人吗？现在是新社会了，连计划生育都不让拆房子了，中央不总说带着感情做群众工作，你们这么多人大呼小叫地上群众家里拿东西，说出去不好听啊。这要是赶上谁家有个病人，着点儿急上点儿火，有个好歹的，可是吃不了兜着走。尤其是你们乡里的，都是国家干部，再因为这个事闹个处分，饭碗都丢了。"

这些冠冕堂皇的话，或许是他平常翻些报纸杂志、看看电视，耳濡目染，竟然派上了用场。这话也起了作用，尤其是乡干部模样的那两个人，互相望了一眼，就有些犹豫。想必对于赵永生家的情况，他们也有所了解；尤其是妈妈犯过精神病，现在一着急，说话又有些变了口音。

"这位大嫂你先别着急，有话慢慢说。你们家这种情况村里也跟乡里汇报过，没有领到青苗补偿费的乡里也不止你们一户，别的村也有，乡里边也正在找电力局商量，这是吃饭的口粮，该补的还得补。我看你们家也挺困难，供着个大学生，不容易。这公粮提留统筹该交还是得交，这是国家的钱，但是你们放宽心，今年交不上，明年开春缓缓再交也不是不行。"

"你们可以在新庄打听打听，我谁的钱也没欠过，不管是国家的还是个人的，我就是要你们给个说法，别拣软的欺负。这事要是解决了，我敲锣打鼓把公粮给你们送去。国家干部更得讲道理，不能拿着老百姓不当人看啊，这大过年的，我儿子在外上学好不容易回来一趟，你们就这么紧逼不放……"

妈妈说着，禁不住要掉眼泪；她最担心的是赵永生，怕他着急上火，担惊受怕。

"你不用着急，你家这是特殊情况，乡里再问问那个青苗款的事，村支书、村主任都在这儿呢，你们别不当回事，这在老百姓身上可是大事，你们也得帮着跑跑。你家的公粮今天就先缓缓，过了年再说。你们也放心，踏踏实实过个年，别因为这事上火。"

"是啊，有了李乡长这句话，你就放心吧。你不能生气，就你这身板，别气个好歹的，要保养好身体，将来还等着享你儿子的福呢。公粮的事过了年再说吧，等明年收成好了，一块儿交也没事。"

看这情形，村支书也做个顺水人情，招呼着人走了。外面的人都伸长了脖子等着看热闹，却见他们和和气气地出来了，不免有些失望。

赵永生也觉得脸上有光。

萤火

　　门口的三马子上，已经装了大半车的粮食。他有些庆幸，如果他们真动起硬来，他家也躲不过被强收的下场，而他又能怎么样？他不能躲到一边，也不能耍狠拼命，或是撒泼放赖。靠妈妈去跟他们讲道理，也未必讲得出去。他们讲起形势政策来都是一套一套的，那些大道理能把老百姓使得团团转，找不着自家门口；而且他们也未必费劲讲什么道理，那摩拳擦掌的一帮人早就等得不耐烦了。

　　想起这些，他竟有些感激。想想父母也未免太认死理了，就为了争得一口气，遇事一点儿弯都不打，一句回旋的话都不会说，到头来落得麻烦缠身。那些会来事儿的，像赵万恶家，请请客，送点儿礼，哪怕是平常勤跑几趟，把村干部笼络好了，不论村里批房包地，还是出工出力、补贴求助，总有不少好处。赵永生家不但从未对村干部请过客，没给他们送过礼，反而每有村干部来，必要吵一架，扫地出门，村里干部换了几茬儿，却都和他家过不去。

　　那些村干部虽然不是什么大官，却影响着老百姓的切身利益，批房子分地，当兵上学，都是老百姓的大事。他们要是从中作梗，很多事情就非常难办。赵永生家就是现成的例子，明里暗里处处受着窝囊气，就是打官司，县里乡里法院来人调查，也都是先找村干部，他们一句话就起关键作用。

　　这件事也让妈妈对他刮目相看。他在人前表现的并不是像她想的那样上不得台面，这也是最让她欣慰的。但赵永生却高兴不起来。看着父母整天忙吃忙喝，混混沌沌，觉得他们实在是可悲。他们只说自己命不好，却不知道该从哪里找原因。

　　赵永生在家里闷了半个多月，越待越心烦，越心烦越不愿意出去。年三十上午还有半天集，他去镇上，赶了年末的最后一个集。

　　过节该置办的东西父母都已经备好了，他只是出来散散心。集上人不多，他转了一圈，没什么可买的。卖鞭炮的摊前围着不少人，他并不喜欢放鞭炮，家里也没有闲钱，从没有买过。看着他们放得热闹，喜气洋洋，他忽然想买些鞭炮，来崩崩晦气，也增添点儿喜庆的气氛。他们应该过一个喜庆的年，比往处更热闹，而不是这样沉闷冷清。他咬咬牙，摸出身上的一百多块钱，都买了鞭炮。今天是年末，那些鞭炮也都降价处理了，他挑拣了一些，竟然有两大箱。

看见他买回来这么多鞭炮妈妈很心疼，虽然他只说花了二三十块钱，但妈妈还是唠叨了一阵子。她还有另外的担心，他家仇人多，怕别人眼红，要时时小心提防，不能惹人嫉恨。他很不耐烦妈妈那过分的小心仔细，他们谨小慎微一辈子，总是这么一副受气的样子，从没有扬眉吐气的时候。

中午吃饭前，他在大门口放了几挂鞭炮。听着那清脆的响声，看着那硝烟升起，空气中飘散着浓重的火药味道，果然就有了些过年的气氛。父母在边上看着，也都高兴地咧着嘴笑。他觉得不过瘾，索性搬出一箱炮来，痛痛快快地放一通。

炮声一响，就有不少人出来看热闹。几个孩子围了过来，捡些哑炮；有人从门口路过，也停下来看着。他家门前渐渐聚了些人，显得热闹起来。爸爸掏出烟来，在人群里散了一圈。

有人不无羡慕地说："这才像是过年的样，这么多炮！前几年过年我也总买一些，这两年炮比以前贵了一半，媳妇不让买这东西了，一点就没了，听个响的事，太不值了。"

"以前没见你家买过炮啊，今年炮这么贵，怎么舍得花钱买这些东西了，是不是有人给送的礼呀？"

前院的人也蹲在门口看热闹。

"都是平头老百姓，哪有人给咱们送礼呀，就这点儿炮花了三十

多块呢……"

妈妈看着那些钱都化成灰飞上了天,正在心疼呢。

"你这可就不实在了。这一箱炮没个百八十块钱下不来,三十块钱谁卖给你?你家儿子有出息了,像这些县里出去的老乡,跟县里都有联系,弄点儿烟酒鞭炮的根本不算什么。"

那人认准了这些鞭炮是赵永生收礼收来的,看他们遮遮掩掩不承认,还有些不满意。

赵永生说只花了二三十块钱,是怕妈妈听了心疼,唠叨个没完,没想到经她这一说出来,竟让人产生了这样的误解。他也懒得分辩,正好含糊其词:

"哪有人给咱送?这也是正好碰上个朋友,卖鞭炮的,非让拿点儿,给钱也不多要,只收了个本钱;要不然我也不会花钱买这些东西,又贵又没用。"

"你看我说什么来着,现在送礼哪有明着送的,多少给点儿钱,不落什么把柄,心里也踏实。"

那人有些洋洋自得,似乎很明白其中的那一套。

"这算不上什么,我外甥在好单位,每年鞭炮都成箱地拿,从来不给钱。那些卖鞭炮的哪敢跟他们要钱;像你这拿了东西还给钱的,人家还得念你的好。"

在他们眼里,似乎赵永生也能像那些人一样,到哪儿都能白拿人东西。

妈妈有点儿糊涂了。她担心赵永生真的收了人家的礼,现在又被人说破,再犯了什么错误。赵永生倒不在乎,不担心被人这样误会。

他们又说了许多恭维的话,说他将来毕了业一定能留在中央,到时候县里的领导也得去拜望了;说起有些干部,给家乡围山修路,那可是生前立碑的大好事；说起有些当了官的，亲的远的都跟着沾了光。听了这些，父母高兴得不知道说什么好，只是在那里赔着笑。赵永生哼哈着，像众星捧月一般，接受着众人的恭维。他觉得这些鞭炮买得值了。

二十六

初一一大早,天刚亮,妈妈慌里慌张地叫醒他:

"快着,快着,你奶奶来了,快起来吧,这可怎么办啊!"

赵永生穿好衣服,妈妈去开了门,奶奶拄着拐杖,佝偻着腰,颤颤巍巍地径直进了屋。

妈妈尽力显出一副高兴的样子,把奶奶让进了屋,扶她上炕,给她拿来褥子铺上,拿来被子盖住脚。奶奶却毫不领情,谁也不理会,连鞋都没有脱,满脚的泥水,脚蹬着被子,面对墙躺下,自言自语道:

"唉,这两天浑身不得劲儿,哪儿都不舒坦,站也站不住,坐也坐不下,就想躺着歇会儿。"

看她拿出这副架势,赵永生的气就不打一处来。本来他还以为奶奶也许是被叔叔撵了出来,无处可去,来投奔他家的。叔叔还打着光棍儿,靠着奶奶养活,家里的地都是奶奶收拾,她的腰都佝偻得看不见前面的路了,却还每天赶着驴车下地干活儿,还得常常挨叔叔打骂。他本来对奶奶还有些同情,现在看这情形,明摆着是来捣乱添堵的。

看着奶奶在那里长一声短一声地哼哼,他真想过去质问她,为什么看不得他家一点儿好,专拣这喜庆的日子上门来捣乱。

妈妈还在帮着打圆场：

"永生，你奶奶不是外人，她生养了你爸，过年来咱这儿，咱们伺候她几天也是应该的。"

妈妈装得轻松，忙前忙后，把瓜果糖块摆在奶奶面前，又张罗着去煮饺子。爸爸本来在灶前烧火，看见奶奶一来马上就蔫了，躲到了屋外，蹲在晾台下面干呕，仿佛要把胆汁都吐出来了。

饺子煮好了，妈妈给奶奶端到了面前。她自顾自地吃了两碗，倒头又躺下了，仍然长吁短叹，不时擤把鼻涕，随手抹在被子上。

妈妈赔着笑，问奶奶是不是哪儿不舒服，用不用叫大夫来，该看病看病，该吃药吃药。她低声下气地央求奶奶，让她看在赵永生是她亲孙子的分儿上，过年回来一趟不容易，一家人痛痛快快地过个年；赵家就这么一个有出息的，别人尚且夸耀，当奶奶的也该跟着高兴才对。但奶奶仍然装聋作哑，躺在那里只是连声哼哼。

但是来了串门儿的，奶奶却很明白，告诉人家是她老儿子在养着她，她到这儿来只是串门儿的，恐怕别人以为是赵永生家养老。

鞭炮声渐渐密集起来，一派喜庆的气氛；他家却仿佛遭了瘟，死气沉沉。他们饭也没有吃，爸爸蹲在灶台前，赵永生待在晾台上，都不进屋。妈妈还在央求奶奶，希望她能回心转意，放过大家，看没有什么希望，只好出来，对赵永生说：

"永生啊，你听妈的话，一会儿你也吃碗饺子，吃完了初一的饺子，这个年也就算过了。你去姥姥家走走亲戚，你小舅都说了好几回了，都盼着你去呢，好不容易回来一趟，在那儿多住几天。家里的事，你不用操心，就让你奶奶在这儿住着吧，我们这辈子是欠下她的，我们慢慢还，伺候着她。"

她脸上挂着内疚，说着说着，眼圈就红了。那好像是她的错，大

年初一就要把赵永生往外撵,她准备了那么多吃的,赵永生不在,她一口也吃不下。

他当然不会出去躲清静,让父母面对着这么一个瘟神,还不都得大病一场。他看不惯那逆来顺受的样子,打断了妈妈的话:

"这是我的家,我哪儿也不去。大初一的往哪儿躲?咱又不欠她什么,哪能这么被她一辈子吓得跟猫鼠似的,低三下四地央求她!她怎么不敢欺负别人?单欺负你们?她三个儿子,怎么别人不欠她的,就你们一辈子还不完?"

他越说越生气,他不怕奶奶听见,她耳朵向来不聋,只是心硬如铁。

"真是怕啥来啥呀,你一回来,我这心就一直提着,结果还是来了。我恨不得跪下来求她,放过我们这一家子吧。儿子被她坑了一辈子,都落下心病了,她还想再把孙子往死里坑?她每次来家里,我都是好吃好喝地伺候她,给她看病买药,要钱给钱,不就是想让她放过我儿子吗?她这心还是肉长的吗?我咋就换不回来一点儿呢?"

妈妈终于控制不住,坐在门槛上抹开了眼泪。赵永生才知道,这半年来奶奶没少来家里找事,他们也没少给钱,而那钱转手又被叔叔、大爷弄走,他们还是合起伙来欺负赵永生一家。

"我就差给她磕头了,哪承想,她一点儿亲情都不念,大初一一早就来了。她怎么就这么狠心呢,连自己的亲孙子都不放过……"

她没有怕过村干部,也没有怕过赵万恶,面对着那些如狼似虎的人,她可以越斗越勇,但是跟奶奶却有理讲不出。赵永生觉得血往上涌:

"她凭什么进这个门,有什么脸到这来撒泼放赖。这一家被她害得还不够惨吗?你也不用求她,就该把她撵出去,就算是上辈子欠她的也还完了……"

"你小点儿声，让人听见笑话。她这是背后有人挑唆撺掇，他们都看不得咱好，总是想法给你添堵。再说，她是你的亲奶奶，怎么欺负都得受着，没人笑话她，你要是说了过头的话，让人听了笑话咱……"

"你一辈子怕人笑话，处处给人留着面子，可谁给过你面子？你一辈子想当好人，到头来又有谁说你好？你看了一辈子别人的脸色，还没看够啊？自己活得不硬气，等着别人说句公道话，谁不是欺软怕硬，大家心里都明镜似的，又有谁替你说句话了。"

"她终究是你奶奶，小的跟老的哪有理可讲啊。再说你是个大学生了，是个明事理的人，她都土埋脖子了，你跟她嚷，没人说她的不是，反倒笑话你这书白念了……"

"谁爱笑话谁笑话去，我正想让大伙儿都听听，我就是要讲这个理，总不能糊里糊涂地让她欺负一辈子！"

他径直往屋里走，妈妈拦也拦不住他。奶奶正欠着身听他们在外面吵嚷，没想到赵永生已经到了跟前，她连忙哼哼着躺下。

"你到底安的什么心？你看姓赵的还有一户没败了家，非得把这一家人都逼上绝路才善罢甘休？儿子打了光棍儿，你又来坑孙子，非要亲眼看着绝了户，你才称心如意！"

父亲兄弟三个，叔叔已经是老光棍儿了，到了他们这一代，只有赵永生和哥哥。哥哥三十多岁，也奔着老光棍儿去了。赵永生要不是考上了学，十之八九也得打一辈子光棍儿。眼看他们这一脉人，不过祖孙三代就要绝了后。现在赵永生有了出息，想将来不至于打光棍儿了，就算是为了传宗接代、延续香火，她也该留一点儿希望，何必非要去之而后快？

"你说啥呢,我一点儿也听不清。我这耳朵这两年背,说啥也听不见,人一上了岁数,哪儿都不中用了,啥也干不了,全靠打针吃药顶着……"

"你少在这装聋作哑!你耳朵聋,心也蒙了油了?看看你把这一家人都坑成啥样了?你给人当牛做马,干一年也不敢喊一声累,逢年过节就来祸害我们。我爸就不是你亲生的?你不稀罕他,你生下他干啥?你的心是什么做的?你也不拍拍胸口,问问自己亏不亏心,缺不缺德?"

奶奶在叔叔家赶车种地使牲口,种地收秋都是她一个人,一年到头也闲不下来,顶得上一个壮劳力。他知道奶奶并不耳聋,他就是要跟她讲讲这个理。

奶奶穿着蓝色的对襟袄,扎着裤腿,一双小脚穿着布鞋,比妈妈干净利落得多。她的脸并不难看,如果不是阴沉着、拉得老长,还有些慈祥的样子,但她这张脸却让他们一家人胆战心惊。

奶奶不再装着听不见,翻身坐了起来:

"你这个小兔崽子,还上大学呢,呸!国家白供你念书了。哪个老师教的你指着鼻子骂你奶奶?别说我是你亲奶奶,就是个要饭的,你也不能这么往外撵啊!你也不怕伤天害理?我告到学校去,把你开回来,让你接茬儿回家种地。"

"你是盼着我被开除了呢。你还不如个要饭的呢,要饭的还有个好心肠,不会坑儿害女。你把儿子坑成什么样了,挨了一辈子欺负,让人看不起,你还不放过他,你不怕缺德,不怕遭报应?"

"他赵老二是我身上掉下来的肉,是我一口一口喂大的,他就得养活着我。我吃他造他祸害他,这是天经地义,到哪儿我也不怕。逼急了我上法院告他去,我让他蹲监狱,我让他丢人现眼!我不丢人,我也不亏心……"

"你还有心吗？你还当他是你儿子，他还不如好人家的牲口呢，牲口干活儿累了还给喂点儿好料呢。你睁眼看看，看见他那一身病了吗？你们早就已经把他榨干了，他早还清了你们了。你们吃香的喝辣的，那都是喝他的血呢！你不配当妈，更不配当奶奶！"

他看见爸爸躲在一边，不放心，却又不敢近前，惶恐又痛苦。对于至亲的人，他却又恨又怕，就像一个从小没有得过好脸色的孩子，那种恐惧已经烙在心里。

赵永生的声音越来越高，眼泪也不争气地流了下来。妈妈想把他拉开，可她自己却只会不停地抹泪，并一边念叨着：

"我这是哪辈子造下的孽呀，摊上这么一个老人，连年都不让人好过，这不是让人看笑话吗？"

正是早起拜年的时候，左邻右舍都开了门，向这边张望，门口也有不少人停下来探头探脑。他一步上了炕。妈妈以为他要去动奶奶，吓得脸都变了色：

"你可千万别碰她，她正巴不得呢，一碰就粘上你了，真敢把你送进监狱里去……"

他没有理会，上去一把撕开糊窗户的塑料布，把窗户支了起来，索性让那些等着看热闹的人看个够。他抬高了嗓门：

"你们别光在外面看热闹，进来给评评理，看看到底是谁缺了德，伤天害理！"

"再不济你也是我孙子，说这话不怕天打雷劈。没有我哪有你爹，哪有你们这一家子？你白有出息了，不知道什么叫孝顺，这是缺大德呀，看老天爷怎么报应！"

"我不怕报应，我要是缺了德，开春第一声雷就劈了我。你敢说

这话吗？要孝敬，我有爸妈，你算什么？我告诉你，这个家没有你待的地方。我爸妈怕了你一辈子，我不怕你，我宁可天打雷劈，也要把你撵出去，不能让你把我们都挤对死。"

"永生，你快把窗户关上，这不是让人家看笑话吗……"

"天打雷劈都不怕，我还怕人笑话？长着眼睛拍着良心说话的，没人笑话我……"

"你想撵我走我偏不走，就是死也死在你们家炕上，让你们一辈子不得清净。赵家祖上缺了什么德了，出了你这么个不肖子孙，怎么不遭报应啊……"

她连哭带号，使出了撒泼耍赖的本事。赵永生真希望外面的人都进来，看看她那副嘴脸。

他流着泪，带着哭腔。他相信自己并不是在干伤天害理的事。他仍然有勇气直视着奶奶的眼睛，如果那眼里有一滴泪水，或者有一丝刚强，都会把他击垮。

但那双眼里却没有一滴泪水，没有悲伤和悔恨，虽然凶狠，却不敢看向赵永生。

他站在炕上，居高临下地看着这一切。奶奶那凶狠狰狞的脸，捶胸顿足，边哭号边数落，没有一滴泪水，也没有表情，似乎那哭声和骂声不是从她口中发出来的。妈妈靠在炕沿抹泪，爸爸蹲在柜角，面如死灰，还有那些院外探头探脑的人们，站在炕上的自己，都像是一出戏，有演的，有看的，真切却又恍惚。

他不知道接下来该怎么收场。他并不是犯浑，只想讲理。但是面对这样一个撒泼耍赖的人，他却毫无办法。

这时候，爸爸从地上站了起来，来到了奶奶跟前。他的脸色惨白，声音也发抖：

"都说虎毒还不食子，你比老虎还歹毒！为了老三，你恨不得把我们哥儿俩都搭进去。老大没坑成，你把我坑得还不够惨吗？说是分家另过，我还给你白扛了五年活儿，自己的家都不要了，我落到什么下场？答应给我的厢房，你拆了给老三盖房子；我一点儿家当没分，净身出户。我蹦跶了这么多年，总算有了点儿人样儿，你还不放过我，非要把这一家子往绝路上逼。"

爸爸哑着嗓子，眼里噙着泪。以前妈妈唠叨起这些事，他虽然不否认，却也多是沉默不语，被问得急了，也只是支吾两声，当初怎么分的家，到底有什么勾当，从不肯说一句，今天被逼急了，终于说了出来。

奶奶停止了哭号，愣愣地看着爸爸，好像不认识了的样子。在她眼里，爸爸这大半辈子只是缩在犄角旮旯里，怎么摆布也不吭声的。

"哪有一碗水端那么平的，都是亲生的，我谁也没偏向，更没坑谁。老三是你们的亲兄弟，你们就这么怕他好了？"

"你说这话昧不昧良心。我不愿意他好？他那房子里有一半是我挣下的，我把日子都搭给他了，可他是怎么祸害我的？他在厂里胡吃横造不说，还偷东西，差点儿让厂里把我开了。你们还嫌不够，非要看着我家破人亡才罢休。你到底安的什么心？要不是你，老三也到不了现在这份儿上。你就是把我榨干了都贴给他，他也就这样了。你坑了我一辈子，还想再接着坑我儿子，门儿都没有！"

"你是我生的我养的，没有我，你哪来的家，哪来的家当？我就是坑你，你也得受着。你也是在外面上班的，国家白养着你们了，这点儿道理都不懂？"

"我不是你儿子，我没你这样的爹妈。这房子是我一草一木支起来的，当初要不是你拦着村干部不让走，非把那间房拆了，我也不至

于到今天这种地步。你是怎么说的，老了你们自己搭窝棚，也不住这个房子，现在你还想来祸害我。"

爸爸被逼急了，他看赵永生浑身发抖，害怕他会干出什么傻事来，哪怕是动她一个指头，被她送进监狱，得毁了他一辈子。这话也说到了奶奶的痛处，她张了张嘴，没说出话来。

盖房的时候，大队早就放出话来，要拿他家开刀，来个下马威，就是盖上也得拆。村里人也有不少同情他家的，知道他家盖房没劳力，没等去请就上了不少帮工的，干活儿也都卖力气，只两天时间，房子就盖起了大半。等乡里来人的时候，三间正房已经盖好，只剩下了西边那一间还没上房顶。

乡里来人看房子已经盖好了，就想罚些钱了事，但禁不住村干部阻拦，只得按超标把那间没盖完的房子拆了。妈妈说那一间是给爷爷奶奶养老的房，当时爷爷奶奶和叔叔、大爷挤在老院的旧房子里，这也在情理之中。爷爷是个老党员，在村里也有些威信，那些乡干部也想就坡下驴，领着人走了。拆房扒坟，那是把人往绝路上逼，他们也不愿干这缺德事。但这时候爷爷奶奶却把他们拦住了。爷爷说他是老党员，得起个带头作用，响应国家号召，房子超标了该拆就得拆，他们老两口将来老了没地方住，哪怕搭个窝棚，也绝不给政府添麻烦。

赵永生能想象出他们当时的样子。爷爷惯能说些俏皮话，即使在那样的场合，他也一样幽默风趣，让乡干部把自己儿子的房子拆了。如果不是他，赵永生家那间房子就能保住，也就不会有后来跟西院的那些纠纷了。赵万恶就是惦记上了他家那半个院子，才千方百计逼着他们就范。

但是爸爸也只是那口气撑着，说完之后，就又恢复了那怯懦的表情，挑起门帘出去，一会儿就传来呕吐的声音。

奶奶又开始连嚷再骂，没人再能跟她对峙。赵永生觉得自己理直气壮，可以跟奶奶理论一番，现在他才感到自己是个失败者。他筋疲力尽，无力再争吵，却不甘心就这样被击败。他觉得自己像是面对着一群不知面目的对手，他们面目狰狞，却又模糊不清，而他只不过是虚张声势，却没有任何办法。

妈妈拉开他，让他出去拜年。他出了门，上了后面的山坡。街上到处是人，说着拜年的话，他只想躲开人群，找个清静的地方。

山上风很大，凛冽的北风吹动光秃秃的树枝，发出尖厉的响声。他迎着风，站不稳脚，抬不起头，顺着山脊机械地走着，每迈一步都要费很大的力气。

不知道走了多远，直到看不见人烟，也听不见鞭炮声，他才停下来，下了山坡，找了一个向阳背风的地方，在一丛枯草中颓然地躺了下来。天上灰蒙蒙的，看不见太阳，山坳里孤零零地散落着几户人家，显得萧条冷清。这一片生他养他的土地，本该是他最熟悉最温馨的地方，他日思夜想，千里迢迢地赶回来，可是一切却让他感到陌生和畏惧。周围的人都面目模糊，分不清良善，他不知道该怎么跟他们打交道，有时装腔作势，故弄玄虚；他对着奶奶大喊大叫，要把她撵出去；就是自己的父母，他最亲近的人，他也不知道怎样面对。他们对他寄予了太大的希望，他努力按照他们理想的样子要求自己，害怕看见他们失望的表情，即使在他们面前，他也不得不尽力吹嘘。

他又想起了奶奶，那冰冷狰狞的面目仍然让他心悸，但那毕竟是他的亲奶奶，又是个风烛残年的老人了，每次看见她佝偻着腰，背着一篓柴火，或是一个人赶着驴车去送粪，他只觉得那是她自作自受。有时候他也怀疑自己是不是心太冷太硬了？看见孤寡要饭的，拖儿带女街头卖艺的，他都会心生怜悯，也曾为他们流过泪；但是对于奶

奶，他却激不起同情。想想父母那被逼得欲哭无泪的样子，就算是伤天害理，将来真有报应，他也不后悔。

赵永生回到家的时候，父母正在着急，看见他回来，他们都满脸的歉疚，忙着张罗给他做饭。他有些踌躇，不知道该怎样面对奶奶，是继续和她理论，还是装作视而不见？

但是奶奶却已经走了。他松了口气，有一种胜利的感觉。人总是欺软怕硬的，就算被当作恶人，总比逆来顺受好，要不是他大闹一场，这个年还不知道怎么过。

但是看着妈妈那躲躲藏藏的眼神，他却觉得父母不定说了多少好话，许下了什么条件，才把奶奶央求走；而他不过是逞一时的痛快，并没有解决什么问题。

二十七

　　这个假期越来越难熬，赵永生早就打点好了行装，原来那些土气的衣服他没怎么穿就带了回来，妈妈给他准备了些吃的，他也没带。他在家好吃好喝，父母总舍不得吃，总不能还要带走。他只盼着赶紧开学，早点儿离开家里。

　　但他心里却总觉得空落落的，似乎缺了点儿什么。他还记得给陈露写过一封信，倾诉了对她的思念。他没有收到陈露的回信，她或许是真的去打工了，也说不定已经回学校复读了。放假回来，他几乎没怎么出过门，闷在家里跟自己较劲。就连陈露，他那么急切地盼望见到她，也几次想去找她，但总是心情烦躁，或是自卑，不想出门，不愿见人。眼看就要开学了，他一定要去见陈露一面。

　　陈露的爸爸在家，这也正是赵永生最发怵的。在他的想象中，他应该是一副严肃古板的样子。果然，一看见赵永生，他就面沉似水，连句寒暄的话都没有；陈露的妈妈也不那么热情。陈露也不在家，她去天津打工了，过年也没回来。

　　陈露的爸爸坐在沙发上一根接一根地抽烟。他长得矮小精瘦，留着短头发，显得很精干，衣服干净整齐，抽的烟也是带过滤嘴的。赵

永生隐约知道，他在附近的矿上上班，是个班长工头之类的小头目。

他待在屋里，走也不是，留也不是。陈露的爸爸并不看他，冷着脸问他一些无关紧要的话，似乎酝酿着什么严肃的话，那沉闷的气氛也更显得紧张。

"你姓赵是吧，听小露说，你是新庄的？"

"是。"

"你家里还有什么人？"

"我父母都在家。"

"你爸是在家，还是在外上班呢？"

"厂子停产，不上班了。"

"你们村里姓赵的人家多吗？"

"有十几户吧，都不远，算是一大家子。"

"那算是小姓，在村里受不受气啊？"

他紧皱着眉头，烟雾遮住了大半张脸，烟灰很长，摇摇欲坠。他紧皱眉头，说话很慢，每句话都沉吟半天。看他那居高临下的样子，赵永生想起了旧社会的封建家长。而且赵永生越来越觉得，他那看似漫不经心的问话，似乎隐藏着什么目的；也许他已经了解过赵永生家，知道了他家的情况。赵永生不由得偷偷地打量了一下自己，他穿得虽然不像以前那样土气，却仍然显得寒酸。

"你是在北京上学吧？"

"是……我和陈露高中时一直是同班。"赵永生有些答非所问。

"你们学校毕业了都分配到哪儿啊？"

"这说不定，分到什么单位的都有；也可以自己找工作，找到好的地方比国家分配要强。"

赵永生含糊其词。他不敢说他们已经不包分配了，在村里人看来，那意味着他的学就白上了。

"你们俩的事儿，小露都说了。你给她写的信，我也看过……小露不在家，我就拆开看了……"

虽然这是意料之中，但还是让赵永生觉得很尴尬。不知道像他这么古板的人看了那些让人耳热心跳的话会是什么反应。而且他的满腔热情，陈露竟然只字未能见到，这让他觉得有些失望和愤怒。

"你说得也有道理，我也想让她去复读，但这孩子脾气犟，听不进人劝，非要出去打工……"

这话让赵永生觉得自己和他们有了些共通的地方，他想告诉他们，即使现在陈露回来复读也还不晚，他会尽力帮助她，一年不行两年，本科不行还有大专、中专。但陈露的爸爸却不等他说话：

"我家小露现在已经不上学了，你这么高的学历，她更配不上你了，不敢拖你的后腿。再说，你将来还不一定分配到哪儿呢，我家就这么一个闺女，以后得留在我们跟前。我们也不指望她有多大出息，安安生生过一辈子就行了。我看你们俩将来不会有什么结果，以后你还是不要再给她写信了，也不要再来找她了……这也是小露自己的意思。"

赵永生不指望他会鼓励自己和陈露交往，让赵永生憎恶的是他那说话的口气，好像赵永生死皮赖脸求他家一样。他不知道这是否真的是陈露的意思，也说不定她就是这么想的，也觉得赵永生配不上她，只是一味死缠烂打。

陈露的爸爸威严地坐在那里，紧锁着眉头，像是一位家长，而他则像是犯了错的孩子，低三下四地被盘问了半天。但他却又无可辩驳，只是觉得血往上涌，脸也涨红了：

"你放心，我不会缠着陈露，上高中的时候我就没有纠缠过她，

现在更不会。我来是想劝她回去上学，我答应过给她买参考书的。其实她现在去复读也来得及，很多人都是复读了两三年才考上学的。她打了半年的工，更应该知道生活不容易，懂得珍惜上学的机会……"

他不知道自己都啰唆了些什么，他想转身就走，却又觉得应该保持点儿风度，表现出大方、健谈、满不在乎，却总觉得说出来的话轻飘飘的。他在心里暗暗发誓，再也不会踏进陈露家半步。

从放假回来，赵永生的脸上就很少有笑模样，话也越来越少。妈妈开始还和他唠叨些家里的事，但每次一提起来赵永生比她更着急，有时候还抢白她几句。父母每天看着他的脸色，家里的气氛也随着他的脸色阴多晴少。快要开学了，他努力露出些笑容，让父母也高兴些。他也有许多话想要叮嘱父母，告诉他们不要吵架，不要与人争长道短，不要舍不得吃穿，有了病不能硬挺着，春种秋收忙不过来就请人干。但这些关心的话说出来也是干巴巴的，他们已经习惯了那种冷漠甚至生硬的交流方式，越是亲近的人越是如此。妈妈也是几次欲言又止，想要找合适的机会和他好好谈一谈。

临行前的晚上，爸爸照例忙着洗碗喂猪，赵永生把要带的东西收拾好，把该带的钱放好。他带了五百块钱，是一个学期的生活费。家里卖了些粮食，又借了三百块钱，勉强凑够了。屋里门后的墙上又要添上几笔新债了，赵永生觉得有些内疚，他已经把家里都掏空了。

看他眉头紧锁，妈妈让他在炕上躺下，给他搓搓额头。赵永生躺了下来，妈妈站在他的头顶前，分开他额前的头发，一点点地把那些皱纹舒展开。

她的手很粗糙，像是长了刺，搓得他火辣辣的，有些受不住。他忍着不动，害怕妈妈觉察出来。他心里暗暗自责，以前他有个头疼脑热的，妈妈也常给他搓搓额头、揉揉太阳穴，而现在他竟然有些嫌弃了。

妈妈似乎察觉了他的心事：

"是不是碾疼了？看你这眉心，都拧成一个大疙瘩了，你有什么心事，跟家里说说，别整天在心里闷着。总觉得你这次放假回来，性格变了很多，刚一回来心气就感觉不大对，直到过完年，总是见你皱着眉头。我知道你在家里待不习惯了，哪儿都是破破烂烂的，不像个家的样。但是你也别嫌弃，再破也是家，更何况还有爹妈呢，你不能看不起，让人笑话。"

妈妈说得慢悠悠的，这些话她在心里憋了很久，终于说出口；虽然听不出她有什么埋怨，但那生分的口气让赵永生觉得很不是滋味。

"我不是嫌弃，也没有忘本……乱七八糟这么多事，我心里也乱得慌……"

他觉得自己的辩解苍白无力。他一直害怕承认，不愿意去想，但妈妈的话就像是当头一棒，让他无法再回避。他处处看不过眼，谁也看不惯，整天沉着脸，话也不愿意说，这不正是嫌弃吗？

他仿佛看见村里人都在背地里戳他的脊梁，父母又是多么寒心，他不但没让他们感到骄傲，反倒被人笑话。他躺不住了，头上的汗冒了下来。

"我知道咱们家的情况，你心里不痛快。咱家在村里挨了一辈子欺负，虽说你考上了学，争了一口气，可也不是说翻身就能翻身的。别人都看不得你好，想法找点儿别扭，不让你好过。我们盼着你回来，可也怕你回来，怕你心里放不下。看着你在家里闷得难受，我也盼着你早点儿开学，早点儿离开这个环境，可你真要走了，又有些舍不得……"

妈妈说着就有些哽咽，伸手去抹眼泪。赵永生想起自己整天吊着

脸，恶声恶气，让他们多寒心。

"我知道你惦记着家里的事，那些事你不用放在心上，我们尽量自己想办法解决，不给你留下烂摊子。官司的事只是时机未到，时机一到自然就解决了。你奶奶也不用担心，她是老糊涂了，受了人挑唆，分不清谁亲谁近，她要是再来，我们好吃好喝伺候她，这也是应该的，就当是修好积德。家里有什么事，我们能忍就忍了，不跟人争长道短。家里就剩这两亩地了，我们还能收拾得动。你爸的厂子虽然散了，等夏天他的体格好点儿了，找个小工的活儿干，挣得虽少，好歹也够供你上学了。只要你在外面平平安安的，我们在家受多大的苦心里也踏实。"

妈妈的声音仍然平静悠远，没有责备，没有悲伤，只是显得很疲惫；虽然看不见，他也能想象出她那黯然的表情。

"你爸的脾气你也知道，他心里空，不琢磨事儿，又好喝口酒，以前我也没少跟他生气。但他眼看也是五十岁的人了，大半辈子都这样了，现在有什么事我也不跟他着急了；有时候跟他嚷两句，过后还挺后悔。他那体格这两年也明显见衰了，一进冬就咳嗽，再加上受点儿风寒，这一冬也没好。你在家里他是硬挺着，你一走又得躺上几天……他这一辈子也够可怜的，没享过什么福，到哪儿也没得到过好脸色，连亲爹亲妈都不待见；也亏他心里不存事儿，心胸狭窄的，就是有十个也早窝憋死了。他虽然没出息，这个家好歹还得靠他呢，地里的生活、一家的吃喝，都指望着他呢；没了这么个主心骨，家也就散了。再说，将来你在外面上班，还得我们两个相依为命……他现在岁数大了，在家想喝两口就喝两口吧，也就这点儿贪图了。要是哪天他连酒都不想喝了，我反倒害怕是不是哪儿不得劲儿了。别看他嘴上不说，心里也惦记你，从小到大，他没舍得动过你一个指头，连我气急了打你两巴掌，他还跟我生气呢。他这辈子活得窝囊，盼着你有了出息，他脸上也有光，听见别人夸你，他高兴得嘴都合不上，你要是再看不起他，他能不寒心吗？"

爸爸在院子里喂猪，外面的风很大，风中夹杂着他阵阵的咳嗽声。爸爸的嗓子整天呼呼作响，稍一动就喘不上气来，腰也挺不直了。赵永生想起放假回来那几天，爸爸还有兴致拿出笛子二胡来，晚上吹拉几曲，他却觉得爸爸心里不盛事儿，只知道瞎乐和。他想起小时候，爸爸很疼他，每次去厂里，都带他下饭馆，吃肉丝面、肉包子，给他买东西也舍得花钱。爸爸的脾气也好，从没打过他，有时他犯了什么错，还帮他瞒着妈妈。

一直以来，爸爸在家里似乎是可有可无的，既不拿什么意见，也起不了多大作用。每次妈妈唠叨起爸爸来，他也跟着气不打一处来，很难让人不恨。妈妈又总是拿他们作比较，爸爸成了一个坏榜样，让他从心里抵触；久而久之，就成了这样。

他总觉得自己有同情心，可以问心无愧，但对自己的父母却如此苛刻无情，让他们看他的脸色，伺候着他，讨好着他。他觉得自己是那么冷酷。他悔恨又害怕，他希望自己得到应有的惩罚；但他害怕，老天要惩罚他，最残酷的莫过于让他失去父母。这个想法让他不寒而栗，他害怕父母会有什么意外，那是他一辈子都无法弥补的罪过。

"你也是个苦命的孩子，没过过几天好日子。小时候我们顾不上你，别人家的孩子还有爷爷奶奶疼着照看着，你却跟个野孩子似的，没人管没人顾，没少受罪。那时候我们也没拿你当回事，总觉得生死有命呢，何况活着这么受罪，死了还能托生个好人家，现在想想还觉得对不起你。到了学校你该吃的吃，顺口不顺口都要吃饱，该穿的穿，该玩儿的也要玩儿，把小时候受的罪都补回来。咱们虽然不能跟

· 289 ·

别人比吃比穿，可也不能苦了自己。家里钱虽然不宽裕，但穷也不过是这一时，就是砸锅卖铁，也算是看到希望了。"

窗外的风呼呼地刮着，屋里灯光如豆，昏昏沉沉的。这屋子，这气氛，这味道，他都那么熟悉，他曾经忘记了，曾经嫌弃过，现在才觉得亲近。他终于忍不住哭出了声，泪水顺着眼角流下，滴到妈妈的手上。妈妈轻轻抚着他的头，从心里原谅了他。她并不相信自己的儿子是个无情无义的人，现在终于松了一口气。

赵永生走得有些灰溜溜的，至少他是这样觉得。想起去年开学的时候，他多么风光，像是离家赴任一样，但半年之后，他并没有衣锦还乡，也没有能让人刮目相看，依然贫困，受人欺负；而现在他走得这样冷冷清清，像是一个败军之将，丢盔卸甲，疲惫不堪。那些村干部，赵万恶，他的奶奶、叔叔、大爷，那些冷眼围观的人们，处处都暗藏杀机。甚至他的父母，还有他自己，他都看不清。

这一个月过得浑浑噩噩，他竟然把学校的事情忘了大半。在德胜门倒车的时候，虽然他以前走过几次，却已经完全记不得了，转了近一个小时，打听了几个人，才找到了345路车站。挤在公共汽车上，那土气的打扮、怯生的眼神、呆愣的表情，也让他自惭形秽，混迹在人群里，他更像个民工，而不是一个大学生。他总觉得整个车上的人都在看他，更害怕会碰上学校的同学。他现在清楚地知道自己的形象，而不像半年前那样无知无觉。

回到学校，他也一样感觉陌生，甚至比当初刚开学的时候更有隔阂；见了同学，他并没有觉得有多亲切。同学们兴致勃勃地讲着各自的见闻，假期旅行，同学聚会；他却整天闷在家里，没有什么值得记忆的东西。他好不容易学得差不多的普通话也忘得一干二净，说话又开始结巴，也更不愿意开口了。他躲在水房里洗漱，只是为了躲开别人，只盼着早点儿熄灯，昏昏沉沉地睡上一觉，把那些恼人的东西放下，尽快适应这新的环境。

洗漱完毕，上了床，他缩回到自己的天地。这是上铺的好处，躺在床上，望着触手可及的屋顶，那局促的空间是属于他自己的，下面的纷扰可以不管。

但是却仍然睡不着。他觉得仿佛还在家里，寒假里的事还在眼前不停地变换，越是不想去想它，却又控制不住，那些记忆零星散碎、杂乱无章，理不出个头绪来。而窗外明亮的灯光和喧哗的人声也让他感到不适，告诉他这里不是那个小村子，而是陌生的城市。

大家都渐渐融入了大学生活，知道自己该干些什么。在这拥挤热闹、五彩缤纷的校园里，他反倒觉得越来越孤单。赵永生仍然感觉茫然无所适从，一边是他从小长大的家，他却越来越感到陌生，不知如何应对；而学校的生活也仍然是陌生和求知的，他既没有长远目标，也不知道眼前该干些什么，只是机械地向前。除了学习，他不知道自己该干什么，也不知道自己喜欢什么。他仍然每天追着赶着去上课，下了课钻进图书馆，在那里待到闭馆，周末也很少出去。他比以前任何时候都用功，每天安排得满满当当，把自己弄得筋疲力尽，只是害怕闲下来。

他渐渐沉浸在自己的世界里，越来越难以自拔。他每天机械地出入教室和图书馆，当终于拖着疲惫的身体回到宿舍，只希望能躺在床上马上睡着。

但能踏踏实实地睡一觉，已经成了一种奢侈，床就像是一个行刑架，他想睡却睡不着，睡着了却又害怕。每到深夜，周围渐渐沉寂，他的思维却更加活跃，在半梦半醒之间，那些记忆如潮水般涌来。妈妈那浮肿的脸庞、凝滞的眼神，爸爸那驼着的背、呕吐的声音，村干

萤火

部的张狂得意，奶奶阴冷的长脸，真切的，虚幻的，交织在一起。好容易迷迷糊糊睡着了，又总是噩梦不断，不是家破人亡，就是四处被人追杀，常常在梦中惊醒。

深夜，别人都熟睡了，有人忘了关收音机，耳机里漏出来的声音听得很真切。他努力集中精神，想着眼前的事情，白天上过的课，周围发生的事，校园里的一草一木，都搜索出来。有时候他趴在床上，借着窗户里透过来的光，仔细地辨认着屋里的一切。那些墙上的招贴画，有明星，有兵器，也有挂着自己女友的照片的，只有自己的那面墙上是光秃秃的。他常常接连几天，就这样整夜整夜地熬，每天看着东方发白，天色渐明，有时候干脆靠着墙坐上一宿，还能迷迷糊糊地打个盹儿。

白天上课，他也无法集中精神，只是坐在那里发呆。他再也不能像以前那样在课堂上倒头就睡了，那时虽然荒废了许多时光，比起这煎熬来却是幸福的。

赵永生觉得自己正处在深渊的边缘，慢慢往下滑。那些恼人的记忆潜伏在意识深处，总是悄悄冒出来，不经意间占据了他的思维，他拼命挣扎，却徒劳无益。那些记忆一旦开了闸便再难收拢，不停地在眼前晃动，一旦打断会更加不安，总是固执地找到被打断的地方，继续品尝那苦涩的回忆。

他没能坚持多久，就放弃了抵抗，任凭自己被那些记忆包围，占据他全部的思想。他需要专门的时间来发呆，他害怕人多，发怵在那众人注目之下走进教室，也无法忍受老师的唠叨，常常逃课，不管什么紧要科目，也不理会老师点不点名，只是被那情绪左右，全然不顾。

他常常在图书馆的角落里一坐就是一整天，面前摊开的书，多数时候从来就没有翻动过；或是在校园里找个僻静无人的地方，独自坐上半天。他回想着过去的一点一滴，沉浸在那痛苦的回忆之中，那就像是一杯苦酒，明知是苦涩的，还是忍不住去品尝。

最让他揪心的，是妈妈的眼神，那内疚、怯懦、探询、讨好的眼神，常在他眼前晃动；她面对的却是自己的儿子，她一直引以为自豪的人。爸爸佝偻着腰，喘着粗气，起早贪黑，毫无怨言。他们背上了一屁股债，饱一顿饥一顿地凑合，多少年没有添置过一件新衣服。他们不敢生病，有个感冒发烧头疼脑热的，扛一扛就过去了，还得照常干活儿，不到实在爬不起来，从不去打针吃药，更别说去医院了。而他对这一切却视而不见，无动于衷地享受着，认为是理所应当的。

想起这些来，他恨不得打自己两个耳光，他内疚，痛恨自己无情，又急切地想证明自己并不是那样的人。父母也曾让他牵肠挂肚，想起家来也让他魂牵梦萦，归心似箭。吃到一点儿好东西，他会想起父母，想让他们也尝一尝。但是，他又为什么连家的模样都忘记了，为什么对父母冷漠无情？这些问题纠缠着他，如芒在背，一刻也不得安宁。

他常常觉得恍惚，走在大街上，看见那些摆摊的、收垃圾的、扫大街的，甚至讨饭的，他总是吓一跳，忍不住多看几眼，总怀疑那些衣衫褴褛的人就是自己的父母；看见有人蹲在地上抽烟，他也会想起爸爸缩在柜角困顿萎靡的样子；有时候在电影里，他也常常看到自己的影子。

有一次看到电影里一个穷苦的母亲拉扯着几个孩子，住在四面漏风的土坯房子里，穷困潦倒，日夜操劳，却仍然供着几个孩子上学，把他们拉扯成人；她从不当孩子们的面吃饭，总是等孩子们走了以后，再舔净粘在碗上的剩饭。赵永生再也忍不住，泪水夺眶而出。他想起小时候，他顿顿有细粮，能吃饱；而那时候家里别说是细粮，就

是粗粮都不够吃。家里都是做两样饭，爸爸在外上班还好，妈妈则从没吃过一顿饱饭，也是吃些冷饭剩菜熬过来的。

他蜷缩在角落里，流着泪看完了电影，尽情地哭了一场。他想起父母一生穷困坎坷，懦弱却又刚强，想起自己迷失在这陌生的城市和家乡之间，无所适从，经历了多少个不眠之夜的痛苦煎熬。那泪水中有悔恨、内疚、自怜，都随泪水痛快地流了出来。

泪水是一剂良药，洗清他的罪恶感，冲刷掉他胸中的郁结。从那以后，每当他彷徨、困惑、苦恼，并无法自拔时，总能在泪水中得到暂时的解脱，找到坚持下去的力量。

他更加节俭，每花掉一分不必要的钱，就会想起父母挥汗如雨吃糠咽菜的情形。他只拣最便宜的饭菜吃，有时候出去聚餐或是看场电影，也总是深深自责，常常饿上两顿作为惩罚。

他还是经常失眠，就像上瘾一样，常常连熬几天，几近崩溃。他咬了几次牙，终于下决心花了二三十块钱买了一台收音机，那也是从他的伙食里省下来的。睡不着的时候，他可以听些英语节目，不但容易入睡，而且也不会让他有荒废时间的罪恶感。

他鼓起勇气给家里写了一封信。他心里一直不踏实，怕父母会上火，会病倒。他想告诉他们不要对他失望，他并没有嫌弃这个家，他也很想家，想念父母；但话到嘴边却又说不出口，只是干巴巴的几句话，报个平安，叮嘱几句。

二十八

  北京的春天风沙很大，昌平又正在风口上，春天一到，常常是接连十几天狂风肆虐、黄沙飞舞，家家关门闭户，路上行人稀少。但赵永生却喜欢这风沙的天气，每当风沙起时，他就有一种顶风狂奔的冲动，要与那风沙搏击，发泄心中的烦躁。他常常跑到学校后面的田野里、山坡上，逆风疾走，或者骑着自行车，顶风顺着山路拼命地蹬上两个小时，在无人的荒郊野外待上半天。每次风沙过后，他都浑身是土地从外面回来，灌得口里鼻里全是沙土，筋疲力尽，倒头昏睡。

  他收到了陈露的信。她在天津的一家化工厂打工，每天机械地劳动，干着单调的工作，像犯人一样被看管，没有自由，生活单调乏味，环境又脏又乱，还有那工友，冷漠奸猾，与她当初的想象相去甚远。她责怪赵永生不应该把信寄到她家里，害得她被爸爸盘问训斥。

  听着她的抱怨，赵永生觉得失望又恼火。他也有满腹的牢骚想找人倾诉，希望听到理解和安慰的话，而不是一堆烦心事。他一直幻想陈露去复读，这是他们将来唯一的出路，但她却毫不领会他的心意，并不顾惜他们的关系，现在后悔抱怨，也是自作自受。

  他想起了陈露的冷漠，以及她爸爸对他居高临下的盘问，自卑和

愤怒毫不费力地占了上风。他立刻回了信，把他的失望和愤怒、心里的彷徨和苦闷，还有些不着边际的牢骚和议论，潦潦草草地写了好几页。他不指望陈露能理解，只是求一时的痛快。

信寄出去了，他却觉得像丢失了魂魄一样，仿佛一下子被掏空了。这半年多来，他一直跟自己较劲，对陈露也淡忘了，快要失去了才觉得她的重要。她的笑容、纯真、善解人意，支撑他走过了最黑暗的时光。现在他仍然在苦苦挣扎，却找不到支撑的力量。他仿佛看见陈露渐行渐远，面目变得模糊不清。他正需要一种悲伤绝望的情绪，来祭奠那渐渐逝去的爱情。

漫天风沙之中，他爬上了学校后面的军都山。山顶上狂风吹得人站立不住，睁不开眼。站在断崖上，看着那苍黄的天空，对面的十三陵水库和莽山公园都看不清。风吹过谷口，发出刺耳的呜咽声。他想喊，想哭，想从那崖上跳下去，但他只是迎风站立在那里，任那风沙像鞭子一样抽打在脸上。

他的脸上是麻木的，心里也是麻木的，连眼泪也没有。他不知道该怎样去祭奠，那持续了两年的爱情虽然早已注定以悲剧收场，但也应该是悲壮的、惊天动地的，却没想到是那么轻飘飘的，就这样随风而逝了。比起那真切却又残酷的生活来，那所谓的爱情只不过是幻象。他这样的人是没有资格谈论爱情的，连幻想的资格都没有。生活还要继续，他不会为此轻生，他还有父母，他是他们的全部。

在学校里，他没有知己，很多话不知道该向谁诉说。虽然他并不像别人那样对校园的狭小耿耿于怀，却也日渐感到局促和不便。学校的人气一直让他们引以为豪，比起对面石油大学的冷清，更显得热闹。大门口总是熙来攘往，门口两侧排着长长的出租车，学校的周围是一圈大小饭店，家家都生意红火。但是校园里却处处拥挤不堪，在食堂吃饭的时候总是排着长队，去图书馆要提前占座，早上花园里读英语的人背靠着背，下了课操场上也挤满了人，周末洗澡也要排队等水龙头。

对于赵永生来说，最大的不方便就是找不到一个可以独处的地方。每个角落都有人占据，想独坐沉思一会儿都难，更别说难过了想要哭一场，或是烦躁的时候大喊几声了。他常常想起村里河边的那片小树林，他可以在那里流连、唱歌、嘶吼，尽情发泄自己的喜怒哀乐。

他终于理解了为什么军都山这样一座其貌不扬的小山，会成为政法大学学生们的精神寄托。军都山就在学校的后面，既没有什么可观的名胜，也没有参天树木或是河流小溪让人流连，除了学校的学生，很少有人去那里游玩。但就是这么一座小山丘，却成了他们的精神家园，常常被他们热情歌颂。"坐落在军都山脚下"是经常出现在中国政法大学前后的修饰语，军都山也因此平添了不少名气。同样与他们紧密相连的，还有从学校门前经过的345路公共汽车，学校的诗社就命名为"345诗社"，在这跨越城乡的艰辛旅途中，寻找着快乐和感悟，激发出创作激情。

军都山虽然不是风景秀丽，却也远离校园的喧嚣，赵永生也渐渐喜欢上了那里。他常常一个人来到军都山上，有时一口气跑到山顶，沿着山脊一直跑到十三陵水库的边上，面临陡峭的山崖，俯视那水汽笼罩的泅泅水面，看着满眼苍翠，让人豁然开朗。有时候只是漫无目的地转一会儿，或者是找一片背人的林荫，默默地待上半天。

他无意中在背面的山谷里发现了一片槐树林，林间掩映着一片墓地。正是槐花盛开的时候，山谷笼罩在一片白色的花朵和沁人的芳香之中，那些简陋的墓碑上也覆盖了一层飘落的花瓣，有一种凄美的感觉，并不让人觉得害怕。

萤火

他成了这里的常客，也许比他们那些活在世上的亲人更关心这里。他把那些歪倒的墓碑扶正，把墓地上的垃圾清走；有些墓穴露出了骨灰盒，他把它们放进去，用砖头把墓穴的口封好。看着那些或新或旧，豪华的或是寒酸的墓地，或有一些简单碑文的，寥寥几笔勾画出一个人，他想象着那沉睡在地下的人生前的样子，一生的经历，是否也有些不可思议的故事。

每年校庆的时候，学校都请一些法学界的名人来做讲座，那也是学校里一年一度的盛事。那些名满天下的法学家、大律师，讲得很精彩，滔滔不绝，旁征博引，场场座无虚席。那些学生也都勤学善辩，常有精彩的问答。人们像追星一样翘首以待。赵永生也不能置身事外，虽然他对那些人的名头并不了解，讲座也只是听个大概，但每有讲座，也总是赶着去听。

周末的讲座，请的是一个从他们学校辞职出走的教授，后来成了知名律师，办过几起大案，很有些名气。从中午开始就有人占座，有人甚至晚饭都是在教室里吃的，等赵永生去的时候，台阶上都已经站满了人，人们出入只能从桌子上面踩着过去。他站在门口，看不见讲台，只能听见声音。他犹豫着想要离开，但看到这盛况，这么多人挤着听，想必有所值，还是留下来了。

教授走进来的时候，正从赵永生的身边经过。他西装革履，气宇不凡。前面有人为他分开人群，人尚未露面，已经是掌声雷动。跟他一起来的还有一个人，经介绍得知，是一家大报社的记者，更让人对他刮目相看。

教授讲他办过的那些案件，都是些全国知名的大案要案，其中的惊心动魄、斗智斗勇，夹杂着针砭时弊和诸多感悟，教室里掌声不断。他虽然看不见人，但听着那慷慨激昂、妙语连珠的演讲，想象着他的表情和手势，也深受感染，不枉他站在这里倾听。他也幻想着自己将来能成为一个大律师，激昂雄辩，有社会责任感，不比当一个什么官更有意义吗？

讲座开始以后还不断有人赶来。他觉得有人在后面推搡，回头一看，见是一男一女两个人，手里举着东西，正分开人群往里挤。他们衣衫破旧，面容沧桑，显然不是学生。他们浑然不顾地挤到里面，在讲台前扑通跪了下来。那男人手里扯出了一块白布，举过了头顶；那个女人手里则举着一沓纸，跪在地上，不住地磕头作揖。赵永生踮起脚尖，仔细看那白布上写着"村霸杀人，无法无天，官官相护，何处申冤"的字样。

这时有人过来想把他们扶起来，他们却只是对着讲台磕头。教授走下讲台，示意大家安静下来，赵永生才听清那两个人嘴里喊着冤枉、做主之类的话，直到教授接过那女人手里举着的"状子"，他们才站了起来。在教授翻看的时候，那个女人则在旁边不停地絮叨着。那似乎是一个很长的故事，她努力想把那其中的恩怨纠葛诉说清楚，却又顾此失彼，讲不明白。男人则在旁边看着着急，不时打断她，而他自己一时也难以说清楚。

慢慢地，赵永生也听出了个大概。他们的儿子被村里的恶霸指使人打死了，那恶霸又花钱摆平了这事，找人顶了罪。他们四处求告，告天不应，告地不灵，倾家荡产，又被人迫害，在家里生活不下去了，只好来到北京，希望能有人做主。但他们辗转了大半年，上访告状，却找不到门路，看不到希望。不知是经谁指点，他们竟然摸到这所学校里来，看见像是教授模样的人就拦住告状，却连一份状子都没递出去；今天总算遇到了一个敢于伸张正义的大人物，肯收下他们的状子了。

教授翻着那厚厚的一沓信纸,估计一时也看不明白。他问有没有判决书,那女人说走的地方太多,弄丢了。他又问案子经过了几审,有没有提起上诉,她只说这些年一直在上告,从县里、市里到省里、中央都找遍了。看着教授脸上越来越凝重的表情,他们有些不知所措,怯怯地看着他,似乎在等着一个决定他们命运的结果。教室里也很安静,同学们也都看着教授,期待着他拿出个办法来。

教授也感觉到了这种压力。他刚才慷慨激昂地讲了一大堆公平公正、民生道义,话音未落就有人找上门来,他不能一推了之。他抬起头来看了一眼身边的记者,对那两个人说:

"这份材料,内容散乱,时间也仓促,我不可能马上作出判断。单凭你们的材料,我不能断定你们所说的到底是怎样一种情况,最起码要根据判决书,才能判断案件的性质……"

没等他说完,那两个人便又跪在了地上,一边磕头一边赌咒发誓:

"苍天作证,我说的句句都是真话;要是有一句瞎话,我这辈子断子绝孙,永世不得翻身……"

教授赶紧把他们扶起来:

"你们快起来,不要着急。这样,我把电话留给你们,你们可以到我的律师事务所找我,我会安排专人接待你们。这个官司我接了,虽然我不是什么高官,也不是法官,不能答应为你们做主,但我是一名律师,我会尽我最大的努力,维护当事人的权益,维护公平正义。我决定免费为你们提供法律援助,免费为你们打这个官司。我们这里还有富有正义感的新闻界的朋友,你们要相信,法律会给你们一个公道,正义一定能得到伸张。"

他的话博得了一阵热烈的掌声,那两个人又要下跪。他们诚惶诚恐,感激不尽,唏嘘终于找对了人。

这段插曲对同学们来说也是个意外的收获。在他们理想的世界里，这件事一定会有个满意的结局，就像教授说的，法律讨回公道，正义得到伸张。

但是赵永生却没有鼓掌，也高兴不起来。他在为那两个人的命运担忧。从他们闯进教室、跪在地上的那一刻起，他便觉得他们是那么熟悉，那穿着打扮、表情语言、讲述的案子，都像是他的父母，他差点儿上前去辨认。他相信他们说的都是真的，否则他们也不会背井离乡，四处告状。听他们说的可怜，他也恨不能拍案而起，替他们申冤出头，免去颠沛流离之苦。但是，就算他们有天大的冤枉，就算他们有理有据，又有多大希望能沉冤昭雪？

想到这些，他不寒而栗。这些年来他家一直摇摇欲坠而没有坍塌，就是因为父母没有以死相拼，硬抗到底，在濒临绝境的时候，选择了退却忍让，把希望寄托在神明身上，寄托在因果报应，也让他家得到了喘息，保存了力量。如果他们也是抛家弃子背井离乡地上访告状，也许早就已经家破人亡了。

他家的官司本来已经放下了，没有了什么指望，而现在，父母又看到了希望，开始跃跃欲试。爸爸写了厚厚的材料，往市里、省里各个部门投递，却从没有过回音，恐怕连看都没人看一眼。稍有一点儿空闲，爸爸就用自行车驮着妈妈往县城里跑，到各个机关上访；而且不单是宅基地的官司，跟村里的纠纷、被乡里拆房的事，也都想讨个说法。

赵永生能想象父母奔走在各个机关大门口，而父母也正像那两个闯进教室告状的人一样，因为身在其中，很难有条不紊地把事情讲明白。每回忆一次那些痛苦的经历，都是一次折磨，要很长时间才能恢复过来。他们肯定也一样低三下四地求过别人，说不定也给人下跪

301

过，一次一次地承受着从希望到失望直到绝望。

他知道父母不是上访告状的料，他们不会撒泼放赖，以死相挟；也不会扯个横幅拦车告状；而且为了不影响赵永生的前程，他们更是规规矩矩，小心翼翼。他忍不住想他们会病倒、遭遇车祸、被人暗算，至于能告出个什么结果，他却不抱什么希望。

说来有些滑稽，作为学法律的学生，这一年来耳濡目染，他也应该对法律有更多的尊崇和更坚定的信念，但他却越来越感到迷茫。那些义正词严、慷慨激昂在现实中都用不上，课上的那些案例，也都是按照三段论设计好的，供他们研究分析；真打起官司来，却并不是是非曲直都那么明了，往往有许多纠缠不清的问题。

他也曾收集了一些关于农村土地方面的法律和政策，涉及农村宅基地的不过是三言两语，看的时候虽然清楚明白，但到底自家的官司该从哪儿入手，他还是弄不清楚。村里土地的边界没有什么明确的记载，那土地账村干部一句话就能改过来，他们说赵永生家的院子本来就不方正，也无从对证；而且就算事实清楚，想要翻案也没那么容易。

或者，就算是打赢了官司，又能怎样？赢了官司却执行不了的多了，何况赵万恶家向来无法无天，还有奶奶、叔叔、大爷这些人在，他们赢了官司也翻不了身，说不定日子更不好过。

他想劝父母不要再四处奔波求告了，却不知如何开口。他更应该拍拍胸脯把这件事承担下来，但他实在没有这个胆气。父母一直以为考上学就能当大官，就连他也曾有过这样的幻想，但现在看来，能不能找到一份像样的工作都难说，更别说当官了。

离放假还早，赵永生又开始想家了。这半年过得如此漫长，他不停地反思自责，逼得自己透不过气来。他既放不下过去，又担心将来，反倒误了眼前的事。

他的功课一塌糊涂。在别人眼里，他很勤奋，整天赶着上课，下了课就扎进图书馆里，每天很晚才回去，是个难得的好学生，成绩却如此糟糕，让人纳闷。他自卑、怯懦，无所适从，没有亲近的朋友，很少参加集体活动，也没有什么娱乐。学校里的熙熙攘攘、高尚优雅，都与他无关，他像是一个异类，游离在校园生活之外。他度日如年，身心俱疲，接近崩溃的边缘；而家永远是最让人放松的地方，虽然仍然会让他无所适从，但他却迫不及待地想要赶回去了。

踏上了回家的路，他的心里才能踏实下来。他坐车到了市里，已经是晚上八点多，他只能在候车室待一晚上，第二天再坐汽车回去。

夏日炎炎，候车室里很闷热，气味又难闻，他看时候还早，索性去外面转转。站前广场上很热闹，大屏幕上播放着广告和音乐，周围一溜地摊，卖些吃的玩的。他转了一圈，想找个僻静的地方坐下来。路过公共汽车站的时候，扫了一眼，看见站牌上写着"市师专"的字样。他想他有很多同学在师专，毕业一年了，却从来没有联系过。正在这时汽车进了站，他犹豫着就上了车。

到了师专，他直奔那灯火通明的教学楼。正赶上学生们下自习出来，他想要打听一下，却不知道自己的那些同学都是哪个系哪个班，也想不起来要找哪一个，只好找人打听有没有本县的同乡。有人带他到了一间教室，喊了一声：

"班头，有老乡找！"

赵永生看过去，那个被称作班头的人，正是他们以前的班长。他当时正是保送上的师专数学系。那也是他们学校唯一保送上的，语文专业学校当时没有推荐赵永生，但那被推荐的人最终也没有去成。

赵永生几乎把他忘记了。他们并不熟，几乎没有说过几句话，他又是保送上来的，赵永生总觉得那背后一定也有不少的关系，心里就

有些抵触；而且保送以后他就解脱了，在他们最紧张的时候，他已经轻轻松松地等着去上大学了。对于那段时间的事，赵永生总觉得模模糊糊的，似乎是选择性地遗忘了。

赵永生有些尴尬，不知该说些什么。但那人见是赵永生，却分外惊喜：

"哎，这不是赵永生吗？真是没想到。你们这么早就放假了？你是怎么找到我的？我一直想给你写信，可是没有你的地址，谁都联系不上你，上次放假也没见到你，前两天在一起我们还念叨你来着。"

他热情又真诚，让人感到亲切。虽然已经很晚了，他还是领着赵永生挨个去找高中时的那些同学，也有六七个；虽然上学的时候他们没有什么交往，见了面却都很高兴，并没有什么隔阂。

他们又到外面的地摊上吃些小吃，边吃边回忆起高中时的生活，说起那时候清苦的日子，晚上饿得发慌，去食堂偷白菜吃；晚上偷偷跑出去玩，和老师斗智斗勇，也有很多乐趣。

他们上的专科，再有一年就要毕业了，整天忙忙碌碌，过得充实，没有时间自怨自怜。他们有的已经开始打算着找工作了，憧憬着当一个老师的生活；有的谈了对象，也要考虑着将来到哪里落户。他也羡慕他们彼此熟悉，有相似的经历、共同的话题，聚在一起，显得很融洽。

第二天，他们在市里逛了逛。早就听说过莲花山批发市场和百货大楼，今天一见，果然是繁华热闹的地方。在北京他从没有去哪里闲逛过，像个苦行僧一样，每浪费一点儿时间、一点儿钱财，都会觉得不安，要惩罚自己，现在他可以放下那恼人的记忆，放下对将来的担忧，轻松了几天。以前的同学因为他而聚到了一起，他们像众星捧月一样围着他、陪着他，每天热热闹闹，这让他找回了自信，觉得自己并不是惹人生厌的人，也显得健谈了许多。

　　回到家里，他也不再觉得陌生。夏天的院子里郁郁葱葱，遮住了那些破破烂烂，父母的身体也比冬天时候看着好多了。他的口音也很自然地改了过来，也不再整天猫在家里，不愿意见人。他回了趟学校，老师们都很热情。他去找以前的同学，他们现在都是有空闲的人，四处闲逛，不用忙着打工挣钱。他本想去做小工，但父母坚决不同意，怕他有什么闪失。

二十九

  叔叔今年开春的时候结了婚，那女人是从外地领回来的，比叔叔大好几岁，还带着两个孩子。那两个男孩儿，大的和赵永生差不多，快到了成家的年龄，小的也有十几岁了。村里人都说，叔叔是想媳妇想疯了，买了个媳妇还搭了两个冤家，这两个孩子，既要供着上学，将来还得张罗着娶媳妇，早晚也得要了叔叔的命。

  那女人恐怕做梦也想不到能找到这样的人家。叔叔中年得妻，对媳妇言听计从，恨不得供起来养着。他现在不像以前吊儿郎当，吃喝嫖赌的毛病也改了，踏实地干活儿挣钱。奶奶也对新儿媳赞不绝口，那是百里挑一的好媳妇，孝敬老人，手脚勤快，会过日子。奶奶对那两个孙子也比亲孙子还亲，逢人就夸他们聪明懂事。

  但是渐渐地人们发现，那新媳妇并不像奶奶夸赞的那样。她的名声很快传遍了整个村子。她最拿手的事就是串门儿，每天吃完早饭出门，不到天黑掌灯不回来，东家进西家出，一串就是大半个村子。虽然她说话别人还不大听得懂，但她有一种自来熟的本领，跟谁都能扯半天，走到哪家都能吃上顿饭。那媳妇也并不是那么孝顺，会过日子。叔叔把她娶回来半年多了，却一直当新媳妇养着，一日三餐要端到跟前才吃，家里还要常备着奶粉、饼干和打嘴儿的零食；地里的粗活儿更是不沾边儿，地在哪儿，种的都什么庄稼她都不知道。

但是奶奶却极力周全。媳妇爱串门儿，是因为这山沟里的日子过不惯，在家闷得慌；她不下地，是因为北方的庄稼不会收拾，地里的活儿搭不上手。至于奶奶，则是一辈子干惯了，儿媳妇虽然拦着劝着，怎奈她闲下来就要得病；就算她被撵进了驴棚住，也是因为和她的毛驴有感情，搭个棚子守在一起，睡着踏实。

奶奶给叔叔盖了两处房子，最后却住进了驴棚。那媳妇不是个省油的灯，结婚不到半年，就嫌婆婆碍手碍脚，要让她的三个儿子轮流养着。她不管以前家怎么分的，到了她这就得改规矩，逼奶奶去赵永生家和大爷家闹腾。

如果只是赵永生一家，父母多半只能就范了，但大爷一家却不会任他们摆布。没办法，叔叔在他家后院的山坡上垒了一间土坯房，拿油毡苫上，让奶奶住了进去。那房紧挨着驴棚，没有窗户，锅灶也在外面，更像是间柴棚子。地里的活儿仍然是奶奶一个人的，她每天起早贪黑，干劲儿却更足了。

妈妈很羡慕，同样的婆婆，同样是做儿媳妇的，却如此不同。一个外来的媳妇，虽然远说不上贤惠，但因为有了奶奶为她周全，不但不受欺负，反而处处受人称赞；而妈妈为了奶奶的一句公道话，追求了一辈子却没有得到。

但这新媳妇却要把奶奶的作用发挥到极致。她也看出赵永生家软弱，还能榨出些东西来。奶奶起诉到县法院，告赵永生家不养老，让他们每年掏五百块钱的养老费，而且要把前十年欠下的都补齐。

五百块钱并不是一个小数目，兄弟三个算下来，一年就是一千五百块钱。但奶奶不告别人，只告他们一家，她说老大和老三的

养老钱都已经掏过了,那些钱她都已经吃了喝了,打针吃药了。他们放出话来,如果赵老二不掏这笔钱,就要把他送到法院判刑蹲拘留。

在法庭上,妈妈说奶奶可以住在他家,不用住窝棚,也不用整天下地干活儿,甚至可以自己一家养着,不用每家掏那五百块钱。但奶奶却不肯,她跟惯了老儿子,住惯了窝棚,哪儿也不去,死也要死在那里。

法院调解了两次不成,就放下了,既没有判赵永生家给钱,也没有把爸爸抓走。奶奶三天两头往村里跑,逼着村干部出面要钱。村干部被逼得没办法,跟着跑了两趟,却也无话可说。

每年的8月份,县里都召开毕业生分配会,本科、大专和中专毕业生,都等着这时候统一分配下去。

李铁也一直在等待着这个决定命运的时刻。他每天往县里跑,打探消息,看着一拨一拨的人被分配到了不同的地方、不同的单位,有的进了机关,有的进了工厂企业。他也越来越担心,那些有关系有钱的,都提前找好了门路,挑好了地方,毕业分配会不过是个过场,而无钱无路的,都去了偏远的地方、没人去的单位。

这虽在意料之中,但还是让李铁很失望。他也很着急,跟家里商量,拿点儿钱去打点打点,但他家已经拿不出什么钱来送礼了。况且即使他们肯拉饥荒去送礼,也不知道到哪儿去托关系走后门,他也只能听天由命了。

很快就见了分晓,李铁被分配到了一个偏远乡里的供销社。供销社在以前是个好地方,那时候农药化肥农具和日常用的东西,都得从供销社买,在物资紧俏的时候,村里乡里都得求着他们。但是现在,市面上什么东西都有,他们却还守着那些质次价高的东西,又冷又横。他们乡里的供销社,原来占据了一个大院子,近几年早已不再红火，靠着收破烂儿维持着。

报到的第一天，李铁又被分到了下面山沟里的一个代销点。那是最偏远的一个乡，也正因为偏远，交通不便，那代销点才得以保留到现在。他上班要倒几次车，再走上几里山路，半个月也回来不了一次。

但李铁仍然乐观。这也在他的预想之中。不管分到哪儿，他仍然是吃商品粮，况且一个代销点的代销员虽然不起眼，也算体面了。新庄村以前也有代销点，那里卖货的虽然是村里人，却不用侍弄庄稼，打扮得干干净净，整天坐在阴凉宽大的柜台后面，买东西的人也不多，偶尔来那么一两个人，也是爱搭不理的，自然有一种优越感。

李铁是那个代销点里的唯一的正式人员，又有文凭，正经学过会计，有会计证，这些都是过硬的东西。虽然没有明确他是被派到那里负责的，但他自认为说话还是有些分量的。他甚至有些摩拳擦掌，上了这么多年学，就盼望着这一天，准备要好好干一场了。

赵永生也为李铁高兴，这比他预想的结果还要好些，不管怎么说国家还是分配了，有个地方能上班挣钱；虽然离家远些，总比工厂企业好。他也希望李铁能干出点儿模样来，村里上学出来的，只有他们两个，已经是老大不小了，他盼着李铁混得好点儿，风光起来。

张寒露的装修队已经发展成了装修公司。他是很早干铝合金装潢的，当初不过是两三个人的小打小闹，给人换个门窗，现在也能揽来一些大工程了。张寒露手底下有十几个人，呼呼喝喝的，出手大方，说话也豪爽，有些老板的派头。不过是三四年的工夫，张寒露一年一个样儿，有些今非昔比的感觉。在他面前，李铁和赵永生也越发显得迂腐，不通世故。

王功也结婚成家，踏踏实实过起了日子。他们两口子都能吃苦，王功媳妇虽然是市里来的，却没有一点儿城里人的娇气，和王功一起

萤火

家里家外，起早贪黑地干。王功种了几亩大棚，他在地里收拾，媳妇赶集往外卖，平常还做豆腐豆皮，虽然利薄，但本钱小不费什么工夫，在村里转一圈就卖了，豆渣还能养几头猪，小日子眼看红火起来了。王功媳妇也怀孕了，他们攒钱准备翻盖新房，一家人都喜气洋洋。

上班之前，李铁和赵永生去了趟白龙山。赵永生已经很长时间没有去过了，在彷徨无助的时候，他多么希望有神明帮助自己，给他指引，虽然他并不迷信，但那也是他精神上的安慰和寄托；而生活中又有许多巧合和不可思议，人所无法控制，只能归结于命运或神灵。妈妈也正是靠着这个信念，才能熬到今天，否则不论是精神上，还是身体上，她早就已经垮了。

这几年庙会不再是封建迷信了，成了旅游资源，上边也大力扶持。山顶上的庙建起来了，这庙会延续了几十年，终于有了庙宇，算是名副其实了。上山的路也修好了，陡峭的地方都砌上了台阶。庙里的香火也比以前兴盛了，不但庙会时人更多了，平常也总是香火不断。

一路上他们碰上了几个上山烧香的人，都是附近几个村子的。没有了庙会时的拥挤，少了些热闹和狂热，但也显得清幽，也可以从容地观赏山上的风景。

白龙山是很平常的一座山，没有以前印象中那么高那么陡，也没有高大的树木，没有山泉飞瀑。在这周围，有不少这样的山和庙宇，供奉的是些当地不知名的小神明，就像比邻而居一样，并不让人觉得高高在上。

山脚下新修了老君庙和唐王殿，半山腰里平坦些的地方修了金刚殿，都是些收钱的景点，总让人觉得有些不伦不类。民间修庙没有那么多讲究，只要能保得一方五谷丰登、人丁兴旺，不管哪路神仙，都只管拿来供上。

快到山顶上，是一溜长长的陡峭的台阶。站在台阶下面，仰望那大殿矗立在孤顶之上，四临绝壁，斗角飞檐，四周松柏环绕，金色的琉璃屋顶若隐若现，显得庄严肃穆，让人心生敬畏。

上了台阶，进了庙门，才觉得庙内有些局促。那几丈见方的地方，除去正殿、偏殿和两间守庙的耳房，天井显得很狭小。庙里的供奉似乎也没有什么讲究，正殿里供奉着白玉菩萨、送子观音和千手观音，供桌上摆着满满的鲜果寿桃，香火缭绕。

赵永生等到汗落了，心平气和了，才点燃了手里的香，跪在蒲团上，拜了三拜。看庙人敲起了钟，据说那钟声可以把人们的心声传达给神明。在那香烟缭绕和悠远的钟声里，他觉得有了神灵的庇佑，又找回了内心的安宁。他祈求神灵能给他力量，承受这蜕变的痛苦和煎熬。

出了庙门，望着远处山坳里一座座的村庄，笼罩在一层薄薄的烟雾里，那大小如火柴盒般的房子里面，生活着一家一户的人们。这淳朴和谐的景象似曾在哪部电影中见过，这不也是一幅很美的山水画吗？如果换个地方，他也会倾情赞美这里。

但他并不是来去匆匆的游客，他在这里生长生活，他知道在那美丽风光的背后，生活并不像田园诗般宁静闲适，那房子里的人们也并不都是老实淳朴；不像电影里，人物个个形象鲜明，生活虽然贫穷却充满希望和欢乐，故事虽有波折却终能达成正果。那里还有很多像他父母那样生活的人们。

暑假里，小舅来过几次，每次都是来去匆匆。这两年小舅忙了，来得也少了。他在厂里是技术骨干，前两年有日本企业来考察，本来这个偏僻的小厂并不在考虑之列，但他们看中了小舅有技术，工作有热情，当然也因为他们是福利厂，成本低，最终把业务留在了他们

厂。有了这批出口业务，他们厂也飞速发展，并红火起来。

小舅当上了副厂长，还被市里评为优秀青年企业家，着实风光了一阵。以前小舅高兴的时候，常讲起他在外面的风光，见过大世面，住过高档的酒店，坐过高级的轿车，跟市长握过手，跟县长一起吃过饭，拿出那些照片和成摞的印着各种头衔的名片给他们看。

小舅有了出息，在村里能挺直腰板，抬起头来了。他也担起了责任，不像以前，什么事都甩手不管。亲戚们谁家有个大事小情缺东少西，他总是有求必应，尽力帮忙。家里有个争长道短的，也总是找他念叨，他也渐渐成了这一大家子的主事人。

只是这两年小舅脸上的笑容越来越少，话也越来越少，显得心事重重。别人都觉得他是有了出息端起了架子，妈妈却对他有些担心，每次见了，总是问他是不是有什么难缠的事，又或是工作是不是太操劳。小舅却总说没什么。

小舅虽然忙，一有空闲，却总爱往赵永生家里跑，有时候中午下了班，也舍近求远到他家吃顿饭，每次走的时候也总是恋恋不舍。也只有在妈妈跟前，小舅还显得像是个孩子，仍然像以前一样，懒懒地歪在炕上，让妈妈给他做些顺口的饭菜。有时候累了，就把头枕在妈妈的腿上，让妈妈给他松松头皮、揉揉太阳穴，说些家里家外的事情，高兴的时候眉飞色舞，伤心的时候也会呜呜地哭起来。

小舅老早就送来了赵永生开学的钱，赵永生家已经拿不出一点儿钱了。爸爸的厂子正在改制，让工人们买断工龄，只要补齐了欠缴的养老保险金，就可以提前退休，领退休金了。爸爸算下来要补交一万多块钱，每月可以领到一百多块钱的退休金；等到了年龄正式退休以后，还能领得更多。这本是个划算的事儿，爸爸厂里原来的大部分工友都交钱办了退休，既解除了后顾之忧，又可以脱开厂子，另谋出路。

但这笔钱对他家来说却是一笔大数目，他们就是砸锅卖铁也拿不出来。小舅劝妈妈，由他出钱先交上，等爸爸领了退休金再慢慢还，这样还能早几年受益。但妈妈却不答应，现在的钱一年比一年毛，他们又一年半载还不上，况且是整着借来零星地还，钱就看不见了。

小舅叮嘱赵永生，要多参加集体活动，多与人交往，不要舍不得花钱，受了钱的拖累。现在他有能力供赵永生上学，也想尽份力。他最后悔的事就是当初没听妈妈的话，没能考上大学；现在赵永生上了大学，就当是完成他自己的心愿。

小舅也常提起家里以前的事。姥爷家当年在村里挨欺负，走到哪儿都低人一等。小时候妈妈拉扯他们兄妹五六个不容易，起早贪黑，吃不饱穿不暖，落下了一身的毛病。他上高中的时候，住在赵永生家里，虽然没有人把他当外人看待，却仍然觉得自己像是无家可归。他跑口外教裁剪，那是他的第一份职业，走村串巷，风餐露宿，跟各种各样的人打交道，其中的酸甜苦辣没有人知道。他回忆起刚进厂的时候，虽然只是个工人，却干劲儿十足，真有些主人翁的感觉。

这时候的小舅让赵永生觉得很亲切。他现在是两个孩子的父亲，是个厂领导，平日里沉默寡言，言谈举止也有了些架子，让人觉得有隔阂。现在他又想起了那个熟悉的小舅，没有什么城府，藏不住心事，常常和他吵得面红耳赤。

小舅常常有意无意向他提起厂里的事。那些事对别人无从说起，只有赵永生能理解他的感受。

福利服装厂原来不过是民政局下属的一个小企业，现在已经成了县里的明星企业，从原来的十几个人到百十号工人，也已经成了一个复杂的名利场。厂里的正的副的厂长、书记就有十几个，不少是县里头头脑脑的三亲六故，也有只挂名不上班的，小舅是唯一没有什么来头的。

厂子里的关系错综复杂，那其中明的暗的规则，小舅也一直参不透，他挣扎在权力的夹缝中，越来越力不从心。他虽然是副厂长，却并不像外人想象的那样风光。他的副厂长头衔只有在日本人来谈判视察的时候才偶尔派上些用场，平常却没什么事可干。他干过服装设计、生产、销售，业务上样样都行，却什么都不让他插手。他平时连一句话都不敢多说，更别提想要干什么事儿了。

小舅却为厂子担心，厂子虽然表面看着红火，但管理混乱，已经是危机四伏。他曾经为厂子付出了不少心血，眼看着厂子发展起来，却只能眼睁睁看着它衰落下去。

更让小舅痛苦的是，他不但在权力的夹缝中挣扎，还无时不在城市和农村的夹缝中煎熬着。小舅虽然是副厂长，却不是吃商品粮的，而只是个合同工人，和爸爸一样。在那些城里人眼里，他永远只是个农民，家在农村，离不开泥腿子活儿。而厂里别的领导，都是国家干部，身份不一样，自然也就高人一等。这也是小舅一直对自己没考上学耿耿于怀的原因，他再有出息，再风光，身份这道坎却不是轻易能跨过去的。

但小舅虽然在村里生活了一辈子，却仍然觉得无所适从。在村里人眼中，他在外上班，见过世面，挣了大钱，应该算得上是个人物了。既然是"人物"，就得能给人办事，让人沾上光。村里人很实际，不管是当官的还是给当官开车的，只要能给人带来好处，就会受人敬重，被人捧着。

小舅并不是这样的人物。跑官升官、打官司告状这些事儿自不必说，就是想进服装厂找个活儿干，他都做不了主。要说有钱，他虽然攒了些钱，但那钱来之不易，也装不出财大气粗。他也不会酒足饭饱到人市上去吹嘘，或是靠着那大把的名片骗些吃喝。而在村里吃得开的恰恰是这些人——善钻营的，能吹嘘的，脸皮厚的。

小舅也知道自己不会拉关系，不善和人打交道，扯不下脸皮求人。他也知道村里人背后都笑他无能。他回到家里很少出门，懒得跟人打交道，村里的人情世故都让媳妇去应付，这又让他落下个臭大架子的名声。

赵永生相信自己能理解小舅的感受，理解他有时候落落寡合，有时却又有意跟人吹嘘，因为他也正在这种夹缝中挣扎，痛苦又不能自拔。他既不能融入那城市和学校，优雅有闲地生活，也不能在那生他养他的农村找到自己的土壤，过得自在滋润。

三十

　　每次从家里回到学校,赵永生总要花很长一段时间来调整和适应。他脑子里乱哄哄地塞满了东西,那些对与错、得与失,都等到了学校以后,才能静下心来梳理,就像动物反刍一样,一点儿一点儿地翻腾出来,理清楚,想明白,再消化掉。

　　他又沉入那回忆之中,封闭在自己的内心世界里。一个人默默地发呆已经成为一种习惯,记忆像潮水一样裹挟着他、侵蚀着他,不论是走路、吃饭、看书、睡觉,一有空隙就汹涌而来,他无法抗拒,不能自拔。他不知道自己是在逃避、自责,还是为了给过去一个总结,寻求一个答案。

　　学校仍然显得陌生。他更喜欢陌生的环境,他可以摘下面具,自由自在地活着。在这里,没人知道他的底细,甚至没人关心他的存在;没有人对他抱什么希望,他也不必为别人承担什么责任;他不用担心别人算计他,也没有人说长道短。他可以整天不说话而不会有人担忧、责备,或者被人看不起,不用堆起虚假的自信的笑容,大嗓门吆喝着说话。他不必为自己的怯懦自卑而自责,不会有人说他少言寡语,不够能言善辩。这些都只是他自己的事,而不关乎什么全家的命运。

当学校里敲锣打鼓,迎来又一届新生的时候,赵永生恍然觉得,他的大学生活已经过去了一年,他已经不再是新生了,也要张罗着迎接新的老乡、组织老乡会,给他们指点迷津、介绍经验。看着那些新生一脸稚气却朝气蓬勃,想想自己当初也是这样,却还有一股初生牛犊不怕虎的闯劲儿,愣头愣脑,不知深浅,也没有这么多烦恼。而一年过去了,他并没有什么收获,荒废了美好的大学时光,错过了校园里很多精彩的时刻,却显得更加生涩了。

他越来越自卑,害怕跟人交往。他觉得自己土气,打扮土头土脑,办事也畏首畏尾,透着一股穷酸气,一看就是个农村人。他从不在宿舍里吃饭,怕别人知道他只吃得起乙菜。他不敢轻易开口发表意见,怕惹人笑话。他觉得自己一无是处,办事拖泥带水、犹豫不决。在那些城里的、有钱的、开朗的人面前,他总觉得自惭形秽,害怕暴露自己的缺点;而对那些和他一样穷困、沉默寡言的人,他却害怕在他们身上看到自己的影子。他没有一个可以称得上是朋友的人,可以说说心里话,一起分享快乐、分担痛苦。他变得敏感多疑、孤僻自闭,常常觉得有人在背后嘲笑他、嘀咕他,他开不起玩笑,几次差点儿跟人打起来。

赵永生给陈露写了封信。他很怀念高中那些日子里,有陈露带给他勇气和力量,而他现在也正经历着痛苦和迷茫,他多么希望陈露在身边,支持他,给他力量。他并不在乎她上不上学,不管她干什么,他们都可以在一起。他后悔自己那么固执地坚持让她去复读,去考学,那会让陈露觉得自己看不起她。他为自己上次的态度道歉,他应该给她安慰,而不是向她发一通牢骚。

但是陈露的回信却仍然像以前一样冷淡,对他的热情没有一点儿

回应。她说她并没有赵永生想象的那样好，对他也没有什么特别的关心。她说他是名牌大学的大学生，生活优越，有多少人羡慕，他的前途远大，将来会有大作为的；而她只不过是个打工的，早晚也要回家当农民，他们之间的差距太大，不可能走到一起。

他不相信陈露的话是真的，她的善解人意、温暖的笑容，不是他凭空想象出来的，陈露一定是在生他的气，或者是在试探他。这一年来，他确实对陈露没有用心，也没有耐心，他从没有向她表露过心迹，也没有认真考虑过她在想什么，需要什么。

他告诉陈露他在心里为她发过的誓，要为她奋斗，要成为她的骄傲，要给她幸福。他不再是以前那个没有前途的穷小子，他可以通过努力改变自己的命运，改变他们两个人的命运。他向陈露诉说了自己家里的环境、学校的生活，自己这一年来经历的苦闷彷徨、痛苦挣扎。他需要向人倾诉，而只有陈露才能理解。这样说的时候，他觉得自己又有了信心和勇气，有了目标和动力。他连着给陈露写了几封信，当他陷入回忆和沉思时，可以记录下来并与人分享了。

他迫切地想要得到陈露的理解、肯定和安慰，但是陈露却迟迟没有回信。他担心陈露是不是遇到了什么意外，想象着冰冷无情的流水线上的机器，就让他感到恐惧，她会不会受什么伤？他又写了两封信去催促，才终于等来了陈露的回信。

陈露说她一直生病，刚刚好些，却又要上班；即使生病的时候，她也要常常去顶班，他们就像机器一样，恨不得二十四小时运转起来。她生病时没有人在身边，一个人躺在冰冷的宿舍里，没人关心，也没有人同情。她现在后悔出来打工，并不是吃不得苦，只是不知道这样生活的意义在哪里，也看不到将来的出路。

赵永生想象着陈露身在异乡、孤单困苦的情形。她家境优越，一定没有受过这样的苦,那也不是她应该受的苦,她应该有着阳光灿烂的笑容,过着无忧无虑的生活。他不知道留在城里除了打工,还有什么更好的出路,城里并不是她想象中的天堂;但是回到村里,她更是只有等着嫁人了。他想劝陈露回去复读,又怕她会多心,以为他嫌弃她。

他恨不得马上到她身边去陪伴她。很多话在信里说不出口,他要当面告诉她。北京离天津这么近,他们可以互相守望,互相安慰,一起度过这几年。他本打算这个周末就去找她,但下个星期就是国庆节,多出一天的假期,他也可多陪她一天。

他迫不及待地写信告诉陈露他的打算。信发出去了,他就开始期待着那久别重逢的时刻,想象着那激动人心的场面。毕业之后他们还没有见过面,他对陈露的印象还是高中时候的样子。她现在会是什么样子?他梦想着与她并肩走在城市的街头,在那灯火阑珊之处留下他们的身影,这是他藏在心底多年的浪漫。

他每天计算着信在路上的时间和陈露回信的时间,却一直没有等到陈露的回信。直到周五晚上,他跑去看了几次信箱,确信不会再有来信了,才心神不宁地回到了宿舍。他着急又恼火,等不到回信,他不知道该怎么走;但随即又开始担心她刚刚病好上班,会不会有什么意外。

辗转反侧了一晚上,第二天他早早就起来进了城,他带着陈露的信,信上有天津塘沽区某工厂的名字。无论如何,他也要找到她,见上一面。

从天津火车站出来的时候,才上午十点多。想到他已经和陈露在同一个城市,他的心怦怦直跳。但是当他打听塘沽区的时候,人们却告诉他还远着呢,还要再坐几个小时的汽车。他以为那是一个偏僻荒

凉的地方，一路上也更加担心陈露。

车到了塘沽，并没有想象中那么荒凉。路上行人不多，路边大多是工厂。他向人打听陈露的工厂，问了几个人，却都说不知道。好在这里看起来并不大，他可以自己挨街去找。

他不知道该往哪个方向走，只是边走边问。已是深秋，风中有了阵阵凉意，他背着行囊，走在这陌生城市的街头，觉得自己像是个流浪的人。但他并不是漫无目的，他心中有一种使命感。他奔波几百里，一定要找到陈露，那是他生命中最重要的东西。

他闻到空气中有一股咸湿的味道，原来已经来到了海边。这是他第一次看见海，一下子就被那波澜壮阔的景象震撼了。正是夕阳西下的时候，天边一片耀眼的金黄，海天连成了一片，蔚然壮观。在大海的面前，一切都显得那么渺小，他面前的那片工地、身后的这座小城，还有他自己，都显得微不足道了。

工地上脚手架林立，挡住了他的视线。他看见旁边不远处有座小山，便跑向山头，要赶在日落之前，仔细欣赏这美景。

那是一座临海的公园，还没有完工，到处破破烂烂。他顺着小路爬到山顶，从那里望去，果然开阔了很多。只见海天一色，一望无际，没有帆影，也没有海鸥，大海纯净而空灵。他坐在一块大石头上，静静地看着红日渐渐西沉，坠入海中，远处的地平线渐渐消失在夜色中。海风渐起，夜幕降临了，没有波光闪烁的海面，只有浪涛拍打着海岸的岩石，宣示着大海的存在和力量。

面对着漆黑的海面，他仿佛到了天之尽头，周围的一切都不存在了。他觉得自己已经融入了大海，胸襟也像大海一样开阔。他忘掉了饥饿和疲劳，忘记了烦恼和焦虑，那一直缠绕在他心头，压得他喘不过气来的压力、自责，也都卸了下来，他感到从未有过的轻松。

他在海边一直坐到天色微明，能辨出周围的景物了，才下了山。他要继续寻找陈露，要带她来这个地方，一起面朝大海，看日出日落，享受这平静与安宁。

时间还早，路上没有什么行人，他几乎是一路小跑。他要赶在早晨上班之前找到陈露的厂子，才能找人打听她的下落。他跑过了几条街，终于见到了一个热闹的地方。那是一个街边公园，已经有了不少晨练的人们。公园边上有一个早点摊，闻着那油条的香气，他才觉得自己实在走不动了。

他在早点摊前坐下来，买了几根油条和一碗豆腐脑儿。由于长时间没有咀嚼和吞咽，他吃得又太快，差点儿噎住，挺直了身子，半天才缓过来。他边吃边看着公园里那些晨练的人们，他们大多是些老人，有的扭秧歌，有的跳舞，有的舞剑，还有一群人只是围着公园大踏步地走。他们一个个表现得格外精神饱满，步履矫健，热情洋溢，肆意宣示着生命的活力。他们显得比年轻人更有朝气、更从容、更执着，让人羡慕。

坐在对面的老头儿看他像个外地人，主动与他搭讪起来。听说他是从北京来这里找人的，老头儿很惊讶。这里有上百家企业，而他只知道个名称，不知道地址，要找到什么时候？老头儿很热心，拉着他到公园里挨个打听，那些都是当地人，是从四面八方聚到公园里来的，问了一圈，终于有个老头儿说，好像在工业区那边见过这么一家厂子，却又记不太准了。

他顺着老头儿指引的方向，又打听了好几个人，才找到了那家工厂。那是一个不大的厂子，他来的时候还早，厂里看着很冷清，没什么人出入。他问看门的保安，他说厂子的宿舍在外边，上班的人一会儿就来了。厂子也要下夜班了，里边的人也该出来了，他可以在这

里等。

果然，时间不长，就有人陆续来上班。她们几乎是清一色的女工，赵永生总觉得走过来的留着短发、身材高挑的人就是陈露，却每次都是失望。他挨个向她们打听，却都摇头，他想描述一下陈露的样子，但那还是一年前的印象。

等到下夜班的人也走得快差不多了，仍然没有陈露的消息，他甚至怀疑自己是不是找错了地方，又想打听这里有没有出过事故，死过什么人。终于有一个看起来热情些的，说认识一个叫小陈的人，前一阵生过病，病好了就回家了。她说这里经常有人来有人走，而且大家平常除了上班就是睡觉，互相没有什么来往，并不熟悉。

赵永生想那应该是陈露了，他很失望，这么远地跑来却没有见到她，但也觉得心里踏实了，至少陈露没出什么意外；而且她辞了工也是好事，不用再受罪了，回到了家，说不定还能回学校复读。

他回到了学校，睡了一天一夜，醒了以后，给陈露写了封信，告诉她自己去找过她了，知道她回了家，而他本来也想劝她回家的。她在家里可以看看书，或者回去复读。他还讲了李铁的故事，李铁复读了几年，最终考上了学。当然他没有说李铁毕业分配到了山沟里，那似乎是另外一回事了。

这天赵永生回来，还未进宿舍就有人告诉他："老赵，你家来亲戚了。"那口气和表情似乎有些古怪。他看见自己的床铺上躺着一个人，面朝里正在睡觉。他不知道是哪儿来的亲戚，这么突然地就来了，多半不是什么好事。

他不安地把那人叫醒，却原来是大舅。他开学时来过一次，算是有些印象，但路上还是费了不少周折，倒了两天的车才找到这里。他忙问家里是不是出了什么事，大舅只说没事，就不再言语了。

大舅性格很沉闷，平时一天也说不上两三句话。他明明心里有事，却不说出来，实在让人着急。赵永生没有办法，只好先领着大舅去吃饭。他们来到学校东门，那里有一溜的大小饭店，他们找了一家便宜的小店，点了两个小菜，要了一瓶啤酒。

大舅仍然沉默不语，只是自己闷着头喝了两杯啤酒。他本来就没有多大酒量，酒一下肚，脸就有些泛红，话也渐渐多了起来，赵永生也慢慢听明白了他大老远跑来找自己的目的。

表妹去年夏天师范毕业，分配到了一个偏远山沟里的小学。说是小学，却只有两个班、十几个学生，有两间教室，也已经摇摇欲坠了。以前这些地方都是由村里的民办教师代课，后来民办教师被清退了，就招了这些新毕业的学生。

表妹是学校里唯一的老师，离家又远，吃住都在学校。那里并没有专门的宿舍，只能在教室里拼几张桌子睡觉。村子在山沟里，学校又守着村边，偏僻荒凉。村子附近还有个采矿点，有不少外来打工的，常有些不三不四的人在学校附近转来转去。表妹还是个孩子，整天提心吊胆的，每次回家，说什么也不愿意再回到学校，央求着大舅找人给她调调工作。

大舅找过县教委，教委说表妹他们这一批就是招来支边支教的，五年之内不能调动工作，这在当时都是说明了的，也都签了协议；不然的话，他们这些人能不能分配出去还是个问题。也有很多人并不像表妹那样老老实实地去村里上班，他们从工资里拿出不到一半的钱来，在当地找个人代课，轻巧又省事，但那得上面有人才行；否则万一查下来，连饭碗都丢了。

大舅妈和大舅的性格完全相反，是个厉害角色，一张嘴一天到晚唠叨个不停，仿佛连大舅的话都让她一个人说了。她埋怨大舅分配工

作的时候没有找人使钱,才被弄到这么个地方。一个姑娘家,真要在那里待上五年下来,不知道会出什么事;就算是不出事,恐怕连找对象都得耽误了。

喝了不到一瓶啤酒,大舅就有些醉意。开始的时候他还有些话说,喝多了话反倒更显得少了,只是不停地举杯啜饮。小店里的人渐渐多了起来,推杯换盏,人声嘈杂,赵永生虽然没有喝酒,却也觉得有些发晕。他不忍看大舅的脸,那一道道皱纹如刀刻一般,大舅愁眉不展,却又说不出来,似有千斤重担压在心头。他也不知道该怎么来安慰大舅,或者说些什么岔开也好,两个人只是闷头坐着。

大舅能吃苦,干起活儿来不要命,年轻时做木工,白天在外面干活儿,晚上还要在家打家具卖。现在没人再买那些手打的家具了,他仍然闲不住,又包了半片山坡,一天到晚家里家外地忙活。他是只知挣钱不知花钱的,过日子向来仔细,虽然攒下了一些积蓄,却仍然恨不得一分钱掰成两半花。他也后悔当初没有花钱找人,现在落得全家埋怨,被逼得实在没有办法,才来找赵永生。

赵永生也想不出什么主意。如果是打官司,他还可以帮着分析分析对错,可是找人走后门儿这类事儿,他既没有什么关系可找,也不知道该怎么办。

大舅看出了赵永生的为难,他安慰赵永生,这次来找赵永生并不是让赵永生帮什么忙,找什么人。他也知道赵永生只不过是个学生,并没有什么关系,他来这儿只是为了出来躲一躲舅妈的唠叨,找个人念叨几句。表妹的事,他回去慢慢再想办法。

回去的时候,大舅已经有些醉了。赵永生让他睡在自己的铺上。他的呼噜声很大,脚臭和身上的汗馊味很重,很快就弥漫了整个宿舍。赵永生恐怕惹人嫌弃,但大家都显得若无其事,热情地招呼他们，和他们开些玩笑，掩饰赵永生的尴尬，这让赵永生很感激。以前他总觉得宿舍就像是旅馆，不过是每天回来睡个觉，并没什么亲近的感觉；现在才觉得亲切而温暖，有了家的感觉。

大舅住了一晚上，第二天起大早就走了。赵永生心里很不是滋味。大舅这一趟光路费就花了不少，却没解决什么事，不知道回去怎么向家里交代，恐怕又得挨舅妈唠叨几天了。他本想领着大舅去看看十三陵，或者是去北京市里逛一逛。来一趟北京不容易，一辈子也不一定有机会，大舅来了两回，却哪儿都没有去过，回村里该让人笑话了。但是大舅却没有心思看景，他耽误一天就少挣一天的钱，又惦记着家里的活儿，恨不得一下子赶回去。

送走了大舅，赵永生又陷入了深深的自责。他恼恨自己没有本事。听大舅说，调动工作似乎是很简单的事儿，什么支教五年、签了协议的，那都是给老百姓定的，那些有门路的，领导一句话就调出去了，留在山沟里的都是些无门无路的。大舅虽然没有说，也是盼着赵永生能跟县里搭上话，大舅肯花钱，只是苦于没有门路。

每次回到家，人们说的都是权力和关系的好处，有了关系办事多么容易。他们开导赵永生要好好地利用这名气和身份，那其中有不少好处。在他们看来，他应该能跟县里搭上关系，联络一些人，或者至少在村里也该算是个人物，能呼风唤雨了。二舅的三轮车被人扣了，也敢拍着桌子跟人家理论，口口声声抬出赵永生来。

在他们眼里，赵永生无疑是不开窍的。村里有不少能人，虽然只是一介农民，却似乎手眼通天，无所不能。他们事看得透，人看得准，算计得精，那是一种社会最底层磨炼出来的坚韧和厚颜。

赵永生却没有一点儿这样的精明。他也想让家里不再挨欺负，父母不用四处上访，亲朋好友能沾上光，但他不知道该怎样跟人搭关系、捞

好处。他也不会审时度势、巧言令色，或是说些大话，唬住别人。

他还记得入学录取通知书上写着："祝贺您，未来的政治和法律工作者。"政治和法律，都给人一种神秘感，让人激动神往。在学校里，他们也常常讨论权大还是法大的问题，但联系现实生活，却难免深感迷茫。校园并不是与世隔绝的象牙塔，也是一个社会的缩影。

有些学生谙熟世事，请客送礼拉关系，也有人穿着"只向真理低头"的背心，标榜蔑视权威，却只是显得另类。

赵永生虽然闭塞，也略有耳闻。他并不是自命清高、愤世嫉俗，他甚至暗暗羡慕那些成熟老练的，只是他自己愚钝，弄不清其中的门道，就算有钱让他去送礼拉关系，他也未必能干得漂亮。

三十一

寒假刚回到家，就有村里人来找赵永生咨询打官司的事。村里一个人被怀疑行凶杀人，被关进了公安局，进去的时候人还好好的，没几天却传出来病重了，送进医院的当天就死了。没过多久，案子破了，真正的杀人凶手也抓住了。他家里人想找公安局要个说法，弄清楚人是怎么死的。他家不甘心一个活蹦乱跳的人就这么不明不白地死了，却又投告无门，正赶上赵永生回来，就来请他给出出主意。

他们诚惶诚恐，非要把赵永生请过去商量。到了那家，一家人正等在那里，老老少少围了半个屋子。他们还专门置办了酒菜，又是倒水又是敬烟，非要让他坐了上首，边吃饭边向他详细念叨。赵永生觉得有些受宠若惊，还从没有人这么隆重地求他办事。他们说摊上了这事，还不如下煤窑被砸死或是马路上让车撞死，还能死得明白，也冤有头债有主，知道该去告谁。

这类事并不新鲜，报纸上不时有报道，上课的时候也常拿来讨论，现在却真切地摆在了眼前。看着那一家人愁云凄惨、哭哭啼啼的，赵永生也觉得很愤怒。他知道，如果不是实在没有办法，他们也不会找到他的头上，把他当成最后的救命稻草。但面对着那惶恐期待

的目光，他却拿不出什么好主意来。法律上规定得很明白的事，到了现实中却未必行得通。打官司告状，也没有多少赢的希望。或许多发动些人去撒泼请愿，要点儿钱出来，恐怕是最现实也最管用的。

他们指望赵永生在北京上学，能有上层的路子，认识那些能管事的人，为他们伸张正义。他也觉得自己应该吹嘘着点儿说，学校里的教授都有些名气，他们的学生遍布各地，说不定有能说上话的；也有很多同学有背景，是各地政法系统的子弟，可以利用这些关系。那是离他们很遥远的世界，他可以说得天花乱坠，让人对他刮目相看。

但他却说不出口。他只能给他们说明了那其中的利害关系，却想不出合适的办法，也没能给他们多少安慰和信心，只是陪着他们一起愁眉不展，唏嘘一番。看着那一家人老的老、小的小、弱的弱，他倒觉得或许他们应该忍了这口气，寄希望于将来，过好日子，把孩子培养成人。但那毕竟是一个人的性命，他这样想也未免太冷漠了。

他想起了自己家，这些年他们也是这样过来的，抓住根毫毛就当成救命稻草，一直东奔西走，希望却越来越小。而他自己也是徒有其名，大模大样地坐在这里帮人出主意，却连自己家的事都无能为力。

赵永生禁不住劝，喝了两杯酒。他本来就不胜酒力，又受那愁苦气氛的感染，就有些头晕。回来的路上，他不禁对自己的表现懊悔起来。他觉得自己太麻木了，这是人命关天的事，他应该拍案而起，义愤填膺，为他们奔走呼号，不遗余力。他应该给他们些希望，有希望才有可能，应该让他们拼尽全力去维护自己的利益，他家不就是靠着那点儿微薄的希望才等到今天的吗？也许是他自己太灰心了，世道总不至于这么令人绝望。

回到家的时候，已经是晚上十点多了。妈妈正在着急，一回来就追着他问东问西，都有些什么人，问的什么事，他是怎么回答的，别人都是什么反应。赵永生明白她是想知道他表现得是否得体,是不是给他们争了面子。每次他出去的时候,妈妈总是恨不得寸步不离地跟着他,时时观察他,处处提醒他,遇见什么人说过什么话,回来也要向她学一遍。

他也知道他们对他的标准,既不能趾高气扬,不着边际,丢了本分;也不能太老实厚道,不够排场,让人小瞧了。那得要四面圆滑、巧言善辩,才算好样的。而他自己,也早已不知不觉地入了这个套,按照这个标准来要求自己。他随时要检讨有什么不得体的地方,努力把自己装扮成另外一个人,甚至不知道自己想做些什么,想说些什么。他很羡慕大学里的那些同学,他们或狂妄,或迂腐,或呆气,或憨厚,却都真实可爱,是他们本来的样子;而他却越来越看不清自己的本来面目了。

看着父母那急切忧虑的面孔,他觉得很厌烦。他皱着眉头,不耐烦地应付着妈妈的追问。但他越是吞吞吐吐,妈妈越是不放心,一直追着他不放,非要打听出个眉目来。

赵永生终于忍不住了:"每次出去一趟,你们都恨不得在屁股后面跟着,一回来就问这问那的,不嫌累吗?我也不是三岁的小孩子了,你们有什么可不放心的,我出去又不给你们丢人……"

"你看你这孩子,说的是哪儿的话,我就是问问你是怎么答复人家的……"

"我还能怎么说,我不会跟他们白话一通,说得天花乱坠,让人高看一眼,我也不是那块料……"

"咱不能随便跟人打包票,能办的事就办,办不了跟人家说清楚,别让人家挑咱们的理,说咱不办事……"

"我拿什么给人打包票?你当我有多大本事,能办多大的事?这

样的事多了，谁摊上也只能自认倒霉，我也想不出什么好办法来。我还得吓唬着点儿他们，劝他们别硬打官司，还不如想办法多找回些赔偿来，也算人没有白死。"

他口气很冲，借着酒劲儿，发泄了一通，躺在炕上就睡着了。

第二天早上起来，赵永生感觉家里的气氛有些不大对劲。虽然饭菜仍然像往常一样摆在了桌子上，却没人理会他。妈妈沉着脸，皱着眉，一言不发，爸爸也不张罗着喝酒了，他们都在屋外忙碌，把他自己扔在屋里。他转了一圈试探着叫他们过来吃饭，却仍然没人理会他。他觉得那气氛冷冰冰的，而且很明显是冲他来的。

沉默让他有些发慌。妈妈像是动了真气。他只见过一次妈妈的这种表情。那是上初中的时候，有一次他非要跟人去做买卖，卖印着字的文化衫，说什么不想再上学了。那时候他总觉得自己什么都懂，什么都看不惯，父母的话更是一句也听不进去，有一次被唠叨得急了，冲口而出："我自己的事不用你们管，将来我爱啥样儿啥样儿，大不了混不好再不回这个家！"

当时，妈妈就是这种表情，那不同于和赵万恶打架时的坚忍，也不像他没考上学时的失望，而是一种伤透了心的神情，万念俱灰，目光一下子失去了神采，接连几天一言不发。那一次他也被吓坏了，从此再也不敢提辍学打工的事了。

但是现在他想不起来自己到底做错了什么事。他昨晚喝了两杯酒，有些头昏脑涨。他讪讪地在屋里转了几圈儿，搭不上话。爸爸见他那副浑然不觉的样子，又气又急，趁妈妈不在屋，对他说：

"你这孩子，喝了酒说话办事没个准儿，看把你妈惹这么大的气。出门在外这是最忌讳的，酒不能随便喝，更不能喝多了惹是生非，说话没把门的……"

在喝酒这事儿上，爸爸本来是没什么资格说别人的，唯一说得过去的是，他虽然馋酒，也常常喝多，但喝多了酒还算安生，不像有的人又哭又闹，到处撒野。但是现在，赵永生却没什么可说的：

"你们是为这事生气？其实我也没喝多少，人家劝得紧，非让喝点儿，实在没办法我才喝了两杯，谁知道喝完有点儿上头。我也没耽误什么事啊，也没在外瞎说什么……"

他忽然觉得这套说辞跟爸爸每次喝酒回来说的是那么相似，让他觉得很不自在。他时刻留意着说话的腔调、习惯的动作姿势，都有意无意拿爸爸当作反面的例子，而喝酒误事正是他最让人看不起的地方。但是现在，他也一样喝多了酒，说话没准儿，也找着种种借口。这也许正是妈妈生气的原因。

"你妈生气不是因为你喝了酒。你昨天回来说过的话都忘了？你也老大不小了，说话一点儿不注意分寸，也不掂量掂量，你妈气得一晚上没睡好觉，老毛病又要犯了。你倒好，早上起来还跟没事人似的。"

考上大学以后，父母从没有跟他说过这么重的话。他暗暗告诫自己，以后不能喝酒了，却仍然想不起来自己说了什么让他们寒心的话，惹了这么大的祸。

"你冲我们嚷嚷两句是小事，你不该对人家不负责任。人家把你当个依靠，诚心诚意把你请过去，好酒好菜伺候着，想让你给拿个主意，不论你能不能帮上忙，管得了管不了，你给分析分析，想想办法，哪怕说句体己的话，给人宽宽心，也不枉人家请你一趟。可你却是吓唬人家一通。你这不是让人家背后戳你脊梁骨吗？刚有了点儿本事，就开始拿腔作调。咱们也打过官司，受了多少罪，到哪儿不是让人家吓唬着，连个好脸色都见不着。有人给说句话、指条道，那都跟救命恩人似的。你妈为什么气成那样，你说吓唬人让她寒心哪！"

赵永生现在才明白，让他们如此气愤难平的，竟然是这句话。他反倒松了口气，他知道自己并不像他们所想象的那样趾高气扬、不可一世，变得势利，他说吓唬他们不过是酒话。

他看见妈妈仍然面色凝重，那神情让人看着揪心。他过去叫了声"妈"，妈妈抬眼看了看他，没说什么。她心里的疙瘩还没解开。

"妈，你别生气了，我昨天回来说的那是醉话，我哪能吓唬他们呢。我也没说什么不中听的话，帮他们分析了一下，告诉他们有没有理，该去找哪儿，怎么找，提醒他们别犯错误，让人抓住把柄。只不过是上访告状不容易，不豁出去掉上几层皮，恐怕告不下来，弄不好还惹上麻烦，这些我也得跟他们说明白了。这不是吓唬他们，到底怎么办，大主意还得他们自己拿。他们也都挺满意的，虽然帮不上别的忙，说的也都是实在话。"

听了他的话，妈妈那紧绷的脸立刻缓和了下来，长长地舒了口气，仿佛卸下了一副重担：

"你真没吓唬人家？我说你也不能这么不懂事呢。人家把你请过去，那是信任你，看得起你。咱也是穷苦人家出身，也没少受人欺负，你不能有了出息就变脸，向着有钱有势的说话。人总得有正气，不管到什么时候，不能说过头的话，不能办过头的事儿，不能让人背后戳脊梁骨。"

妈妈嘴上说着，气早已消了，催促着他吃饭，又忙着去洗碗喂猪、收拾屋子。他暗暗松了口气，也开始反省自己，为什么会说出"吓唬人"这样的话来。是真喝多了酒，还是得意忘形，骨子里就是一阔脸就变；或是被人一吹捧，就有些忘乎所以。

他一直以为妈妈希望他变得强横一些，油滑一点儿。但是她虽然挨了一辈子欺负，却并没有想着一朝翻了身就可以再去欺负别人。他们对他的要求是堂堂正正做人，不再受人欺负，不能忘记自己的本分。

从那以后，他喝酒的事也挂在了妈妈的心上，在外吃饭总是千叮咛万嘱咐，恐怕他再有了贪杯误事的毛病。

正月里，家里的长辈、亲朋好友、受过人恩惠的，都要请一请，这也是一年的大事。那些场面上的，三亲六故、大小干部，要请上好几桌。赵永生家没什么人可请，除了一个掌作的工匠，就是奶奶、叔叔、大爷家。

那掌作的工匠是他家的恩人。当年他家盖房的时候，没有人敢接这个活儿，就连外村的，听说这种情况都不惹这个麻烦。唯有他为人有些豪气，好打抱不平，不但应下了这个活儿，还少要了一半的工钱。妈妈一辈子感激不尽，大事小情必去探望，逢年过节也必请一顿。前几年那人去世了，这份情也算还完了，但奶奶、叔叔、大爷他们还是要请。

每年因为请客，赵永生都要生一肚子气。这客请得既没有人情，也没有喜庆的气氛。他们像瘟神一样，拉着脸来，解恨似的胡吃横造，还要咸了淡了挑剔一番。奶奶更是倚老卖老，长吁短叹地装病，或是找借口撒泼。父母提心吊胆地伺候着，只求他们别闹出什么不痛快来。

大爷家每年也回请一次，不是挑爸爸上班就是有事去不了的时候，吃饭的时候又总是把他们和赵万恶家安排在一桌，叫人吃着难以下咽。依着赵永生，亲戚做到这种地步，已经势同水火，何必再顾着这层面子，给自己找罪受。他警告父母，再把那帮人请到家里来，别怪他到时候把桌子掀翻了。

但是没等到他家请客，奶奶就死了。正月初三那天，天干巴巴地冷，大风呼号着刮了一宿。早起串门儿的发现奶奶死在了驴棚里，已

经冻得硬挺挺的了。而叔叔一家还在被窝里,几时死的都不知道。她守着那头驴过了半辈子,最后死的时候也只有这头牲口在旁边。

奶奶死后停尸一天,没等亲戚们到齐,就埋上了。装老和下葬的东西都是临时找来的,连棺材都是借的。发送的场面也乱哄哄的,没有请主事的人,也没有什么人上前帮忙,只凑了一班锣鼓家伙,吹打了一天。

现在什么事都是婶婶说了算,据说按他们那边的规矩,人死了往外一扔就算完事了,奶奶这样已经算是很隆重了。奶奶生前也不怜惜什么人,在子孙跟前没留什么念想,死了也没人肯掉几滴眼泪,倒是婶婶和那两个带来的孙子,哭天抢地,很能出风头。叔叔觉得他的老婆孩子这么热闹地哭,给他挣足了面子,一脸得意,却忘记了他自己也应该显出一点儿难过来。

出殡的时候妈妈没有哭,回到家里却大哭了一场。她可以舒一口气了,不用时刻提防着被奶奶算计了,逢年过节也不用再提心吊胆了。但她却留下了永远的遗憾,她盼了一辈子,想要从爷爷奶奶那里听到一句公道话,奶奶这一死,她那恶媳妇的名声恐怕是再也没有机会正过来了。

奶奶刚刚入土,大爷和叔叔两家就大打出手。以前,他们也钩心斗角,但至少在对付赵永生家这件事上,立场是一致的,一个唱红脸,一个唱白脸,鼓捣着奶奶来闹事。现在奶奶死了,他家没什么油水可榨了,婶婶不是个善茬儿,不愿什么事都看着大爷一家脸色行事;而大爷也正想给她一个下马威,立立规矩。

下葬回来,大爷一家七八口人都聚齐了,一伙人来势汹汹,要兴师问罪。大爷是长子,现在也俨然成了孝子,痛数叔叔的罪状,说他不养老不孝顺,奶奶活着的时候给叔叔当牛做马,没过上一天好日子，没享过一天清福，又活活冻死在驴棚里，身边连一个人都没有。这些年奶奶有个大灾小病的，都是大爷给看病抓药，零花钱也没短了供应。他当众把叔叔的丑事都抖落了出来，游手好闲，吃喝嫖赌，当年爷爷就是被他气死的，现在成家不过半年，奶奶又死了。他们还把婶婶那摇唇扯舌不守妇道不孝敬老人的种种行径，也都揭露了出来。

叔叔向来是个软骨头，见这阵势早躲得远远的了。他媳妇倒是不让人，叉着腰当街而立，一个人和大爷一家理论。奶奶一死，到底谁家出钱出力也成了无头案。他们都夸自己孝顺，指责别人不尽孝道，有根有据，丧葬费却谁都不肯出。奶奶葬得虽然寒酸，但没个管事的，没有人算计用度开支，也乱花了不少钱。

婶婶虽然凶悍泼辣，毕竟是个外来人，势单力孤，而且一着急说起话来别人却听不懂，常引得人大笑。这一仗，大爷一家大获全胜，不但落下了好名声，而且丧葬的一应费用，也声明分文不出了。

赵永生家似乎成了局外人，丧葬的事儿没人问他们的意见；看着他们比着夸自己孝顺，他们也无话可说。以往他们总得托人出面来找他家摊派钱，现在却连要钱的事也没人找他们了。大爷一家把自己撇清了，叔叔少了别人背后操纵，也拿不出什么主意。但妈妈却并不想占这份便宜，一分不少地掏了该掏的那份钱。

赵永生只在火化前见了奶奶最后一面。那盖着白布的尸首蜷成一团，早已被冻透了，在屋里放了一天还没有化过来，伸展不开，连装老的衣服都是剪开了套进去的。他并不觉得害怕，她死了也是一种解脱，不用再日夜操劳，也不用去奉承那外来的儿媳妇了。她活着的时候对他们一家紧逼不放，似有不共戴天的仇恨，但赵永生总觉得在那铁石心肠的背后，一定有什么难言的苦衷，否则，同样是亲骨肉，她怎么能狠得下心来。

萤火

　　寒假里没有见到小舅，他一直在省城，在省外贸联系业务，过年都没有回来。他们厂子已经半停产了。以前厂里的业务全靠几家日本客户，这两年日本的企业越来越难做了，价格压得低，质量要求却越来越高。厂子养了上百号工人，有一多半是吃闲饭的，成本也上去了，现在不要说挣钱，常常是赔本开工。那本来红火的厂子，眼看着萧条了下来。有不少靠请客送礼走后门进了厂里的，花了不少钱，却赶上个烂摊子，都怨气不小。

　　县里开始出面，给厂子筹钱救急，厂子也发动各种关系，撒开人马，去省外贸、南方，拉客户，找业务。小舅被派到省城，一直守在那里，无论如何也得拉点活儿回来。

　　但是他们这里地处偏远，离省城有一千里地，交通不便，并没有什么优势。这几年，服装企业像雨后春笋一样，遍地都是，论规模、论成本、论技术他们都比不上。省外贸虽然顶着国营的名义，业务却都是在个人手里，不是请客送礼就能拉来的，而且小舅在这方面也并不在行。他在那里待了几个月，并没有什么收获。

　　小舅虽然无功而返，却有了很多新发现和新思路，要向厂里汇报。他们厂里的设备都是新上的，并不落后。这几年服装出口业务这么多，不愁没有活儿干；只要管理跟得上，成本降下来，虽然地方偏远，但业务还是有的，有了业务，厂子就不愁没有出路。

　　但是等他回来的时候，厂子却已经没有了。在他出去跑业务的那几个月里，厂子以飞快的速度破了产，设备被变卖了，工人被遣散了，地皮卖给了个人，正规划着要盖房子。那曾经热火朝天、熙来攘往的工厂，仿佛一夜之间消失了，只剩下了一片等待拆除的厂房。

　　小舅早就听说厂子要破产的风声，但他只当是传闻。他一直觉得厂子还没到不可救药的地步；也不相信曾经那么红火的厂子，县里的明星企业，说破产就破产了。他也给厂子里提过些建议，当年小舅就是因为爱琢磨事，提了一些合理化建议，才受到赏识和重用。但是现在却没人欢迎他提什么意见了，在别人眼里，他年纪轻轻、爱出风头、不懂规矩，是个异类，能捞上个副厂长当实在是便宜了他。这次借口跑业务把他支出去，或许就是怕他碍手碍脚，搅了厂子破产的计划。

厂子虽然破了产，厂里的头头脑脑们却仍然是国家干部；厂子倒闭了，他们该当官的接着当官，该提拔的照旧提拔；那些有门路的，也四处活动，再找一个好单位。小舅只是个合同制，也像其他工人一样等着被遣散。那些年龄大工龄长的，还可以提前退休，小舅却只能拿几个钱的遣散费。

几个月的劳顿，再加上这一突然的打击，小舅从省城一回来就病倒了。他发着高烧，嘴里长满了火泡，牙床肿起了老高，输着液，却又躺不下，抱着输液瓶在院子里彻夜地溜达。

一直以来，小舅一帆风顺，甚至可以说是平步青云。厂子是他起家的地方，他和厂子一起沉浮，经历了由弱而强又由盛转衰的过程。他心气十足，虽然被磨平了许多，却仍期待着有所作为。而这一切都像那突然消失了的厂子一样，他的事业、他的舞台、他的希望，都像是空中楼阁，轰然坍塌，他一跤跌回了原地，而且恐怕再也没有爬起来的机会了。

三十二

　　新学期开学不久,学校举行了一场毕业生就业见面会,场面的冷清让人感觉到了阵阵寒意。图书馆的大厅里摆了一溜用人单位的牌子,真正来的却不多,而且都是一些地方的小单位。那些毕业生们西装革履,拿着简历,围着那些招聘人员,热情地介绍自己,转过头来却一个个面色凝重。从中央到地方都在机构改革,进机关似乎是越来越难了。那气氛也很快感染了整个学校,他们都知道,已经没有人再为他们安排工作了,只能靠自己出去找了。

　　大家都在默默地算计着自己的出路,为将来找个好工作增加点儿砝码。英语等级证、计算机等级证、律考证书、驾驶证,多拿些证书,让简历厚重些。也有人埋头准备考研,那也是一条出路,不只是为了做学问才选择。

　　人们开始重新拿起书本,回到书桌旁。图书馆的自习室里空前爆满,每天不等开门,门前就挤满了人,为了抢占座位,自习室的门玻璃都被挤碎了。教室里也满是上自习的人,比上课的人还多。早起校园里晨读的人挤挤挨挨,大声嚷嚷,嘈杂一片。

　　赵永生也有一种危机感。他也想塌下心来,努力学习,至少让自己的毕业成绩单上好看些。但他首先要面对的,并不是怎么学习,而是怎么融入那正常的大学生活。

他一直浑浑噩噩,只顾了自卑自责,一无所获。他学习成绩平平,最末等的奖学金也没有拿过,更不要说入党、当学生干部。他也没有做过勤工俭学,当个家教,发些广告,或是在宿舍里做个小生意,卖些火腿肠方便面之类的,也给家里减轻些负担。

他习惯了一个人沉思默想,每做一件事都反复考虑其中的对错与利弊,有没有意义,常常后悔自怜自责,不能自拔。他为自己的性格出身、穿着打扮、言谈举止而自卑,畏首畏尾,封闭怯懦。他仍然常常失眠,很多人都搬到外面租房住,他也渴望有一个自己的地方,但即使是那最狭小简陋的一间,他也租不起。

他必须从那过去的阴影中挣脱出来。他克制着自己,不要溜到角落里,远离荒山野岭。上课或是看书的时候,他认真做笔记,不让自己胡思乱想。当他意识到自己又陷入那恼人的回忆,就赶紧唱歌,而且要开口唱出声来,唱得投入,融入歌中的意境。

他像是突然变了一个人,显得有些神经质和虚张声势,就像走夜路的人要用唱歌来壮胆一样,不管是看书、走路、吃饭,还是刷牙、洗脸、上厕所,他要用歌声驱走那些窥伺在周围的记忆,营造一个心情舒畅的气氛。

他也必须克服自卑,回到集体中去。他要对自己的过去有一个总结,对自己有个交代。

在学校里,他虽然成绩平平,也没有表现出什么特殊的能力和天赋;但他也是万里挑一考上来的。学校每年在他们省招生不到三十人,能考上并不是靠运气。他虽然比不上那些城里人见多识广、活泼大方,却也并不比他们差。在那偏僻的山区、末流的学校,他能脱颖

而出，需要比别人付出更多的努力和拥有更大的聪明才智。他上过电视，在那小县城里也曾轰动一时，也有过刻骨铭心的爱情，这一切，都应该让他感到自豪。

他家穷、挨欺负，这并不是什么见不得人的事。他的父母虽然穷困，却堂堂正正，平凡而伟大。也正是那逆境造就了他，让他发愤图强，才会有今天。这本来应该成为他人生的财富，却成了沉重的负担，从农村到城市，越来越沉重，压得他喘不过气来。在那个小山村里，他也许一辈子也抬不起头来；但是现在，他已经离开那里，却还按照村里人的标准来衡量自己，去迎合他们的眼光，这让他无所适从，疲惫不堪。

这本来很简单的道理，赵永生却用了两年的时间才悟出来，觉得豁然开朗，一身轻松。现在想想，那些让他拿不起放不下、寝食不安的，不过是些微不足道的小事，他却钻进了牛角尖转不出来，实在是有些愚蠢。

虽然想明白了道理，但是想要改变过去的习惯，重新融入集体生活却并不容易。他没有住过校，不知道怎么跟人相处，也很少参加集体活动。宿舍是朝夕相守的地方，他却从没有过亲近的感觉，宿舍里的人对他也已经习惯。他总是独来独往，成了别人眼里的怪人。

赵永生把饭打回宿舍里吃。那正是宿舍里最热闹的时候，大家边吃边讨论国家大事，说说一天的见闻、学校里的新鲜事，议论一下班里的女生，有说有笑，热热闹闹。他也发现，大多数人也一样常常吃的是乙菜，肚子里没有油水，吃起饭来狼吞虎咽，却并不觉得难堪。

晚饭过后，宿舍里的生活也丰富多彩。有人捧着本武侠小说，边看边讲边比画，怡然自得；有人抱着吉他自弹自唱，旁若无人；有人在那里梳洗打扮，准备去约会，一脸的兴奋掩饰不住；有人热火朝天地打牌，或是静静地下棋；有人看书、听歌、锻炼肌肉。大家各得其乐。

这才是真正的大学生活，以前赵永生总觉得这是荒废时间、玩物丧志，他一刻也不放松，苛求自己，每天弄得紧张而疲惫，才觉得安心。但他却是在角落里自责，在荒野里游荡，现在多么羡慕他们无忧无虑，那简单的快乐。

他在宿舍里讪讪地转了几圈，却哪儿也插不上手。他像是突然来的陌生人，让自己和别人都感觉不自在。他没有什么爱好，不会下棋，不懂音乐，也没有什么趣味，聊天说话也显得沉闷。但赵永生下定了决心，不会再逃避。他每顿饭都在宿舍里吃，吃完饭也在宿舍里消磨一会儿，他也发现那些人并不像想象的那样孤僻冷漠、难以接触。他们虽然脾气各异，却各有可爱之处，他们开些玩笑，扯些无关紧要的事，并不总是意义深刻、一本正经。

宿舍里和班里的集体活动，周末郊游、宿舍联谊之类，以前他很少参加，总是借故躲开，现在他要克服自卑，学会与人相处。他也渴望集体的温暖，他并不喜欢孤单，以前他觉得自己不需要朋友，不需要别人的理解和同情，宁可一个人独自品味承受；现在，他却很容易被别人的关心理解所感动，喜欢那热闹温馨的气氛。

小舅来信了。厂子倒闭，他一直待在家里。他心里存不下事，何况是这么大的事。他翻来覆去地琢磨，吃不下，睡不着，头发大把地往下掉，牙疼也落下了病根儿，一上火就肿得老高。

各种谣言也就出来了。有说他是因为作风问题被下放回来的，有传他是贪了钱，被抓进去蹲了几个月的。村里边能人多的是，小舅算不上什么能人，除了运气好，并没有什么本事，却也混得风光体面，他在村里又显得格格不入，笼络不住人，少不了有人幸灾乐祸。

舅妈是个眼里容不下沙子的，她还是口外人的脾气，心直口快，

又急又冲。他看着小舅在那里窝着上火，一筹莫展，也憋着一肚子火。依着她的性子，把娘家的人都招来，去县里大闹一场，哪怕把天捅个窟窿，也不能受这个窝囊气。现在企业破产的多了，上访告状的多的是，他在厂里好歹也是个领导，拉一帮人去告状，哪个领导不怕闹腾？

但小舅知道，自己的身份在这，再怎么闹也没有用。他整天待在家里不出门，话也懒得说，有些事只能在信里跟赵永生念叨念叨。

小舅把事情的前前后后仔细想了一遍。以前顺利的时候，很多事儿都不愿意去想，现在有了变故，也该好好反思了。他总觉得跟别的厂长没法比，见人先矮一头，就是一个车间主任，也都有关系；他整天夹着尾巴做人，这个副厂长当得太窝囊。这些年来他也一直在逃避，才会到今天这个地步。他拉不下脸，放不下身段，死要面子，假清高，在村里混不开，在厂里也格格不入。

他说自己家挨欺负，抬不起头来，他从小在这种环境里长大，总有一种自卑感，胆小怕事，瞻前顾后，上不了台面，见不得人。他虽然闯出去了，但那影响是根深蒂固的，已经渗透到了骨子里，而且越是成功的时候，那自卑感也就越强烈，越是怕人看不起。他很怀念以前教裁剪的那段时间，敢闯敢干，想到做到，虽然辛苦，活得却轻松。他也一直想攒够了钱，在县城买一套房子，可以脱离那种环境，现在离这个目标却越来越远了。

他没有根基，白手起家，想要出人头地太难。不要说关键的时候有人提拔，危难之处有人拉一把，就是一句点拨的话都没人说。官场上的权术之道、进退腾挪，他一无所知，只有靠自己慢慢体会。在那权力的旋涡里，他就像是一片枯叶，随时都会被卷进去，成为牺牲品。

他还在为自己没有考上学后悔。他曾经以为上不上学没什么两样，那些考上学的，回来也不过是当个老师或是到乡镇当个办事员，他并不比他们差。但是现在，折腾了一圈，他虽有过几年风光，却又回到了原地。他终究无法跨过身份那道坎，士农工商，他永远是那最末流。所以人们都要挤进国家机关，哪怕是乡镇的七所八站，干个沏茶扫地的活儿，也受人敬重，至少不用担心被放回来。

小舅说他开始相信命运。人生起起伏伏，看起来偶然的，仔细想想，很多事都是命中注定。以前他总觉得靠自己的努力奋斗可以改变命运，现在才知道人其实是多么渺小，再强也抗不过命运。他已经想通了，厂子倒闭未必是坏事。这短短的几年，他经历了大起大落，以前在家种地的时候，觉得那是最苦最没出息的活儿了，后来钻山沟教裁剪，进了服装厂，靠的是那股闯劲儿。现在他什么都没有了，可以放下一切，面子、尊严、身家，从头开始。他要再搏一搏，不能就这么认输。

妈妈早就说过，让小舅趁着能跟领导说上话，有机会往机关里调，别看厂子红火，拿钱多，终究不如机关里稳定。小舅后悔没早往这方面用心。厂子的"婆婆"多，民政、经委、外贸都算对口，厂里很多人都在找门路往县里活动，他也算认识几个县里的头头，好歹能说上话。以前抹不下脸来求人，现在到了这个地步，也顾不得什么脸面了，就是磕头作揖也得去，给自己找条出路。

小舅叮嘱赵永生，让他不要有什么负担。他知道赵永生的性格也不适应农村的环境，好在他将来毕了业，不管分配到哪儿，总可以脱离这个环境了。他有更广阔的天地，不能总耽搁在过去，他年轻，在外面就得有股闯劲儿，有种天不怕地不怕的劲头，不能总是畏首畏尾。

小舅的信写得很潦草，话也说得凌乱。赵永生仿佛看见小舅形容枯槁、目光黯淡，不再是以前那个单纯快乐、意气风发、满腔热情的

・・343

小舅了。这几年不但磨平了他的棱角,磨光了他的斗志,也夺去了他的快乐。他从小没了娘,没个家,吃尽了苦头,好不容易蹦跶出点儿眉目来,却转眼成空,那种打击可想而知。

  他理解小舅的自卑,他也一样,被那似乎渗透到骨子里的自卑折磨着,那是童年生活留下的印记。他们都太敏感细腻,不坚强,不豁达,把过去背在了身上。他也一直在考虑命运的问题。回过头来想想,自己能考上学似乎是不可能的奇迹,在那些纷繁芜杂的背后,似乎一切都有命运的安排。初中毕业,他如果坚持去复读,可能也像李铁一样,复读几年,考上个中专,毕业后分配到哪个山沟里;如果他不是阴差阳错上了镇高中,而是上了县一中,也许是另外一种情形。在那里住校,没有管束,又有很多的诱惑,对他来说未必是好事。高三文理分班,也是纠结之后,他最终选择了文科。还有保送,如果原来的校长不调走,或者当时英语老师提前给他通个风,他也能找找人,他很可能顺理成章保送上了师专。英语老师的丈夫是学校的教导主任,虽然没有权力决定保送谁,但总该知道一点儿消息;为此,赵永生心里还记恨过她好长时间,现在想想,这也许就是命运。或者当时如果他们咽不下那口气,到学校大闹一场,到市里省里告状,又会是什么结局?

三十三

  暑假里学校安排社会实践,由他们自己联系实践单位,学校提供证明信。赵永生报了名,这是个很好的锻炼机会,也可以回县里联络一下感情。学校开了一封介绍信,那鲜红的印章让他觉得很有些分量,在县城那样的小地方,也能让人刮目相看了。
  到了县法院,他还是有些忐忑。法院的人看了他的介绍信,又查了他的学生证,上下打量了他一番,说要研究研究,让他明天再来。第二天,他本来准备好了被拒绝的,他们却告诉他,可以来实习了,而且给他安排在了民庭。
  他不禁有些暗自得意,他不能对自己妄自菲薄,法院这么神圣,是让人敬畏的地方,他凭着一纸介绍信就进来了,虽然只不过是临时的实习,也算有了他的一席之地。
  政治处的人领他见了民庭庭长,庭长把他安排到一间大屋子里。那间屋子虽然大,却已经挤挤挨挨摆满了桌子。靠墙角的旮旯还有一张空桌子,是给他的地方。他的对面是一个两头沉的大办公桌,相比起来,他的桌子就像是学校里的课桌,显得矮小单薄。他的后面紧贴着另一个人的椅背,他得坐得笔直,前胸贴着桌子,一动不敢动,恐

怕打扰了别人。

屋里有七八个人，他都不认识。他们忙的忙、闲的闲，忙的几天见不着人影，闲的却整天坐在那里喝茶看报。他们之间也只是见面打个哈哈，没有什么话说；对赵永生更是冷淡，有时点个头，大多数时候只是他一个人坐在那里。也许机关里的气氛就是这样，那气氛让赵永生处处小心，不敢多说话，唯恐犯了什么禁忌。

他不知道自己该干些什么，也没有人告诉他该干什么。他带回来一些学校上课时的课本，没事的时候坐在那里翻看。他有些担心，自己学的那点儿东西能不能用得上，禁不禁得住人问，别丢了大学生的脸面。但他很快发现这种担心纯粹是多余的。从没有人跟他讨论法律方面的问题，他也没有接触过一个案子，偶尔法院有开庭，也不是随便能旁听的；就是打水扫地这样的事儿，也早有那些勤快的眼里有活儿的人抢着干了。

他渐渐弄明白，屋里有四五个人，并不都是法院的人，却每天按时来上班；他们也不领工资，没有补助，却又不像是实习的学生。他们穿着体面，出手也阔气，经常招呼着请客吃饭。而那些法官却和他们有说有笑，甚至称兄道弟，出去办案也带上他们。他们说自己是学法律的，但说起学校的名字却遮遮掩掩。他们和赵永生年龄差不多，却都显得很成熟圆滑，说话办事大大方方，手脚也勤快，更显得他幼稚和土气。

赵永生不明白他们是些什么人，没有工资、花大把钱来这里混日子。听那个整天坐在屋里喝茶的人说，他们有的在这里已经帮了几年的忙了。虽然天很热，那个人却每天泡上两壶滚烫的热茶，坐在那里大声地吸溜着喝。他的茶壶像是老式茶馆里的大茶壶，而他也像是个泡茶馆的，吊儿郎当没事干。赵永生隐隐听说，他以前犯过错误，不受重用，也常说些阴阳怪气的话。赵永生不知道自己是该顺着他随声附和两句，还是该装作不懂，保持沉默。

开始时赵永生提起自己的学校还带着几分自豪，却渐渐觉得有些尴尬。别人一听说都有些惊讶，先是有些不信，接着是夸张地恭维几句，让他觉得口气不对，听着不对味儿，他也不再提起了。有时候他觉得或许是自己整天捧着书本，让人把他当成了书呆子，但他也只能靠看书来掩饰一下他的无聊和尴尬。

他每天早上赶来上班，中午在外面地摊上吃点儿东西，找个阴凉的地方待一会儿，熬过漫长的晌午，晚上下班赶回家吃饭。正是三伏天气，每天骑车到了县里，都是一身大汗，衣服都湿透了，老远就能闻见身上的汗馊味儿。他满头大汗地推着车子走在盘蛇岭上，比那些做小工的还狼狈，碰见村里人或以前的同学，都不好意思跟人说自己是在县法院里实习。而法院里上班的都是县城的人，没有这奔波之苦，穿得体体面面，显得从容不迫。他也体会到了小舅的感觉，这城里和乡下并不只是十几里路的距离，但那差距却是难以跨越的。

熬过了一个星期，他不知道是不是该继续在这里耗下去。他有些发怵回到那间办公室，他不知道该干什么，不知道该说什么话，也发挥不了什么作用。哪怕是在工地上打工，也觉得自在些，还能踏踏实实挣些钱。但是他不能半途而废，那不单是为了最后的一纸鉴定，只是不能就这么灰溜溜地走了。他没想到自己当初踌躇满志地来实习，现在却变成了一块鸡肋。

渐渐地，村里人也都知道他在县法院里上班了。虽然他只不过是临时实习，但依照他们对事情的看法，这里面还是有许多门道的。很多人即使花钱也没有机会到那里去实习，既然能进去，就说明有些来头，而且机会自然就来了。他只要好好表现，将来在那里谋个差事并

347

不是什么难事儿。

这话让赵永生听了也很心动，以前他并没有想到这一层，要为将来找工作打下基础。但他细想想，却不是那么简单。虽然父母也说，请客送礼上不怕花钱，该走的关系得走，但看另外那几个实习的花钱的劲头，就算赵永生家使足了劲儿，也供不起他上下铺垫打点。他也自知表现得并不出色，没有让人对他这个名牌大学生刮目相看，反而显得一身书呆子气。

也常有人因为打官司的事来找他，不过是些邻里打架兄弟分家的事儿，让他给找找人、说句话，在案子上照顾照顾。赵永生可以帮他们分析案子、出出主意，但要找关系，他却无能为力。他又不能说自己在法院只是有个"座位"，并没有什么关系，也管不了什么事。他们不会相信，反倒以为他故意推托；他更不敢大包大揽，蒙骗他们。

正是三伏天气，闷热潮湿，墙角里不通风，屋里唯一的一台电扇也吹不到他那里，即使坐着仍然不住地淌汗，衣服都快拧出水来了。这天临近中午，他听见有人说笑着进了屋，听其中一个人的声音有些熟悉。他背对着门，扭头看时，正看见一张熟悉又憎恨的面孔，正是赵万恶的哥哥。

他在县里当律师，虽然两家打架的时候他从未露过面，但他却是背后的主使，出谋划策，打点关系；也因为有他撑腰，赵万恶才敢在村里横行霸道。

赵永生的血一下子涌了上来，有一种仇人相见分外眼红的感觉。但那只是一瞬间的事，随即他就低下了头。赵万恶的哥哥穿着整齐的衬衣和西裤，夹着公文包，满面笑容，春风得意，而他自己正汗流浃背，衣服被汗水浸得皱皱巴巴，一副狼狈相，先就矮了半截儿。他装作不认识，扭过头去，希望他没有看到自己。

但这时候和他一起进来的法官却想起了赵永生：

"老赵，你家是新庄的吧？我们这儿有一个高才生，也是你们村的，在这儿实习呢。小赵，过来，这位是赵律师，你们一个村的，又都姓赵，说不定是本家呢。"

赵永生只得硬着头皮走过去。他没说什么，眼睛里却充满了敌意，掩饰不住。赵万恶的哥哥却仍然是满脸堆笑：

"哈哈，这不是永生吗？你什么时候来这儿实习的？我们不但是本家，我和他爸爸还是一个爷的孙子，正经是一家人呢。怎么，你小子有出息了，连大叔叔都不认识了？我这几年回村里少了，好几年没见了，这孩子都长这么大了。那年你考上学我也没来得及好好送送你。这孩子可真是不容易，爹妈没出息，家里又穷，吃饭都困难，村里父老乡亲们没少接济，那真是吃百家饭穿百家衣长大的，上大学的钱都是村里人给凑的。这孩子争了口气，考出去了，这眼看着就快毕业了吧，也算熬出来了。"

"你胡说！我们家什么时候受过人接济……"

赵永生恨得咬牙切齿，双眼快要喷出火来。他家虽然穷，却穷得有志气，从没受过别人的接济，更别说靠人凑钱上大学了。赵万恶的哥哥人称笑面虎，在村里有名的难斗，却没想到竟然如此满口胡言。他恨不得上去一把撕下他那笑面的伪装，把他们在村里横行霸道欺压良善的嘴脸抖搂出来，不让他在这里装得人模狗样。但他一激动话就卡在了半截儿，被赵万恶的哥哥接过去了：

"你怎么跟你叔说话呢？一点儿事理都不懂，不怕张法官笑话你。我这是夸你呢，好话坏话都听不出来。唉，你说这孩子，虽说从小就学习好，就是上学上得有点儿呆头呆脑了。别看在外面上了几年大学，我看是越来越不懂事了。"

这也说到了他的短处，他家穷，又有一股呆气，让他觉得气短。

那法官看了赵永生一眼，好像是在看一个古怪的东西，不再理会他，回到了座位上。赵万恶的哥哥叹了口气，比画了一下，意思是说赵永生的脑子有些不正常，让他们别当回事。赵永生回到角落里坐下，听他们在那里有说有笑，有时又嘀嘀咕咕，不知是否在议论自己。

中午，他们又呼朋唤友，去了饭店。赵永生也逃离了那间屋子。他不想吃饭，找了个僻静的地方坐了下来。他一直懊恼自己无能，在别人面前丢脸算不得什么，但他却在他的仇敌面前败下阵来。他也恨自己不够血性，就是撕破下脸皮，大骂对方一通，或是打一架，闹个两败俱伤，也比受这羞辱强。

赵永生早就应该料到与赵万恶的哥哥会有狭路相逢的一天，却毫无准备。虽然在村里人看来，他是个了不起的能人，赵永生却并没有把他放在眼里。一个小小的律师并不能呼风唤雨，一手遮天。在这小县城里，有门路的人不会雇律师，一般人又雇不起，当个律师挣不到什么大钱，不过是给人写个状子跑跑腿，挣点儿苦力钱。何况赵万恶的哥哥原来不过是个工人，厂子不景气才半路出家当了律师。赵永生甚至觉得自己在法院实习，可以对他居高临下。但他们初次碰面，就被来了个下马威，而且这件事很快就会传到村子里，被添枝加叶地演绎，更成了笑话。

他觉得在这法院里，也处处暗藏杀机。这两年父母没少来法院上访，他家的事情说不定整个法院的人都知道了。赵万恶的哥哥在法院也有些人脉，肯定极尽丑化之能事。

赵永生又感觉到了那张无形的网。他家是上访户，是刁民，在县里都挂了号，他要是出人头地，会触动很多人的利益。而他还天真地以为，他拉拉关系，蹚开路子，他家的案子轻易就能解决了。

他也不得不承认，不论是斗智还是斗嘴，他都不是赵万恶的哥哥的对手。对方说起话来冠冕堂皇，显得大度，而赵永生却只是涨得脸红脖子粗，一句顶用的话也没说出来。

他有些怵再回到那个地方，他不知道再次与赵万恶的哥哥相遇该如何应对。他不能像什么事都没有发生一样，也学不会玩那笑里藏刀的本领。他也不能装浑人，法院也不是撒泼的地方。他更不能就此回家，那就等于承认自己被彻底打败了。

他和赵万恶的哥哥又碰见过几次，有时他装作看不见，或者是借故躲了出去，实在躲不开的时候也是横眉冷对，甚至有些挑衅的意味。虽然他并不想拿出一副愣头青的架势，但看着赵万恶的哥哥装得知书达理温文尔雅的样子，实在有些气不过。

在别人看来，在法院实习是个风光的事儿，但赵永生却是一天一天地熬着；每天回到家，他都觉得筋疲力尽，比干一天小工还累。他只盼着暑假早点儿结束，不用再受这份煎熬了。

小舅听说赵永生在县法院实习，特地来看他。

小舅的变化让他大吃一惊，与他印象中的判若两人。他仍然穿得很整齐，裤子是熨过的，衬衣扎在里面，皮鞋擦得很干净，明显和一般的农村人不一样。但他满脸疲惫，毫无神采；新理过的头发虽然梳得整齐，却毫无光泽，鬓角的几缕白发显得格外刺眼。一年不见，他却似乎老了十几岁，显得暮气沉沉。

小舅见他在县法院里实习，觉得很欣慰。他怕影响赵永生的工作，说话压着嗓子，待了一会儿就要走。赵永生也趁机出来，不用坐在那里挨着了。

小舅问他实习的情况怎么样，是不是县里法院的办案水平很低，好不容易有他这么一个法律科班出身的，还不得把他当成宝贝一样。

他又问用不用找人送送礼，打点打点，将来毕了业好能留在这里，却又说像他这样的名牌大学生回县里来实在是有些委屈了。

赵永生本来有许多话想跟小舅说，但看着小舅的神情，他又无从说起。他没有接触过一个案子，没有参加过开庭审理，也不知道他们是怎么办案的，只是看着他们忙着跑东跑西，吃吃喝喝。没人拿他当什么高才生，更没有人向他请教什么。他并不是虚荣，这些事说出来只会让小舅徒增烦恼。

他很想知道小舅的情况，却不知道该怎么开口。有些心里话只能在信里吐露，当面却说不出口。他们在县城的街道上转悠，县城不大，不过横竖几条街道，当拐上一条小胡同的时候，小舅忽然停住了：

"别再往前走了……"

看着赵永生有些不解，小舅又说：

"前面就是服装厂了……"

赵永生并不知道服装厂在哪里，他倒想去看一看那厂子到底成什么样了，会不会也像爸爸的厂子一样破败荒凉。

"一年前还红红火火的厂子，说破产就破了产，上百工人就这么打发了，有谁关心他们的死活。"

他听小舅的声音有些异样，偷偷地看了一眼，见小舅的眼圈有些发红。他不知道该怎么安慰小舅，只是沉默着。

厂子破产后，小舅调进了县外贸局，虽然暂时没有编制，工资也不高，但毕竟是进了机关。至于编制他倒不用担心，单位里像他这样的人多的是，有的地方编外的甚至比正式的还多；况且能挤进来的都是有关系的。

但是他在外贸局却没有待长久，时间不长就被安排到了下面的一家企业，当了一名业务人员。他们那里没有什么大宗进出口的东西，偶尔进口些机器，或是出口些山货，也是有一搭无一搭的。厂子也是半死不活地维持着，更说不上什么效益。小舅想进机关，哪怕是沏茶扫地也心甘了，却没想到还是进了企业，仍然只是个工人。但这也总比待在家里种地强得多。

赵永生有些担心，厂子会不会什么时候再倒闭了，小舅还要再经历一次打击。这也许正是小舅担心的，他不是个心宽的人，可以随遇而安。他想小舅恐怕再也不会像以前那样，依恋着厂子，为厂子尽心竭力，想着为厂子提什么建议了。

三十四

毕业一年，李铁的变化很大。他只踏踏实实上了不到半年班，就常常待在家里，开始时说单位的事不多，不用总在那里盯着，很让村里人羡慕；但渐渐人们也猜出个大概，他不是犯了错误被下放回来，就是也赶上了单位倒闭，没事可干了。

提起工作来，李铁总是很自豪。那里虽然偏僻，但是山清水秀，像世外桃源一般，他的工作又清闲，就是待在家里也是工资照拿，来回的车票全报。但要是有人细问起来，他就顾左右而言他；再追问得紧了，就有些恼怒。

他也越发变得浑不讲理，犯起犟来，谁也劝不了。以前他就脾气暴躁，到哪儿都好惹事，现在虽然过了惹是生非的年龄，却仍然三言两语不和就动拳头，常常拿出一副光棍儿的架势来，动不动就要和人拼命。他家里穷，以前也挨过不少欺负，现在兄弟几个都成人了，打架亲兄弟，上阵父子兵，虽然他这副脾气，在村里却没人敢轻易招惹他。

他本来就不勤快，现在更是什么活儿都不干，整天无所事事，有时赶赶集，或是在村里转悠，跟那些老娘儿们闲扯半天。有时候溜达到人市上，不管是国家大事、社会形势，还是县里、乡里的小道消息，他都说得有鼻子有眼，分析得头头是道，显得如鱼得水，像是见多识广的样子。

李铁也老大不小了，刚毕业的时候，看他是商品粮，有正经工作，还不断有人来提亲；现在看他不成事，媒人也不再上门了。他家兄弟多，早就定下了规矩，上学的家里供着上了学，就不再管盖房娶媳妇的事了。老大老二考上了学，分配了工作，以后的路只能靠他们自己。两个弟弟初中没上完就干活儿挣钱，补贴家用，家里的财产有他们的份，所以这样也算公平。李铁的那一份家当，已经被他提前花完了，他的户口也迁出去了，他一毕了业就自己单过，家里的房产田地都已经没有他的份了。

但就算李铁有个好单位能挣钱，自己操持房子娶媳妇也不容易，更何况他毕业一年，却没有正经上过几天班。他二弟当年顶替他上了一中，后来考上了师专，毕业当了老师，自己搞了对象，将来做个上门女婿，也算把自己安顿出去了。家里的两个弟弟也都盖起了房，正张罗着娶亲，都过上了踏实日子。只有李铁，虽然考上了学，却没能改变自己的命运，反而破落了。他还是光棍儿一个，跟着父母混些吃喝。他本来在家里就不招人待见，现在更加好吃懒做、游手好闲。村里人都说他是上学上过了头，脑子受了刺激，精神不大正常了。

赵永生并不觉得李铁比以前古怪多少，他还和以前一样，穿衣打扮和语言神态总有一股书呆子气。只是现在他们已经不再是那个青涩时期了，他不再让人觉得高深莫测了，以前听起来很有道理的话，现在却显得幼稚迂腐。但李铁似乎仍然停留在那个充满空想的世界，发些不着边际的感慨。

不知从什么时候开始，李铁迷上了周易八卦。他搜罗了不少易经八卦、奇门遁甲、麻衣神相、周公解梦之类的书，拿出他刻苦钻研

的精神，潜心研究，对属相面相、生辰八字乃至阴阳风水，都讲得头头是道。他还自制了卦盘，到处找人算卦，推演认证。看赵永生有些兴趣，李铁热情耐心地给他讲解。看着李铁那兴奋专注的神情，赵永生想起了初三时李铁给他辅导功课，也是这样热心专注。以李铁的劲头，说不定真能研究出点儿成就来，甚至可以以此做个营生。很多半路出家的算命先生，给人看看风水、测个吉凶，也逍遥自在。

李铁神神秘秘地拿出来一本线装的古书，没头没尾，破破烂烂，上面还有图符。他说那是《推背图》，就是传说中的"奇书"。刘伯温号称前知五百年后知五百年，历朝历代的重大事件、朝代更替、社会变迁，书里都有预测，也都有验证。那书是李铁在供销社时从收的旧书堆里拣出来的，他觉得那是天授奇书于他，虽然书有些残缺不全，但自古能看到全书的人没有几个，能真正读懂的人更是少之又少。李铁已经翻了几十遍，自称已经参悟出不少东西了。

李铁整天钻在山沟里，迷信点儿什么倒也未必是坏事，但他却又让赵永生觉得害怕。他不但痴迷这些玄幻的东西，也热衷于从中推导出世道变迁、朝代更替的规律和世象变化。他把这些结论拿到人市上去宣扬，引来人们一片附和，更让他深信不疑。

他很想知道李铁工作上的事，李铁一直待在家里，是工作不顺心，还是供销社有什么变故；他甚至怀疑，李铁当初是否真的分配出去了，会不会自始至终只是他编织出来的谎言。但每次他提起个头，李铁总是岔开，或者置之不理，又拿出当年那装傻充愣的本事。有时候他也想跟李铁说说自己的烦恼，却总没有合适的机会。李铁不像是生活在现实中，似乎没有这些世俗的烦恼，即使说给他，他也会用那些玄奥的东西给他解释一番。

赵永生终于结束了暑假实践，鉴定上把他写得很好，谦虚好学、勤奋努力、功底扎实，他当初的那些担心显得有些多余。但他却并不在乎这一纸鉴定了，能坚持下来就是战胜了自己，他有很多感慨和收获，要等回到学校再慢慢品味。

天气转凉，山坡薄地的庄稼已经陆续地回收了。他去地里刨了一篮红薯，掰了几个青玉米，晚上蒸了吃。回来的时候，李铁正坐在晾台上等他，妈妈在那里陪着李铁说话。李铁虽然愣头愣脑没人敢惹，却也没人拿他当回事，走到哪儿也只是拿他凑趣。只有赵永生的父母，一直把他当成赵永生的好朋友，对他既同情又担心，总是爱劝他两句，让他好好上班，早点儿成家之类的，却是良药苦口，惹得李铁不高兴，来得也越来越少了。

果然，李铁一脸的尴尬，沉着脸不作声，见赵永生回来，就张罗着要走。他送李铁出去，两个人顺着马路走了一会儿，来到了河边。河水早已断流，宽宽的河道只剩下几个臭水坑。赵永生坐在一个采砂挖出来的沙丘上，望着眼前的一潭死水，想着不过几年的工夫，却经历了沧桑变化，心里有很多感慨：

"这几年变化多大啊！河都快干枯了，河边也盖上了房子。想想张寒露都已经有两个孩子了，王功的孩子也到处跑了，跟我差不多大的都已经成家立业了，只有我还在上学，也不知道能上出个什么结果来。"

"你还没听说呢吧，初三咱们一个班的同学，有两个人已经死了。一个是得了白血病，结婚刚一年多，孩子还不到一岁；另一个是大专毕业，刚上班没几天，在工地上被车撞死了。"

李铁经常这样突兀地冒出一句来，不着边际，赵永生虽然习以为常，这番话还是让他的心情一下子沉了下去。他感觉到人实在是渺小脆弱，那些挣扎奋斗似乎都没有了意义，他本来想说的一番感慨也咽了回去。

见赵永生没有什么响应，李铁又说：

"村里人都说你毕了业要进县法院，将来这些事你也见怪不怪了，体会不到这些了。"

李铁把他划到了对立面，口气似乎有些嘲弄。他不知道该怎么来解释，他们之间再也没有了以前的默契。看着李铁胡子拉碴，一脸严肃，仍然愤世嫉俗，那终究不是正道：

"你也不错，商品粮，又有工作，多少人羡慕你。你有学历，工作也对口，踏踏实实地干，早晚都能受重用。"

"这世道讲什么学历，全凭的是关系。要真讲学历，毕业分配的时候大家都一块儿考试，按成绩分配，那才算公平，我也不会被分到这个地方。"

"其实你现在也不错，虽然上班离得远点儿，将来还有机会慢慢往回调；工资少了点儿，但比起那些分配进了厂子的强得多。"

他觉得李铁是好高骛远，嫌工作不如意或是挣的钱少，才有这么多愤愤不平，不愿意上班。

"说是统一分配，纯粹是糊弄人的，什么合作经济组织，说得漂亮，还不如好企业。我分配不到半年，供销社就要改制，让花钱入股当社员，每个人要买八千股。八千股就是八千块钱，我上三年班都挣不回来。而且入了股份就像泥牛入海，说是挣了钱分红，别说分红，到头来连本钱都回不来，赔了钱连个灰都看不见。这不是变着法地圈钱吗，逼着人花钱买班上。我宁可不当这个社员，不要这个工作。我早就看透了，这供销社迟早也是要倒闭的。"

赵永生这才明白，李铁已经没了工作，无班可上了。他所奋斗追求的商品粮铁饭碗，也如昙花一现，不复存在了。他也理解了李铁的偏执和愤世嫉俗，他也感到悲哀。他们要改变命运竟如此艰难，那些奋斗挣扎都显得那么微不足道。不论是分配工作还是改制，他们都是被牺牲的，就算那入股改制是件好事，李铁也拿不出钱来。但是，他们除了适应社会，继续努力奋斗，还有什么出路？

"你总在家待着也不是个事，供销社那边既然不用上班，不如先找个别的事干。听说现在市里工作不难找，工资也不低，县里也有效益好的厂子，你中专毕业，学的又是会计，哪儿都愿意要。现在很多人都是自己找工作，比分配的还要好。"

"我去市里找过，那些招工的一看就知道是骗人的，找个工作要交押金，还要试用几个月，到时候找个借口再开除了。还有的上班没有工资，卖出了东西才给提成，这不是纯粹的剥削吗？我也在饭店里干过，住在地下室里，十几个人一屋，又脏又臭，干了一天我就不干了。在县里找个工作更难，四处托人，花钱送礼，求爷爷告奶奶的，我不愿受那个气。有人劝我做点儿小买卖，开个小卖铺，在供销社我都不愿意干，还能去摆地摊，卖个针头线脑的？"

李铁仍然是一副驴倒架不倒的架势，仍然显得信心十足，对于未来也总是过于乐观：

"我给自己算过一卦，我要往西北走才能兴旺。北京在西北，我要到北京去闯一闯，那里地方大，机会多，既闯就要闯出个名堂来。但卦上说，我这一阵儿得避避祸，不能出远门，等过了秋天我再出去，到时候我去找你，也住住大学里的宿舍。"

他觉得李铁想得有点儿太简单了，北京并不是那么好闯荡的，李铁不能靠着自己算一卦就盲目地去。何况李铁小事看不上，大事做不来，既不能吃苦，又难与人相处，更难站住脚。但看着李铁又踌躇满志起来，终究是件好事。李铁肯钻研，有韧性，但愿能闯出一条路来。

第二天中午，赵永生正在家里吃饭，就听村里大喇叭急三火四地

喊着让治保主任赶紧到村委会；时间不长，又听见几辆警车呼啸着开进了村里。他想是不是谁家又打架了，而且闹得不轻，连警察都招来了。村里治保主任唯恐村里事少，兄弟分家打架，邻里吵嚷几句，他不问青红皂白就给派出所打电话，极力撺掇把人抓进去，到时候就得找治保主任出面保出来，他也从中捞了不少油水。

赵永生吃完饭出去，村里已经传开了，李铁把大力给杀了。他大吃一惊，不敢相信。昨天李铁还是好好的一个人，还想着要出去找工作，怎么会突然去杀人？

他匆匆赶到现场，那是村子南面的一块麦地，不少人远远地围观，有两个警察在那里守着不让靠近。地上有一摊血，已经渗进了土里，凝固了。大力已经被抬走了，据说没到医院就咽了气。看不到李铁，不知是被警察带走了，还是伤重去了医院。

有几个平常跟着大力跑前跑后的，在那里眉飞色舞地跟人说着，还没从刚才的惊心动魄中回过神来。赵永生也听出了个大概。

李铁家的麦地跟大力家的地搭界，大力家种的大棚，这两年越种越红火，把挨着的那几家的地都承包了过去；只有李铁家的地，夹在中间，不愿意包给他家种。对李铁家来说，地就是命根子，何况那又是好地，家里的收入全指望着那几亩地。两家一来二去断不了摩擦，慢慢就结下了仇。

大力已经不是以前那个整天打架、游手好闲的混混儿头了，他在村里的马路边办了个厂子，夏天做冰棍，冬天打点心。村里村外没人敢来捣乱，捧场的也不少，这两年挣了不少钱。他又承包了村里的地种西瓜、弄大棚，干得红红火火，日子富起来了，还成了县里、乡里大力宣传的典型。

这几天大力家收菜，拉菜的车进进出出，他家帮忙的人也多，并不顾惜，李铁家的庄稼被踩坏了不少。要在往年，两家吵嚷几句也就过去了，但今年赶上李铁在家，却不会忍气吞声了。他一个人守在地里，把路挖了一道沟，那些拉菜的车都进不去，任凭谁说也不管用。大力来了二话不说就让人填沟。他在村里豪横惯了，又有一帮人压阵，并不把李铁这样一个矮胖个子、戴着深度近视眼镜的书呆子放在眼里。

李铁毫无征兆地走到大力跟前，举起手里的铁锨，一下子削掉了他的半块头皮；看他躺在地上还在挣扎，又补了两下，都切在了致命的地方，脖子几乎断了。而这时候别人都还没明白过来怎么回事，那帮人都乱了方寸。李铁却并没有逃跑的打算，一直站在那里，面无表情地看着他们在那里忙乱地救人，直到警察来。

赵永生能想象出李铁当时的表情，严肃而漠然，就像一个局外人在看热闹。他曾经见过李铁跟人动手打架，也是毫无征兆，突然下手。他总觉得，那并不是李铁脾气暴躁，一时冲动，而是早就预谋好的。他不会甘心一辈子过这种平庸潦倒的日子，更不会甘心被人欺负，他需要一个显赫扬名的机会，而拿大力开刀是再合适不过的了。他一鸣惊人，到处都在议论这件事，有人拍手称快，也有人同情李铁，为他鸣不平。关于他杀人的经过，也越传越玄。

李铁的家里人看起来很平静，他们并不觉得惋惜，也没人去探望过他。李铁的妈妈曾经找赵永生打听过情况，问李铁能不能保住性命，能判多少年。李铁在家里本来就不讨人喜欢，似乎是个可有可无的角色。他考上了学，却并没有给家里带来荣耀，现在又成了负担。他为了家里不被人欺负，搭上了自己的性命，却也给家里惹下了麻烦。

赵永生为李铁悲哀。在一个贫穷却又多子多嗣的家里，李铁打一辈子光棍儿，杀人或者被杀，或是意外身亡，都没有什么区别，引不

起多大波澜。这样一个轰轰烈烈的结局，也许是他最好的结局了。无法想象李铁一生失意、孑然一身而终老死去的情形。他也常想起李铁出事前的那天晚上，他说要避祸，却最终没能躲过去。有时候赵永生又觉得恍惚，仿佛李铁是去了北京某个地方打工，或者是在哪个深山古庙里研究他的玄学，云游四方，给人算命打卦、看看风水。

三十五

赵永生拐弯抹角地想从同学那里打听些陈露的情况；他写过几次信，却一直没有收到回信。放假他也一直没有鼓起勇气去找她；虽然信里情感表达热烈，他仍然不知道怎么当面面对她。

他对陈露的印象也有些模糊了。那些美好的回忆都还停留在高中时代，都是他的想象，而现实中却总是磕磕绊绊。但她仍然是他努力向前的动力，是他想象中相伴一生的伴侣。

他很快就有了陈露的消息。她年初结了婚，嫁给了村里一户有钱人家，算是门当户对了。结了婚她也不去打工了，很快就有了身孕，正在家里待产。

看完了信，他觉得心里像是一下子被掏空了。他不知道自己为了什么而努力坚持，他自己的存在，以及这世上的一切，突然间都没有了意义。

一场巨大的伤痛在窥伺着他。他强迫自己先不要去想这个问题，他要找一个专门的时间，准备充分了，再仔细想清楚，但不是现在。他想装作什么事都没发生，一如往常一样，但那心底的疼痛却隐隐升起，慢慢扩散开来。

萤火

他忍不住去想那婚礼该是何等排场和热闹，婚礼上的陈露又是多么迷人，只是陈露的表情却飘忽不定，难以捉摸，有时满脸洋溢着幸福，有时却是一副幽怨的神情。他不知道自己是应该衷心地祝福她新婚，还是该恼恨她另嫁他人。他急切地想弄明白，在陈露的心中，是否曾经有过他的位置，还是仅仅出于同情和可怜。但不管怎样想，却只是同一个结果，陈露不会爱上自己，不管是过去还是现在，他也没有什么优点可以配得上她，更不能给她带来幸福。老天爷怎么会让她嫁给一个一无所有、一无是处的人？他不能给他幸福，他的自卑多疑，只会对她是一种折磨。

这两年来，他沉浸在自己的内心世界无法自拔，拼命改造自己，跟自己较劲，消磨了很多记忆。他们没有缠绵的情话，只是互相抱怨和诉苦。他为她努力奋斗，如愿以偿考上了大学，却没能让她为自己感到骄傲，反而失去了她。他把她当成黑暗中的幻觉，当他不再需要的时候就放弃了。或者他对她的爱只是一种惯性，当这惯性没有了新的动力，再加上时间和空间的消磨，也终于停止了。这就是生活的残酷。

他感到撕心裂肺的痛。他索性放纵自己，尽情沉浸到过去的回忆之中。从他与陈露在白龙山脚下第一次相遇，到集市上的再次相逢；从他的第一封情书，到他们的最后一封信，他都慢慢品味。那销魂蚀骨的思念，她带给他的欢欣鼓舞，那些为她奋斗的日子里的感动和快乐，挥之不去。她那绿色的毛衣、齐耳的短发、如花的笑脸、似水柔情，仿佛还在眼前晃动。他为她哭过，笑过，苦过，痛过，彷徨失措，不能自拔。他回忆着过去的点点滴滴，那是他最后的流连。

他来到十三陵水库。天已近黄昏，他独自坐在那里，慢慢品尝苦涩和疼痛，让泪水尽情流淌。他看着日薄西山，薄雾升腾，繁星满天。他想起去年这个时候,他坐在塘沽的海边,憧憬着他们未来的美好生活;而现在,他却连幻想的资格都没有了,只能一个人面对前方的路。

他在水边一直坐到天明。朝露打湿了全身,微风一吹,他打了一个寒战,也从那麻木钝痛中回过神来。太阳仍然升起,又是一个晴天。水库里有打鱼的,摇着船正在撒网,盘山路上偶有汽车驶过。一切都如往常一样,就连他自己,他本以为自己会垮了,甚至一度想要投水自杀。他需要一场痛彻心扉的刺痛和轰轰烈烈的祭奠,为他曾经心爱的人,也为他即将告别的过去,为他两年来所受的痛苦和煎熬,付出的艰辛和努力;但是,却什么都没有发生。

他觉得自己有些矫揉造作。他没有资格谈情说爱,爱情对他来说只是不切实际的幻想。

赵永生回到学校,觉得头重脚轻,昏昏沉沉。他仍然挣扎着去上课、自习,害怕一放松下来就会病倒。他坚持到了晚上,终于躺在床上,想好好睡一觉,从那伤痛中恢复过来。他要专心投入学习,努力融入这校园,不管经历多大的打击,他总得爬起来,舔净伤口,找到继续生活下去的理由。

他昏昏沉沉地躺了两天,似睡非睡,不停地做着同样的梦,梦见自己被人追打,想跑却怎么也迈不开双腿。他经常做同样的梦,常常从梦中惊醒,却又记不住梦里的内容,在这半梦半醒之间,却感觉如此清晰,那恐惧也仿佛渗透到他的记忆里,让他无处躲藏。

他几次想挣扎着爬起来,却觉得浑身无力。他已经多年没有生病了,小时候有个头疼脑热,吃瓶罐头就好了;或是让妈妈给他搓搓额头,揉揉太阳穴。她的那双手粗糙得像树皮一样,搓得他额头火烧火燎,却很管用。他很想家,他已经久违了家庭的温暖,背负着沉重

的负担,失去了应有的欢乐。等着病好了,他也该给家里写封信了。他想起父母把他的信像宝贝一样整齐地放在一个小匣子里,没事就拿出来看看,一封封信都快能背出来了。每次家里来信都写上好几页,粮食收了,地种上了,卖了猪,或是孵了一窝小鸡,都要跟他念叨几句;叮嘱他要吃饱穿好,多跟人交往,不要舍不得花钱,却从不说家里的难处。

还有学校寄去的报纸,他们也都展平、夹好,平整地摞在一起。那些报纸一年几十块钱,对他家来说不是一笔小数目,但父母却执意要订,每期都看得很仔细,对于学校里的事,比赵永生知道的还多。自从有了电视,天气预报也成了父母必看的节目,北京那个遥远而陌生的城市的天气,也成了他们的牵挂;一有变天,就急着写信告诉他注意加减衣服。

他被耀眼的阳光照醒,坐起来看着窗外,天边彩霞满天,一片亮丽。宿舍里没有人,他愣了一会儿神,弄清楚这会儿应该是下午,人们都去上课了。他出了宿舍,走在校园里,烧已经退了,还是觉得浑身绵软无力、轻飘飘的,就像是灵魂出了窍,在世上游荡一样。

一个保安正在一条僻静的小路上练习军体拳,他并不熟练,却一丝不苟,比画一会儿停下来想一想,显得笨手笨脚。他的脸膛黝黑,嘴上一圈绒毛,看起来土头土脑,并不怎么有灵气,这让赵永生想起自己刚入学时候的样子。

赵永生有些感动。他不过是个保安,没有人正眼看他们一眼,但他却并不觉得低人一等。也许在一个大城市的高等学府当一名保安,对他来说已经知足了,他也只想尽力做一个好保安,并没有什么不切实际的追求。对他们来说,生活是具体的,只需做好眼前的每一件事,没有时间自省自责。而赵永生却沉浸在过去,纠缠于那些形而上的东西。他想的多，行动却少，浪费了两年的时光。

赵永生在东门买了一包卫生香和火柴，直奔军都山而去。他已经两天没吃东西了，肚子饿得咕咕直叫。他烧得浑身酸痛、四肢无力，走路气喘吁吁，但此刻他只想回到那久违的空旷宁静。

站在军都山山顶，太阳正靠近山口，摇摇欲坠。残阳如血，秋草开始干枯，树叶已经泛黄，在落日余晖的笼罩下，漫山像是镀了一层金黄，正是最美的风景。以前他常常在这里看日落，每次都有一种震撼。他静静地看着太阳逐渐隐没，余晖渐渐消退，天色黯淡，虫鸣四起，山脚下的灯火零星亮起，自己也渐渐隐没在夜色之中。

他来到山谷里的那片墓地。他身虚体弱、精神恍惚。那是他熟悉的地方，并不让他感到害怕。他转了一圈，发现又添了几座新墓，就像是新搬来几户人家。他把墓上的落叶和枯枝清理干净，把几个歪倒的墓碑扶正，在小路的中间撮土为炉，点着了卫生香。

他看着那几座新墓，他们刚刚离开了一个世界，开始了另一个世界的生活，或许他们已经转世重生，这里只剩下躯壳；或者这世上根本就没有脱离躯体的灵魂，所有虚幻的东西都是不存在的。

如果让他自己选择，他会选择什么？一个好的家庭，不受饥寒，不受欺压，不会有这么沉重的负担，受这么多煎熬；还是选择另一种性格，或孔武强横，或随遇而安，而不像现在，敏感脆弱、优柔寡断。但他却没有重新选择命运的机会，他无法改变自己的父母，无法改变出身，只有努力向前，改变自己的命运。

他想起了父母，他们一辈子老实巴交，没昧过良心，算得上是好人了，应该安安稳稳过一辈子，享受天伦之乐。爸爸本来可以成为一个孝顺的儿子、温良的兄弟、尽责的丈夫、宽厚的父亲、忠诚的朋友、和善的乡邻，可是阴差阳错，却落得众叛亲离，几乎走投无路。

不管是在厂里、村里，还是家里，他都显得无足轻重，处处被人看不起。妈妈不会东家长西家短地扯舌生事，不会当街骂人，这本来应该是受人尊敬的品质，却招致被人欺负；她虽然要强，厄运却如影随形，一辈子跟着她。

这就是命运，他们就应该认了命，甘于卑贱和低微，勉强活着，任人宰割，被人踩上两脚也没个响动，反而笑脸相迎，或许还会招人可怜，给些施舍；可他们偏要与命运抗争，险些落得家破人亡。

他们都有自己适应环境的办法。妈妈也许并不是真的疯了，她只是把一切都寄托给了神明。爸爸则是躲在厂子里，寄托在酒里，或是鼓捣些小物件，可以逃避现实的世界。这也是他的幸福之处，换作别人，早就被压垮了。

小舅和李铁也在挣扎，在适应。他们更了解这个社会，更清楚自己的弱点，那过程也更显得痛苦，代价也更惨痛。小舅的怯懦和愁苦，李铁的虚张声势和古怪，甚至铤而走险去杀人，都是在抗争。

他们都是失败者。张寒露和王功才是真正的强者，他们在那里站住了脚，扎下了根，过着踏实的生活。对他们来说，那里是充满希望的田野，殷实富足的田园生活。赵永生的根也在那里，却无法适应那里的土壤。他在夹缝里挣扎，那是一道难以逾越的鸿沟，不仅是贫困和富裕，而是两种完全不同的生活。他努力想去适应两边的世界，结果却越来越无所适从。

他不禁怀疑，他的这些痛苦挣扎，这两年的时光，是不是毫无意义。他应该安于自己的位置，踏实本分，哪怕是浑浑噩噩，也比这清醒的痛苦要好。

茂盛的草丛中突然划过一道亮光。赵永生还以为是一道鬼火，要给他一些昭示；但那亮光却又浮起，迤然飘过。

原来是一只萤火虫。

在清凉的秋风中,那点儿萤火显得孤零零的,时断时续,摇摇欲坠。萤火虫是洁净的昆虫,在它们短暂的生命里只吃些花粉,喝些朝露,却用它们微弱的光装扮着荒野的夜空。

山脚下灯火通明,而这里却一片荒凉。这些萤火虫游弋在城市的边缘,那些凌乱的灯光会不会扰乱它们的生活?它们会不会也迷失在这城乡之间,找不到归宿?那点儿光虽然微弱,却很顽强,也是生命,是希望。

赵永生觉得自己就像那只萤火虫,孤单,彷徨,在努力蜕变,孕育着自己的新生。

他于天地之间虽然渺小,却也有顽强的生命力;他虽然耽于那些对别人来说也许是微不足道的小事,却并不是毫无意义;他虽然愚钝,步履维艰,却也用心体会,一点点地进步;他加倍付出努力,并没有浪费青春,可以问心无愧。他所经历的痛苦挣扎也是值得的,他会为此骄傲的。

赵永生站了起来,仰头看着天上闪烁的星星,呼吸着草木的清香。他历经绝境,没有什么可失去的,只需抖落身上的包袱,轻装向前。他腹中的饥饿和身上的酸痛一扫而光,胸中又充满了那久违的豪气。他要重拾信心,规划自己的未来。

他想起曾经在一本书上读到过的一句话:

"生命的美在于历程,一个只顾低头赶路的人,永远不会发现沿途那些美丽风景。"

想想这两年,他就是那个只顾低头赶路的人,错过了许多风景;但他不会就此停住,那绝美的风景还在前面,等着他去发现和体会……